Noa C. Walker
Der Klang deiner Liebe

AF178742

Das Buch

Seit sie ihren Verlobten kurz vor der Hochzeit bei einem Autounfall verlor, ist die Musik in Alexandras Herzen verstummt. Nun führt sie eine kleine Pension auf Norderney und zieht mit ihrer Herzenswärme viele Menschen an, die ebenfalls eine schmerzhafte Situation bewältigen müssen.

Als Marc mit seinem Freund Jens in die Pension kommt, beginnt zum ersten Mal seit langem eine zarte Note in Alexandra zu schwingen. Doch Marc trägt ein Geheimnis in sich, das ihn davon abhält, sich anderen Menschen zu öffnen. Als sich die beiden einander endlich annähern, holt die Vergangenheit sie ein. Alexandra muss befürchten, noch einmal einen geliebten Menschen zu verlieren.

Die Autorin

Noa C. Walker wurde 1969 geboren und erlernte den Beruf der Bürokauffrau im Groß- und Einzelhandel. Anschließend absolvierte sie die Ausbildung zur Examinierten Altenpflegerin. Sie ist verheiratet, hat fünf Kinder und widmet sich seit einigen Jahren hauptberuflich ihrer großen Leidenschaft, dem Schreiben. Mit ihrem Roman »Du, ich und die Farben des Lebens« erreichte sie viele begeisterte Leser und Leserinnen.

Als Elisabeth Büchle hat sie bereits zahlreiche gut recherchierte, spannende und romantische Romane veröffentlicht, die mehrfach ausgezeichnet wurden, unter anderem mit dem 2. Platz des DELIA-Literaturpreises.

Noa C. Walker

Der Klang deiner Liebe

Roman

Deutsche Erstveröffentlichung bei
Tinte & Feder, Amazon Media EU S.à r.l.
5 Rue Plaetis, L-2338 Luxemburg
Dezember 2018
Copyright © der deutschsprachigen Ausgabe 2018
By Noa C. Walker
All rights reserved.

Umschlaggestaltung: semper smile, München, www.sempersmile.de
Umschlagmotiv: © Andrius_Saz / Shutterstock; © mashakotcur /
Shutterstock; © DAbeygoda / Shutterstock; © Mikhail H / Shutterstock;
© BS_DESIGN / Shutterstock
Lektorat und Korrektorat: Verlag Lutz Garnies, Haar bei München
www.vlg.de
Gedruckt durch:
Amazon Distribution GmbH, Amazonstraße 1, 04347 Leipzig /
Canon Deutschland Business Services GmbH, Ferdinand-Jühlke-Straße 7,
99095 Erfurt /
CPI books GmbH, Birkstraße 10, 25917 Leck

ISBN 978-2-91980-448-1

www.tinte-feder.de

Sahst du ihn herniederschweben
in der Morgenröte Lichtgewand?
Palmen strahlten in des Engels Hand;
sein Berühren trennt des Geistes Leben
von der Erdenhülle schwerem Band.
Wem, o Engel, rufet dein Erscheinen?
Sag, wem gilt dein Flug so ernst und hehr?
Was erblick' ich! Aller Augen weinen,
ach, ihr Liebling ist nicht mehr!
Lächelnd schlief er ein, des Himmels Frieden
strahlt vom vielgeliebten Angesicht,
und die Mien', in der sein Geist hienieden
sich verklärt, verließ ihn sterbend nicht.

»Trauergesang« von Friedrich Aulenbach, vertont von Felix
Mendelssohn-Bartholdy

ALEXANDRA

Meine Welt bestand schon immer aus Musik. Anders als bei den meisten Kleinkindern, bei denen man ein Lied häufig über die Textfragmente erraten muss, waren bei mir die Melodien klar zu erkennen – das behauptete jedenfalls meine Mutter.

So kam es, wie es kommen musste: Ich beglückte meine Mitmenschen nahezu ununterbrochen mit meinem Gesang. Ich trällerte lautstark im Supermarkt, wenn ich an der Hand meiner Mutter durch die Regalreihen ging. Dabei versuchte ich, den Lautsprecher zu übertönen. Ich summte im Schulunterricht, bevorzugt bei der Stillarbeit, weil mir das bei der Konzentration half – den anderen unverständlicherweise nicht. Ich sang im Sportverein und im Schwimmbad, summte vor mich hin, während ich ein Buch las …

Eines meiner Abiturprüfungsfächer war Musik, anschließend begann ich das Studium. Klavier, Gesang, Gesangspädagogik. Dort stieß ich allerdings an meine Grenzen. Ich war zwar gut und an Leidenschaft kaum zu übertreffen, aber nicht genial genug, um mit den wirklich begabten Studenten mithalten zu können. Also verlegte ich mich aufs Unterrichten.

Für mich war das völlig in Ordnung. Ich liebte es, in die vor Glück strahlenden Gesichter der Kinder zu sehen, wenn sie die Welt der mysteriösen, hüpfenden schwarzen Punkte auf den schnurgeraden schwarzen Linien für sich entdeckten, Tonleitern hinauf- und hinunterstiegen, fröhliche Melodien ihre Augen zum Leuchten brachten, sie die verbogene Wendeltreppe der höheren Töne hinaufkletterten oder die des Bassschlüssels hinunterrutschten. Manch einen meiner Schüler traf ich im Supermarkt. Singend, bei ihrem Versuch, die Musik aus den Lautsprechern zu übertönen.

Mittlerweile bin ich neunundzwanzig. Es hat lange gedauert, bis ich wieder singen konnte. Seit damals, als die Töne in mir, gemeinsam mit meinen Träumen, wie schillernde Seifenblasen zerplatzten ...

TEIL 1

Fünf Jahre zuvor …

KAPITEL 1

Wien! Alexandra konnte es kaum glauben, als sie aus einem Fenster ihres neuen Zuhauses blickte. Sie war tatsächlich in Wien. Gut, in einem der Außenbezirke der sympathischen, lebendigen Stadt, die Musik förmlich zu atmen schien, aber immerhin. Ihr gefiel die Wohnung mit den fünf Zimmern im vierten Stock eines Gebäudes aus dem ausklingenden 19. Jahrhundert ausnehmend gut. Sie bestach durch ihre weißen Decken mit dem sorgsam restaurierten Stuck, mit den hoch angelegten Sprossenfenstern und einem Parkettboden, der nach der Grundreinigung im Licht der frühmorgendlichen Sommersonne nahezu glühte. Noch viel schöner war jedoch der Grund ihres Hierseins. Sie würde heiraten! Und das bereits in vierzehn Tagen. Ihr Zukünftiger war der wunderbare, begabte, lustige und gelegentlich herrlich zerstreute Johann, der drei Wochen nach ihrer Hochzeit seine Stelle als Konzertmeister bei den Wiener Symphonikern antreten durfte – nachdem sie als »Orchestra in Residence« die diesjährige Spielzeit bei den Bregenzer Festspielen beendet haben würden.

Alexandra liebte Johann, der seine Violine nicht spielte, sondern liebkoste. Er brachte die Töne, die er dem Instrument entlockte, zum Tanzen, ließ sie auf Wolken schweben oder wie schwere Tautropfen zu Boden fallen. Johann schien immerzu zu lachen, sodass sich die Sommersprossen auf seinem Gesicht lustig zusammenschoben. Sein hellblondes Haar lockte sich ebenso überschwänglich, wie er sein Leben gestaltete. Er erzählte offenherzig von all dem, was ihn faszinierte, manchmal ohne Punkt und Komma, und zog damit jeden in seinen Bann. Alle mochten ihn – und Alexandra hatte das unbegreifliche Glück, dass er sie liebte!

Dabei war sie längst nicht so begabt wie die Musikerinnen um ihn herum und bei Weitem nicht so schön wie einige von ihnen. Alexandra hatte sehr dunkle Augen, und auch ihr Haar war dunkelbraun, was sie ein wenig langweilig fand, obwohl das Sonnenlicht gern mal einen rötlichen Schimmer darauflegte. Mit ihren eins siebenundsechzig war sie zwar nicht klein, aber auch nicht auffallend groß, sodass Johann sie mit seinen stattlichen eins neunzig ordentlich überragte. Wie ihre Mutter gehörte sie zu den eher stabil gebauten Frauen, ihre Freundinnen beschrieben ihre Figur als »mütterlich warm und weich«.

Alexandra breitete die Arme aus und wirbelte über den schimmernden Parkettboden, dabei sang und lachte sie zugleich. Sie tanzte durch den quadratischen Flur, vorbei an Johanns Zimmer, in dem bereits die weinroten Vorhänge an den Fenstern hingen, die bis auf den Boden hinunterreichten. Er mochte diesen ganz speziellen satten Rotton, fand ihn königlich, erhebend und anregend. Für sein Studien- und Probenzimmer war es die perfekte Farbe, zumal sie dem weiß gestrichenen Raum viel Wärme gab.

Alexandra blieb stehen und neigte den Kopf zur Seite. Sie glaubte bereits die sanften Töne der Geige zu hören, jenes leise Schnurren, wie sie es nannte – was Johann stets zum Lachen brachte –, wenn er langsam mit dem Bogen über die Saiten strich, fast so, als ob er sie, seine Zukünftige, streichle.

Summend ging Alexandra in das Zimmer, das sie zu ihrem gemeinsamen Schlafzimmer auserkoren hatte, der Ort, an dem sie ihre Ehe, ihre Liebe feiern würden … Darin stapelten sich die ersten Umzugskartons und die Tüten mit den langen, schweren Vorhängen, die Alexandra selbst genäht hatte. Sie ergriff den fließenden moosgrünen Stoff und trug ihn zu der hohen Trittleiter neben einem der vier Schlafzimmerfenster. Prüfend und dabei leise singend rüttelte sie an der Leiter, um sich zu vergewissern, dass sie sicher stand, immerhin musste Alexandra bis zur Vorhangstange weit hinaufsteigen.

Vogelgezwitscher aus einer der Kastanien im Vorgarten stimmte in ihr Lied ein, von unten ertönte das Klingeln einer Fahrradglocke. Ihr neues Zuhause befand sich in einer angenehm ruhigen Wohngegend. Nur morgens und abends verkehrten vermehrt Autos, wenn die Anwohner zur Arbeit fuhren und wieder zurückkehrten. Dieser Ort war einfach perfekt, um Kinder großzuziehen. Ihre und Johanns Kinder!

Alexandra sang bei dem Gedanken lauter, als müsse sie schon jetzt das Kichern und Lachen der Kleinen übertönen. Vier Kinder sollten es sein. Mindestens. Mädchen mit Johanns Locken und Alexandras Grübchen in den Wangen. Jungen, so groß wie Johann und so fürsorglich wie Alexandra. Johann wurde nicht müde, ihr vorzuschwärmen, was sie mit ihnen alles unternehmen könnten, wie innig er sie jetzt schon liebte!

Schillerndes Glück flirrte in Alexandra auf, während sie sich den Vorhang über die Schulter legte und die Sprossen der Leiter erklomm. Sie schaute durch das geöffnete Fenster links von sich auf die Straße hinunter. Am schmiedeeisernen Zaun, der den Vorgarten vom Gehweg trennte, lehnte ein junger Mann, der gleichzeitig noch auf seinem Rad saß. Ein Mädchen mit auffällig roten Locken stand sehr nahe bei ihm und blickte bewundernd zu ihm auf. Alexandras Augen strahlten vor Freude über den Anblick eines weiteren glücklichen Paares.

Sie sang noch ein bisschen lauter. Es war so herrlich, verliebt zu sein; so berauschend, eine Braut zu sein. Marianne, ihre

13

zukünftige Schwiegermutter, hatte einmal gesagt, Alexandra würde strahlen, ja förmlich von innen heraus leuchten, seit der Termin feststand. Alexandra hatte ihr nicht widersprochen, schließlich fühlte sie sich tatsächlich so, als habe die Sonne einige Extrastrahlen in ihr Herz gesandt, um darin Wärme und Licht einzubetten.

Sie reckte sich, um die Vorhangstange aus der Halterung zu ziehen und die ersten Ringe daraufzuschieben. Das Klingeln ihres Smartphones unterbrach sie bei ihrer Tätigkeit. Sie drehte sich halb um und wankte dabei bedenklich. Rasch griff sie nach dem oberen Bügel der Leiter. Der moosgrüne Vorhang glitt raschelnd zu Boden und breitete sich dort wie ein in Wellen gelegter Teich aus.

Alexandra verdrehte belustigt die Augen, kletterte eilig hinab und ergriff das Telefon, das schnurrend und musizierend über den rötlichen Parkettboden rutschte. Mariannes schmales Gesicht war auf dem Display zu sehen.

Für Johanns Mutter war es ungewöhnlich, so früh anzurufen, entsprechend erstaunt nahm Alexandra das Gespräch entgegen. Sie lehnte sich mit dem Rücken an den Fenstersims, der ihr kräftig gegen die Brustwirbelsäule drückte.

»Guten Morgen, Marianne! Wie schön, dass du anrufst. Wann wirst du denn nach Wien kommen? Ich bringe gerade die Vorhänge an. Das musst du dir unbedingt ansehen«, sprudelte es aus ihr heraus. »Sie bringen so viel Farbe und Leben in die ehrwürdigen Räume und …« Alexandra unterbrach abrupt ihren begeisterten Redefluss. Hatte sie da nicht ein Schluchzen gehört? »Marianne? Ist alles in Ordnung bei dir?«

»Nein, Alexandra.«

»Oh, das hört sich aber nicht gut an. Ist etwas mit Max?« Alexandra jagte ein heißer Schauer über den Rücken. Johanns Vater hatte bereits einen Herzinfarkt hinter sich, und obwohl er sich seither schonte, litt er gelegentlich unter Atemnot und Herzrhythmusstörungen.

»Alexandra …« Marianne schluchzte erneut auf, dieses Mal deutlich lauter.

»Was ist denn?« Alexandras Frage schwebte durch den Raum, löste sich in nichts auf, war sie doch nicht mehr als ein Hauch. Einem unscheinbaren Windstoß gleich, der nahezu ungehört durch die Baumwipfel strich und nur ein leises Säuseln der Blätter hervorbrachte. Eine Vorahnung schnürte ihr die Luft ab.

»Johann.« Marianne brachte es kaum zuwege, den Namen ihres Sohnes auszusprechen.

Ein eisiger Schauer lief über Alexandras Rücken; hinauf und hinunter, beinahe so, als streiche Johann mit seinem Bogen über die Violinsaiten. Doch an ihre Ohren drang weder ein sanfter Ton noch eine tiefe, vibrierende Klangfülle, sondern nur ein schrilles, verstimmtes Krächzen und Schaben. Disharmonisch. Falsch. Irgendetwas klang hier erschreckend bösartig!

Ein Rascheln ertönte, dann erklang Max' Bassstimme in Alexandras Ohr, das heiß war und schmerzte, so sehr drückte sie das Telefon dagegen. Die Finger ihrer anderen Hand krallten sich um die Leiter, die Knöchel stachen weiß hervor.

»Johann hatte heute Nacht einen Verkehrsunfall. Wir sind im Krankenhaus.«

Alexandra zwang sich zum Weiteratmen. Ein Rauschen nahm in ihrem Kopf überhand. Sie konnte die Stimme ihres zukünftigen Schwiegervaters fast nicht mehr hören. *Ein- und ausatmen, ein- und ausatmen.* Ein völlig natürlicher Vorgang mutierte plötzlich zum Kraftakt.

»Irgendein Idiot hat überholt und ist in ihn reingefahren.«

Max klang wütend. Alexandra wusste nicht, ob das ein gutes Zeichen war. Immerhin hatte Marianne sich verzweifelt angehört. Ist Wut besser als Verzweiflung? Oder nur eine andere Version davon?

Sie schluckte hörbar, das Zittern ihrer Beine übertrug sich allmählich auf den Rest ihres Körpers. Ihr Erschrecken wandelte sich in Angst, steigerte sich zur Panik. Sie musste wissen, was mit Johann war – und zugleich wollte sie es doch nicht hören. Dieser Zwiespalt drohte ihr den Verstand zu rauben.

»Was ist …?« Kein weiterer Laut verließ ihre Lippen. Als hätten ihre Stimmbänder verlernt, Töne zu formen.

Wieder vernahm sie ein unruhiges Rascheln, dann drang erneut Mariannes Schluchzen an ihr Ohr. Haltloser nun, als sei die Wahrheit jetzt erst zu ihr durchgedrungen. Der Gedanke setzte sich in Alexandra fest, schüttelte sie.

»Sie haben hier alles versucht, aber die Verletzungen waren … Er ist eben gestorben.«

Alexandras Smartphone knallte ungebremst auf den Parkettboden, knirschte, splitterte. Ein Klang der Zerstörung. Dasselbe Geräusch glaubte Alexandra in ihrem Inneren zu vernehmen. Das musste ihr Herz gewesen sein. Es splitterte; zersprang in Tausende Einzelteile. Gleich einem Eiszapfen, der sich löst und bei seinem Aufprall zerbricht. Alexandra ging kraftlos zu Boden. Sie versank in dem moosgrünen Teich, der vorhin noch all ihre Vorfreude auf ein gemeinsames Leben mit Johann symbolisiert hatte. Jetzt trug er die Farbe des Todes, des Sterbens ihrer beider Träume, ihrer Zukunft, ihrer Herzen, ihrer selbst.

»Nein!« Alexandra schrie ihre Verzweiflung, jenen dumpfen Schmerz aus sich heraus. Hohl klang ihre Stimme in dem nahezu leeren Raum und schien als Echo zurückzukommen. Als wollte dieses sie verhöhnen. Es raunte ihrer geprügelten Seele umso deutlicher zu, dass Johann nicht mehr lebte. Sie hatte die Liebe ihres Lebens verloren. Den Mann, der mit seiner Violine ihr Herz umschmeichelt und erobert hatte, dessen

Lebensfreude jedes Musikstück durchdrungen hatte. Weil er es liebte zu lachen, liebte zu leben – und weil er sie geliebt hatte.

Alexandras Finger krallten sich in den grünen Stoff, auf dem sie zusammengerollt lag, der sie einhüllte und in sich barg, sich dabei aber dennoch schrecklich kalt und unangenehm rau anfühlte. Nichts wärmte, nichts tröstete, nichts hielt sie. Die Melodien ihrer Liebe waren mit einem Paukenschlag verstummt. Ein einziger kurzer Augenblick hatte ihr Liebeslied in einen Trauergesang verwandelt. Ihr Herz weinte in schwerem, tragischem Moll. Sie wollte nur eines: ebenfalls sterben.

Alexandra hatte Wien den Rücken gekehrt. Der Traum von einem gemeinsamen Leben mit Johann war vorbei. Ihr Herz schlug noch immer in einem gleichmäßigen Takt, und bei jedem Schlag glaubte sie vor Schmerz zerspringen zu müssen. Heiße Tränen schwammen in ihren Augen, obwohl sie bereits einen Ozean voll vergossen hatte. Weil sie Johann so unendlich vermisste. Sein Lachen, seine Küsse, seine lustigen Erzählungen und die wilden Gesten dazu. All das gab es nicht mehr. Es war vorbei. Geblieben war nur Leere. Eine Leere, die sich fortwährend neu mit quälendem Schmerz füllte, bis er überquoll.

Nun stand sie am Grab ihres Verlobten, vier Tage, bevor sie mit ihm vor den Traualtar hatte treten wollen. Statt eines Brautstraußes gab es für sie nur eine weiße Rose. Diese hielt sie fest in ihrer verkrampften Faust, während sie auf den dunklen Holzsarg hinunterblickte, in dem nicht nur Johann, sondern auch ihr Herz lag.

Was sollte sie sagen? Was fühlen? Da gab es nichts.

Zitternde Hände ließen die ersten Erdbrocken auf den Sarg fallen. Alexandra war zum Schreien zumute. Jedes Gramm dieser körnigen Masse trennte sie weiter von Johann, bis nichts mehr von ihm übrig blieb. Und von ihr. Jeder einzelne dumpfe Aufschlag begrub ihre gemeinsam geschmiedeten Pläne unter sich.

Seit dem verhängnisvollen Anruf sang Alexandra nicht mehr. Es war, als habe die Menschheit nie ein Lied hervorgebracht, die Atmosphäre nie eine perlende Abfolge von Tönen gehört. Jene warmen Tonperlen waren zu Eis gefroren und fielen nun schrill klirrend in das Grab. Die Welt war … verstummt.

Alexandra rollten die Tränen über die Wangen, doch sie konnten den Schmerz nicht aus ihrem Herzen waschen. Niemals mehr würde sie zusehen dürfen, wie Johann seine Violine ansetzte, den Bogen mit einer schwungvollen Bewegung führte, dem Instrument Töne entlockte, die jeden Zuhörer verzauberten, in den Bann zogen und in eine andere Welt trugen. Nie wieder konnte sie mit ihren Fingern den feinen Strich auf Johanns Wange nachziehen, den das Instrument dort immer hinterlassen hatte. Er würde sie nicht länger aufziehen, mit ihr lachen, sie in seine Arme schließen, sie sanft küssen und dabei die Sterne zum Strahlen bringen, die Blüten zum Leuchten, die Schmetterlinge zum Tanzen. Johann war fort und für sie blieb nur ein immerwährendes »nie wieder«. Es gab keine gemeinsame Wohnung. Kein zerknautschtes Kopfkissen neben ihrem. Keine zwei Weingläser auf dem Tisch, während sie einen Film anschauten. Nicht einmal seinen Duft hatte sie festhalten können. Nach so kurzer Zeit hatte er sich bereits verflüchtigt, als hätte es ihn nie gegeben. Es war vorbei.

Sie unterdrückte die Schluchzer, die in ihrem Innersten heranwuchsen und ihr die Kehle zuschnürten. Wie die Bläschen im Mineralwasser drängelten sie nach oben und drohten Alexandras mühsam bewahrte Contenance zu sprengen. Langsam beugte sie sich vornüber. Sie fragte sich, ob sie sich einfach in die Grube fallen lassen sollte. Vielleicht würde es niemandem auffallen und die Erde könnte auch sie bedecken. Sie zwang sich, ihre

Hand zu öffnen. Die Rose schlug mit einem dumpfen Ton auf dem Sargdeckel auf. Sie ähnelte einer einzelnen weißen Note auf schwarzem Grund. Verkehrte Welt. Aus den Fugen geraten. Nichts war mehr richtig.

Im Hintergrund begannen Streicher zu spielen. Die Melodie hing schwer in der Luft, raubte Alexandra den letzten Rest ihres mühsam errungenen Atems und ließ die Tränen nur noch heftiger fließen. Sie wankte und schluchzte nun doch auf. Die Gasbläschen durchbrachen die Oberfläche, wollten sprudeln und zischen. Jemand umgriff sie an der Taille und zog sie einige Schritte zur Seite. Marianne. Johanns Mutter war noch dünner geworden, ihre Gesichtszüge verhärmt, ihr Haar fast vollständig grau. Wie sehr musste sie um den Verlust ihres einzigen Kindes trauern.

Alexandra legte den Kopf in den Nacken. Sie blinzelte zwischen den alten Friedhofskastanien zum Himmel hinauf. Es waren Bäume, die schon so viel Gram gesehen hatten, dass Alexandra sich fragte, weshalb ihre Äste nicht schwer und kraftlos den Boden berührten. Warum war der Himmel so strahlend blau und schien die Sonne warm und hell? Sollte sie sich nicht vielmehr hinter einer dunklen Wolkenwand verstecken? Sollte der Himmel nicht ebenfalls Trauer tragen und den Tod eines hoffnungsvollen jungen Menschen mit seinen Tränen beweinen?

Alexandra ließ sich von ihren Eltern umarmen. Sie raunten ihr zu, dass sie später, beim Kaffee, miteinander reden könnten. Und dass ihre Schwester nicht hatte kommen können, weil sich deren kleine Tochter mit hohem Fieber herumquälte. Dann sah Alexandra eine ältere Frau auf sich zukommen. Sie trug ihre schwarze Trauerkleidung mit einer Selbstverständlichkeit, die schmerzte. Wie oft wohl hatte sie bereits an einem offenen Grab gestanden und um einen geliebten Menschen geweint? Die Frau ergriff Alexandras Hand, sah ihr direkt in die Augen und drückte ihre Finger. Fest und doch zart zugleich. Sie sagte kein Wort. Wohltuendes Schweigen. Eine Seele, die das Leid kannte.

Alexandra hätte sie gern gefragt, ob sie wisse, was sie denn nun sei, schließlich war sie nicht mit Johann verheiratet gewesen. Demnach konnte sie sich ja schlecht eine Witwe nennen. Was also war sie? *Nichts mehr.*

Ein anderer Trauernder nahm ihre Hand in Anspruch. Sie zuckte erschrocken zusammen.

»Er war ein so begabter Musiker. Mein Beileid.«

Alexandra wand sich innerlich. Ja, Johann war ein begnadeter Geiger gewesen. Aber er war auch ein Mann gewesen. Ihr Verlobter. In vier Tagen hätte er ihr Ehemann werden sollen, der Vater ihrer Kinder.

Eine weitere Hand ergriff die ihre, zu ihr gehörte ein gesenkter Blick. »Mein Beileid. Ich mochte Johann sehr.«

Alexandra nickte. *Ich habe ihn geliebt!*

Wieder trat jemand zu ihr, den sie nicht kannte. Der junge Mann hatte Tränen in den Augen. »Es wird besser werden. Mit der Zeit.«

Alexandra keuchte. *Wann?* Sie sah den Verfall dieses in ihr tobenden Schmerzes nicht.

Die Beileidsbekundungen der Trauergäste prasselten wie Hagel auf sie herunter: »Es tut mir leid, Frau Hagen. Ich habe so gern mit ihm gelacht.« »Mein Beileid. Ich werde ihn vermissen.« »Mein tiefstes Mitgefühl, liebe Alexandra. Er war etwas ganz Besonderes.« »Sie haben mein Mitgefühl. Aber Sie sind noch jung. Sie finden sicher wieder jemanden.«

Alexandra wünschte sich, sie könnte die Worte einfach ausblenden. Sie wollte nichts mehr wahrnehmen. Nicht die gesenkten Augen. Keine vom Weinen verquollenen Gesichter. Das Mitleid von Fremden. Plattitüden, die nicht halfen, sondern schmerzten. Sie wollte sie nicht hören, sie sich nicht merken müssen. Doch es gab kein Entkommen.

»Es tut mir sehr weh. Ihnen sicher auch. Ähm, ja, also …
Sie schaffen das schon.« »Mein Beileid. Sie sind stark, stärker,
als Sie im Moment denken. Sie kommen eines Tages darüber
hinweg. Die Zeit heilt schließlich alle Wunden.« »So ein tragi-
scher Tod. Eine Verschwendung von Genie. Mein Beileid.« »Ich
werde mich immer an sein Spiel erinnern. Und an sein Lachen.
Das solltest du auch.«

»Meine Liebe!« Alexandra sah auf. Sie kannte weder die
Stimme noch die Frau, zu der sie gehörte. Dennoch schloss
diese Person sie einfach in die Arme. Alexandra versteifte sich.
Die Frau roch nach Lavendel. Plötzlich fand sie den Duft absto-
ßend. »Gehen Sie tapfer voran. Versuchen Sie, einen Tag nach
dem anderen zu meistern.« Die Frau drückte sie ein weiteres
Mal viel zu fest und ließ sie dann so ruckartig los, dass Alexandra
beinahe gestürzt wäre.

»Apollon, der auch ein Gott der Musik war, wird ihn gnädig aufnehmen.« »Er sieht Sie von da oben. Er wird wollen, dass
Sie wieder lachen und glücklich sind.« »Ihr Herz muss so schwer
sein. Stellen Sie sich vor, sie könnten es an einen Luftballon binden und zu ihm hinaufschicken.« »Eines Tages wirst du erkennen, dass das alles auch etwas Gutes hatte.«

Alexandra wollte schreien. Doch mehr als einen erstickten Laut brachte sie nicht zuwege. Sie wünschte sich, sie wäre
taub. Ihr Herz und ihre Seele hatten diesen Zustand inzwischen
erreicht.

Irgendwann war das andauernde Herniederprasseln sinn-
entleerter Worte und wohlmeinender, aber unnützer Ratschläge
der ihr größtenteils fremden Menschen vorbei. Sie hoffte, dass
man sie beim gemeinsamen Trauerkaffee in Ruhe ließ. Vielleicht
würden ihre Eltern sie beschützend in ihre Mitte nehmen.

Marianne hakte sich bei ihr unter. Max ging links von ihr,
sein rundes Gesicht war gerötet und schweißnass, die Glatze
spiegelte förmlich die Sonne wider.

»Der Idiot hat überlebt! Das hat uns vorhin ein Bekannter gesagt, der als Chirurg im Krankenhaus arbeitet. Ich hatte ja gedacht, dass er seinen schweren Verletzungen erliegt. Warum also musste unser Junge sterben?« Max klang gepresst vor unterdrücktem Zorn. »Aber so ist das doch immer!«

»Wir werden dafür sorgen, dass dieser ... Marcus *Irgendwer* es bereuen wird! Er wird dafür bezahlen, dass er so rücksichtslos gefahren ist!«, fügte Marianne hinzu. »Wir werden für Gerechtigkeit für unseren armen Jungen kämpfen. Du kannst ganz beruhigt sein. Wir kümmern uns darum.«

Alexandra schloss die Augen. Die Welt fuhr Karussell. Ihr war schlecht. Sie ließ Marianne und Max vorgehen, die ein feines Restaurant ausgewählt hatten, um mit den Verwandten – von denen es kaum welche gab – und den engsten Bekannten – ihre Zahl war nicht viel größer – gemeinsam zusammenzusitzen. Johanns Studienkollegen und Freunde, diejenigen unter den Trauergästen, die Alexandra gekannt hatte, waren bereits gegangen. Ihre Eltern würden nur eine knappe Stunde bleiben können und davon war sicher schon ein Viertel vorbei. Wie immer rasten die guten Stunden nur so dahin, während die Zeit in den schlechten förmlich stillstand.

Warum also sollte sie noch länger bleiben? Um sich noch mehr Phrasen oder lustige Begebenheiten aus Johanns Leben anhören zu müssen? Damit die anderen ihr dumpfes Trauergefühl ablegen und wieder lachen konnten? Um weiter darüber zu spekulieren, was mit dem Unfallverursacher geschehen würde, sollte, musste ...?

»Kommst du bitte. Die Gäste warten auf uns.« Max stand auf der obersten Stufe und hielt ihr die schwere Eingangstür auf. »Wir müssen Johanns Beerdigung ... so begehen, dass wir sie in guter Erinnerung behalten. Es ist das Letzte, was Marianne, mir und dir von ihm bleibt.«

Das soll alles sein, was mir von Johann bleibt? Eiskalte Finger krallten sich in Alexandras Herz, drückten es zusammen, wrangen es aus wie einen nassen Lappen. »Geh doch bitte schon vor, ich bleibe noch einen Moment hier.« Es war ein Kraftakt für sie, diese wenigen Worte auszusprechen.

Max nickte, sah dabei aber nicht sehr verständnisvoll aus. Als die Tür hinter ihm ins Schloss fiel, drehte sich Alexandra um und ging davon. Sie wurde immer schneller, irgendwann rannte sie. Sie wollte einfach nur weg, wünschte sich, den Schmerz zu spüren, anstatt ihn zu übertünchen. Sie wollte der Trauer in sich Raum geben, den Tränen und ihrem Schluchzen freien Lauf lassen und sie nicht unterdrücken. Schon gar nicht aus Rücksicht auf andere, die anscheinend alle wussten, wie es ihr erging, wie sie sich fühlen musste und wie golden ihre Zukunft einmal aussehen würde. Also entschied sie sich für das einzig Sinnvolle, das ihr einfiel: Sie lief davon.

TEIL 2

Alexandra

Genau genommen lief ich fast zweieinhalb Jahre lang. Ich rannte vor dem Schmerz davon, ohne ihn jemals abhängen zu können, hing er doch an mir wie klebriges Harz. In Marokko, wo die Kargheit der Wüste meine Seele widerspiegelte und diese liebenswerten, gastfreundlichen Einheimischen versuchten, mir ihre Sicht auf den Tod zu erklären. Dennoch fand ich dort keinen Frieden. In Griechenland, wo sich Lebensfreude mit Gelassenheit verband. Das Land und seine Einwohner berührten meine Seele, konnten sie aber nicht heilen. Ebenso wenig wie die Menschen in Russland mit ihrer seit jeher empfundenen Melancholie, gepaart mit einer neu entdeckten Leichtigkeit. In Australien beeindruckte mich der Sonnenschein von oben genauso sehr wie der in den Herzen der Bürger, ohne dass dieser jedoch bei mir Einzug halten konnte, sodass ich weiterlief. Nach China, Vietnam, Thailand und Indien; hinein in ein buntes Gemisch aus Kulturen und Religionen, das mich eher leer als erfüllt zurückließ und somit weitertrieb. Ich reiste nach Kuba, in ein wunderschönes Land voller Widersprüche, das ein Spiegel meiner Seele war. Nahezu jede Straße war erfüllt von Rhythmus und Musik. Dennoch hielt ich es dort nicht länger als sieben Tage aus. Weil beides mein Herz nicht mehr erreichte. Ebenso schnell floh ich aus Florida, und nach zwei Jahren und vier Monaten meiner Wanderschaft strandete ich schließlich in einer kleinen, unbedeutenden, vom Rest der Welt anscheinend vergessenen Ortschaft mitten im Staat Mississippi.

Auf meiner Reise hatte ich viele verschiedene Tätigkeiten ausgeführt, um meinen Lebensunterhalt zu verdienen und weiterreisen zu können. In diesem Mississippistädtchen gab es für mich jedoch nichts zu tun – und dabei war ich völlig pleite –, bis mir Jeremiah Fellows, der Pastor der winzigen Schwarzengemeinde, eine Stelle als Kirchenmusikerin anbot. Heute weiß ich, dass es den Arbeitsplatz zuvor nie gegeben hatte – und dass er auch nach mir nicht mehr besetzt worden war. Jetzt spielt wieder jemand, der eben gerade da ist und Klavier spielen kann.

Das erste Mal seit Johanns Tod musste ich mich zwingen, der Musik erneut die Tür zu öffnen, denn sonst gab es in jener ländlichen Gegend nichts, was ich hätte tun können. Es gab schon viel zu viele Arbeitslose …

Also spielte ich Klavier und unterrichtete Kinder. Und ich lauschte auf die wunderbaren, gefühlvollen Chorstimmen der schwarzen Frauen, die mit Inbrunst und mit einem unerschütterlichen Glauben die alten Lieder von Befreiung und Hoffnung sangen. Von Vergebung, die den Hass besiegt, von Liebe, die ein zersplittertes Leben heilt.

Vier Monate später kehrte ich heim. Mit einem Herzen, das gelernt hatte, dass aus verzweifelt ausgestoßenen Schreien neue Melodien entstehen können.

Manchmal brauchen wir einfach Zeit, dazu einen kleinen Anstoß und einen weisen Rat. Gelegentlich sind Weite und ein Gefühl von Freiheit hilfreich oder aber der Schutz eines behüteten Umfelds. Vielleicht benötigen wir schlicht etwas, das wir lieben können, zuweilen jedoch den gehörigen Tritt eines Menschen, der uns liebt – auch wenn der zuerst wehtut. Doch immer haben wir jemanden nötig, der erst einmal schweigt und mit uns weint. Der uns in seine Arme schließt und zuhört, der den Schmerz aushält, um dann irgendwann, sobald wir bereit dafür sind, gemeinsam mit uns ein neues Lied in unser Herz zu schreiben.

KAPITEL 2

Eine Schar Silbermöwen trudelte durch die salzgeschwängerte Luft. Die weißen Seevögel stießen kreischend auf die Düne herab, schwangen sich spielerisch wieder empor und ließen sich vom leichten Südwind davontreiben. Lächelnd senkte Alex den Kopf. Seit zwei Jahren lebte sie hier auf der Nordseeinsel Norderney und betrieb eine kleine Pension. Sie hatte die Summe aus Johanns Lebensversicherung erhalten, da sie von ihm – im Hinblick auf ihre bevorstehende Trauung – bereits als Bezugsberechtigte eingetragen worden war. Davon hatte sie Mariannes Geburtshaus, ein wunderschönes Backsteinhaus in L-Form, in der Nähe des Krankenhauses umbauen lassen und zahlte nun eine verschwindend niedrige Pacht an Johanns Eltern.

Vom ersten Tag an hatte sie sich in das Leben auf der Insel verliebt. In die Menschen, von denen so manch einer mit einem lang gezogenen »Hey« oder dem kultivierten »Guten Morgen« und »Guten Tag« – um das an der Küste üblicherweise gebräuchliche »Moin« zu vermeiden – alles sagte, was es zu sagen gab – oder zu verschweigen. Hier gab ihr niemand ungewollte Ratschläge.

Alex fand das einerseits ungewohnt, andererseits angenehm. Sie genoss die mal idyllische, mal wilde See, die ihr

Melodien zuflüstern konnte, aber gelegentlich auch eine laute, virtuose Vorstellung zu geben imstande war. Den Geschmack von Salz auf den Lippen liebte sie ebenso wie das leise Zischen des Sandes, wenn der Wind ihn über den Strand blies, oder sein Knirschen unter ihren Schritten, da er sich gern in jede Ritze des Hauses setzte. Ja, sie mochte sogar das wenig melodiöse Kreischen der Möwen, denn in der Gesamtheit ergaben die Klänge von Wind und Meer, dem alten Gebälk ihrer Pension, dem Sand und den Wasservögeln eine Sinfonie von Freiheit und Lebensfreude.

Durch das Küchenfenster beobachtete Alex, wie ein sportlicher dunkelblauer BMW vorfuhr. Die meisten Feriengäste kamen mit dem Zug oder ließen ihren Pkw auf dem riesigen Parkgelände vor dem Fähranleger in Norddeich stehen. Diejenigen, die das Auto mit herübernahmen, hatten meist mehrere Kleinkinder und entsprechend viel Gepäck. Anhand des Buchungsformulars wusste Alex jedoch, dass in dem Sportwagen zwei junge Männer anreisten. Auf dem Dach hatten sie ein Surfbrett und mehrere Kiteboards.

Alex trocknete weiter das Frühstücksgeschirr der Gäste ab und sah zu, wie sich ein großgewachsener Mann Anfang dreißig aus dem Auto schälte. Er streckte sich und fuhr sich dann mit beiden Händen durch das kurz geschnittene dunkelblonde Haar, als wollte er den Wind auffordern, einmal kräftig hindurchzublasen. Eine Bö erfüllte ihm den Wunsch.

Alex betrachtete seine braun gebrannten kantigen Gesichtszüge und stufte ihren neuen Gast als äußerst attraktiv ein. Sein unruhiger, nahezu suchender Blick, mit dem er das ehemalige Bauernhaus, die Straße, die mehr einer Sandpiste glich, und die nahen Dünen abtastete, ließ sie die Stirn runzeln. Entweder stand der Kerl kurz davor, vor lauter überschüssiger Energie zu platzen, oder er hatte Urlaub überaus dringend nötig.

Mit energischen, zielstrebigen Schritten ging er um seinen Wagen herum, öffnete die hintere Tür und holte zwei Unterarmgehstützen heraus. Inzwischen war auch die Beifahrertür aufgesprungen und gewährte Alex einen Blick auf einen etwa gleichaltrigen Mann mit schwarzen Locken und einer ähnlichen Statur. Der Blonde half ihm aus dem tiefen Sportsitz und reichte ihm die Gehhilfen. Damit erschloss sich Alex, weshalb die beiden eines der Zimmer im Erdgeschoss gebucht hatten. Sie beobachtete, wie sich der Dunkelhaarige geschickt über die unebenen Steinplatten bewegte, während der andere den Kofferraum öffnete. Die Männer reisten offenbar mit kleinem Gepäck, hob er doch nur einen Trolley und einen Rucksack heraus. Letzterem folgte ein Gitarrenkoffer, was Alex ein Lächeln entlockte.

Auf das tiefe Läuten der Türglocke hin warf sie das Geschirrtuch auf die Anrichte und gab ihren Beobachtungsposten auf. Sie eilte über die laut knarrenden weiß gestrichenen Holzdielen zur verwitterten Eingangstür. Beseelt von dem Wunsch, dass möglichst wenig von dem nahezu morbiden alten Charme des Gebäudes verloren ging, war sie die Renovierungen sehr behutsam angegangen.

»Hallo, ich bin Jens«, stellte sich der Dunkelhaarige mit den Krücken vor. Offenbar hatte er ihre Homepage aufmerksam gelesen, auf der stand, dass sie Wert auf eine familiäre Atmosphäre legte.

»Komm rein. Ich bin Alex. Willkommen im *Haus Meeressymphonie*.«

»Du bist Alex?« Jens grinste fröhlich. Seine Lockerheit und das unverhohlene Erstaunen fand sie äußerst sympathisch. Wie so viele Gäste, die online buchten und das erste Mal hierherkamen, hatte auch er angenommen, dass sich hinter dem Namen Alex ein Mann verbarg.

»Sei bitte vorsichtig. Hier gibt es hohe Schwellen«, warnte Alex ihn und deutete auf das gut zehn Zentimeter große Hindernis direkt vor Jens' Turnschuhen.

»Tja, ich bin davon ausgegangen, dass ein kräftiger Seebär namens Alex mich da rüberträgt.«

»Heb gefälligst deine Füße an!«, kam von draußen eine tiefe, brummig klingende Rüge.

»Wenn du Alex erst siehst, verstehst du meine Reaktion«, gab Jens laut zurück, zwinkerte ihr zu und hievte sich elegant über die Schwelle, ehe er Platz für seinen Freund machte. Der trug das Gepäck und zuckte nicht einmal mit den Wimpern, als Alex sich ihm vorstellte und ihn willkommen hieß.

»Marc«, erwiderte er knapp. »Wo soll das Zeug hin?«

Alex unterdrückte ein Auflachen. Der Mann mit dem leicht bayrischen Akzent stammte definitiv nicht aus dem Norden, schien aber noch viel weniger kommunikativ zu sein als einige der Einheimischen.

»Jens' Zimmer ist gleich hier den Flur entlang, an der Treppe vorbei in den angrenzenden Wohnflügel, die dritte Tür links. Dein Zimmer ist oben. Das mit der Möwe an der Tür.«

»Danke.«

Alex presste sich an die lasierte Holzwand und ließ die Männer passieren, folgte ihnen jedoch. Jens beeilte sich, vor Marc die Zimmertür zu erreichen und sie mit dem Ellenbogen zu öffnen. Sonnenlicht flutete in den Korridor, der nur am Ende ein Fenster besaß. Dies war der Grund, weshalb sie den alten Schiffsboden und die Decke weiß und die Wände cremefarben gestrichen hatte. So wirkte der nur durch Spots an der Decke beleuchtete enge Flur wenigstens etwas freundlicher.

Alex lehnte sich an den Rahmen des Durchgangs zwischen den beiden rechtwinklig zueinander erbauten Hausflügeln und sah zu, wie Marc wenig später die Treppe hinaufpolterte. Sie hörte, wie er die blau lasierte Tür mit der Möwe öffnete.

Manchmal konnte Alex einen begeisterten, ja sogar entzückten Ausruf über die wunderschön gestalteten und liebevoll eingerichteten Gästezimmer vernehmen, doch bei zwei so breitschultrigen Kerlen durfte sie das wohl nicht erwarten.

Marc setzte seinen Rucksack auf dem blitzsauberen Boden ab und lehnte die Gitarre an die Wand. Prüfend sah er sich um. Der Raum hatte einen maritimen Charme und einen, wie er fand, angenehm robusten Charakter. Bis zur Höhe von etwas mehr als einem Meter waren Holzpaneele vor die weißen Wände gezogen worden, die in unterschiedlichen Blautönen lasiert waren. Dunkler Schiffsboden und ein großes Holzbett, das auf beiden Kopfseiten von rustikalen Holzkisten flankiert wurde, die als Nachttisch dienten, konnten kaum passender ausgewählt sein. Das Bett war mit einem weiß-braun gestreiften Überzug abgedeckt, schwarz gerahmte Bilder von Segelbooten, Leuchttürmen und Dünenlandschaften hingen an den Wänden, ohne dass ein verkitschter rosaroter Sonnenuntergang darunter war. Eine krummbeinige Holzkommode mit vier Schubladen und ein schmaler Schrank boten Stauraum für die Kleidung der Gäste. Vor einem der beiden Fenster mit Blick über die Dünen thronte ein alt aussehender Eichenholztisch, der weiß lasiert worden war, und ein Polsterstuhl in Dunkelblau. Auf dem Fenstersims hinter dem Tisch entdeckte Marc eine flache Glasschale mit Muscheln und kleinen Schwemmhölzern, auf dem zweiten Sims stand eine blaue Vase mit Dahlien, und an der Decke hing die Imitation einer Sturmlaterne mit elektrischem Licht. Neben der schmalen Tür zum Bad hatte ein fast ein Meter großes Segelschiff Platz gefunden, dessen Rumpf aus einem riesigen Stück Schwemmholz und dessen Segel aus Metall gefertigt waren.

Marc nickte anerkennend. Man sah die weibliche Hand, ohne dass das Zimmer mit Kitsch überhäuft worden wäre. Der Raum, wie überhaupt das L-förmige Backsteingebäude mit dem früher vermutlich einmal reetgedeckten tiefen Dach, gefiel ihm, ebenso die unmittelbare Nähe zur Nordsee, auch wenn diese sich hinter den Dünen versteckte.

Er nahm einen tiefen Atemzug und wandte sich vom Fenster ab, dann räumte er seine Kleider akkurat ordentlich in Schrank und Kommode, die danach noch immer leer wirkten. Er besaß nicht viel. In seinen Augen lohnte es sich nicht, mehr als das Nötigste anzuschaffen, war das Leben doch nicht mehr als ein Windhauch. Heute strich er über die Erde, morgen war er fort.

Er schloss die Kommodenschublade und richtete sich auf. Das Gästezimmer sah aus wie zuvor. Bis auf den Gitarrenkoffer in der Ecke deutete nichts darauf hin, dass es nun bewohnt war, und dabei hatte er vor, für mehrere Wochen zu bleiben. So lange, bis er endlich seine neue Arbeitsstelle antreten und wieder tun konnte, zu was er sich berufen fühlte und was ihn hoffentlich so beschäftigt hielt, dass ihm nicht allzu viel Zeit zum Grübeln blieb.

Auch jetzt verließ er sofort das Zimmer, ging mit großen Schritten über den Flur und polterte die geschwungene Treppe hinunter, die an der Schnittstelle der beiden Wohnflügel direkt an der Wand entlang und an zwei Fenstern vorbeiführte. Er fand Jens' Zimmer leer vor, wobei dort bereits das vertraute Chaos herrschte, das sein Freund gern um sich hatte. Dieser Raum war kleiner als seiner, hauptsächlich in Hellgrau und Aquamarin gehalten und nur mit einem Einzelbett ausgestattet. Darüber hing ein Aquarell, das die hier auf Norderney üblichen blau-weißen Strandkörbe zeigte – farblich der Inselflagge nachempfunden. Marc zog die leicht knarrende Tür zu, auf die ein

Krabbenkutter appliziert war, und folgte den Stimmen in einen lang gezogenen Speisesaal.

Jens und Alex saßen an einem der Tische vor einer offen stehenden Terrassentür und tranken Kaffee aus riesigen handgefertigten Tassen. Marc blieb stehen und betrachtete ihre Pensionswirtin neugierig. Er schätzte, dass Alex ein wenig jünger war als Jens und er. Mit ihrem hübschen, jedoch unauffälligen Gesicht, den tiefen Grübchen in den Wangen und der molligen Figur passte sie zu dem Gemütlichkeit ausstrahlenden Gemäuer. Offenbar lachte sie gern, liebte es, sich mit ihren Gästen zu unterhalten, und untermalte ihre Worte mit kleinen Gesten. Auf Marc wirkte sie äußerst lebendig, aber dennoch bodenständig, als könnte sie – wie der ehemalige Bauernhof – jeder noch so steifen Brise trotzen, die über die See herbeiwehte. Der geflochtene lange Zopf, den sie über der linken Schulter trug, verstärkte den Eindruck zusätzlich. Als er Alex im nur schummerig erhellten Flur das erste Mal gesehen hatte, hatte ihr Haar dunkelbraun gewirkt, jetzt, im Licht der Nachmittagssonne, das durch die sicher nachträglich angebrachten großen Sprossenfenster und die Terrassentür hereinfiel, schimmerte es mahagonifarben.

Marc lehnte sich mit vor der Brust verschränkten Armen an die Türzarge. Der Raum wirkte durch die fünf weißen Tische und die vielen Stühle überfüllt, wobei die bunten Blumensträuße auf den blauen Tischläufern, die weiße Anrichte entlang der Wand und die sandfarben-hellblau gestreifte Tapete diesen Eindruck wieder wettmachten. Hinter Jens und Alex, halb versteckt in einer Nische, entdeckte Marc ein Klavier. Ein etwa zwei Meter großer, oben abgerundeter Durchgang mit einer halb geöffneten Milchglasschiebetür führte in die nebenan gelegene Küche.

»Nicht so schüchtern, Junge«, sprach Jens ihn an und hob seinen blauen Kaffeepott, als proste er ihm zu. Alex wandte sich auf dem Stuhl um und sah ihn an, wobei ihr Lächeln jene entzückenden Grübchen in ihre Wangen zauberte, die ihm sofort an ihr aufgefallen waren und die aus dem Durchschnittsgesicht ein besonderes machten. Und sie brachten ihn unvermittelt zum Schmunzeln. Verwirrt runzelte er die Stirn. Das kannte er so gar nicht von sich.

»Lass dich von dem düsteren Gesicht nicht beeindrucken, Alex. Marc ist ein netter Kerl. Er spricht nur nicht viel.«

Alex nickte, und Marc bedauerte, dass die Grübchen verblassten wie die Sonne bei aufziehendem Nebel.

»Möchtest du auch einen Kaffee?«, fragte sie ihn und war schon dabei, sich zu erheben.

Marc zögerte. Laut der Beschreibung der Pension gab es hier ein Frühstücksbüfett, für jede weitere Mahlzeit waren die Gäste selbst verantwortlich. Ihnen standen je zwei Fächer im Kühlschrank und eine gemeinsam genutzte Tiefkühltruhe zur Verfügung, ebenso wie der vordere, offene Teil der Küche. Weshalb sollten Jens und er plötzlich einen Kaffee angeboten bekommen?

»Danke, nein. Ich will ans Meer. Kommst du mit, Jens?«

»Geh schon mal vor, ich hol dich gleich ein.«

Marc schmunzelte. Jens ging zwar geschickt mit den Gehhilfen um, aber bis zu seiner früheren Kondition hatte er noch einen weiten Weg vor sich – vermutlich würde ein deutlich erkennbares Hinken zurückbleiben, wahrscheinlich auch lebenslange Schmerzen.

»Komm schon«, forderte er Jens auf, der Pensionswirtin nicht die Zeit zu stehlen, und wandte sich um.

»Sklaventreiber!«, rief Jens ihm nach, begleitet von dem glockenhellen Auflachen der jungen Frau. Marc zog einen Mundwinkel hoch. Ihr Lachen klang wie eine fröhliche Kindermelodie. Glücklich, unverbraucht und überschwänglich. Für einen Moment erlaubte er sich den Gedanken, dass Jens und Alex gut zusammenpassen könnten. Andererseits war Jens von seiner langjährigen Freundin verlassen worden, nachdem man ihr gesagt hatte, seine Genesung würde lange dauern und er womöglich nie wieder der Alte sein. Offenbar hatte sie ihn nicht genug geliebt, um diesen Kampf mit ihm durchzustehen und trotz des kleinen körperlichen Makels bei ihm zu bleiben.

Marc ballte die Hände zu Fäusten. Die Oberflächlichkeit und der damit einhergehende Egoismus auf der Welt bestrafte immer die Falschen. Nicht die Menschen mit gebrochenem Herzen und einer weinenden Seele sollten in psychologische Behandlung gehen, sondern diejenigen, die jenen Kummer erst auslösten. Vermutlich sah die Frau mit den lustigen Grübchen in den Wangen auch nur Jens' Behinderung statt den liebenswerten Kerl dahinter.

Marc ging zu seinem BMW, den er dank einer zuvor beantragten Fahrerlaubnis und des noch vorhandenen gültigen Behindertenausweises für Jens – und der Tatsache, dass die Wirtin kein eigenes Auto hatte, das den Abstellplatz beanspruchte – hier parken durfte. Mit dem Rücken an die Fahrertür gelehnt, wartete er geduldig, bis sein Freund einige Minuten später durch die Tür trat. Jens und er waren angesichts ihrer ähnlichen Größe und Statur und ihrer hellblauen Augen schon während ihrer Schulzeit oft für Geschwister gehalten worden, doch erst in den vergangenen Jahren, nach ihren jeweiligen Schicksalsschlägen, waren sie zu etwas geworden, das dem sehr nahekam. Brüder im Geiste. Brüder im … Schmerz?

»Alex meint, dass es für mich hier schwierig werden könnte, an den Strand zu kommen.«

Marc zog erneut belustigt einen Mundwinkel hoch. Zweimal innerhalb kürzester Zeit. *Wenn das mal nicht rekordverdächtig ist*, dachte er.

»Das Mädchen hat keine Ahnung.« Jens lachte.

»Das *Mädchen* ist eine erwachsene Frau«, stellte Marc richtig.

37

»Sie hat aber viel von einem … Mädchen.«

»Um das einschätzen zu können, müsstest du sie ein bisschen besser kennen.«

»Ich bin ein Menschenkenner. Schon vergessen?«

Marc verdrehte die Augen und stieß sich vom Auto ab. »Dann mal los, du Menschenkenner.«

»So wie du das sagst, klingt es nach Menschenfresser.«

Marc drehte sich weg, um sein Grinsen zu verstecken. »Heb deine Füße ordentlich an«, sagte er noch, ehe er über das moosbewachsene Kopfsteinpflaster zu der schmalen Zufahrtsstraße vorausging, an deren Ende die Pension lag. Eingebettet in sandige Hügel mit ihrem karstigen Dünenbewuchs, verkrüppelten Kiefern und verblühten Bibernellrosenbüschen, schien die *Meeressymphonie* die letzte Bastion zwischen der Nordhelmsiedlung und den Dünen zu sein.

Gefolgt von Jens, ging Marc ein Stück die schlecht befestigte Straße zurück, die nicht einmal einen Gehweg hatte, an einem deutlich kleineren benachbarten Haus vorbei, das sich hinter Rosen zu verstecken versuchte, die, obwohl es bereits Ende September war, stolz ein paar letzte Blüten hervorbrachten, und betrat den schmalen Trampelpfad, neben dem ein verwittertes Holzschild darauf hinwies, dass dies der Weg zum Strand war. Während er sich vergewisserte, dass Jens mit dem unter den Gehhilfen wegrutschenden unebenen Untergrund zurechtkam, huschten mehrere wild lebende Kaninchen davon. Einige waren schwarz, weiß oder gescheckt und erinnerten ihn an die Haustiere, die seine jüngere Schwester gehalten und in regelmäßigen Abständen – und unter unzähligen Tränen – heimlich jenseits des Gartenzaunes beerdigt hatte.

Der Pfad führte durch Dünen hindurch, die immer höher wurden, bis er schließlich endete. Eingesunkene Löcher im Sand, Fußspuren anderer Spaziergänger, wiesen ihnen den Weg über einen weiteren steil ansteigenden Sandhügel, eingebettet zwischen zwei deutlich größeren Vertretern ihrer Art.

»Perfektes Trainingsgebiet«, kommentierte Marc.

»Es lebe die Herausforderung.« Obwohl es mit achtzehn Grad nicht gerade heiß war, zeigte sich auf Jens' Gesicht eine unübersehbare Rötung. Schweiß perlte ihm über die Stirn.

»Was denkst du?«, hakte Marc nach.

»Ein Versuch.«

Marc nickte. Jeder andere wäre nach einer solchen Verletzung vermutlich noch nicht einmal auf den Beinen, sein Freund jedoch war eine Kämpfernatur. Jens hatte ihn gebeten, ihn zu triezen und zu fordern, und er hatte das wörtlich genommen.

Jens nahm den Anstieg in Angriff. Er war trainiert und stark, dennoch sah Marc bereits nach wenigen Minuten, wie seine Arme und damit die Unterarmgehstützen zu zittern begannen. Jens hatte unübersehbar Schmerzen. Schließlich knickte er ein und stürzte, stemmte aber reaktionsschnell einen Fuß in den Sand und verhinderte damit ein Zurückrutschen.

»Genug für heute«, japste Jens.

»Gut gemacht, Kumpel.«

»Jetzt bist du dran.«

Marc half Jens auf die Beine, stellte sich vor ihm hin und nahm den Freund huckepack. Nun war es an ihm, gehörig ins Schwitzen zu geraten. Verbissen wuchtete er sich und Jens den Dünenkamm hinauf. Dort erfasste sie eine frische salzige Brise, die Marc genießerisch die Augen schließen ließ. Er liebte den Wind, den Geschmack von Salz in der Luft und den Sand auf seiner Haut.

Die Nordsee hüllte sich an diesem späten Septembertag in ein graues Kleid, geschmückt mit silbernen Perlen, die von der tief stehenden Septembersonne auf die Wasseroberfläche geworfen wurden. An ihrem Saum zeigte sich weiße Spitze in Form von donnernd ausrollenden schäumenden Wellen. Marc genoss den Anblick der Unendlichkeit und bewunderte die blassgelbe Naht, die das Meer mit dem stahlblauen Himmelszelt verband.

Jens warf die Krücken in den Sand, das Zeichen für Marc, dass er von seinem Rücken herunterwollte. Marc kam dem nonverbalen Wunsch nach, half dem Freund aber nicht, die Gehhilfen einzusammeln. Jens wollte und musste selbstständig zurechtkommen. Noch kämpften sie Seite an Seite dieselbe Schlacht, doch bald schon wollten sie als Sieger hervorgehen – und Jens sich wieder allein durchs Leben schlagen. Diesem Ziel waren sie bereits greifbar nahegekommen, weshalb sich Marc nach einem neuen Einsatzgebiet umgesehen und an entsprechender Stelle beworben hatte.

Verbissen – das war ihm sogar von hinten anzusehen – quälte sich Jens durch den unter ihm wegrutschenden tiefen Sand den Hügel hinab. Als er unten angekommen war, riss er die Arme mitsamt seinen Krücken hoch und stieß einen Triumphschrei aus. Sein Gebaren brachte ihm erhebliche Aufmerksamkeit vonseiten einiger Spaziergänger und einer Mutter ein, deren zwei Kleinkinder links der Düne mit Schaufeln im Sand buddelten.

Marc schüttelte den Kopf und wandte sich um. Von hier aus konnte er das Dach der Pension und sogar das obere Drittel der Fenster des zweiten Stockwerks sehen. In nur schwer abschätzbarer Entfernung erhob sich der achteckige Leuchtturm aus rötlichem Backstein über die sandbraune Wellenlandschaft. Auf der langen Autofahrt hierher hatte Jens ihm vorgelesen, dass der Norderneyer Leuchtturm das einzige linksdrehende Leuchtfeuer der Nordseeküste hatte, weil es sich bei der Leuchtapparatur um eine Reparationszahlung aus dem deutsch-französischen Krieg handelte. Und in Frankreich drehten sich – darüber waren sie sich einig gewesen, denn sie hatten den Französischunterricht in der Schule beide gehasst – wohl alle Leuchtturmlampen in die *falsche* Richtung.

Marc atmete tief die salzige, leicht nach Tang schmeckende Luft ein. Es war eigentümlich, wie sehr diese karge, oft genug sturmgepeitschte Landschaft sein Innerstes zu beruhigen verstand. Als ob die Weite und die wellenförmigen Erhebungen von Dünen und Meer die gewaltigen Felsmassive aus Verzweiflung, Schmerz und Schuldgefühlen in seiner Seele zu glätten wussten.

»Was ist los? Muss ich erst hochkommen und dich runtertragen?« Jens' Stimme riss Marc aus seinen düsteren Gedanken.

Er schmunzelte und joggte zu Jens, der die übertriebene Lässigkeit, mit der Marc die Düne verließ, mit einer hochgezogenen Augenbraue quittierte. »Angeber.«

»Und was sollte dieser Urschrei vorhin?«

»Okay, ich gebe es zu. Ich habe auch angegeben.«

»Du hast alles Recht dazu, deinen Erfolg zu feiern«, lenkte Marc ein.

Jens tippte ihm mit dem Gummifuß einer Gehhilfe auf die Brust. »Das könntest du auch ab und zu mal tun: Deine Siege feiern.«

Marc zuckte mit den Achseln und schritt langsam über den Strand auf das Wasser zu. Auf dem festen Sand in Ufernähe gelang es Jens leichter, ihm zu folgen.

»Das ist mein Ernst, Marc. Ist dir überhaupt bewusst, was du in den vergangenen Jahren alles erreicht hast?«

»Klar.«

»Warum genießt du deine Siege dann nicht?«

»Wie oft haben wir dieses Thema schon durchgekaut?«

»Ich schon häufig – du nicht. Weil du nie etwas dazu sagst.«

»Aber ich habe dir zugehört.«

»Zuhören allein reicht nicht, du musst auch was … tun.«

Marc blieb stehen, stemmte die Hände in die Seiten und taxierte Jens. Der Wind spielte in den Locken des Freundes und zerrte an dessen Pullover. Dennoch stand er fest da – wie der

Fels in der Brandung, der er für Marc war –, wenngleich auf Gehhilfen gestützt.

»Du willst nur zu einer Party eingeladen werden.«

»Du sollst *dir* etwas gönnen, nicht mir.«

»Ich gönne mir einige Wochen Norderney. Die See, mein Board, Wind und Wellen …«

»Das ist eine Übergangslösung, weil du aus der alten Wohnung raus musstest und deine neue hier oben im Norden noch nicht frei ist. Außerdem siehst du das hier als geniales Versuchsobjekt, um mich wieder voll auf die Beine zu bringen.«

»Gibt es daran was auszusetzen?«

Jens verdrehte die Augen und sagte gnadenlos ehrlich: »Du bist von uns beiden der Krüppel.«

KAPITEL 3

Marc rubbelte sich die Haare trocken, legte das Handtuch dann sorgfältig über die dafür vorgesehene Stange, öffnete das kleine Badfenster und betrat sein Zimmer. Eilig zog er sich an. Er und Jens hatten nach dem ersten Strandspaziergang einen Laden gesucht, um Lebensmittel einzukaufen, für die sie deutlich überteuerte Preise bezahlt hatten, und wollten sich in drei Minuten zum Abendbrot treffen. Das Haus, das bei ihrer Ankunft völlig still, ja nahezu verlassen gewirkt hatte, war zum Leben erwacht. Er hörte Kinderstimmen, das Trappeln von Schritten auf der Treppe, Türen, die sich öffneten und schlossen. Dazwischen drangen Klavierklänge zu ihm herauf, und er identifizierte das Stück als eine interessante Version von *Dream a Little Dream of Me*. Pünktlich wie immer betrat er das Frühstückszimmer, das auch als Aufenthaltsraum diente.

Die Musik stammte, wie er mit einem Blick feststellen konnte, nicht aus einem Radio, sondern vom Klavier am Ende des Frühstücksraums. Er hob erstaunt die Augenbrauen, war das gerade intonierte Jazzstück doch virtuos und trotzdem leicht gespielt. Er ging ein paar Schritte in den Raum hinein, um an einem älteren Herrn vorbeizusehen, der damit beschäftigt war, sein Geschirr zusammenzustellen.

Es war Alex, die am Klavier saß. Ihr Zopf wippte im Takt ihrer Bewegungen über ihren Rücken, während ihre Finger spielerisch leicht über die Tasten tanzten. Neben ihr standen ein fünfjähriger blonder Junge und seine zwei Jahre ältere Schwester. Marc erkannte in ihnen die Kinder vom Strand, die nach Jens' Jubelruf von ihrem Spiel aufgesehen hatten. Ihre Mutter, ebenfalls blond und jetzt – aus der Nähe betrachtet – eine regelrechte Schönheit, saß an dem Tisch, der dem Musikinstrument am nächsten stand und betrachtete versonnen lächelnd die Musikerin und ihren begeistert lauschenden Nachwuchs.

Jens winkte ihm aus dem Durchlass zur Küche zu. Neben den gemeinschaftlich genutzten Kühlgeräten gab es dort einen Backofen und Herd, eine Mikrowelle, einen Toaster und sogar einen Entsafter nebst allen möglichen Hilfsmitteln und sogar Backutensilien.

Jens hatte bereits den Salat gewaschen und war dabei, Zwiebeln zu schneiden. Marc öffnete den linken Kühlschrank, um das Fleisch herauszuholen.

»Jens, warum setzt du dich nicht rüber und lernst die anderen Gäste kennen? Ich mache das für dich fertig.« Alex ergriff einfach die an der Arbeitsfläche lehnenden Gehhilfen und drückte sie Jens gegen die Brust.

»Okay«, meinte der nur, grinste Marc an und ließ ihn mit Alex allein. Sie band sich eine Schürze um und wandte sich der Zwiebel zu.

»Ich dachte, es gibt nur Frühstück?«, bemerkte Marc und wusste, dass er wieder einmal harsch klang. Erstaunt sah er zu, mit welcher Geschwindigkeit Alex, deren Finger soeben noch so gekonnt über die Klaviertasten gehüpft waren, die Zwiebel in winzige Würfel schnitt. Er fürchtete ein wenig um die Unversehrtheit ihres Zeigefingers.

»Offiziell ja, aber ich bin oft mit den Gästen zusammen, wenn sie abends vom Strand oder von ihren Ausflügen zurück sind. Ich höre ihnen gern zu, wie sie über das berichten, was sie gesehen und erlebt haben.«

Marc wusste nicht, was er darauf sagen sollte, also nickte er nur.

»Die neuen Gäste sind häufig von der langen Anfahrt müde, da übernehme ich auch mal das Zubereiten einer kleinen Mahlzeit.« Sie taxierte ihn, was ihn veranlasste, endlich den Blick von ihr zu nehmen und die beiden Putenschnitzel in die mittlerweile heiße Pfanne gleiten zu lassen. »Wobei du, obwohl du aus Süddeutschland angereist bist, kein bisschen erschöpft aussiehst.«

»Gewohnheit«, brummte er nur.

»Du fährst also oft so viele Kilometer am Stück?«

»Nein.« Es blieb bei dieser knappen Antwort. Alex versuchte, ihn auszufragen. Vermutlich hätte sie gern seinen Beruf gewusst, bestimmt wollte sie auch erfahren, warum er gleich für mehrere Wochen gebucht hatte. Doch wenn er ihr das verriet, würde sie ziemlich sicher nachhaken, weshalb er vom Süden in den Norden zog …

»Du solltest das Fleisch wenden.« Alex lächelte ihn an und griff nach Essig und Öl, die ebenso wie Gewürze, Kaffee und Tee allen Gästen zur Verfügung standen. Offenbar registrierte sie nicht nur, dass er Näheres über sich nicht preisgeben wollte, sondern akzeptierte es auch. Diesen Wesenszug fand er überaus angenehm.

Alex nahm den zubereiteten Salat und ging hinüber zu den teils leeren, teils besetzten Tischen. Nun, da er allein war, drangen das Gelächter und der übliche Geräuschpegel von mehreren Menschen in einem Raum überdeutlich zu ihm herüber.

Kurz darauf war das Fleisch fertig. Er ließ es auf einen Teller gleiten und trat in den Durchlass. Jens saß nicht an einem der vorderen Tische, sondern bei der blonden Frau mit den beiden Kindern, und unterhielt sich abwechselnd mit der Mutter und dem Jungen, der ihn schon jetzt mit offenem Mund bewundernd anhimmelte.

Marc hob die Augenbrauen. Jens hatte ein Händchen für Kinder. Hätte er diesen Unfall nicht gehabt, wäre er vermutlich selbst längst Vater. Da seine Freundin die ausgedehnte Rekonvaleszenz aber nicht mit ihm durchgestanden hatte, war Jens womöglich davor bewahrt geblieben, die Ehe mit einer Frau einzugehen, die ihn gar nicht bedingungslos liebte.

Marc wich aus, da ein Pärchen mittleren Alters mit ihrem benutzten Geschirr an ihm vorbei in den Küchenbereich wollte. Die beiden stellten sich als Peter und Margot vor. Entweder waren sie schon länger hier oder nicht das erste Mal, denn sie beherzigten völlig selbstverständlich Alex' Wunsch nach einem »familiären Umgang« miteinander. Er entdeckte die Pensionswirtin an einem Tisch mit einer Frau um die vierzig, deren kurz geschnittenes braunes Haar bereits mit grauen Strähnen durchzogen war. Die dunklen Ringe unter ihren Augen fielen sogar im nachlassenden Licht des zur Neige gehenden Tages auf. Ihre beiden Töchter – Marc schätzte sie auf vierzehn und siebzehn – hatten zumindest eine gesündere Gesichtsfarbe, wirkten aber ebenfalls ungewöhnlich still. Für Teenager nahmen sie auffällig schweigend ihre Mahlzeit ein, ohne dabei überhaupt einmal den Blick zu heben.

Marc näherte sich dem letzten Tisch vor dem schwarz glänzenden Klavier und erlangte endlich die Aufmerksamkeit seines Freundes. Der zog ihm auffordernd einen Stuhl hervor, ein deutlicher Hinweis, dass er sich zu ihm, den Kindern und deren Mutter setzen sollte.

Kaum dass er die Teller abgestellt und Platz genommen hatte, beugte sich der Junge vor und streckte ihm seine feingliedrige Rechte entgegen. »Ich bin Tim.«

»Hallo, Tim.«

»Das ist Mama. Und das Tanja.«

»Hallo, *Mama*, hallo, Tanja.«

Über das Gesicht des Mädchens zog sich ein breites Lächeln, dem von Julia Roberts nicht unähnlich.

»Annette«, stellte sich die Frau vor. Sie hatte eine angenehm warme Stimme, die Geborgenheit vermittelte, sodass Marc zu dem Schluss kam, dass »Mama« wirklich der bessere Name für sie war.

»Du bist Marc, hat Jens gesagt«, plauderte der Kleine forsch weiter.

»Wenn Jens das sagt, wird es wohl so sein.«

Tim beäugte ihn kritisch, dann blickte er fragend zu seiner Mutter. Offenbar gefiel ihm Marcs nüchterne Art nicht.

»Marc ist immer so kurz angebunden«, erklärte Jens. »Das heißt, er redet nicht viel. Du kannst dich wirklich glücklich schätzen, dass du ihm bereits mehr als drei Worte entlocken konntest.«

»Ich bin ein Marc-Flüsterer!«, kommentierte der Kleine, straffte die schmächtigen Schultern und klopfte Marc gönnerhaft auf den Oberarm. »Du darfst ruhig an der kurzen Leine angebunden sein. Ich verstehe dich schon.«

Marc versteckte seine Belustigung über den aufgeweckten Jungen hinter einem künstlichen Husten, was Annette, Jens und Tanja ein wissendes Lächeln entlockte. Annette wandte sich prompt an ihn: »Jens hat mir gerade erzählt, wie sehr du ihm hilfst und dass du ihn praktisch trainierst. Das finde ich toll. Du hast seinetwegen sogar deinen alten Arbeitsplatz aufgegeben? Ich nehme an, man muss lange suchen, ehe man auf so selbstlose Menschen trifft.«

Marc wusste nicht recht, ob er Jens dankend anlächeln oder ihm einen Tritt verpassen sollte. Dass er seinen Job wegen seines Freundes aufgegeben hatte, war nur die halbe Wahrheit. Die bessere Wahrheit. Er verdiente dieses Lob nicht.

»Alex ist ebenfalls so ein ganz besonderer Herzensmensch«, fuhr Annette im Plauderton fort, und in Marc erwachte der Verdacht, dass Tims Mitteilungsbedürfnis und Offenheit von ihr stammten. Ob es auch noch einen Vater gab? Zumindest schien er nicht hier zu sein.

»Wir waren das erste Mal vor etwa zwei Jahren hier. Nach dem Krebstod meines Mannes.« Annette senkte kurz den Kopf, atmete tief durch, und als sie wieder aufsah, schimmerten ihre Augen feucht.

»Alex stellt für Menschen, die einen schweren Schicksalsschlag erlitten haben, die Zimmer sehr kostengünstig zur Verfügung, sodass eine Stiftung – bei der sie eine der Mitbegründerinnen ist – kostenlosen Erholungsurlaub vermitteln kann. Es gibt nur wenige Pensionen oder Hotels, die das so bereitwillig handhaben wie Alex. Es ist eine gute Sache. Wir«, sie zerzauste liebevoll das Haar ihres Sohnes und strich Tanja kurz über die Wange, »haben die Zeit hier als überaus heilsam empfunden. Letztes Jahr und auch dieses Mal *mussten* wir einfach wiederkommen. Auch wenn die Stiftung nur für einen Aufenthalt die Kosten übernimmt.« Annette beugte sich vor und flüsterte: »Wobei ich mir sicher bin, dass Alex bei meiner Buchungsbestätigung mit dem Preis geschummelt hat.«

»Man darf nicht schummeln!«, begehrte Tim prompt auf.

Jens wandte sich dem Jungen zu: »Nein, man darf nicht schummeln, da hast du völlig recht. Aber es gibt eine andere Art von Schummeln. Das ist mehr ein Geschenk, eine gute Tat. Und das ist dann etwas wirklich Gutes.«

»Also ist Alex ein Superheld. So wie Spiderman?« Tims Gesicht leuchtete förmlich auf. Er drehte sich auf dem Stuhl zur Seite, ließ die Beine baumeln und schien Alex nicht mehr aus den Augen lassen zu wollen.

»Für mich schon«, flüsterte Annette.

Marc nahm sich von dem Salat. *Hat sie das gerade wirklich gesagt?* Marc entschied für sich, dass er sie einfach nur falsch verstanden hatte. Jedenfalls war Alex in seiner Achtung mächtig gestiegen. Jemanden, der auf einen Teil seines Gewinns verzichtet, um anderen Gutes zu tun, trifft man nicht allzu oft an, da hatte Annette durchaus recht. Vermutlich konnte die Pensionswirtin dadurch nicht einmal verlässlich planen, da sie ja nicht im Vorfeld wissen konnte, mit wie vielen trauernden oder traumatisierten Menschen die Stiftung ihre Zimmer kurzfristig zu füllen gedachte.

Er wandte sich um und ließ den Blick durch den Raum schweifen, wobei er unauffällig die blasse Frau mit den Ringen unter den Augen und ihre schweigsamen Töchter musterte. Es brauchte nicht viel Fantasie, um zu erkennen, dass diese drei zu dem von Annette beschriebenen Personenkreis gehörten. Nachdenklich rieb sich Marc den Nacken. Ob Alex mit ihrer Großherzigkeit nicht manchmal sogar zahlende Gäste vertrieb? Schließlich waren die in sich gekehrten, unübersehbar leidenden Personen nicht unbedingt ein Anblick, dem jedermann im Urlaub ausgesetzt sein wollte.

Marc fragte sich, ob deshalb nicht alle Zimmer ausgebucht waren; andererseits nahm er an, dass die Insel jetzt im September ohnehin nicht von Touristen überrannt war. Noch während Marc Alex musterte, setzte sich eine weitere Frau an den Tisch der Trauernden. Er kam nicht umhin, sie mit einem farbenfrohen Papagei zu vergleichen, trug sie doch eine dieser Pluderhosen mit wildem Farbverlauf und tiefem Schritt. Darüber floss eine aquamarinfarbene Tunika und zuoberst glitzerten gleich mehrere Halsketten. Ihre bereits ziemlich herausgewaschene grüne Haarfarbe erinnerte ihn an »Hansi«, den längst verstorbenen Wellensittich seiner Großmutter. Die Frau verwickelte die beiden Mädchen in ein Gespräch, lachte schallend auf und wollte sich gar nicht mehr beruhigen. Ganz offensichtlich passte ihr Äußeres zu ihrem überfließenden, ungezwungenen Gemüt.

»Willst du dein Fleisch nicht?« Jens' lauernde Stimme veranlasste Marc, sich zu ihm umzudrehen.

»Wenn du nicht eine Gabel im Handrücken stecken haben willst, lässt du gefälligst die Finger von meinem Essen.«

»Es sind Kinder am Tisch, Partner«, brummte Jens rügend, zwinkerte ihm dabei jedoch zu.

Marc presste die Lippen zusammen. *Ich habe mir diesen Sitzplatz ja nicht ausgesucht, Kumpel.* Dennoch musste er Jens recht geben, dass sich derlei flapsige Sprüche in Anwesenheit von Kindern nicht gehörten, da die gern alles wortwörtlich nahmen. Als Marc Annettes freundliches Lächeln sah, entspannte er sich wieder. Mit Schuldgefühlen kam er einfach nicht klar. Davon schleppte er zu viele mit sich herum. Wie Steine in einem Rucksack; nutzloses, aber ihn niederdrückendes Gepäck.

𝄞

Lotti strich ihre aquamarinfarbene Tunika glatt und gluckste in einem fort vor sich hin, freute sie sich doch außerordentlich über das Leuchten in den Augen der beiden trauernden Mädchen. Sie kannte Schmerz in den Gesichtern junger Menschen, der aus hübschen Antlitzen steinerne Mienen formte, wo eigentlich Freude sein sollte und das Leben rundum genossen werden wollte. Sie hatte ihn schon viel zu oft gesehen und miterlebt, was er bewirkte, wenn nicht jemand damit begann, von Liebe und Vergebung zu sprechen. Es war schwierig, Mauern, Stacheldrähte und bewaffnete Grenzposten mit jener Botschaft zu überwinden. Vor allem, wenn dieselben Bollwerke auch in den Köpfen der Leute existierten. Der Alltag der Siedler in Israel war heute noch geprägt von einschlagenden Raketen. Mal kam nur eine am Tag, mal mehrere, sie trafen mal hier, mal dort. Ob überhaupt jemand die Toten zählte?

Die Raketen mit ihren explosiven Ladungen kamen von dort, wo – so fand Lotti – das Geld statt für jene zerstörerischen Waffen besser für die darbenden Menschen eingesetzt werden sollte. Aber offenbar war der Hass auf sie wichtiger, als sich um das Wohlergehen der eigenen Bevölkerung zu kümmern. Um Frieden. Um Vergebung.

In Lottis Leben waren Schüsse an der Tagesordnung gewesen sowie mutwillig gelegte Feuer, um ihre Ernte zu zerstören, die sie der trockenen Erde abgerungen hatte. Wie der Sonnenaufgang, das regelmäßige Atemholen und der Sonnenuntergang. Frieden war ein Fremdwort für Lotti gewesen. Und dabei hatte sie einfach nur leben wollen. Lachen. Singen. Für sie war das jetzt möglich, für die, die sie im Grenzgebiet zum Gazastreifen zurückgelassen hatte, hatte sich bis heute nichts geändert. Sicher, man gewöhnte sich ein Stück weit daran, arrangierte sich damit, lachte trotzdem – oder trotzig –, sang weiter die alten Lieder … Aber ihr empfindsames Gemüt war von dem Zwiespalt förmlich entzweigerissen worden.

Also war sie nach Deutschland gezogen, in das Land, in dem man ihre Ahnen einst mit Feuer überzogen hatte. Vergast. Erschossen. Verbrannt. Seit knapp zwanzig Jahren erlebte Lotti nun Frieden, etwa die Hälfte ihres bisherigen Lebens. Sie war damals nicht allein aufgrund der täglich einschlagenden Raketen geflohen, wegen der Übergriffe auf die jüdischen Siedler, der harten Arbeit, der Feuer oder der religiösen Erziehung. Es gab andere Gründe, die ein junges Mädchen aus der Heimat vertrieben, es gleich einem Fohlen zum Nestflüchter machte. Allerdings hatte sie sehr wohl versucht, auch ihre jüdischen Glaubenswurzeln abzulegen. Dies zumindest war gründlich misslungen. Das Erbe des Stammvaters Abraham wurde man weit weniger leicht los als löchrige Strümpfe. Ebenso schwierig war es mit ihren Erinnerungen an das, was Lotti letztlich bewogen hatte, einen Schlussstrich unter ihr altes Leben zu ziehen …

Lotti vertrieb die aufkeimende Schwere jener schmerzlichen Tage. Ein Lächeln fand sie, heiterte ihren Geist auf, kitzelte in ihrer Kehle. Dieser befreiende nächste Heiterkeitsausbruch hatte nichts mehr mit den beiden Schwestern zu tun, die jetzt in ein Gespräch mit Alex vertieft waren, während ihre Mutter Simone dumpf vor sich hin grübelte. Vielmehr entstammte es einer Beobachtung aus dem Augenwinkel: Marc betrachtete Alex noch immer äußerst interessiert. Dabei, und dessen war er sich vermutlich gar nicht bewusst, umspielte ein feines, kaum wahrnehmbares Lächeln seine Lippen, das seine eigentlich kantigen Gesichtszüge angenehm weich zeichnete. Die blauen Augen, eingerahmt von beneidenswert dichten und für seine Haarfarbe erstaunlich dunklen, fast schwarzen Wimpern, blickten bewundernd drein – und ein wenig verträumt. Aber vielleicht interpretierte sie auch zu viel in ihre Beobachtung hinein. Jedenfalls war da ein Kerl, der sich ganz offensichtlich die Zeit nahm, Alex einmal einer näheren Betrachtung zu unterziehen.

Lottis Herz jubelte, war ihre Nachbarin doch ein fröhlicher, liebenswerter Mensch. Männern gegenüber zeigte Alex allerdings niemals auch nur einen Funken Interesse. Zumindest nicht mehr, als es die Höflichkeit einer Pensionswirtin erforderte, sodass sie stets fürsorglich oder kumpelhaft wirkte. Alex war nicht gerade das, was man eine Augenweide nannte. Männer nahmen sie zwar wahr, vergaßen sie aber schnell wieder. Dieser Marc hingegen …

Lotti rieb sich begeistert die Hände. Offenbar gab es doch noch Männer, die über das, was die Gesellschaft »zu viele Kurven« nannte, hinwegsehen konnten und die Schönheit entdeckten, die hinter der Schale steckte. Wie ein wunderschöner Amethyst, der im Kern eines grauen Felsensteins verborgen lag. Das Beste daran, so fand Lotti, war die Tatsache, dass Marc nicht nur zwei oder drei Wochen blieb, sondern auf unbestimmte Zeit gebucht hatte. *Vielleicht kann ich ein bisschen dahin gehend nachhelfen, dass er hier gar nicht mehr wegwill ...* Vorausgesetzt natürlich, dass Marc ein paar nicht ganz einfache Tests bestand. Immerhin ging es hier um Alex.

Alex warf einen letzten prüfenden Blick auf ihre Vorbereitungen für das Frühstück am nächsten Tag, ehe sie in der Küche, dem öffentlichen Küchenbereich und im Frühstückszimmer die Lichter ausknipste. Im Schein der diffusen Nachtbeleuchtung trat sie zur Eingangstür, kontrollierte, ob das automatische Schloss wieder vorschriftsmäßig funktionierte, nachdem im Sommer die Elektronik einige Mal versagt hatte, und ging dann zurück zur Treppe. Sie lauschte in den abzweigenden Flur, doch obwohl es erst kurz nach zweiundzwanzig Uhr war, schienen die Gäste im Erdgeschoss bereits zu Bett gegangen zu sein. Alles war ruhig, nur das gelegentliche Knarren des alten Gebälks füllte die Stille mit einem, wie sie fand, harmonischen, gemütlichen Klang.

Zufrieden lächelnd stieg Alex die Stufen hinauf. Die beiden neuen Pensionsgäste hatten sich gut eingefügt, wenngleich Marc auf den ersten Blick ein wenig Furcht einflößend wirkte. Obwohl er mit Jens offenbar viel Spaß hatte, machte er einen recht stillen, in sich gekehrten Eindruck. Das war an sich nichts Schlechtes, doch Alex wurde das unbestimmte Gefühl nicht los, dass dies nicht einfach sein Naturell war, sondern irgendetwas ihn zum Verstummen gebracht hatte. Wie ein Klavier, dessen Saiten gerissen sind.

Marc erzählte nicht gern von sich, aber auch Jens war ihrer Frage ausgewichen, was mit seinen Beinen geschehen war. Könnte es sein, dass beides miteinander im Zusammenhang stand? Ob womöglich das Schicksal die beiden zusammenge-schweißt hatte? Vielleicht war die Unterstützung, die Marc Jens angedeihen ließ, kein selbstloser Akt, sondern aus einer Schuld heraus geboren?

Alex schüttelte den Gedanken ab, als wolle sie ihn hier unten, im Erdgeschoss, zurücklassen, und stieg die Stufen hinauf. Als sie rechts in den Wohnflügel einbog, in dem ihre privaten Zimmer lagen, hörte sie aus dem Gästeflur ein ersticktes Geräusch. Betroffen schloss sie die Augen und nahm die Hand wieder von der Klinke.

Der tödliche Arbeitsunfall von Simones Ehemann lag erst zwei Monate zurück. Ihr Schmerz war noch frisch, und Alex wusste aus eigener Erfahrung, wie intensiv, ja grausam dieser in einem wühlen konnte. Er war vergleichbar mit einem hungrigen Hund, der auf der Suche nach seinem Knochen in der Erde grub.

Simones Töchter, Celina und Hanna, litten ebenfalls unter dem Tod ihres Vaters. Sie trauerten still und brachen oft in Tränen aus, zeigten jedoch erste Anzeichen, dass sie über den Schicksalsschlag hinwegkommen würden. Sie genossen ihre Zeit am Meer: den beruhigenden Rhythmus der stetig anrollenden Wellen, den aufmunternden, ja anfeuernden Klang des Möwenchors, das leise Summen des Sandes. Sie alle ließen den Mädchen geheime Botschaften zukommen: *Das Leben geht weiter. Du wirst wieder lachen können. Eines Tages.*

Simone war für all das jedoch nicht empfänglich. Sie welkte dahin wie eine Blüte der Dünenrosen. Ihre blühende Schönheit verwandelte sich rasant in eine der unansehnlichen schwarzen Hagebutten, die diese Wildrosenbüsche ebenfalls hervorbrachten. Was Simone hörte, war nicht die stetig wiederkehrende Lebensfreude in der Melodie der Wellen, nicht der Klang aufmunternder Anfeuerungsschreie oder das leise, tröstliche Summen des Sandes. Sie hörte nur das giftig anmutende

Zischen, das der Wind hervorrief, wenn er durch die stachelbewehrten Zweige der Bibernellrosen blies.

Alex verharrte abwartend auf dem Absatz oberhalb der Treppe, am Scheitelpunkt zwischen dem Gästetrakt des zweiten Stocks und ihren Privaträumen. So wie sie jedes Mal, wenn ein Gast wie Simone eintraf, an dem Punkt ankam, an dem sie entscheiden musste, ob sie die Menschen einfach trauern ließ oder ob es zu intervenieren galt. Und Letzteres bedeutete immer Schmerz. Für sie selbst.

Etwas fiel krachend zu Boden. Ein splitterndes Geräusch folgte, begleitet von einem schrillen Kreischen.

Alex holte tief Luft und betrat den knarrenden Holzboden des offen zugänglichen Flurs. Direkt neben ihr sprang eine Tür auf. Marc rannte förmlich in sie hinein. Reaktionsschnell ergriff er sie an den Schultern, wohl, weil er einen Sturz ihrerseits verhindern wollte.

»Bist du in Ordnung?«, fragte er. Dabei klang er erstaunlich ruhig, nahm sie doch an, dass das hässlich splitternde Geräusch ihn aufgeschreckt hatte. In diesem Augenblick gewann sie den Eindruck, dass Marc selten einmal etwas aus der Fassung bringen konnte.

»Mir geht es gut, danke. Ich muss mich jetzt aber um Simone kümmern.« Bei diesen Worten sah sie ihn auffordernd an. Er runzelte die Stirn, dann ließ er ihre Arme los, die er fast schraubstockartig festgehalten hatte. Gleichzeitig trat er in den Türrahmen zurück.

»Simone ist die Frau mit den beiden Teenagermädchen?«

Alex nickte und musterte ihr Gegenüber. Marc trug ein schwarzes T-Shirt, das über dem Brustkorb und den ausgeprägten Oberarmmuskeln spannte, sowie hellgraue Shorts. Vermutlich war er bereits im Bett gewesen. Kurz glitten ihre Augen über die dünnen weißen Narben, die sich über seinen linken Oberschenkel zogen und trotz oder gerade wegen der fahlen Nachtbeleuchtung deutlich zwischen der Behaarung herausstachen. Ihr Verdacht, dass Marc und Jens ein gemeinsames Schicksal teilten, wobei Marc offenbar besser davongekommen war, erhärtete sich.

Schnell hob sie den Blick. »Ich hoffe, du bist nicht … geweckt worden.«

»Nein.«

»Das wäre mir unangenehm. Ich könnte dir ein anderes Zimmer anbieten, am gegenüberliegenden Ende des Flurs.« Alex hoffte, dass ihre Botschaft klar ankam: Sie machte sich Sorgen um sein Wohlbefinden in ihrer Pension, aber Simone ging dennoch vor. Sie konnte nur hoffen, dass Marc das verstehen würde.

»Wenn ich erst mal schlafe, weckt mich so leicht nichts auf. Und mir gefällt das Zimmer.«

Alex lächelte, erleichtert, dass er ihren Entschluss, Simone bevorzugt zu behandeln, akzeptierte – und weil er tatsächlich etwas mehr von sich offenbart hatte, verbunden mit einem versteckten Lob für den hübsch eingerichteten Raum. Anscheinend war Marc weit weniger unnahbar, als sie zuerst angenommen hatte. Wieder einmal bewahrheitete sich, dass die Menschen nicht nach dem ersten Eindruck zu beurteilen sind.

»Weißt du, wie du die Frau trösten kannst?« Er klang interessiert – und ein bisschen hilflos.

»Nein.«

»Hm?«

»Deshalb werde ich einfach nichts sagen. Ich werde mit ihr zusammen um den Tod ihres Ehemanns weinen.« Alex wusste, dass ihr Tränen in den Augen standen, dennoch hielt sie den Kopf erhoben und schaute diesen großen, starken Kerl beinahe herausfordernd an. Er hatte geplant, eine erstaunlich lange Zeit Gast in ihrer Pension zu sein, doch sie wusste nicht, ob er mit den Befindlichkeiten ihrer besonderen Gäste, mit der Unruhe, die sie wie Übergepäck ins Haus brachten – bevorzugt in den langen, dunklen Nachtstunden –, und mit dem Anblick der wenig fröhlichen »Urlauber« umgehen konnte. Die Möglichkeit, dass sie ihn und Jens als Gäste verlieren könnte, verbunden mit einer Rückzahlungsforderung, war nicht von der Hand zu weisen.

»Geh zu … Simone.« Nach dieser etwas harschen Aufforderung trat er zurück und schloss die Tür.

Alex betrachtete die darauf angebrachte Möwe aus Holz und Ton und spürte, wie Zuneigung zu diesem Mann in ihr erwachte, so wie sie es zuvor auch bei Jens gespürt hatte, als der sich völlig unkompliziert zu Annette und den Kindern gesetzt hatte. Endlich drehte sie sich um und klopfte an der gegenüberliegenden Zimmertür. Lange Zeit geschah nichts, dann hörte sie einen erstickten Laut, mehr ein Schluchzen als ein Wort, das es ihr erlaubte, die Tür zu öffnen und einzutreten.

Simone kauerte auf dem Boden, umgeben von im Licht der Deckenlampe glitzernden Scherben. Sie hatte das gläserne Segelboot vom Fenstersims gewischt. Oder durchs Zimmer geworfen? Es war gleichgültig. Das filigrane Kunstwerk war in Tausende von scharfkantigen Splittern zersprungen. Ebenso wie Simones Lebensträume, ihre Zukunftspläne, die verlorenen Jahre mit ihrem Ehemann Marvin.

»Ich hab es kaputt gemacht«, schluchzte Simone und verbarg ihr Gesicht in den zitternden Händen.

»Das ist nicht schlimm. Warte, ich bring dir deine Schuhe, damit du sicher aus den Scherben herauskannst.« Alex sprach in weichem Tonfall, beinahe singend. Eine Melodie in Moll, die beruhigte und zugleich symbolisierte, dass sie Simones Trauer verstand und mitfühlte. Sie reichte der Frau ein Paar Crocs und half ihr dann auf die Beine. Behutsam führte sie Simone zum Bett und drückte sie auf die Matratze. Ohne zu zögern, setzte sie sich neben sie und legte den Arm um ihre Taille.

»Ich habe dein schönes Segelboot … Es hat immer die Sonnenstrahlen reflektiert, farbige Muster an die Decke geworfen …«

»Ich habe noch eins. Das ist wirklich nicht schlimm.«

»Ich bin so wütend!«

»Das verstehe ich.« Das war nur die halbe Wahrheit, aber das behielt Alex für sich, war dies doch nicht der richtige Zeitpunkt, um darüber zu sprechen oder gar Fragen zu stellen. Irgendetwas an Simones Trauer war Alex fremd. Sie verspürte darin eine seltsame Disharmonie. Als kämpfe Simones Trauer gegen … etwas anderes an. Wie eine Blockflöte in den Händen eines Anfängers, der versucht, eine Mundharmonika zu übertönen. Das Ergebnis war nicht gerade schön.

Simone atmete laut und hektisch, ihr Gesicht war zu einer schmerzgepeinigten Fratze verzogen. Dann nickte sie verstehend. Nun wusste auch Simone, dass ein tiefgehender Kummer Alex' nicht fremd war. Ihre Seelen verbanden sich, sangen die gleiche traurige Weise. Doch während die in Alex' Herzen, sobald sie Simones Zimmer verlassen hatte, wieder leichthin grooven konnte, blieb die von Simone ein einziges Trauerstück. Und das vielleicht noch für eine lange Zeit, denn die Lieder des Schmerzes und der Trauer hatten die Angewohnheit, sehr ausdauernd in einem Menschen nachzuhallen. Alex' Hoffnung war, dass sie im Himmel als reine, friedvolle Melodien ankamen und den Verstorbenen auf eine schöne, glücklich machende Weise symbolisierten, dass sie vermisst wurden. Weil sie von ganzem Herzen geliebt worden waren.

»Ich habe ihn doch geliebt!«, brach es aus Simone heraus. »Ich vermisse ihn. Ich weiß nicht, was ich ohne ihn tun soll. Ich kann das nicht …!«

Alex verstärkte den Druck um Simones Körpermitte. Diese lehnte sich daraufhin schwer an sie, schluchzte, jammerte, krümmte sich, scharrte mit den Füßen, schleuderte die

Crocs quer durch den Raum und sackte schließlich wie eine Marionette, die ihre Halt gebenden Fäden eingebüßt hat, in sich zusammen. Vermutlich hatte sich Simone in Marvins Nähe restlos sicher gefühlt, war gern von ihm geführt worden.

Wehklagen in seiner Reinform überflutete Simone, so wie eine Sturmflut den Strand einzunehmen verstand.

Alex liefen die Tränen über die Wangen. Sie litt so sehr mit der Frau mit. Um eine verlorene Liebe. Um ein verlorenes Leben. Und um die Liebe eines Vaters zu seinen Kindern – die diese nicht länger erleben durften. Die Welt schrie Ungerechtigkeit, die Seele Pein, das Herz war zerrissen vor Schmerz, der Kopf gemartert durch die Frage nach dem Warum.

Es gab keine Antwort darauf. Heute nicht und auch morgen nicht. Deshalb schwieg Alex und vertröstete sich selbst auf: *eines Tages*. Wenn nicht hier, dann im Himmel – davon war Alex mittlerweile überzeugt. Sie hoffte darauf, irgendwann mehr hören zu können als nur die Noten von Trauer und Freude, Liebe und Hass, Begeisterung und Trübsal, die anscheinend willkürlich über die Notenlinien des Lebens sprangen. So hatte sie das für sich übersetzt, was Pastor Jeremiah sie gelehrt hatte.

Simone schluchzte noch immer in Alex' Armen und wurde in einem fort von heftigen Schauern geschüttelt. Alex wiegte die Frau leicht hin und her, schenkte ihr ihre Zeit. Durch die Noten des Schmerzes zu hetzen, verzerrte ein Lied, auch eines, das einen zutiefst traurigen Grundtenor hatte. Es brachte nichts, es abzukürzen, man musste es Ton um Ton zu Ende spielen. Zu trauern war wichtig.

Alex setzte sich ganz behutsam etwas bequemer hin, damit Simone es möglichst nicht bemerkte. Dabei glitt ihr Blick durch das Zimmer. Sie gab es immer an diejenigen, die frisch einen Todesfall zu beklagen hatten. Alex nannte es *Sonnenzimmer*, schienen hier doch morgens als Erstes die warmen Strahlen der Sonne herein und vertrieben die Nacht und – so hoffte sie – auch ein wenig die schmerzlich-dunklen Gedanken. Der Raum bestach durch seine filigranen weißen Möbel. Nichts Rustikales, Dunkles, Wuchtiges fand sich darin. Die Bilder zeigten Sonnenschein über einem glitzernden Meer und bunte Sonnenschirme am Strand. Die Tapete war weiß und hellgelb gestreift, die Deckenlampe warf helles Licht in jeden Winkel, die Vorhänge waren von einem sonnigen Gelb, die Dekoration freundlich.

Alex neigte den Kopf. Eine sanfte Melodie wehte zu ihnen herüber. Auf der Gitarre gezupfte Töne, einschmeichelnd und doch klar, verbanden sich zu dem Lied *Tears in Heaven*. Die Melodie berührte ihre Seele, ihr war, als würde sie sanft gestreichelt. Simone musste es ebenfalls gehört haben, denn sie wurde still und lauschte. Ihre verkrampften Arme lockerten sich, das Beben fand ein Ende. Nun flossen nur noch die Tränen. Tränen des Schmerzes und der Trauer, als trügen die vorbeiziehenden Klänge die Last der Verzweiflung, die Hoffnungslosigkeit und die Fragen nach der Zukunft mit sich davon. Wie das vielleicht auch bei Eric Clapton gewesen sein mochte, der das Lied, gemeinsam mit Will Jennings, nach dem Sturz von Claptons vierjährigem Sohn aus dem 53. Stockwerk eines New Yorker Hauses geschrieben hatte. Wie viele Tränen die Ballade wohl schon hervorgebracht hatte? Im positiven Sinne?

Alex wusste nur zu gut, dass das nur ein kurzer Augenblick der Ruhe, die Andeutung eines Friedens war, hervorgerufen durch den Zauber der Musik. Aber diese Ruheinseln waren wichtig, benötigten Körper und Geist doch Erholung. Sie wünschte sich, dass Simone, umschmeichelt von der liebkosenden Melodie, erkennen durfte, dass es die lichten, leichten Momente, die mit Freude und Glück gefüllt waren, noch immer gab. Sie waren nur hinter den gewaltigen Bergmonumenten ihres Schmerzes verborgen. Eines Tages würde sie die Täler durchschritten haben und dort ankommen …

KAPITEL 4

Marc betrat das Frühstückszimmer, aus dem ihm ein vielfältiges Stimmenpotpourri entgegenschlug. Dennoch galt sein erster Blick dem Tisch, an dem Simones Töchter saßen. Die beiden Mädchen hatten ihre Teller bereits geleert, beobachteten aber schmunzelnd Tim und Tanja, die mit Jens herumblödelten. Er sah in ihren Augen die Sehnsucht, es ihnen gleichzutun, und wie gern sie dem Dunklen, Kalten entkommen wollten, das ihr Herz umschlossen hielt. Wie gut Marc sie verstehen konnte. Auch er wünschte sich, er könnte alle Last einfach abschütteln, um wieder frei atmen und leben zu können. Seit dem Unfall, der einen Mann, der kurz davor gestanden hatte zu heiraten, das Leben gekostet hatte …

Marc drehte sich um, als er hinter sich Schritte vernahm. Simone trat ein und sah noch abgekämpfter aus als am Vortag. Sofort sackten Celina und Hanna auf ihren Stühlen zusammen, das Schmunzeln verschwand von ihrem Gesicht, als habe ein Windhauch es ihnen von den Lippen gestohlen. Sie waren jung und im Grunde ihres Herzens überaus lebensfroh, und obwohl sie ihren Vater schmerzlich vermissten, waren ihre Sinne doch auf das Leben ausgerichtet. Vermutlich versteckten sie dies tief in sich, aus Liebe zu ihrer Mutter, die sie nicht verletzen wollten.

Marc rieb sich nachdenklich den Nacken und wandte sich dem Büfett zu. Dort stand Alex, auf deren Stirn kleine Falten zu sehen waren. Sie hielt den gefüllten Brötchenkorb, den sie gegen den leeren hatte austauschen wollen, beinahe krampfhaft an ihre ärmellose weiße Bluse gedrückt.

Ob das Gespräch – oder vielmehr das gemeinsame Schweigen – in der vergangenen Nacht ein ungutes Ende gefunden hatte?

Der farbenfrohe Papagei – Marc schätzte die Frau auf Ende dreißig – trat zu Alex, entzog ihren Händen den Korb und tauschte ihn gegen den leeren aus. Gleich darauf schob sie Alex energisch zum Küchendurchgang.

Marc schaute dem ungleichen Paar nach. Während Alex ihre langen Haare zu einem Knoten am Hinterkopf hochgeschlungen hatte, aus dem die Spitzen frech in alle Richtungen abstanden, trug die andere Frau, wohl eine Angestellte von Alex, ihre raspelkurze Igelhaarfrisur heute in Pink. Ehe die beiden in der Küche verschwanden, hörte Marc noch, wie die Ältere zur Jüngeren sagte: »Du tust schon genug für all die Trauernden, meine Krabbe. *Mehr* kannst du nicht tun.«

Marc gefiel der sanfte Tonfall, den die Frau, die er vielmehr als übermütig und laut eingeschätzt hatte, Alex gegenüber anschlug. Und »Krabbe« als Kosewort zu benutzen, war schlicht belustigend schräg.

Er füllte seinen Teller wahllos mit Nahrung und ging dann eher zögernd auf den Tisch in der hinteren Ecke zu, an dem Jens gerade wieder eine seiner fantastischen Geschichten zum Besten gab. Während die Kinder an seinen Lippen hingen, begrüßte Annette Marc mit einem Lächeln.

Zwischen zwei leeren Tischen drehte er sich um und blickte durch den öffentlich zugänglichen Küchenbereich auf die geschlossene Tür der privaten Küche. Dabei überfiel ihn wie aus heiterem Himmel der Gedanke, ob er aus der Vorauswahl an

Unterkünften, die Jens getroffen hatte, womöglich nicht ganz zufällig ausgerechnet von dieser Pension begeistert gewesen war. Innerhalb von Minuten hatte er Jens zurückgemailt, dass er dort buchen solle … Erstaunt über sich selbst, weil er so einer Überlegung überhaupt Raum gab, verdrehte er die Augen.

𝄞

Alex beschattete ihre Augen mit den Händen. Lächelnd sah sie zu, wie Marc seinen Freund auf dem Rücken über den Dünenkamm trug. Dabei streckte Jens die Stöcke links und rechts von sich, was die beiden wie ein seltsames Insekt aussehen ließ.

Alex kicherte leise in sich hinein. Sie konnte nicht genau sagen, weshalb, doch sie fand Marc großartig. Wer kündigt schon einen sicheren Arbeitsplatz, um seinem vormals schwer verletzten Freund bei der Genesung beizustehen? Laut Jens arbeitete Marc seit Monaten an der Wiederherstellung von Kraft und Beweglichkeit seines Freundes – und mit welcher Effizienz und Leidenschaft er das bewerkstelligte, hatte Alex heute nach dem Frühstück sogar beobachten können. Marc hatte ihren Garten und den Hof zu einer Art Freiluftsportstudio umfunktioniert. So kurz angebunden und grimmig, wie er gelegentlich wirkte, war er bei Weitem nicht. Offenbar steckte in diesem athletischen Körper ein großes Herz.

Alex staunte nicht schlecht, als hinter den Männern auch noch Hanna und Celina auftauchten, die Marcs Surfbrett trugen. Hatte sie Marc beim Frühstück nicht zu Jens sagen hören, dass der Wind heute optimal sei, um sein neues Board und den großen Kite auszuprobieren? Weshalb ließ er nun die Mädchen sein Surfbrett herbeitragen – und das ohne ein Rigg?

»Du hilfst ja gar nicht mit«, rügte Tim Alex, mit dem sie eine Sandburg baute, und sie zwang sich, den Blick von den

Neuankömmlingen abzuwenden. Der Junge, mit Matschhose und Regenjacke und einer ständig in die Augen rutschenden Mütze ausgestattet, hatte die kleinen Hände in seine nicht vorhandene Taille gestemmt.

»Lass Alex jetzt mal, Schatz«, mischte Annette sich ein. »Sie hat ein paar kostbare freie Stunden. Die muss sie nicht damit verbringen, dass sie mit dir eine Sandburg baut.«

»Aber ich will nachher sehen, wie das Wasser die Burg zerstört.«

»Ein morbides Interesse hat dein Sohn!« Alex lachte und nahm die rote Kinderschaufel wieder zur Hand.

»Wenn ich mich recht erinnere, hast du ihn im letzten Jahr gezwungen, so lange am Strand auszuharren, bis das Hochwasser kam und eure Sandstadt weggespült hat.« Annette blinzelte gegen die Sonnenstrahlen zu Alex hoch.

»Ich wollte ihm damals nur verdeutlichen, dass der Sand, wenn das Meer ihn wegspült, nicht gänzlich fort ist, sondern da draußen herumwirbelt. Wie sein Papa, der zwar nicht mehr hier ist, dafür aber in einer anderen Welt. An einem Ort, wo er keine Schmerzen mehr hat und wieder gehen, lachen und handwerken kann.«

»Ich denke, er hat es begriffen.« Annette schenkte ihr ein freches Grinsen.

Alex war so unendlich froh, dies zu sehen, war die junge Witwe vor zwei Jahren doch ähnlich verzweifelt gewesen wie jetzt Simone.

»Er erzählt ständig davon, dass sein Papa jetzt im Himmel Sandburgen baut.«

Alex bückte sich lächelnd, um zumindest so zu tun, als sei sie noch fleißig bei der Arbeit. Tim jedenfalls schaufelte unermüdlich Sand auf den Berg, der jedoch hinter seinem Rücken, der Schwerkraft folgend, wieder abwärts rieselte.

»Ich finde den Gedanken eigentlich ganz schön.«

»Ich auch«, seufzte Annette und wandte sich Tanja zu, die auf sie zugestürmt kam, um einen weiteren Schatz zu präsentieren, den sie am Strand gefunden hatte.

»Dürfen wir euch Gesellschaft leisten?« Ohne auf eine Antwort zu warten, ließ sich Jens neben Annette fallen und warf die Stöcke von sich. Er klang ein wenig atemlos, was Alex ihm nach dem Weg durch den tiefen Sand nicht verdenken konnte.

Celina und Hanna ließen das Board zu Boden gleiten und nahmen zwei große Rucksäcke von ihren Schultern. Offenbar waren es Marcs, denn er begann in einem davon zu wühlen.

»Wer will zuerst?«, fragte er, während er einen schwarzen Neoprenanzug mit auffällig orangefarbenem Muster hervorzerrte. Alex erkannte in ihm Lottis Wärmeanzug, den sie an kalten Tagen zum Schwimmen trug, und hoffte, dass Marc ihn nicht von Lottis Wäschespinne geklaut, sondern ihre extravagante Nachbarin und unbezahlte Gelegenheitsaushilfe den Mädchen das gute Stück ausgeliehen hatte.

»Ich?«, erwiderte Alex, da sich sonst niemand regte. »Was auch immer.«

Marc sah sie einen Augenblick lang herrlich verwirrt an, dann zeigte sich auf dem Gesicht mit dem Dreitagebart ein schiefes Grinsen. Dennoch wandte er sich an die Jüngere der beiden Schwestern: »Hanna, du?«

Die Angesprochene sprang sofort auf, als hätte sie sich nur nicht getraut, auf Marcs Frage zu antworten. Alex presste die Lippen zusammen. Die Mädchen litten unsagbar unter dem Verlust ihres Vaters, zugleich aber auch unter der Teilnahmslosigkeit und düsteren Stimmung ihrer Mutter.

»Der Neoprenanzug wird dir etwas zu groß sein.« Marc warf ihn Hanna zu, die ihn geschickt auffing. Eilig zog sie sich den Pullover über den Kopf und offenbarte darunter einen Badeanzug. Marc streifte sich den Norwegerpullover ebenfalls ab und wartete in einem eng anliegenden weißen Tanktop und

einer schwarzen Surfhose, bis Hanna in das vor Kälte schüt-
zende Kleidungsstück gestiegen war. Er reichte ihr eine oran-
gefarbene Schwimmweste und zog diese, nachdem Hanna
hineingeschlüpft war, ordentlich fest.

»Du siehst aus wie eine … Kaulquappe«, spottete Celina.
Die Schwestern grinsten sich an, und Alex atmete dankbar auf.
Wer immer von den beiden jungen Männern den Einfall gehabt
hatte, die Mädchen mal von der Mutter wegzulocken, hatte
damit das einzig Richtige getan.

»Na dann!« Marc packte das Board und joggte zur Uferlinie
hinunter, begleitet von Hanna, die neben ihm wie ein Zwerg
mit einem gewaltigen schwarz-orangefarbenen Schutzpanzer
wirkte.

»Wie kalt ist das Wasser denn?«, wollte Annette wissen,
die ihren Kindern sogar verboten hatte, die Gummistiefel
auszuziehen.

»Kalt!«, lautete Alex' knappe, aber vielsagende Antwort.

»Darf ich auch surfen lernen?«, kam es prompt von Tim, der
sehnsuchtsvoll zusah, wie die beiden in die See wateten. Hanna
vollführte dabei seltsame Verrenkungen, die die Zuschauer zum
Lachen animierten. Trotz des schützenden Materials um ihren
Körper bekam das Mädchen gerade zu spüren, dass die Nordsee
Ende September keine angenehme Badetemperatur hatte.

Da Tim mit Beobachten beschäftigt war, setzte sich Alex
neben Annette, streckte die Beine aus und stützte sich rücklings auf die Ellenbogen. Die Wellen rollten donnernd an den
Sandstrand, zogen sich flüsternd wieder zurück und schmück-
ten sich mit Abermillionen funkelnder Brillanten. Alex genoss
diese zurückhaltende Melodie, untermalt vom Knistern des
Dünengrases hinter ihnen und dem steten Auf und Ab der
Töne, die in Form von fröhlichem Auflachen oder erschrocke-
nen Ausrufen aus Hannas Mund perlten. Eine Schar Möwen
flog über sie hinweg, seltsam leise, als wollten sie die Harmonie

am Strand keinesfalls mit ihrem Kreischen stören. Weit draußen schob sich ein Containerschiff am Horizont entlang und auf eine Wolkenbank zu, als plane es, sich hinter ihr zu verstecken.

Tanja kam mit einem weiteren Fundstück von ihrem neuerlichen Streifzug zurück; dieses Mal waren es einige von Sand und Meer geschliffene grüne und weiße Glasscherben, die ebenfalls in den Eimer mit ihren Schätzen fielen. Vermutlich wollte sie damit wieder zu Lotti gehen, um auch in diesem Jahr eine *Kette der Erinnerung* anzufertigen. Die größte Herausforderung für Lotti würde wohl der tote Taschenkrebs darstellen … Es sei denn, Tanja fand noch einen Fischkopf oder – wie im ersten Jahr hier auf Norderney – einen bereits von den Möwen angeknabberten kleinen Hundshai.

Mit blauen Lippen und am ganzen Körper zitternd, aber mit einem begeisterten Strahlen im Gesicht kehrte Hanna schließlich wieder zu ihnen in den Schutz der Dünen zurück. Celina sprang sofort auf, denn jetzt war sie an der Reihe. Alex beobachtete nicht, wie die beiden den nassen Neoprenanzug tauschten, sondern beugte sich etwas nach links, um an ihnen vorbei Marc zuzuschauen. Er hatte das Board an den Strand gezogen und joggte ein paar Runden im Kreis, vermutlich um seine klammen Gliedmaßen ein wenig aufzuwärmen. Seine Bewegungen waren flüssig und kräftig, sehr männlich, wie Alex mit einem seltsam prickelnden Gefühl in der Magengegend feststellte.

»Ich finde seinen Einsatz ja super«, raunte Annette Alex zu, »aber ich fürchte, er wird sich dabei eine ordentliche Erkältung holen.«

»Keine Angst, den haut so schnell nichts um«, beruhigte Jens sie. »Zumindest keine Kälte, kein Sturm, keine gefährliche Freeclimbing-Partie oder sonst eine irre Herausforderung. Marc lebt von einem Adrenalinstoß zum nächsten.«

Alex warf erneut einen Blick auf den Mann vor der glitzernden Wasserfläche. Unter der schwarzen Neoprenhose bildeten sich ausgeprägte Beinmuskeln ab, das Shirt, inzwischen klatsch-nass, offenbarte die gut definierten Brust- und Bauchmuskeln. Marc war allem Anschein nach ein Extremsportler. Dennoch fragte sie nach: »Und was haut ihn dann um?«

»Traurige Mädchen.« Jens deutete auf Celina, die jetzt zum Ufer hinunterging. Hanna hingegen presste schlotternd ihre Kleider an sich und machte sich auf den Rückweg zur Pension.

»Weinende Frauen machen Marc ebenfalls zu schaffen.« Jens zuckte mit den breiten Schultern. »Außerdem ein Freund, der nicht mehr auf die Beine kommt – und dieser Schmerz in seiner Seele.« Als habe er damit zu viel verraten, wandte sich Jens von Annette und Alex ab und widmete sich Tim, dem das Beobachten nun doch zu langweilig geworden war.

Annette rutschte näher zu Alex und flüsterte: »Ist Marc, und vielleicht auch Jens, von der Stiftung geschickt worden, die uns damals den Urlaub bei dir ermöglicht hat?«

Alex schüttelte verneinend den Kopf. Jens hatte regulär über die Homepage gebucht. Allerdings fand sie Annettes Vermutung nicht unbegründet, trugen beide Männer doch sichtbare, wie wohl auch unsichtbare Verletzungen mit sich herum. Sie sah zu, wie Marc bei Celina den Sitz der Schwimmweste korrigierte und sie dann erfolgreich dazu überredete, in die kalte Nordsee zu waten.

»Aber offenbar ziehe ich auch abseits der Stiftung Menschen an, die Heilung benötigen«, antwortete sie auf Annettes Frage.

»Das würde mich kein bisschen wundern. Ich bin seit damals fest davon überzeugt, dass über deiner Pension ein ganz besonderer Geist liegt. Um es mal mit Worten zu sagen, die Lotti benutzen würde: Adonai schenkt der *Meeressymphonie* eine Atmosphäre feinster Töne, ein heilsames Lied, dessen Grundtenor Geborgenheit und Friede ist.«

»Seit wann bist du unter die Poeten gegangen?«, lachte Alex, jedoch berührt von dem, was Annette für ihre Pension empfand.

»Das passiert mir nur hier.« Annette richtete sich auf, da Tanja mit neuen Schätzen zurückkam. Dieses Mal hielt sie einen runden weißen Stein mit einem Loch in der Mitte in ihrer Hand. Alex genoss es, mitzuerleben, wie Mutter und Tochter über die spätere Verwendung des Steins philosophierten und wie innig sie sich dabei begegneten. Annette war – soweit ihr Job das zuließ – immer für ihre Kinder da. Das hatte es ihnen als Familie ermöglicht, die Tragödie zu überstehen und ein Stück weit hinter sich zu lassen. Allerdings war Alex die Erschöpfung im Gesicht der Frau nicht entgangen, als die kleine Familie vor rund einer Woche angereist war. Die Verantwortung für ihre Kinder, ihr Wunsch, sie mit Liebe und Aufmerksamkeit zu umgeben, gepaart mit der Arbeit, die sie zwangsläufig hatte annehmen müssen, um über die Runden zu kommen, überforderten sie.

Annette war nun seit mehr als zwei Jahren allein. Alex wünschte ihr so sehr, dass sie wieder einen Partner fand. Sie blickte zu Jens, der mit Tim an der Sandburg baute. Offenbar kam dieser Mann gut mit den Kleinen klar, doch ob er sie dauerhaft würde um sich haben wollen? Immerhin war er – wie Marc – ein Abenteurer. *Gewesen*, verbesserte sich Alex mit Blick auf die abseits liegenden Gehhilfen. Dennoch … sie schaute zurück zu Annette, die jetzt, nachdem sie sich an der Nordseeluft erholt hatte, wieder eine blühende Schönheit war.

Jens und Annette. Warum eigentlich nicht? Der Gedanke kam und blieb. Wie ein Lied, das Alex gehört hatte und nicht mehr aus dem Kopf bekam.

»So, ich werde mal putzen gehen. Und einige warme Getränke vorbereiten.« Damit deutete sie auf Celina, die gerade kopfüber in den Fluten verschwand und dabei Marc nass spritzte. Noch ehe Annette einen Einwand anbringen konnte, war Alex auf den Füßen und eilte mit schlingerndem Schritt durch den weichen Sand davon. Somit gewährte sie Jens und Annette etwas Zeit für sich.

KAPITEL 5

Alex erreichte Marc, als er bereits auf der Treppe nach oben war. Über das Geländer hinweg, und ohne ein Wort zu sagen, hielt sie ihm eine große Tasse mit dampfender Schokolade hin. Er hatte sich die Rucksäcke über die Schultern gehängt, und aus einem tropfte Meerwasser, vermutlich von Lottis Neoprenanzug, den sie den Mädchen geliehen hatte. Marcs Haar war nass, salzverkrustet und zerzaust, und da ihm das Shirt noch immer am Brustkorb klebte, verbat sich Alex lieber einen genauen Blick darauf.

»Tauschen wir«, schlug Alex schließlich vor, da Marc sie nur unverwandt anschaute. Beinahe so, als überlege er, ob die Schokolade womöglich vergiftet sein könnte. Der Gedanke animierte Alex zu einem belustigten Schmunzeln. Dieser stille Mann war irgendwie … herausfordernd.

»Was hättest du denn gern?« Provozierend verschränkte er die Arme vor der Brust, wobei Sand auf die Holzstufen rieselte. Gleichgültig, wie bedrohlich er jetzt auch auf sie wirkte, wie er da über ihr stand und auf sie herabblickte, blieb ihr der Schalk in seinen blauen Augen doch nicht verborgen.

»Treppenhausputzen gegen heiße Schokolade?«

Er schüttelte den Kopf und zeigte dabei die Andeutung eines herrlich schiefen Grinsens. »Du gehst viel zu sehr darin

70

auf, deine Gäste zu bemuttern, als dass du mir das abtreten würdest.«

Alex zuckte mit den Schultern. Er war ein erstaunlich guter Beobachter. Vielleicht, weil er sich selten an Gesprächen beteiligte und damit sein Umfeld weitaus genauer im Blick behielt als geselligere Menschen? Wie recht sie mit ihrer Vermutung hatte, bewies Marc, als er den tropfenden Rucksack abnahm und ihn ihr über die Brüstung reichte. »Du willst für mich das nasse Zeug irgendwo aufhängen?«

»Es gibt hinter dem ehemaligen Stall, in dem deine Surfausrüstung steht, einen überdachten kleinen Anbau mit Wäscheleinen. Dort kannst du die Sachen dann später abholen.«

»Danke.« Er ließ sich das Gepäckstück abnehmen und griff nach der großen runden Tasse. Dabei berührten seine eiskalten Finger die ihren. Sie schauderte.

»Sieh zu, dass du wieder warm wirst.«

»Aye, *Krabbe*.«

Alex hob die Augenbrauen. Wenn sie wegen des Neoprenanzugs nicht ohnehin gewusst hätte, dass Marc mit Lotti gesprochen hatte, würde sie es spätestens jetzt wissen. Lotti verpasste ihr gern irgendwelche Kosenamen, am liebsten nannte sie sie »Krabbe«.

»Und danke«, fügte sie hinzu, ohne darauf einzugehen, dass Marc ihren Spitznamen anscheinend lustig fand.

Marc, bereits zwei Stufen weiter, drehte sich nochmals um und beugte sich mit einem verwirrten Gesichtsausdruck über die Brüstung. Seine Frage stellte er allerdings nicht.

Wieder schmunzelte Alex. Wenn man sich mit Marc abgab, musste man sich in Gedankenlesen üben. »Dafür, dass du dir Zeit für Celina und Hanna genommen hast.«

Nun war es an ihm, mit den Schultern zu zucken. Fasziniert beobachtete Alex dabei das Spiel seiner Muskeln. Da sie ihn anstarrte, hatte Marc offenbar das Gefühl, doch noch etwas sagen zu müssen: »Schon in Ordnung.«

»Das ist nicht … selbstverständlich«, erwiderte Alex, erstaunt darüber, wie lässig er einen versäumten Surftag hinnahm. Immerhin wusste sie von Jens, dass Marc kaum aufzuhalten war, wenn es um herausfordernde Aktionen ging. Außerdem versuchte er wohl zumindest ein bisschen Urlaub zu machen – mit Jens, dem er weiterhin half, ein sehr hartes Training zu absolvieren.

»Einander zu helfen, sollte aber selbstverständlich sein.« Mit diesen Worten drehte er sich um und sprang, zwei Stufen auf einmal nehmend, die Treppe hinauf.

Zurück blieb eine perplexe Alex. *Das* hätte sie von dem meist grimmig dreinschauenden Kerl nun wirklich nicht erwartet. Nachdenklich verließ sie das Gebäude durch die Hintertür, ging durch ihren Privatgarten zum Nebengebäude und hängte dort die nassen Sachen an die Leine, ehe sie die Holztreppe zur Veranda hinaufging, die nachträglich an Mariannes Geburtshaus angebracht worden war und zu ihrem kleinen Wohnzimmer führte. Herrlich windgeschützt durch die im rechten Winkel angrenzende Fassade des Hauptgebäudes, blühten hier oben in den Blumenkästen Dahlien, Astern und Chrysanthemen derart farbenfroh, als hätten sie den kühlen Herbsttemperaturen den Kampf angesagt.

Alex zog sich um, war sie doch beim Aufhängen der tropfnassen Sachen nicht ganz trocken geblieben, und wollte dann hinunter, um das Treppenhaus zu säubern. Als sie durch die Verbindungstür zwischen ihren Privaträumen und dem zweiten Stockwerk der Pension trat, stürmte Simone auf sie zu. Sie sah aus, als habe sie in ihren Kleidern geschlafen, ihr Haar war zerzaust und auf ihren Wangen prangten hektische rote Flecken.

»Alex! Du warst dabei und hast nichts dagegen unternommen?«

Alex ergriff die aufgelöste Frau an den Oberarmen aus Angst, sie könnte, aufgebracht, wie sie war, den Treppenabsatz übersehen und hinunterstürzen.

Simone entwand sich zornig ihrem Griff. »Genügt es nicht, dass ich meinen Mann verloren habe? Wollt ihr mir jetzt auch noch meine Kinder nehmen?«

»Simone, bitte …«

»Nein, ich beruhige mich nicht. Ich *will* mich jetzt aufregen!«

»Simone …«

»Wir haben fast schon Winter, und du lässt zu, dass dieser Kerl meine Töchter ins eiskalte Wasser treibt? Was, wenn sie sich eine Lungenentzündung holen? Oder wenn sie dieses … Brett an den Kopf bekommen hätten? Sie hätten bewusstlos werden und ertrinken können oder …« Simone schnappte gierig nach Luft, beinahe so, als erlebe sie den Tod durch Ertrinken am eigenen Leib.

»Ich bin mir sicher, dass Marc das im Griff hatte.«

»Die beiden sind völlig durchgefroren zurückgekommen!«

»Sie haben von mir eine heiße Schokolade bekommen und sind sofort duschen gegangen. Sie sind jung und gesund. Ich denke, das macht ihnen nichts …«

»*Ich* bin ihre Mutter! Ich entscheide, was sie dürfen und was nicht. Und ich habe nichts davon gesagt, dass sie mit diesem … Schönling ins Wasser dürfen. Du solltest mal Celina hören, wie sie von dem Kerl schwärmt! Der ist doch doppelt so alt wie sie!«

Alex entdeckte den *Schönling* mit verschränkten Armen an der Türzarge lehnend. Er trug eine Jogginghose und einen weiten, bequemen Pullover, war frisch rasiert, und die kurzen Haare standen ihm nach allen Seiten vom Kopf ab, wohl, weil er sich die gerade mit dem Handtuch trocken gerubbelt hatte, das nun lässig über seiner Schulter lag.

Noch ehe Alex ihm heimlich bedeuten konnte, dass er lieber wieder in seinem Zimmer verschwinden sollte, trat er vor. »Du hast recht. Wir hätten dich vorher um Erlaubnis fragen sollen.« Er zögerte kurz. Etwas, so vermutete Alex, blieb ungesagt. Vielleicht, dass Simone zu dem Zeitpunkt, als die Mädchen sich fürs Surfen die Badeanzüge angezogen hatten, bereits fest geschlafen hatte? »Ich verstehe deine Angst um sie. Das habe ich vorhin nicht bedacht. Entschuldige bitte.«

Simone öffnete den Mund, schloss ihn wieder und wandte sich dann einfach ab. Die Tür fiel laut hinter ihr ins Schloss. Marcs Schultern sackten nach unten, und er ließ den Kopf hängen. Plötzlich wirkte der sportliche, wagemutige Mann extrem verletzlich und seltsam kraftlos. Alex registrierte diese Veränderung mit Erstaunen – und empfand Kummer darüber. Für Marc schien gerade eine Welt einzustürzen. Stand sie denn auf so wackeligem Fundament?

Alex hatte den Eindruck, eine dünne, zaghafte Flötenmelodie zu hören, zittrig dargebracht, da völlig verunsichert. Sie schien Marc zu umgeben, den sie eigentlich mit Pauken und Trompeten, ja mit forschen Tönen und kräftigen Bässen gleichsetzen würde.

»Es tut mir leid, Marc.«

»Ist schon gut.« Er fuhr sich mit der Hand fahrig durch das Haar.

»Sie leidet«, versuchte Alex Simones abweisende Art zu erklären.

»Ich weiß. Die ganze Aktion war unüberlegt von mir.«

»Du hast es gut gemeint.«

»Und schlecht gemacht.«

»Ich habe auch nicht entsprechend reagiert.« Alex wirbelte herum, als Simone die Tür wieder aufriss. Weiterhin sichtlich aufgewühlt, knetete die Frau ihre Finger. Ohne den Kopf zu heben, sagte sie leise: »Ich … nehme deine Entschuldigung an, Marc. Das wollte ich noch sagen.«

»Danke«, erwiderte Marc mit fester Stimme.

Simone und er schlossen fast gleichzeitig die Türen hinter sich. Alex atmete tief durch und griff nach dem abwärts führenden Treppengeländer. Sie war noch nicht weit gekommen, als eine auf der Gitarre gezupfte Melodie sie einholte, die sie wie schon einige Male zuvor mit Trost umhüllte.

Ihr gefiel dieser Marc ausnehmend gut – und das nicht nur, weil er ein hervorragender Gitarrist war und Musik wohl ebenso liebte und zum Glücklichsein brauchte wie sie selbst. Die sanfte Seite, die er in seinem kräftigen Körper beherbergte, faszinierte sie. Aber in ihm gab es auch eine verletzte Seele, das hatte sie an seiner Reaktion auf Simones Zurückweisung deutlich gespürt. Und wieder keimte der leise Verdacht in ihr auf, dass zwischen seinen Narben und Jens' Verletzung ein Zusammenhang bestand …

𝄞

Alex hörte die Aufregung nebenan wie dumpfe Trommel- und Paukenschläge, die eigentlich eine Melodie nur untermalen sollten, sich jedoch vehement in den Vordergrund drängten. Es dauerte einen Augenblick, bis sie wach genug war, um den Lärm einschätzen zu können. Dann sprang sie mit einem Satz aus dem Bett. Barfuß und in ihrem rosafarbenen Flanellpyjama mit den applizierten weißen Einhörnern darauf – einem Geschenk von Lotti – stürmte sie aus dem Schlafzimmer durch den kurzen Flur und riss die Verbindungstür auf. Im schummerigen Licht der Nachtlampe sah sie Marlene und Frederick, das ältere Ehepaar, das seit knapp einer Woche bei ihr zu Gast war. Sie trugen beide die gleichen grauen Bademäntel und Hausschuhe, auf denen unschwer das Emblem einer Hotelkette zu erkennen war, und hatten die Hände in die Hüften gestemmt. Als sie Alex bemerkten, drehten sie sich synchron zu ihr um, was aussah, als hätten sie diese Bewegung tagelang geübt.

Alex fand die Situation so skurril, dass sie sich ein Grinsen verkneifen musste. Fast im selben Augenblick fiel ihr Blick auf Simone. Die Frau kauerte vor ihrer Zimmertür auf dem Boden.

»So geht das nicht, Frau Hagen, äh, Alex.« Frederick hatte noch immer Probleme damit, die im Haus erwünschte persönliche Anrede zu gebrauchen, zudem wirkte er zutiefst verärgert. In Alex keimte der Wunsch auf, sich einfach umzudrehen und wieder in ihr Bett zu steigen. Waren heute denn alle überaus empfindlich und gereizt? Die Disharmonie in ihrem paradiesischen kleinen Eiland, das sie geschaffen hatte, setzte Alex zu.

»Was ist denn passiert?« Alex` Sorge galt vielmehr Simone, die sich so klein wie möglich machte und das Gesicht in ihren Armen verborgen hielt. Allerdings baute sich das Ehepaar vor Alex auf und ließ ihr keine Chance, zu Simone durchzukommen oder ihr zumindest tröstend die Schulter zu drücken, um ihr zu signalisieren, dass sie nicht allein war.

»Jede Nacht, seit … Simone hier eingezogen ist, hören wir sie weinen«, schalt Marlene. »Und den Krach, den sie veranstaltet. Keine Ahnung, wie.«

»Vielleicht rückt sie Möbel«, kam der Ehemann ihr zu Hilfe.

»Das tut mir sehr leid. Simone hat vor Kurzem ihren Ehemann verloren. Sie trauert.«

»Und das muss sie ausgerechnet hier machen? Um uns den Urlaub zu verderben?«

»Dieses Haus stellt trauernden Menschen Zimmer zur Verfügung, damit sie zur Ruhe kommen …«

»*Wir* wollen auch unsere Ruhe!«, keifte Marlene Alex an.

»Das verstehe ich. Wie wäre es, wenn ich euch helfe, ein Stockwerk tiefer zu ziehen? Dort ist noch ein Zimmer frei.«

»Ich will nicht alles zusammenpacken müssen. Sie«, Marlene deutete mit ausgestrecktem Zeigefinger auf die erbärmlich aussehende Simone, »kann nach unten ziehen.«

»Das wird nicht möglich sein. Tut mir leid.«

»Ihre Kinder sind aber auch in einem Zimmer im Erdgeschoss«, wusste Frederick. Er warf einen Blick auf Simone. Offenbar empfand er jetzt doch ein wenig Mitleid mit ihr, zumindest war sein Protest deutlich zurückhaltender ausgefallen als noch zuvor.

Alex schloss kurz die Augen. Die Räume hier oben waren heller, ihr Sonnenzimmer eigens für Trauernde eingerichtet. Sie würde Simone nicht zwingen, es zu verlassen. Also straffte sie die Schultern und hob den Kopf. Dabei entdeckte sie Marc, der ebenfalls wach geworden sein musste und wieder einmal leise wie ein Schatten in der Tür aufgetaucht war. Es war nicht das erste Mal, dass auch er gestört worden war …

»Entschuldigt bitte. Aber ich sehe keine andere Möglichkeit, als euch unten einzuquartieren.«

»Das reicht!« Marlene hob die Hand und deutete nun auf Alex. »Morgen nach dem Frühstück reisen wir ab. Hier ist Zwischensaison, es gibt genügend andere freie Zimmer. Zimmer, in denen man nachts seine Ruhe hat!«

»Das steht euch natürlich frei«, erwiderte Alex ruhig und verdrängte ihre Frustration irgendwo tief in ihrem Herzen. Es kam selten vor, dass sie gut zahlende Gäste wegen der trauernden Anwesenden verlor, dennoch bedeutete das immer einen finanziellen Verlust. Da war es nur gut, dass ihr noch einige Rücklagen aus Johanns Lebensversicherung geblieben waren. Ewig würden die allerdings auch nicht reichen.

Marc drängte sich an dem Ehepaar vorbei, das nicht einen Schritt zurückgewichen war. Offenbar war ihnen Marlenes Ankündigung selbst nicht ganz geheuer – zumal sie dann ebenfalls packen müssten, wesentlich aufwendiger noch, als wenn

77

sie nur innerhalb der Pension umzögen. Marc beugte sich zu Alex hinunter und flüsterte: »Kümmere dich um Simone. Ich übernehme die beiden.«

Mit einem Blick in sein düsteres Gesicht, das im Schein der sparsamen Beleuchtung geradezu bedrohlich wirkte, und angesichts seiner angespannten Oberarmmuskeln fragte sich Alex einen Moment lang, was er mit »übernehmen« wohl meinte. Dennoch nickte sie dankbar und drückte sich an der Wand entlang zu Simone hinüber.

Die Frau fühlte sich eiskalt an und bebte am ganzen Leib. Alex seufzte unterdrückt auf. Simone quälte sich ohnehin und hatte nun vermutlich auch noch ein schlechtes Gewissen gegenüber den anderen Gästen und ihr, zumal sie die wenig freundlichen Worte des Ehepaares hatte mit anhören müssen.

»Nachts erscheinen uns unsere Ängste oft noch viel schlimmer – und Unruhe auch«, sagte Alex zu ihr, in dem verzweifelten Versuch, die restlos aufgelöste Frau zu beruhigen. »Und wenn man aus dem Schlaf gerissen wird, ist immer alles dramatischer, als es bei Tage aussieht. Die beiden haben es sicher nicht so gemeint, wie es sich angehört hat.«

»Du bist ein Engel, weißt du das?«, flüsterte Simone tonlos. »Dir wird sicher nie so etwas Schreckliches zustoßen wie mir. Ich habe es verdient.«

Alex ließ sich zu Boden gleiten und lehnte sich neben die Trauernde an die Wand. Ihr Gast wusste, dass auch sie einen harten Schicksalsschlag hatte hinnehmen müssen, weshalb Alex nicht nachvollziehen konnte, wovon Simone sprach.

»Niemand *verdient*, dass ihm etwas Schreckliches zustößt, Simone.«

»Warum passiert so etwas dann?«

»Das weiß ich nicht.« Alex zögerte, unsicher, ob es der richtige Zeitpunkt war, mehr als nur dieses Eingeständnis zu machen. »Wir können nur einen kleinen Teil unseres Lebens überblicken. Unsere Vergangenheit und das Hier und Jetzt. Wir wissen nicht, was die Zukunft für uns bereithält oder wie unser Dasein im Gesamten aussehen wird. Es ist, als ob jeder Tag ein einzelner Ton ist, der in der Nacht verklingt, um einem neuen Ton Raum zu geben. Daraus ergibt sich unsere Lebensmelodie. Mal in Dur, mal in Moll. Mal jauchzend hoch, mal abgrundtief quälend. Erst am Ende unsres Lebens – an dem Ort, den wir Himmel nennen – können wir das ganze Lied hören und erkennen, wie stimmig es klingt. Wir brauchen einen bestimmten Abstand, um die gesamte Melodie zu hören und zu verstehen.«

Simone sah sie aufmerksam an, was Alex die Erlaubnis gab fortzufahren.

»Stell dir vor, du stehst in einem Orchester direkt neben einer Bratsche. Dann hörst du vor allem dieses eine Instrument, vielleicht noch ein wenig die benachbarten Streicher, doch die restlichen Töne des Orchesters erreichen dein Ohr nur entfernt oder gar nicht. Nur wenn du weit genug weg stehst, kannst du die Gesamtkomposition hören. Ich denke, so ist das auch mit unserem Leben. Im Rückblick erkennen wir, wie die Töne der einzelnen Tage zusammengehören. Die angenehmen, harmonischen Tonfolgen und die, die uns missgestimmt erscheinen. Aber die gehören ebenfalls dazu. Wir lernen aus ihnen, werden stärker und unser Herz zugleich weicher – anderen gegenüber. Genau das ist es, was eine Lebensmelodie vollkommen macht!«

»Du verstehst nicht«, murmelte Simone, erneut von einem heftigen Zittern erfasst.

Bedauernd lehnte Alex den Hinterkopf an das Holzpaneel. Vermutlich war es noch zu früh, um Trost zu schenken und auf die Zukunft hinzuweisen. Also schwieg sie wieder, drückte nur auffordernd Simones Hand. Wenn sie reden wollte, durfte sie das tun. Alex war bereit, ihr auch in dieser Nacht Zeit und Aufmerksamkeit zu schenken.

»Mein Mann hatte die Nachtschicht auf der Großbaustelle.« Simone klang ungewohnt fest, beinahe kalt.

Alex jagte ein eisiger Schauer über den Rücken. Ob sie tatsächlich hören wollte, was die Frau ihr zu erzählen plante?

»Ich war in der Nacht, in der er starb, bei … einem gemeinsamen Freund. Ich habe … Marvin starb, während ich mit einem anderen im Bett lag.«

Alex schluckte hörbar. Simone schlug sich nicht nur mit Verzweiflung und Trauer herum, sondern auch noch mit tiefen Schuldgefühlen. Und Wut auf sich selbst?

»Wir machen Dinge, deren Konsequenzen wir erst begreifen, wenn … so etwas passiert«, schluchzte Simone. »Ich würde das gern rückgängig machen. Es anders, besser machen. Aber die Chance ist vertan.«

Alex verstand, was Simone ihr sagen wollte. Sie hatte die Melodie zu lieblos und unbedacht heruntergeleiert und sich dabei verspielt. Das war nicht zu revidieren, das Lied klang schrecklich falsch. Ein Leben im Hinblick darauf zu führen, dass es für alles eine Konsequenz gab, dass man manches zum letzten Mal machte, jemandem das letzte Mal gegenübertrat, mit ihm sprach und lachte … schuf ein Dasein, einen Alltag voller unzähliger Herausforderungen. War das nicht schlicht zu anstrengend? Vielleicht. Andererseits konnte dieses Wissen aber auch dazu anregen, das Leben intensiv und lebenswert zu gestalten. War ein Lebensweg – im Bewusstsein der Endlichkeit geführt – womöglich sogar harmonischer und führte zu mehr Dankbarkeit?

»Wie soll ich damit weiterleben? Wie kann ich meinen Töchtern jemals wieder in die Augen sehen?« Simone klang heiser, als habe sie all den Schmerz aus sich herausgebrüllt. Vermutlich schrie ihre Seele im Verborgenen.

Alex zog die Beine an und umschlang sie mit den Armen. Simone musste wohl lernen, sich selbst zu vergeben. Ob es etwas Schwierigeres gab im Zusammenhang mit dem Tod eines nahestehenden Menschen?

Schritte auf der Treppe kündigten die Rückkehr des Ehepaars an. Simone schnellte hoch, riss die Zimmertür auf und schlug sie hinter sich zu. Alex war versucht, ihr zu folgen, entschied sich dann aber dagegen. Simone wusste, dass sie jederzeit zu ihr kommen konnte.

Alex wünschte Frederick und Marlene eine gute Nacht, was beide mit einem Brummton quittierten, und stieg dann die Stufen hinunter. Sie wollte sich bei Marc, der nicht mit heraufgekommen war, dafür bedanken, dass er sich um die aufgebrachten Eheleute gekümmert hatte. In dieser Nacht war er ihr strahlender Held. Die Schlacht um einen Fortbestand der Buchung hatte Alex zwar verloren, dafür hatte sie jedoch ein kleines Stückchen mehr das Vertrauen von Simone gewonnen. Das war viel wert. Und gleich morgen würde sie Lotti bitten, sich um die trauernde Frau zu kümmern.

Lotti mochte auf den ersten Blick wie jemand wirken, der das Leben selbst nicht im Griff hatte und viel zu viel und zu laut lachte. Aber sie war eine feinfühlige, intelligente und wunderbare Gesprächspartnerin. Seit ihre Nachbarin von den besonderen Gästen in der Pension erfahren hatte, trug sie einen großen Teil dazu bei, dass manch kummervolle Seele wieder glockenhelle Töne sang, wenn sie Norderney verließ. Zumindest konnte Alex diese Melodien hören, wenngleich manchmal noch wie aus weiter Ferne.

Alex blickte sich um, aber von Marc war keine Spur zu sehen. Ob er nach draußen gegangen war? Sie hoffte, dass er an den Hausschlüssel gedacht hatte. Aber notfalls konnte er ja an Jens' Fenster klopfen, damit der ihn hereinließ.

Alex sah auf, als sie hinter sich ein lautes Rumpeln vernahm. Sie wusste, was jetzt kommen würde, dennoch bemühte sie sich um ein freundliches Gesicht, als sie sich zu Marlene und Frederick umdrehte.

»Sie werden uns die restlichen Tage gutschreiben«, befahl der Mann.

»Und ich werde eine entsprechende Bewertung verfassen«, flötete Marlene mit einem künstlichen Wimpernschlag, der auf Alex überaus albern wirkte. Noch ehe sie ein Wort erwidern konnte, drang Lottis kräftige Stimme durch den Flur, der diesmal jeder Hauch von Heiterkeit fehlte: »Ich denke nicht, dass weinende Zimmernachbarn und jemand, der nachts etwas umstößt, ein gerechtfertigter Grund für eine Rückerstattung sind, wenn Sie von sich aus den Aufenthalt in der Pension abbrechen.«

Alex fragte sich einmal mehr, ob ihre Nachbarin und gelegentliche Aushilfe durch Wände hören und womöglich auch durch sie hindurchgehen konnte. In ihrer hippieähnlichen Aufmachung wirkte sie trotz ihrer neununddreißig Jahre wie ein Teenager, dessen Haut ein wenig zu schnell gealtert war. Außerdem versteckte sie ihre ersten grauen Strähnen unter den unmöglichsten Farben, dieses Mal war es leuchtendes Rot.

»Zumal Ihnen von Alex ein anderes Zimmer angeboten wurde.« Lotti gelang es spielend, vom freundschaftlichen Du auf ein distanziertes Sie umzuschwenken.

Alex versuchte zu beschwichtigen: »Ist schon gut …«

»Nichts ist gut«, fiel Lotti ihr ins Wort und hob warnend die Hand. Eine Menge selbst gestalteter Armreifen rutschte klirrend in Richtung Ellenbogen. Eigentlich mochte Alex diese kleine Melodie, die zu Lotti gehörte wie ihre wechselnden Haarfarben oder die bunten Klamotten, heute muteten die hohen Töne jedoch seltsam bedrohlich an.

»Ich bezweifle Ihre Argumentation, Frau … äh, Lotti.« Frederick hüstelte, wollte er Lotti doch ebenfalls Siezen, um seine Verärgerung zum Ausdruck zu bringen und es ihr gleichzutun. Allerdings kannte er ihren Nachnamen nicht.

Alex' Humor siegte einmal mehr über die sorgenvollen Gedanken. Sie räusperte sich, um den kleinen Anflug von Heiterkeit zu überdecken, schwieg aber weiterhin.

»Immerhin wissen wir inzwischen, dass Frau Hagen bewusst Menschen in Trauer aufnimmt. Das müsste sie offen kommunizieren, damit Leute wie wir, die ihren wohlverdienten Urlaub in Frieden und Harmonie verbringen wollen, nicht in diese trüben Gesichter blicken oder nachts ihre Attacken aushalten müssen.«

»Einmal abgesehen davon, dass ich es ehrenwert, ja geradezu heldenhaft finde«, konterte Lotti, »dass Alex auf nicht geringe Einnahmen verzichtet, um trauernden Menschen eine wohltuende und, wie ich finde, auch wohlverdiente Auszeit zu gönnen, sollten Sie eines bedenken: Wenn wir noch einen Funken Herz und Verstand besitzen, müsste uns klar sein, dass wir in unserer Welt nur dann in Frieden und Harmonie leben können, wenn wir diejenigen nicht vergessen, die es im Leben schwer haben. Da Alex nicht im Alleingang die ganze Welt retten kann, hat sie sich entschieden, trauernden Familien beizustehen.«

Alex legte Lotti beschwichtigend eine Hand auf den Arm, doch die ließ sich nicht aufhalten.

»Übrigens weiß ich«, fuhr sie fort, »dass der Himmel ihr den Einsatz, den sie bringt, vielfach wiedergeben wird. Was kann er Ihnen zurückgeben?«

Lotti war meist herrlich ehrlich. Oder aber bedenklich direkt – zumindest in Alex' Augen. Heute war mal wieder so ein Tag.

Marlene schnappte hörbar nach Luft, dann ein zweites Mal. Erneut brach sich Heiterkeit in Alex Bahn, sah die Frau doch aus wie ein Fisch, der an Land gespült worden war und vergeblich nach Atem rang. Alex musste sich abwenden, um ihr Schmunzeln vor dem aufgebrachten Ehepaar zu verbergen. Dabei entdeckte sie Marc. Er lehnte nur wenige Schritte von ihr entfernt an der Wand und hatte – wie konnte es anders sein – die Arme vor der Brust verschränkt. Er blickte finster drein und wirkte ein bisschen wie ein … abwartender Bodyguard. Ihre Blicke trafen sich, und er hob nur kurz die linke Augenbraue. Eine wortlose Zusage seinerseits, dass er in ihrer Nähe bleiben würde, bis die Situation friedlich gelöst war?

Irritiert wandte sich Alex ab. Marc schien aus demselben Holz geschnitzt zu sein wie Lotti. Sie hatte ihn ebenfalls nicht kommen gehört, dabei knarrten die alten Dielenbretter für gewöhnlich vehementer, als ein Sturmwind an den Fensterläden rütteln konnte.

»Sie sind … unverschämt!« Frederick wurde nun laut.

»Ich nenne es *ehrlich*«, hielt Lotti seelenruhig dagegen.

»Ich empfehle dir, diese impertinente Angestellte sofort zu entlassen.« Marlene wandte sich an Alex, als müsse sie diese – wie eine gute Freundin – vor dem Schaden bewahren, den Lotti imstande war anzurichten.

Allmählich wurde die Situation bizarr – etwas, das in Lottis Anwesenheit nicht selten war. Alex entging nicht, dass ihre Freundin ein Kichern unterdrücken musste, und auch aus dem Flur kam ein seltsames Geräusch. Hatte Marc leise vor sich hin gelacht?

»Sie hören noch von mir!«, sagte Frederick nun an Alex gewandt, ergriff die Trolleys und schob seine Frau förmlich vor sich her. Als die schwere Eingangstür hinter dem Paar ins Schloss gefallen war, meinte Lotti: »Von den beiden hörst du nie wieder etwas.«

»Hm?«

»Ich google deine Gäste regelmäßig. Hinter dem Mann steckt eine Menge Geld. Diesen Urlaub zahlt er aus der

Portokasse. Laut Marlenes gern mal leicht verwackelten Facebook-Fotos gehen die beiden übrigens rund alle zehn Wochen in den *wohlverdienten* Urlaub.« Lotti drehte sich um, vermutlich, weil sie zurück in die Küche wollte, zögerte dann aber und fügte nachdenklich hinzu: »Wobei … seltsamerweise sind es ja immer genau die Leute mit viel Geld, die wegen jedem Mist ihre Anwälte antanzen lassen, nur um ein paar Kröten einzusammeln.«

»Danke, das macht mir ja Mut.«

»Was willst du, Krötchen? Du wolltest ihm doch das Geld ohnehin zurückgeben.« Lotti tippte ihr auf die Nase und eilte den Flur entlang. Im Vorbeigehen sagte sie zu Marc: »*Dich* habe ich übrigens auch gegoogelt.«

Alex runzelte die Stirn. Täuschte sie sich, oder hatte Marc unangenehm berührt die Schultern hochgezogen? Vielleicht sollte sie ebenfalls … Sie verjagte den Gedanken energisch. Das Privatleben ihrer Pensionsgäste ging sie nichts an. Außerdem hatte sie schon genug mit den Problemen der Menschen zu tun, die ihr die Stiftung schickte, da musste sie sich nicht noch zusätzlich um die Belange der regulär zahlenden Gäste kümmern.

»Du hast da eine streitbare Angestellte, der du keinesfalls kündigen solltest.« Marc stieß sich ab und kam auf Alex zu. Diesmal knarrten die Dielen vernehmlich unter seinem Gewicht.

»Das kann ich gar nicht, weil sie für ihre Hilfe kein Geld bekommt. Sie macht das freiwillig.«

»Offenbar ist sie nicht in Gold aufzuwiegen.«

»Ich liebe sie. Aber verrat ihr das bitte nicht.«

Marc zeigte sein herrlich schiefes Grinsen. »Ihr versteht euch ziemlich gut, nicht?«

Alex neigte den Kopf und schaute überrascht zu ihm auf. Marc hatte im Plauderton eine Frage gestellt? Bisher war er ihr als wortkarg und zurückhaltend aufgefallen.

»Als ich hierherkam, war Lotti die etwas flippige Nachbarin, die sich bei mir bedankt hat, dass der alte Bauernhof neben ihrem Haus nicht länger dem Verfall preisgegeben war oder abgerissen wurde. Dabei hat sie mir angeboten, mir bei der Innenarchitektur zu helfen. Die oben abgerundeten hohen Glasfenster im Frühstücksraum waren ihre Idee, alle Deko wie die Holzmotive an den Türen oder die Skulpturen und Gemälde in den Zimmern stammen aus ihrer Künstlerwerkstatt.«

Marc nickte, was Alex als Anerkennung verstand.

Da er schwieg, erzählte sie weiter: »Eines Tages erfuhr sie von meinen besonderen Gästen und begann, für sie Kunstkurse anzubieten. Angefangen damit, dass sie mit den Trauernden über den Strand spaziert, sich mit ihnen unterhält und dabei Fundstücke einsammelt. Dadurch lenkt sie deren Aufmerksamkeit auf etwas anderes und zeigt gleichzeitig auf, dass Schönheit und Freude auch im Kleinen zu finden sind. Mit diesen Fundobjekten kreieren die Gäste unter Lottis Anweisung ihre eigenen Kunstwerke. Bei den Frauen und Mädchen – sie sind übrigens eher bereit hierherzukommen als Männer – werden daraus meist Schmuckstücke. Ketten, Broschen, Armreifen oder Ringe. Es sind Erinnerungsstücke an ihre Zeit auf Norderney und an ihre Gespräche mit Lotti, die unglaublich viel Weisheit in sich vereint. Noch heute halte ich sie manchmal für eine Art … Engel aus der jenseitigen Welt. Sie hat sich sofort in mein Herz geschlichen und ist meine Freundin, meine Helferin, meine Aufmunterung und – das ist bei Weitem ihr Lieblingsjob – mein Gewissen.«

Marc nickte abermals schweigend. Alex wartete ab. Würde er noch mehr Fragen stellen? Zu ihrer Person? Weshalb sie hierhergekommen war? Was sie veranlasst hatte, diese Stiftung mitzugründen? Doch Marc sah sie einfach nur an. Interessiert, wie sie fand. Ein lang anhaltendes Schweigen machte ihm nichts aus.

Auf Alex' Gesicht schlich sich ein Lächeln. Sie war so einem Mann nie zuvor begegnet. Er lächelte flüchtig zurück, drehte sich um und ging in Richtung Treppe davon. Offenbar hatte er ebenfalls abgewartet, ob von ihrer Seite eine Frage oder ein weiterer Gesprächsanstoß kam. Da das nicht passiert war, nahm er sich die Freiheit, ihr Zusammentreffen zu beenden. Er war wie das Kontra-H, der nächsttiefere Ton unter dem C der großen Oktave; nur selten von Komponisten verwendet, weil nur sehr wenige Basssänger ihn singen konnten. Irgendwie fremd, geheimnisvoll, aufregend und doch auch wunderschön.

Alex wusste, dass sie mittlerweile in den Lebensmelodien einiger Menschen ein paar Takte einnahm; bei Marc überkam sie das Gefühl, es könnte einmal andersherum sein: War er dabei, ein Teil *ihrer* Sinfonie zu werden?

Aufgewühlt über derlei Überlegungen, betrat sie den inzwischen leeren Frühstücksraum. War es denkbar, dass ihr Herz bereit war, sich neu zu öffnen? Für einen anderen Mann? Nach Johann? Durfte sie womöglich wieder ein Notenblatt umblättern und einen neuen Lebensabschnitt beginnen? Sicher nicht mit Marc, dessen Lebensstil ihr viel zu gefährlich erschien, aber das war unerheblich. Allein, dass sie diese Möglichkeit plötzlich wieder vor sich sah, versetzte sie in Aufregung. Sie nahm sich vor, sich nicht dagegen zu sträuben, denn das hätte Johann bestimmt nicht gewollt. Sie wollte jene abermalige Veränderung in ihrem Herzen, das zweite Umblättern seit Johanns Tod, als das sehen, was es war: ein Geschenk!

Kapitel 6

Er fuhr hinter einem Siebeneinhalbtonner her und hatte Mühe, seine Ungeduld zu zügeln. Nach dem Anstieg und der Kurve würde eine gerade, gut einsehbare Strecke folgen, bevor das Siebzigerschild kam und gleich darauf die nächste Ortschaft. Zu dieser frühen Morgenstunde war nicht viel Verkehr, einem Überholvorgang stand dort nichts im Wege. Mit den Fingern trommelte er auf das Lenkrad. Er war wegen eines Einsatzes aus dem Bett geklingelt worden, und nun kam er nicht zügig genug voran. Das Rücklicht des Lasters flackerte, zwinkerte ihm zu. Ein Grinsen schlich sich auf sein Gesicht. Das langsame Gefährt war auch noch frech. Allerdings fragte er sich, ob der Fahrer vor ihm womöglich nachtblind war. Vielleicht sollte er ihm diese Frage einfach stellen …

Weit entfernt, nicht mehr als ein Ahnen, tauchte ein heller Schimmer über den bewaldeten Bergrücken auf. So zögerlich, als wollte die Dunkelheit dem neuen Tag nicht weichen. Die Hügelkuppe war erreicht. Sofort lenkte er sein PS-starkes Fahrzeug ein Stück nach links. Die Lichter eines Lastwagens näherten sich auf der leicht ansteigenden Gegenfahrbahn, dahinter war alles frei. Er schwenkte wieder ein, wartete. Das Führerhaus des entgegenkommenden Trucks passierte ihn, große Reifen, eine leicht flatternde Plane, ihm folgte der Anhänger, dann war die Straße leer. Er setzte den Blinker, scherte nach links aus.

Plötzlich war da ein Auto. Aufgetaucht aus dem Nichts. In derselben Sekunde, in der er es realisierte, rammte er es bereits. Ohrenbetäubender Lärm umgab ihn. Metall kreischte, verbog sich, Glas splitterte. Der Airbag knallte ihm entgegen.

Marc fuhr hoch, keuchend, schweißgebadet. Traumfetzen wirkten in ihm nach, wollten ihn nicht loslassen. Wie sollten sie das auch, entstammten sie doch der Realität. Der bitteren, schmerzlichen Realität. Seine Hand tastete nach den Narben an seiner Seite, die an seinem linken Bein schienen in Flammen zu stehen.

Mühsam, als drückte eine schwere Last ihn nieder, schwang er die Beine aus dem Bett. Die Bürde lag nicht auf seinem Körper, sondern auf seinem Herzen und beschwerte seine Seele. Sie hatte einen Namen. Johann.

Wie lange hatte er nicht mehr von dem folgenschweren Unfall geträumt? Wochen? Monate? Warum war der Albtraum zurück? Ausgerechnet jetzt, wo es in ihm doch gerade leichter zu werden schien?

Er wusste die Antwort bereits, als die Frage zwischen den wirbelnden Gedankengängen seines Gehirns aufgetaucht war, das diesen Traum fabriziert und Erinnerungen an die Oberfläche geschwemmt hatte wie einen Leichnam. Lotti. Ihre Worte »Dich habe ich auch gegoogelt« hatten ihn aufgeschreckt.

Marc stützte die Ellenbogen auf die Oberschenkel und die Stirn in die Hände. Die Dunkelheit der Nacht umgab ihn wie die Finsternis, die so lange in ihm gewesen war. Allmählich hatte er weit entfernt eine Morgendämmerung gesehen – wie damals …

Er vertrieb den Vergleich und drückte die Fußsohlen kräftiger auf den Schiffsboden. Hatte er in den vergangenen Wochen vier, fünf Schritte nach vorn getan, um nun, wegen einer beiläufig hingeworfenen Bemerkung einer eigenwilligen Frau, fast genauso viele wieder nach hinten zu stolpern? Das war nicht fair. Und es war genau das, was er zu verhindern gehofft hatte.

Marc biss die Zähne so fest zusammen, dass sie knirschten. Monatelang hatten die Schuldgefühle ihn gemartert, an seinem Lebenswillen gekratzt wie ein Hund an der verschlossenen Tür vor der Wohnung seines Herrchens. Er war niemand, der vorschnell aufgab. Er war ein Kämpfertyp. Aber das erschütternde Erlebnis, für den Tod eines Menschen verantwortlich zu sein, hatte ihn beinahe in die Knie gezwungen. Dass er wieder Freude am Sport hatte, wieder lachen konnte, wieder sprach … verdankte er Jens. Die schweren Verletzungen seines besten Freundes hatten Marc dazu animiert, von sich selbst wegzusehen und sich stattdessen für Jens einzusetzen. Dessen Fröhlichkeit, die er sich entgegen miserablen Genesungsaussichten und trotz der Tatsache bewahrt hatte, dass er nie mehr in seinem Beruf würde arbeiten können, hatte auf Marc abgefärbt. Doch sehr tief war die Hoffnung, wieder Boden unter die Füße zu bekommen, offenbar nicht gegangen, wenn ein einziger Satz, der womöglich nicht einmal ernst gemeint war, ihn einfach aus der Bahn warf.

Marc fuhr sich, nach wie vor in gebeugter Sitzhaltung, mit den Händen durch die Haare und beließ sie an seinem Hinterkopf. Dann sprang er auf. Er ging zu der Kommode, zog eine der drei oberen kleinen Schubladen auf und griff nach seinem Smartphone. Er wollte wissen, ob es etwas Neues über ihn im Netz zu finden gab.

Es dauerte geraume Zeit, bis das Gerät aktiviert war und er den Schlüssel für das hiesige WLAN eingegeben hatte. Anschließend tippte er seinen vollen Namen ein. Marcus Simons.

Tief atmend schaute er auf den sich behäbig drehenden Kringel, der anzeigte, dass das Gerät auf der Suche war. Marc hatte, nachdem er aus dem Krankenhaus in die Rehaeinrichtung gekommen war, seinen Facebook-Account gelöscht. Er war in keinem sozialen Medium mehr vertreten. Was also würde das weltweite Netz über ihn ausspucken?

Nichts, bis auf seine frühere Adresse und einige alte Artikel über den Unfall, zusammen mit üblen Schuldzuweisungen, wobei er immer nur Marcus S. genannt wurde, wie er sogleich herausfand. Das hatte damals allerdings schon ausgereicht, damit Kollegen, Verwandte und Bekannte davon erfuhren … Es gab Männer mit gleichem oder ähnlich lautendem Namen, die ihm angezeigt wurden, doch keinen einzigen weiteren Eintrag über ihn. Schließlich war sein voller Name nach dem Unfall unter Verschluss gehalten worden, Gerichtsverhandlungen hatten unter Ausschluss der Öffentlichkeit stattgefunden – und das aus gutem Grund.

Er schaltete das Smartphone wieder aus und legte es auf die robuste Kiste, die als Nachttisch diente. Hatte diese Lotti sich einen Spaß mit ihm erlaubt, ohne zu ahnen, was sie damit in ihm auslösen konnte? Oder hatte sie sich darüber gewundert, dass es über ihn so gar nichts zu finden gab? Es hätte ihn nicht überrascht, wenn Lotti nicht nur unkonventionell aussah, sondern auch mit Begeisterung irgendwelchen Verschwörungstheorien nachhing. Marc schmunzelte leicht, und als er das bemerkte, tropfte die Erleichterung wie Tauperlen in sein Herz, die es streichelten, als wollten sie ihn beruhigen.

Inzwischen war ihm kalt, also schlüpfte er zurück unter die Decke und verschränkte die Arme im Nacken. Er starrte in das in Dunkelheit getauchte Zimmer, sah schwarze Schatten und Grauschattierungen und wünschte sich einmal mehr, er hätte damals irgendetwas anders gemacht. Wie vollkommen anders wäre dann auch sein Leben verlaufen. Einfacher. Und besser.

Jens hatte ihn noch im Krankenhaus ermahnt, dass er das alles nicht als Einzelkämpfer durchstehen sollte, worauf Marc ihm geantwortet hatte, dass er ja ihn habe. Jens war kritisch geblieben und hatte ihm vor Augen gehalten, dass er vielleicht nicht immer für ihn würde da sein können. Fast hätten sich die Worte bewahrheitet. Jens war nur wenige Monate später ebenfalls dem Tod von der Schippe gesprungen. Und nun trugen sie beide ihre Narben mit sich herum. Allerdings kam Jens mit seinen deutlich besser zurecht. Er hatte das Tief nach der Trennung von seiner Verlobten überwunden, und selbst die Aussicht, dass sich womöglich nie wieder eine Frau für den Mann mit den Gehhilfen interessieren würde, nahm er recht gelassen hin.

Marcs Seufzen füllte die Stille in seinem Zimmer mit Schwere. Was war aus den beiden Freunden geworden, die gemeinsam ihre Schulzeit bestritten hatten? Sie waren fast wie Brüder gewesen, beliebt bei den Klassenkameraden, umschwärmt von den Mädchen, erfolgreich in ihren Berufen. Abenteurer, Weltenentdecker … Lebensretter?

Er hatte einem anderen Leben ein Ende gesetzt. Jens hätte seins beinahe verloren. Beide waren sie verkrüppelt. Vom Leben … betrogen? Es gab keine Garantien auf dieser Welt. Weder auf gute Noten noch auf eine erfolgversprechende Karriere oder auf Wunschträume … war Verlass. Es musste etwas anderes geben, das wirklich zählte.

Freundschaft, resümierte Marc sofort. Und der Wunsch, seinen Mitmenschen beizustehen.

Müde schloss er die Augen, öffnete sie aber gleich wieder, als er auf dem Flur ein Geräusch und dann leise Stimmen hörte. Offenbar war Alex bei Simone gewesen.

Sein rechter Mundwinkel wanderte zu einem angedeuteten Lächeln leicht nach oben. Der Gedanke an Alex rief diese

Reaktion bei ihm hervor. Er sah sie vor sich in ihrem kitschigen und für sie untypischen rosafarbenen Einhornschlafanzug, mit dem geflochtenen Zopf über ihrer Schulter, aus dem sich viele Strähnen gelöst hatten, sodass sie herrlich zerzaust ausgesehen hatte. *Süß*.

Er zog die Augenbrauen hoch. Ja, er bewunderte Alex für ihren Einsatz, fragte sich jedoch gleichzeitig, wann die Frau eigentlich mal schlief. Dass sie ein Instrument spielte, gefiel ihm ebenfalls. Jemand, der sich die Zeit nahm, sich einem Instrument zu widmen, war ihm generell sympathisch. Musik stellte leicht eine Verbindung zwischen Menschen her. Außerdem ertrug Alex sein Schweigen, was an sich schon erstaunlich war, fühlten sich doch die meisten Menschen in seiner Gegenwart unbehaglich und wussten nichts mit ihm anzufangen. Viele von ihnen füllten die Stille mit unnötigem, manchmal sogar völlig sinnentleertem Gerede. Alex schwieg einfach mit ihm, obwohl sie eigentlich gern erzählte. *Ja, du bist tatsächlich … süß.*

Mit den Gedanken bei der Pensionswirtin schlief Marc endlich wieder ein.

Fast eine Woche lang hatte das Zimmer von Marlene und Frederick leer gestanden, ehe Alex eine allein reisende junge Frau hineinführte, die kurzfristig über die Stiftung angemeldet worden war.

Jenni Lenz war mit ihrem langen schwarzen Haar, den blauen Augen und ihrer leicht gebräunten Haut eine auffällige Erscheinung, zumal Alex die schlanke Frau auf annähernd einen Meter achtzig schätzte. Laut der Stiftung hatte sie ihre Eltern und den Bruder im April dieses Jahres bei einem Lawinenunglück verloren.

»Wie hübsch!«, rief Jenni aus und offenbarte einen deutlichen südeuropäischen Akzent. Sie drehte sich einmal um sich selbst, bewunderte die sandbraun gestrichenen Holzpaneele, die dunkelblaue Tapete darüber und die weißen Möbel. Sie strich mit der Hand über den lichten hellblauen Vorhang und öffnete die Tür zum Bad, um einen Blick hineinzuwerfen.

Alex freute sich an der offen gezeigten Begeisterung für das Gästezimmer. Sie verstand es als positives Zeichen, dass sich Jenni über ihre Trauer hinweg ein Auge für die Schönheit bewahrt hatte und sich daran erfreuen konnte. Jenni würde ihre Familie ein Leben lang vermissen, aber nicht wie Simone in ihrer Trauer ertrinken.

»Ich bin Ihnen … äh, dir so dankbar.« Jenni drückte im Vorbeigehen kurz Alex' Arm, ergriff ihren Trolley und wuchtete ihn auf die sandfarbene Tagesdecke mit den applizierten dunkelbraunen Möwen.

»Dann sehen wir uns gleich unten. Ich bereite dir eine kleine Mahlzeit zu, damit du heute nicht mehr einkaufen gehen musst.« Alex trat in den Flur hinaus. Jenni war mit der Bahn angereist und hatte einiges an Verspätung hinnehmen müssen, sodass sie es, anders als geplant, gerade noch auf die letzte Fähre geschafft hatte.

»Vielen, vielen Dank.« Jenni ging vor Freude leicht in die Knie und lächelte warm, bevor sie sich ans Auspacken machte.

Alex zog die Tür zu und atmete tief durch. Sie war froh, nicht noch einen Gast zugewiesen bekommen zu haben, der sie so viel Zeit, Aufmerksamkeit und Kraft kostete wie Simone. Sicher war auch Jenni nicht vor tiefen Trauermomenten gefeit, doch ihr Auftreten wirkte vergleichsweise gefestigt.

Alex stieg die knarrenden Stufen hinab. Im Frühstücksraum saßen Jens, Annette und die Kinder und spielten *UNO*, wobei Tim und Tanja ständig glaubten, den jungen Mann beim Schummeln zu erwischen. Ob ihr Vater dies ebenfalls gern getan hatte, einfach nur, um die beiden herauszufordern …? Jedenfalls lächelte Annette unübersehbar wehmütig.

Alex trat in den vorderen Küchenbereich und wandte sich dort noch einmal um. Vielleicht lag die leise Trauer in Annettes Blick auch darin begründet, dass sie und die Kleinen in zwei Tagen abreisen mussten? Annette genoss ihre Auszeit auf der Insel. Sie liebte das Bummeln durch die Straßen der Stadt, und es gelang ihr nie, die hübschen Dekorations- und Andenkenläden links liegen zu lassen, gleichgültig, wie oft sie diese schon betreten hatte. Die Spaziergänge an der Strandpromenade begeisterten sie ebenso wie die langen Fußmärsche über den Sandstrand, begleitet vom Rauschen des Meeres und den Schreien der Möwen. Annette freute sich über den Anblick der vielen Kaninchen, die sämtliche Dünen untertunnelten, und störte sich nicht daran, nahezu bei jedem Schritt in deren Köttel zu treten. Und erst am Vortag war sie vom Leuchtturm zurückgekommen und hatte völlig entzückt von dem milchigen Licht der herbstlichen Sonne geschwärmt.

Von der gehetzten Frau, die zwei Wochen zuvor angereist war, war nichts mehr zu sehen. Sie wirkte gelöst und glücklich – was vielleicht auch ein wenig Jens' Verdienst war. Und genau das war vielleicht ein weiterer Grund für Annettes trauriges Lächeln, während die anderen drei unübersehbar Spaß an dem turbulenten, lautstarken Spiel hatten. Hatte sich Annette ein bisschen verliebt und wusste, dass die bevorstehende Trennung dieser Liebe im Weg stand?

Erst am Morgen hatte Alex zu Lotti gesagt, dass sie sich wünschte, die drei müssten nicht schon abreisen. Daraufhin hatte Lotti die Augen verdreht und in ihrer beispiellosen kryptischen Art erwidert: »Wer weiß, kleine Ränkeschmiedin, was der Himmel geplant hat.«

Alex, die derlei Äußerungen ihrer Freundin mittlerweile einfach stehen ließ, hatte nur mit den Schultern gezuckt. Denn

Jens verriet mitnichten, ob oder was er für Annette empfand. Dahin gehend war er nicht zu durchschauen, und Alex hätte es äußerst schade gefunden, wenn Jens entgangen wäre, was für eine beeindruckende Frau Annette doch war. In Alex' Augen gaben sie ein wunderbares Paar ab, zumal die Kinder Jens mochten und er sie offenbar ebenfalls. Zumindest ihnen gegenüber versteckte er seine Gefühle nicht. Außerdem störte sich Annette nicht im Geringsten an Jens' körperlicher Beeinträchtigung. Wie oft bekam er wohl noch die Chance, eine Gleichaltrige zu treffen, die an ihm mehr als nur seine Gehhilfen und sein verletztes Bein sah? Aber natürlich konnte man Liebe nicht erzwingen.

»Ich hab es versucht«, murmelte Alex vor sich hin und verließ den Durchgang. Das Klingeln ihres Smartphones ließ sie nach dem Gerät greifen, das sie, wie meist, auf der kleinen Kommode im Flur liegen hatte.

»Ich bin es, Lotti.«

»Ich weiß, das zeigt mir mein Handy an.«

»Neumodischer Kram.«

»Nicht jeder ist heutzutage noch scharf darauf, mit einem beigefarbenen Telefon mit Kabelsalat und einer unhandlichen Wählscheibe zu hantieren.«

»Das Teil ist ein tapferes Relikt aus einer anderen Epoche. Schützenswert!«

Alex lachte belustigt auf. »So wie du auch?«

»Freche Göre!«

»Wie war es mit Celina und Hanna heute?«

»Toll. Celina ist begabt. Sie hat aus dem kleinen Bernstein, den sie gefunden hat, und Silberdraht einen wunderschönen Ring gefertigt. Hanna ist etwas weniger genial in diesen Dingen, hat aber einen bezaubernden Lachanfall gehabt, bei dem ihr sogar die Tränen kamen. Ich hätte vor Freude beinahe mitgeweint.«

Alex nickte, spürte sie doch ebenfalls, wie ihr die Tränen in die Augen stiegen. Unendliche Dankbarkeit für ihre Nachbarin überkam sie, dazu die Freude darüber, dass Hanna einen großen Schritt gewagt hatte. Der einst lebensfrohe Teenager hatte ein bedeutendes Wegstück durch die graue Nebelwand der Trauer zurückgelegt. Wie gern hätte Alex ihr Lachen gehört, diese ganz eigene Melodie der Freude, die in Hannas Heiterkeitsausbruch gesteckt haben musste.

»Weshalb ich anrufe …« Lottis Stimme senkte sich, als hätte sie ein Geheimnis zu erzählen. Oder etwas zutiefst Unheimliches. Allerdings wusste Alex genau, dass sie sich manchmal so verhielt, um sie in die Irre zu führen und ihr eine grandiose, wunderschöne Mitteilung zu machen. Aber die hatte sie ja gerade schon zu hören bekommen.

»Es gibt eine Sturmwarnung für die Nordsee. Orkanstärke. Unsere Inseln bilden die Vorhut, bevor der Sturm auf das Festland treffen wird.«

»Für wann ist er angekündigt?«

»Für morgen. Ab dem frühen Nachmittag soll es richtig heftig werden, am frühen Abend dann übel. Der Fährverkehr ist bereits gestrichen, die Warnungen sind gerade raus.«

»Was ist mit übermorgen?«

»Vorsichtige Entwarnung, allerdings steht eine Entscheidung über die Fährfahrten aus. Sie wollen abwarten und kurzfristig Bescheid geben.

»Annette und die Kinder wollten …«

»Ich weiß, Krabbe. Aber wie ich schon sagte: Wir wissen nicht, was der Himmel so vorhat.« Lottis lautes, triumphierendes Lachen drang an Alex' Ohr.

»Und die von ihr gebuchten Zugverbindungen …«, versuchte Alex ihrer Nachbarin aufzuzeigen, dass nicht immer alles so einfach war.

»Höhere Gewalt, Alex. Höhere Gewalt! Und ich spreche nicht vom Sturm.«

»Das weiß ich inzwischen.«

»Ich liebe diese überraschenden Wendungen, von denen manche behaupten, sie entstammten dem puren Zufall.«

»Dann pack mal deine Kunstausstellung in deinem Vorgarten weg, bevor die andere höhere Gewalt sie kostenlos in den Gärten zwischen Norddeich und Nessmersiel verteilt.«

»Uh, ja!« Lotti hängte – wie immer – einfach ein.

Alex lachte leise, legte das Smartphone weg und warf einen Blick auf die Haken im Flur, an denen ihre Gäste, wenn sie unterwegs waren, ihre Zimmerschlüssel deponieren konnten. Die meisten nahmen das Angebot gerne an, ihre derzeitigen Gäste taten es alle. So konnte Alex feststellen, dass aus jedem belegten Zimmer zumindest eine Person im Haus sein musste.

Bis auf Marc. Er war vor Stunden mit Board und Kite unter dem Arm in Richtung Strand davongejoggt. Vermutlich würde er, trotz der überraschend warmen zwanzig Grad Außentemperatur, als Eisskulptur zurückkehren. Vielleicht sollte sie den unvernünftigen Kerl dann einfach bei Lotti im Vorgarten ausstellen.

Alex vertrieb die Sorge um ihn, trat in den Flur und griff nach der Schnur der Miniatursturmglocke. Sofort traf der Schlegel auf die Glockenform und brachte die Luft mit ihrem lauten, tiefen Klang förmlich zum Vibrieren. Als sei dies als Einladung zu verstehen, sprang plötzlich die Eingangstür auf und schlug gegen die rückwärtige Wand. Alex wirbelte erschrocken herum.

»Mann, Goofy! Du sollst das Haus nicht stürmen!«, rügte eine Stimme, der deutlich anzuhören war, dass sie ihre Worte ganz und gar nicht ernst meinte. »Höflich und zurückhaltend, hatte ich gesagt. Nicht mit der Tür ins Haus fallen!«

»Sorry, Tip.«

»Keine Ahnung, wo der Kerl diese Kraft versteckt«, lachte eine weitere Männerstimme.

Alex, die dem Gespräch entnahm, dass drei Männer vor ihrer Tür standen, wobei sie sich fragte, ob derjenige mit dem belustigten Befehlston tatsächlich Tip hieß, trat einen Schritt nach vorn. Im selben Moment quollen in unüberschaubarem Gemenge Arme, Beine, Körper und Köpfe in den Flur, als schiebe eine Welle sie wie Unrat vor sich her. Die Männer waren allesamt in Flecktarnuniformen der Bundeswehr gekleidet. Knallende Stiefelschritte füllten den lang gezogenen, schmalen Flur, gleich darauf fielen Rucksäcke auf die Bodendielen, die eine gequälte Abfolge knarrender Geräusche von sich gaben. Alex neigte den Kopf zur Seite. Diese Melodie ihrer Pension war ihr völlig neu, allerdings war sie von dem Anblick, der sich ihr bot, zu überfordert, um zu entscheiden, ob sie ihr gefiel oder nicht.

Ein untersetzter Mann mit Bürstenhaarschnitt kam auf sie zu, streckte ihr ruckartig die Rechte entgegen und sagte: »Moin – so heißt das doch hier, nicht?«

Alex kam nicht einmal dazu, ihn darüber aufzuklären, dass die Norderneyer vielmehr ein *Hey* oder gar ein *Ney* – für Norderney – bevorzugten oder eben eine andere Grußformel anstelle des an der Küste üblichen »Moin«.

»Mein Name ist Tobias-Ingo Papen. Du bist sicher Alex?«

»Ja.« Alex zog die Antwort in die Länge, war sie doch überwältigt von dem plötzlich überfüllten Flur, dem forschen Vorgehen der Uniformierten und dem Schweißgeruch, der ihr entgegenschlug.

»Entschuldige bitte, die Jungs stinken wie vergammelter Fisch.« Dieser Tip, nur wenig größer als Alex und vermutlich Anfang vierzig, grinste breit und offenbarte dabei eine Zahnspange. »Wir haben am Fähranleger nicht den Bus genommen, sondern sind über den Westdeich und entlang der Uferpromenade gejoggt.«

Endlich gelang es Alex, eine Frage anzubringen: »Ist der Sturm als so verheerend eingestuft, dass vorsorglich die Bundeswehr zur Katastrophenhilfe hierher verlegt wird?«

»Es kommt ein Sturm?«, fragte der dürre, lange Kerl, der die Tür aufgestoßen hatte und offenbar Goofy genannt wurde. Sein Haar war so kurz geschoren, dass man mehr von einer Glatze sprechen musste, und seine Hände, die er nun seltsam erwartungsvoll rieb, waren riesig.

Alex schätzte ihn wie auch den Rest der Männer, die den Flur verstopften, als müssten sie den Wind von Alex abhalten, auf Anfang bis Mitte zwanzig, einige waren möglicherweise älter.

»Okay, Moment mal!« Sie hob wie ein Dirigent die Arme, was die erstaunliche Wirkung erzielte, dass die Neuankömmlinge plötzlich still standen und sie abwartend ansahen. Der Gedanke, dass sie wie bei einem Chor jetzt einen Ton vorgeben sollte, damit sie ihn übernahmen und lossangen, erheiterte sie. Schillernde Seifenbläschen der Belustigung schienen in ihrem Inneren zu wachsen und zu zerplatzen, und sie konnte ein kurzes Auflachen nicht unterdrücken, was auf einigen Männergesichtern ein Grinsen hervorrief.

»Was ist hier eigentlich los?«

»Du vermietest Zimmer«, klärte Tip sie auf.

Alex lachte erneut. Die Szene war einfach zu schräg. »Ich weiß«, entgegnete sie trocken, was dem Ältesten der Truppe das erste Lächeln entlockte.

»Jens hat uns gesagt, dass er hier sein wird. Und dass du Zimmer frei hast.«

»Ich habe gesagt, ihr könnt anrufen und nach freien Zimmern fragen«, erklang eine Stimme aus der anderen Richtung.

Alex drehte sich um. Im Flur und auf den untersten Treppenstufen versammelten sich ihre Gäste, die sie mit der Sturmglocke herbeigerufen hatte. Allmählich wurde es im Flur ... gemütlich.

»Siehst gut aus, alter Junge!«, rief Goofy erfreut aus. Gemurmel und Begrüßungsrufe erhoben sich, die Körper links von Alex drängten nach vorn. Offenbar wollten die Neuankömmlinge ihren Kumpel begrüßen.

Allerdings stand ihnen dabei Alex im Weg. Die streckte vorsichtshalber den linken Arm in Richtung der Männer aus, was sie tatsächlich zum Stillstand brachte. Wieder sah man sie erwartungsvoll an. Alex unterdrückte mühsam ein Prusten.

»Du kannst meinen Job übernehmen, Mädchen. Du hast die Jungs perfekt im Griff«, brummte Tip prompt und zwinkerte ihr zu.

»Nur, damit ich das auch wirklich richtig verstehe: Ihr seid nicht auf Anordnung hier, sondern habt Urlaub?«

»Korrekt«, bestätigte Tip.

»Und Jens hat euch eingeladen?«

»Wieder korrekt.«

»Moment!«, kam es von rechts. Jens drückte sich an Celina und Hanna vorbei und arbeitete sich auf seinen Krücken zu Alex vor. »Eingeladen klingt, als würde ich für die Verrückten bezahlen. Ich habe nur gesagt, dass sie fragen könnten, ob du ...«

»Wir zahlen unseren Aufenthalt selbst«, unterbrach Tip Jens.

»Und wie lange wollt ihr bleiben?« Alex ging gedanklich eine mögliche Zimmerverteilung durch und hoffte, dass vor der Tür nicht noch mehr Männer standen.

»Ein paar Tage.«

»Sehr präzise, Tip«, sagte Alex lachend. »Genau so trage ich das in mein Gästeverzeichnis ein. Danke.«

Im Hintergrund erklang verhaltenes Gelächter. Alex, die Tip als eine Art Vorgesetzten dieser Bundeswehrsoldaten ausgemacht hatte, grinste vergnügt. Das war ihre Retourkutsche für den unvorbereiteten Überfall.

»Könnt ihr bitte mal durchzählen?«, bat sie als Nächstes.

»Wir sind fünf. Zwei Doppelzimmer für die Jungs, ein Einzelzimmer für mich.« Tip reckte sich in dem Versuch, Alex doch ein bisschen deutlicher zu überragen, schob dann aber noch ein »Bitte« hinterher.

»Ist das nicht toll, Alex? Jetzt hast du das Haus voll, obwohl dieses streitlustige Ehepaar einfach abgereist ist.« Annettes Stimme lenkte Alex' Aufmerksamkeit zurück auf die gegenüberliegende Flurseite. Das Gefühl, zwischen rivalisierenden Gangs zu stehen, die allein durch ihre Wenigkeit voneinander getrennt waren, verdrängte sie energisch, wobei ihr dennoch *Something's Coming*, eine Melodie aus *West Side Story*, in den Sinn kam.

Und wieder sprang die Haustür auf. Marc, zwar mit blauen Lippen; aber nicht als ausstellungswürdige Eisskulptur, prallte förmlich zurück, als er die Wand von Männern vor sich sah. Die Köpfe der Soldaten wandten sich ihm zu, drei von ihnen zwängten sich zu ihm durch, begrüßten ihn und klopften ihm kräftig auf die Schultern. Offenbar kannte dieser Teil von Jens' Freunden auch Marc.

In der kurzen Verschnaufpause, die durch die Rückkehr des Surfers entstanden war, fragte sich Alex, ob Jens' Unfall im Rahmen eines Militäreinsatzes geschehen war. Denn ganz offensichtlich war er in irgendeiner Weise mit den Soldaten verbunden.

Alex wandte sich an ihre Gäste und bat sie, doch im Frühstückszimmer auf sie zu warten. Bevor Annette als Letzte durch die Tür trat, raunte sie Alex zu: »Ich bereite mal ein paar Kannen Tee zu.«

»Das ist eine gute Idee. Ich fertige schnell die Männer ab, danach habe ich einige wichtige Informationen weiterzugeben.«

»Mach sie fertig!«, feuerte Annette sie lachend an, und Jens, der die wilde und reichlich lautstarke Begrüßung hinter sich gebracht hatte, warf der Frau einen anerkennenden Blick zu. So schlagfertig hatte er Annette wohl noch nicht erlebt. Womöglich war es gar nicht so schlecht, dass Annette und ihre Kinder gezwungen sein könnten, etwas länger zu bleiben. Vielleicht brauchte Jens genau diese Stunden, um zu erkennen, welchen Schatz er da vor sich hatte …

KAPITEL 7

Das lautstarke Stühlerücken endete schließlich, und Alex blickte in den überfüllten Raum. Während der Hauptsaison hatte sie durchaus alle Betten belegt, doch nie kamen alle Gäste gleichzeitig zum Frühstück herunter, sodass es nicht nötig war, für jeden von ihnen einen separaten Platz zu haben. Nun drängten sich die Menschen in dem Raum. Annette hatte Tim auf dem Schoß, Tanja teilte sich mit Hanna einen Stuhl. Marc, dessen Sweatshirt und Jogginghose feucht waren, was verriet, dass er darunter noch den nassen Neoprenanzug trug, lehnte an der Türzarge, und drei der Überraschungsgäste hatten unkompliziert auf dem Boden Platz genommen. Einerseits war Alex froh, dass die Soldaten nicht erst ihre Zimmer sehen und beziehen wollten, sodass sie ihre Informationen nicht zweimal weitergeben musste, andererseits verströmten sie einen reichlich unangenehmen Geruch.

Aus dem Augenwinkel beobachtete Alex, die im Durchgang zur Küche stand, wie Peter, ein Mann um die siebzig, angewidert die Nase krauszog und mit dem Stuhl ein bisschen von Tip wegrutschte. Sie hoffte, dass die muntere Gruppe nicht allzu viel Unruhe in ihre Pension bringen würde, sie selbst fand ihre Anwesenheit bereichernd. Es kam selten vor, dass sich neue Gäste gleich von Anfang an so locker und unkompliziert benahmen.

»Inzwischen ist die Sturmwarnung für die Inseln und die gesamte Küstenregion offiziell«, begann Alex. »Der Sturm, von dem klar war, dass er auch uns treffen wird, hat beträchtlich an Stärke zugelegt. Er wird morgen gegen Mittag erwartet, was doch früher ist, als bisher angenommen.« Alex wandte sich Annette zu, die mit gerunzelter Stirn zu ihr aufblickte. »Die Warnung kam leider erst spät. Sonst hätte ich versucht, dich und deine Kinder auf die letzte Fähre nach Norddeich zu bringen. Eine Umbuchung der Zugverbindung wäre in Anbetracht der Situation vermutlich unkompliziert möglich gewesen. Ich finde morgen früh heraus, ob noch ein, zwei Schiffe ablegen, ehe der Fährbetrieb vorübergehend eingestellt wird. Also packt bitte, auch wenn es sein kann, dass ihr vorerst hier festsitzt.«

Von Tim und Tanja kam ein Jubeln, Annette hingegen lächelte verunsichert.

Goofy knuffte Tim auf den Oberarm. »Ein Sturm ist eine spannende Sache, Junge.«

Tim strahlte den dürren Soldaten an.

»Ich bitte all jene, die ihre Zimmer in Richtung Dünen und Meer haben, morgen früh die Fensterläden fest zu verschließen und sie geschlossen zu halten, bis ich Entwarnung gebe. Es tut mir leid, dass es dann sehr dunkel sein wird, aber das ist allemal besser, als wenn euch Gegenstände durch die Scheiben ins Zimmer geweht werden.« Verständnisvolles Nicken folgte. »Auch hier unten möchte ich diese Vorsichtsmaßnahme ergreifen. Beim letzten Sturm, der längst nicht so heftig war wie der erwartete, hat es mir zwei Fensterscheiben zerschlagen.«

»Das ist selbstverständlich, Alex«, meinte Jenni. »Der Schutz von Haus und Hof und vor allem der von Menschen ist wichtiger als Gemütlichkeit.«

»Hier bei Kerzenschein zu sitzen, ist bestimmt auch gemütlich«, meinte Goofy.

»Ich hoffe doch sehr, dass uns der Strom erhalten bleibt«, murmelte Alex, straffte die Schultern und fuhr lauter fort: »Bei Sturm ist am Strand einiges los. Unter anderem wird das Hochwasser wegen der auflaufenden großen Wellen deutlich höher steigen, als ihr das bisher gewohnt seid. Ich bitte also um Vorsicht, vor allem entlang der Promenade. Es ist zwar ein spektakuläres Schauspiel, wenn die Wellen gegen die Befestigungen klatschen, doch je nach Wind und Wellengröße kann das durchaus gefährlich sein. Ohnehin möchte ich euch bitten, dass ihr den Vormittag nutzt, falls ihr noch in die Stadt wollt. Sobald der Sturm richtig loslegt, kann es Dachziegel von den Häusern wehen. Feuerwehr und Polizei sperren gefährdete Straßenabschnitte ab, aber man muss sich ja nicht unnötig in Gefahr bringen oder die Einsatzkräfte bei ihrer Arbeit behindern.«

Wieder erntete sie Nicken und ein zustimmendes Gemurmel. Nur Goofy rieb sich erneut die Hände. *Vielleicht sollte ich den Kerl unter einem Vorwand in den ehemaligen Stall locken und dort einschließen.*

»Ich werde heute noch alles gut verstauen, was draußen herumfliegen könnte. Das bedeutet nicht, dass ihr die Fahrräder, die Spielsachen oder auch die Gartenmöbel bis morgen zur Mittagszeit nicht mehr nutzen dürft – nur bitte, räumt sie anschließend sofort wieder sorgfältig auf.«

»Wir räumen!«, entschied Tip für sich und seine Kumpels.

»Das ist sehr nett, vielen Dank.« Alex zögerte einen Augenblick und wandte sich dann direkt an ihn: »Dürfte ich dich und deine … Freunde um etwas bitten?«

»Nur heraus damit.«

»Nebenan wohnt Lotti, eine Freundin von mir. Sie hilft hier aus und …« Mit einer wegwerfenden Handbewegung unterließ sie es, weiteres über Lotti zu erzählen. »Sie ist Künstlerin und ihr Vorgarten steht voller Skulpturen, manche davon sind ziemlich sperrig und schwer …«

»Benny, du gehst mit mir rüber zu Lotti!«

»Jawohl, Herr Oberfeldwebel!«

Alex vernahm eine Spur von Protest in der Stimme des jungen Semmelblonden, weil Tip ihn in seinem Urlaub herumkommandierte. Aber dabei blieb es. Der Mann war durchaus bereit mitzuhelfen.

»Das war es von meiner Seite aus. Gibt es irgendwelche Fragen?«

»Ja? Wie lange sitzen wir fest?« Tanjas Augen sprühten vor Begeisterung, Norderney eventuell nicht wie geplant verlassen zu müssen. Sicher hoffte sie darauf, nicht nur über das Wochenende bleiben zu dürfen, sondern gleich einige Schultage zu versäumen.

»Das weiß ich nicht. Das hängt davon ab, wie schnell der Sturm weiterzieht und welche Schäden er anrichtet.«

Was Tanja erfreute, lastete vermutlich schwer auf den Gemütern der Geschäftsleute. Morgen würden die meisten Gäste – vielleicht traf es sogar alle – weder an- noch abreisen können. Obwohl Norderney eine stabile Fährverbindung hatte, würden sie dieses Mal wohl ebenfalls vom Rest der Welt abgeschnitten werden.

Jenni schien das nicht weniger aufregend zu finden, diskutierten sie und die Kinder doch fröhlich darüber, was alles geschehen und wie lange das Unwetter andauern könnte.

Interessiert beobachtete Alex die junge Frau. Offenbar war es für sie leicht, ihre Trauer auch mal außen vor zu lassen und sich fast völlig normal zu geben. Vielleicht war die Beziehung zu ihrer Familie nicht mehr ganz so eng gewesen, immerhin war sie erwachsen und hatte ihr eigenes Leben geführt. Oder sie verarbeitete den Verlust weit besser als manch anderer …

Alex lächelte, als sich Tim und Tanja mit ihren hohen Stimmen in fantasievollen Sturmgeschichten zu übertrumpfen versuchten. Die Menschen waren von Grund auf verschieden, und ebenso unterschiedlich trauerten sie auch. Die einen kürzer, andere länger. Die einen zeigten ihren Schmerz offen und wollten ihn am liebsten in die Welt hinausschreien, andere hielten ihn zurück, litten aber in einsamen Nächten unsäglich … Es gab diejenigen, die die Einsamkeit suchten, und jene, die sich gern mit Menschen umgaben, ja gar mit Trubel. Einige konzentrierten sich ausschließlich auf den schrecklichen Verlust, während andere ihn zu verdrängen versuchten – wobei er sie meist doch irgendwann einholte. Wie in jedem Bereich des Lebens durfte man auch im Leid das Individuum nicht übersehen.

»He, Chefin des Krisenmanagements!« Tip baute sich vor Alex auf und lenkte so ihre Aufmerksamkeit auf ihn. »Würdest du uns bitte Lotti vorstellen? Nicht, dass sie uns die Polizei auf den Hals hetzt, weil sie denkt, wir stehlen ihre Skulpturen.«

»Lotti?« Alex lachte und bedeutete ihm und Benny, ihr zu folgen. »Vorher würde sie euch mit einem Bunsenbrenner bedrohen oder mit ihren kleinen Steinkunstwerken bewerfen.«

»Gefällt mir jetzt schon, die Dame!« Tip öffnete für Alex die Eingangstür und übernahm die Führung zur Ginsterhecke, als kenne er sich hier bestens aus. Hintereinander schlüpften sie durch den schmalen Durchgang, der die beiden Grundstücke miteinander verband.

Lottis Vorgarten bestand aus einem runden Kiesfeld, eingerahmt von niederen Rosenbüschen und einer Rasenfläche, die einen steten Kampf gegen den Sand bestritt. Auf der gekiesten Fläche sirrten Windrädchen und wippten Wimpel, dazwischen, stoisch ruhig, standen Segelboote, Leuchttürme und weitere Schmuckelemente aus den Naturmaterialien, die die Insel zu bieten hatte.

»Meine Mutter ist ganz scharf auf diesen Mist«, murmelte Benny.

»Wenn du das mit dem *Mist* nicht laut sagst, könnte es sein, dass Lotti dich – als Dank für deine Hilfe – etwas aussuchen lässt. Das kannst du dann deiner Mutter mitbringen«, schlug Alex vor. Ihr gefiel nicht, wie abwertend Benny das beurteilte, in das Lotti sehr viel Zeit, Liebe und Schaffenskraft steckte und was ihren besonderen Gästen half, ihren Verlustschmerz in Bewegung, Arbeit, Sinnvolles und Wunderschönes fließen zu lassen. In Anbetracht von Bennys Jugend sah sie ihm das allerdings nach. Sicher konnten die wenigsten jungen Männer mit derlei Kunstwerken und Dekorationsgegenständen etwas anfangen.

»Hm, sie hat bald Geburtstag«, sagte Benny und klang plötzlich nicht mehr ganz so abgeneigt, der Aufforderung seines Vorgesetzten auch im Urlaub nachzukommen.

»Na, dann los.« Noch ehe Alex reagieren konnte, hatte Tip ein großes aufrecht stehendes Schwemmholz ergriffen, auf dessen Spitze sich eine robuste Metallnadel befand, über der sich eine filigrane Möwe aus vom Wasser geschliffenen Glas im Wind drehte.

»Vorsicht!«, rief Alex, doch die Möwe auf dem Dorn kippte bereits herunter und schlug, von einem unschönen Klirren begleitet, auf dem Kies auf. Der Seevogel zerbarst.

»Hundedreck vor meiner Gartentür aber noch mal!«, drang Lottis Stimme fast eine Oktave höher als sonst aus einem geöffneten Fenster. Gleich darauf stürmte sie in einem unförmigen, flatternden grünen Kleid, über das sie eine graue Schürze gebunden hatte, in den Hof. »Ich hatte ja die Befürchtung, dass der Sturm mir einiges zerschießt, nicht aber das Militär!«

»Entschuldige bitte, Lotti!« Tips Gesicht war hochrot angelaufen. Als er verlegen grinste, blitzte es in seinem Mund silbern auf. Im Gegensatz zu Alex schien Lotti der Umstand, dass ein Mann in seinem Alter eine Zahnspange trug, nicht im Mindesten zu beeindrucken.

»Für Sie immer noch Frau von Eichhof!«, fauchte sie den Zerstörer an.

Alex zog eine Grimasse. Lottis Nachnamen wusste so gut wie niemand, weil sie für jeden einfach nur Lotti war. Nicht einmal Charlotte. Normalerweise war die Künstlerin überaus geduldig und nachsichtig, was in Alex den Verdacht aufkeimen ließ, dass dieses Möwengebilde eine größere Bedeutung für sie gehabt haben musste.

»Was haben Sie hier eigentlich vor? Wollen Sie Krieg in meinen Garten des Friedens und der Kunst bringen?«

»Das sind Freunde von Jens«, schaltete sich Alex ein.

»Unmöglich, Seesternchen!« Ihr gegenüber war Lotti freundlich; als sie sich jedoch wieder dem Uniformierten zuwandte, zog sie die Augen erneut zu misstrauischen Schlitzen zusammen. Der drohende Sturm schien bereits auf der Insel angekommen zu sein. Zumindest in Lottis Vorgarten. »Wissen Sie überhaupt, was Sie da getan haben?«

»Ein wunderschönes Kunstwerk zerstört«, gab Tip zu. Die Gelassenheit in seiner Stimme und die Tatsache, dass er nichts zu beschönigen versuchte, mussten selbst Lotti beeindruckt haben. Die Falten auf ihrer Stirn glätteten sich etwas. Als Tip das gut eineinhalb Meter lange gebogene Schwemmholz allerdings Benny in den Arm drückte und neben den Glassplittern in die Hocke ging, sprang Lotti mit einem Satz hinzu. Einen Augenblick lang befürchtete Alex, Lotti würde den Mann einfach beiseitestoßen, doch sie baute sich nur breitbeinig wie ein alter Seebär vor ihm auf. Dabei stemmte sie ihre Hände energisch in die bewundernswert schlanke Taille, die sie jedoch gekonnt unter ihren weiten, fließenden Kleidern versteckte: »Wagen Sie es ja nicht, es noch einmal zu berühren!«

»Ich wollte nur helfen!« Nun klang auch Tip aufgebracht. Der Dauerbeschuss, dem er von Feindesseite aus ausgesetzt war, ärgerte ihn jetzt offenbar doch.

»Das … ich habe keine Hilfe in Auftrag gegeben. Schon gar keine destruktive und zerstörerische!«

»Ich werde den Schaden begleichen!«, knurrte Tip, erhob sich und stand militärisch stramm. Seine Gesichtszüge wirkten unnachgiebig hart. Von dem gutmütigen, ja fröhlichen Mann war nichts mehr übrig. Erst jetzt konnte sich Alex vorstellen, dass er ein durchaus erfolgreicher Soldat und eine respektgewohnte Führungspersönlichkeit war. Was da gerade vor ihren Augen geschah, konnte sie allerdings nicht nachvollziehen.

Was war nur in Lotti gefahren? Natürlich wusste Alex, dass Lotti den Frieden über alles schätzte, Konflikte nicht ausstehen konnte und mit Sorge auf viele Entwicklungen weltweit schaute. Aber sie war niemand, der generell etwas gegen Soldaten hatte. Erst vor einigen Wochen hatte sie sich darüber geäußert, wie wohlwollend sie jenen gegenüberstand, die zum Schutz des Landes, als Aufbauhelfer und zur Krisenbewältigung ihr Leben riskierten.

Alex schüttelte den Kopf. Irgendetwas hatte sie da offenbar nicht mitbekommen. Jedenfalls standen sich die beiden weiterhin wie Balzhähne gegenüber, taxierten einander und versuchten, sich gegenseitig niederzustarren.

»Das Möwenwindspiel ist schon verkauft.«

»Dann reparieren Sie es. Und nehmen das Geld dafür zweimal. Vom Käufer und von mir«, erwiderte Tip prompt.

»Ich bin doch kein … Betrüger.«

»Ich zahle Ihre zusätzliche Arbeitszeit. Und den … Ärger.«

»Das wird teuer!«, grunzte Benny, und Alex musste sich abwenden, um einen Heiterkeitsausbruch zu verbergen. Der junge Mann schien gerade überhaupt nichts mehr dagegen zu haben, hierher beordert worden zu sein. Er genoss unübersehbar, dass Lotti seinem Vorgesetzten ordentlich Paroli bot.

»Anscheinend ist Ihnen nicht klar, wie viel Arbeit in so einem Kunstwerk steckt«, belehrte Lotti Tip nun.

Er atmete daraufhin genervt aus.

»Der Käufer hat bereits gezahlt und will sein Eigentum in etwa einer Stunde abholen.«

»Wie viel?«, brummte Tip sie an.

»Dreihundertfünfundsiebzig. Plus Mehrwertsteuer.«

Tip plusterte die Wangen auf, die jetzt nicht mehr rot, sondern sehr bleich aussahen.

Alex fand es an der Zeit, den Krieg zu befrieden. Sie ergriff Lottis Hand, die seltsam zitterte. Vor Wut? Irritiert runzelte Alex die Stirn. Was war nur in ihre freundliche, auf Harmonie bedachte Freundin gefahren?

»Lotti, das ist übrigens Tip.«

Lotti hatte bei diesem Spitznamen keine Chance, obwohl sie sich wirklich reichlich Mühe gab, ernst zu bleiben.

Tip, dem das nicht entging, knurrte wieder wie ein Hund, dem man das vollgesabberte Spielzeug weggenommen hat. »Tobias-Ingo Papen«, korrigierte er und klang dabei schrecklich versnobt. Fast so, als habe er ebenfalls – allerdings ein nicht hörbares – »von« im Namen.

»Für Sie aber Herr Oberfeldwebel!«, wagte Benny einzuwerfen.

Alex verdrehte die Augen. Auch der junge Mann trug Uniform. Wollte er wirklich die Aufmerksamkeit der heute so streitbaren Lotti auf sich lenken?

»Danke für die Information. Und wie heißt du?«, fragte Lotti prompt, jedoch in auffallend ruhigem Tonfall.

»Benny.«

»Du darfst mich gern duzen und Lotti nennen.« Nach diesem weiteren Seitenhieb in Richtung Tip drehte sich Lotti um und stapfte in ihr Haus zurück. Plötzlich wechselte der Gesichtsausdruck des älteren Mannes von drohend zu strahlend.

»Alex, ich bin dir zutiefst dankbar, dass du mich hierhergebeten hast. Diese Frau ist eine Wucht!«

Alex wagte einen Seitenblick auf Benny, der Tip mit offenem Mund anstarrte, als habe der ihm gerade befohlen, nach Norddeich zurückzuschwimmen. Sie prustete los, zeigte wortlos, weil sie einfach nicht fähig war, etwas zu sagen, auf einen kleinen Schuppenanbau und folgte Lotti. In der Tür drehte sie sich kurz um und sah, wie ein grinsender Oberfeldwebel und ein jetzt recht bereitwilliger Benny übermäßig vorsichtig damit begannen, die Kunstwerke vor dem nahenden Sturm in Sicherheit zu bringen. Die zerschmetterte Möwe lag weiterhin auf den Kieselsteinen und schillerte im Licht der untergehenden Sonne in fröhlichem Grün, Blau und Orange. Beinahe so, als freue sie sich über das, was sie angerichtet hatte.

Alex fand Lotti in ihrer Werkstatt. »Sag mal, was ist denn in dich gefahren?«

»In mich!«, begehrte Lotti auf und fuchtelte so wild mit den Armen, dass ihr Kleid wie Schmetterlingsflügel wirkte. Alex hoffte nur, dass Lotti nicht noch einmal in die Luft ging. »Du hast mir doch diesen Tollpatsch auf den Hals gehetzt!«

»Die beiden wollen dir helfen.«

»Das ist ja auch wirklich nett. Ich werde mich anständig bedanken.« Lotti klang versöhnlich, in Alex' Ohren sogar ein wenig … schuldbewusst.

»Du willst mir nicht sagen, was das gerade war?«

»Nein.«

»Na gut. Dann gehe ich mal rüber und schaue nach, was *meine* Soldaten so alles zerbrochen haben.«

»Davon gibt es noch mehr?« Lotti zielte mit dem Zeigefinger auf die Glasfront ihrer Werkstatt, die einen großzügigen Blick in den mit Rosenbüschen regelrecht überwucherten Garten gewährte. Und auf die Hintertür des Anbaus, in dem Tip und Benny gerade zu Werke waren.

»Insgesamt sind es fünf.«

»Eine feindliche Invasion?«

»Nein, Besuch. Und meine Gäste.«

»Ui, entschuldige bitte.«

»Keine Angst, die lassen sich nicht so schnell vertreiben.«

»Na ja, die sind mehr gewohnt als eine hysterische, zickige alte Frau.«

»Du bist doch nicht alt.«

»Danke, das wollte ich hören. Das sind wirklich Freunde von Jens? Dem freundlichen, jungenhaften Jens?«

»Freunde – oder ehemalige Bundeswehrkameraden?«

»Ach, das vermutest du … Na ja, er spricht nicht über seinen *Unfall*. Vielleicht, weil er es nicht darf?« Lotti übersprang mit ihrer Antwort eine Frage, was einmal mehr bewies, wie gut sie Alex inzwischen kannte.

»Jetzt rechne bei der Truppe mal nicht gleich mit einer Spezialeinheit der Bundeswehr! Ich denke, wenn er sich seine schwere Verletzung bei einem Einsatz zugezogen hat, dass er einfach nicht darüber sprechen will. Meist gibt das ja reichlich unschönes, aus dem Ruder laufendes und wenig konstruktives Gerede in Deutschland, das – na ja – oft ziemlich wenig Sympathien für die Bundeswehr aufbringt.«

»Was hat unser Schutz, beziehungsweise das, was die Soldaten da im Ausland an Friedenssicherung, Ausbildung und Aufbau leisten, mit Sympathie zu tun?«

Alex lächelte. »Ich dachte, deine Aversion gegen Tip stammt daher, weil er eine Uniform trägt.«

»Stimmt, kleine Hochleistungsdenkerin.«

»Das verstehe ich jetzt nicht.«

»Macht nichts.«

»Lotti!« Alex lachte und schüttelte gleichzeitig den Kopf. Manchmal war diese lebensfrohe Frau einfach nicht zu durchschauen.

»Lass mir doch eine Marotte, ja?«

»Eine?«

»Freches Balg. Sieh zu, dass du vor diesen ungeschickten Händen retten kannst, was es noch zu retten gibt.«

»Ich weiß nicht, ob ich dich allein lassen darf, solange Tip und Benny da draußen deine Schätze evakuieren.«

»Ich werde nicht auf ihn schießen, falls du das befürchten solltest.«

»Ich nehme ja mal nicht an, dass du eine Waffe besitzt.«

»Täusch dich da mal nicht!«

»Du bist …«

»Ja, ich liebe dich auch!« Lotti schob Alex aus ihrer Werkstatt.

ALEXANDRA

Zwei trauernde Frauen und Teenager bewohnten in jenem Herbst meine Pension, dazu eine Frau mit ihren Kindern, bei denen der tragische Verlust ihres geliebten Ehemannes und Vaters mittlerweile in sanfte Melancholie und wunderschöne Erinnerungen übergegangen waren. Gleich dröhnender Marschmusik, die sich allmählich in die weichen Klänge eines Wiegenliedes verwandelte.

Unmöglich, sagen die einen. Gott sei Dank nicht, denn wie sollte man weiterleben, wenn der laute, tosende Schmerz für immer wie ein unschönes Lied und ein ungewollter Ohrwurm in einem blieb, in Herz und Seele wütete und sämtliche Gedanken und Gefühle fest umschlossen hielt?

Die Trauer darf enden. Was bleiben kann, sind die Erinnerungen an wunderbare gemeinsam erlebte Momente.

Ich hoffe stets, dass jeder wenigstens ein paar von diesen Momenten in seinem Herzen trägt – Perlen der Erinnerung an die Person, die plötzlich fehlt. Deren Tod ein Loch in das Lebensgefüge gerissen hat.

Wäre es nicht furchtbar, wenn diese Lücke nicht mit Rückschauen an gemeinsames Lachen, Unternehmungen, bewältigte Krisen und einem tiefen Gefühl der Wertschätzung und Liebe zum anderen gefüllt wird, sondern mit verpassten Chancen, mit Unnachgiebigkeit, Lieblosigkeit und Niederlagen im

116

Zwischenmenschlichen, da bei Problemen zu schnell aufgegeben wurde … oder gar mit Wut und Hass?

Gehen wir achtsam vor bei dem, was wir einander sagen, wie wir aufeinander reagieren? Verbleiben wir mit einem Friedensangebot, gleichgültig, ob der andere dieses anzunehmen bereit ist? Reichen wir vergebend die Hand und lassen uns verzeihen?

Das sind die Fragen, die auch ich mir erst gestellt hatte, nachdem ich erleben musste, was ein schmerzlicher Verlust bewirkt; seit ich weiß, weshalb Trauernde noch viel mehr leiden: weil sie eine Chance – ihre Chance – verpasst haben, Liebe und Vergebung zu schenken und anzunehmen.

Das Leben ist nicht fair – das sagen wir oft, vor allem dann, wenn jemand stirbt, der uns nahegestanden hat oder mit dem wir, auf welche Weise auch immer, verbunden waren. Aber leben wir auch entsprechend? Ergreifen wir die Initiative, um Missstände aus dem Weg zu räumen? Unfrieden? Vorwürfe? Anklagen? Unbedachte Lieblosigkeiten …? Und das, bevor es zu spät ist?

So, wie wir uns auf die angekündigten Veränderungen einer Situation einstellen, sollten wir ebenso mit Unvorhersehbarem rechnen. Jederzeit.

An diesem Tag stellten wir uns auf den Sturm ein, der, vom europäischen Nordmeer kommend, auf uns zupeitschte. Und wie das Leben manchmal so spielt, wirbelte mir vor dem eigentlichen Orkan ein anderer ins Haus: eine Horde lauter, unruhiger Männer, die allerdings viel Frohsinn mit im Gepäck hatten, über die fast alle meine Gäste einfach nur eines verspürten: Begeisterung. Was ich damals jedoch nicht ahnte, war, dass im Sturmwind ein zweiter geboren werden würde.

Das beschauliche Dasein in der Pension war in diesem einen Jahr von mehr als nur einem Sturm gehörig durcheinandergewirbelt worden …

KAPITEL 8

Alex trat vor die Haustür und auf den gepflasterten Hof. Sie schloss die Augen und atmete die salzgeschwängerte Luft ein. Alles wirkte friedlich. Die rasch wandernden Wolken, die zuweilen den fast vollen Mond hinter sich versteckten, und die Tatsache, dass sie von jenseits der Dünen das Meer tosen hören konnte, zeugten jedoch davon, dass sich dort draußen etwas zusammengebraut hatte. Erste Vorzeichen kündigten den näher rückenden Sturm an, selbst wenn es noch Stunden dauern mochte, bis er seine geballte Kraft über der Insel entfesseln würde.

Alex legte den Kopf in den Nacken und beobachtete das Schauspiel am nachtschwarzen Himmel. Die grauweißen Wolkenschleier ließen das Mondlicht mal deutlicher, mal nur zaghaft auf die Erde treffen und bildeten ein bewegtes Mosaik. Sie wünschte sich, es hätte damals, vor Johanns Unfall, ebenfalls erste warnende Vorzeichen des nahenden Sturms gegeben. Sie beide hatten sich, bevor er nach München gefahren war, nur über unwichtiges, oberflächliches Zeug unterhalten. Übermütig hatten sie herumgeblödelt, sich verabschiedet mit den Worten: »Bis nächste Woche.«

Es hatte nie ein Wiedersehen gegeben. Der Schlag war abrupt gekommen. Von einer Sekunde auf die nächste, sodass ihr keine Chance geblieben war, zumindest ein klein wenig in Deckung zu kriechen, um der geballten Ladung Schmerz ein Stück weit die Schlagkraft zu nehmen.

Leise verließ das Lied, das Marc kürzlich gespielt hatte, Alex' Lippen. *Would you know my name, if I saw you in heaven? Would it be the same, if I saw you in heaven …*

Es beruhigte die winzigen Stiche, die noch immer gelegentlich ihr Herz traktierten, obwohl sie doch ihren Frieden gefunden hatte – damals in Mississippi, als der schwarze Pastor so viele tröstende Worte gesagt und der Gospelchor Lieder intoniert hatte, die allein für Alex komponiert worden waren … so zumindest hatte es den Anschein gehabt.

Alex war unermesslich froh, dass Johann und sie an diesem letzten Tag nicht im Streit auseinandergegangen waren. Nicht einmal mit unguten Gedanken über den jeweils anderen. Das hätte ihrem Herzen vermutlich den Todesstoß versetzt. Es war erstaunlich – aber heute war sie unendlich dankbar, dass sie sich damals so unbändig auf ihre Trauung und auf ein gemeinsames Leben mit Johann gefreut hatte. Was sie selbst und viele andere damals als eine einzige Tragödie empfunden hatten – eine Braut verliert kurz vor der Hochzeit ihren Verlobten –, empfand sie heute als Gnade. Denn sie hatte nichts zu bereuen. Kein böses Wort, kein erzürnter Gedanke über Johann, keine Handlung, die sie nie mehr aus der Welt hatte schaffen können und die nun schwarz und stinkend an ihr klebte wie Teer. Das »Drama« war mit einem alten, nur noch wenig gebrauchten Wort vermischt gewesen: Erbarmen.

Allerdings hatte es lange gedauert, bis Alex das so hatte verstehen dürfen. Und sie akzeptierte es, wenngleich es ihr leidtat, dass andere – wie Johanns Eltern – dieses Empfinden, das ihr solchen Trost spendete, überhaupt nicht nachvollziehen konnten und wollten.

Alex' Blick auf die damaligen Ereignisse war einer Wandlung unterworfen worden. Auch deshalb, weil sie ab und an Trauernde wie Simone erlebte. Sie hatte keine Chance mehr, die Fehler, die sie in ihrer Ehe begangen hatte, jemals wiedergutzumachen. Sie konnte ihren Mann nicht mehr um Vergebung bitten, ihm nicht sagen, wie sehr sie ihn eigentlich geliebt hatte …

Alex verstummte, als gezupfte Gitarrenklänge sie umschmeichelten. Die Männergruppe hatte sich, der Kälte des Herbstabends zum Trotz, in den hinteren Garten zurückgezogen. Im Schutz der beiden Fassaden und des großen Holzbalkons, der zu Alex' Wohnung gehörte, hatten sie sich bisher unterhalten und den Getränken aus Alex' Getränkelager zugesprochen. Jetzt lauschten sie den virtuosen Klängen von Marcs Gitarre. Er spielte gut, variierte gern, schien mit seiner Musik Gefühle zu transportieren. Als er zu *Hit The Road Jack* wechselte, stimmte Alex mit ihrer geschulten Stimme leise mit ein, stockte aber gleich darauf, als sie die Männerstimmen vernahm. Anfangs zögernd, dann zunehmend lauter, jedoch nicht immer richtig, sangen auch die Soldaten mit. Alex trat zurück in den Flur, überprüfte, ob die Elektrik die Tür richtig verschloss, und eilte zum Hinterausgang.

So leid es ihr tat – zumal Marc nun *I Shot The Sheriff* intonierte, was erst Gelächter und daraufhin wieder diesen rauen Gesang herausforderte –, sie musste der kleinen Party ein Ende bereiten. Sie hatte noch mehr Gäste. Vermutlich würden sich die wenigsten an der munteren Runde stören, doch ausgerechnet das Zimmer von Peter, ihrem ältesten Gast, lag in unmittelbarer Nähe der leidenschaftlichen Sänger. Und wie Alex wusste, schlief er mit offenem Fenster. Sie öffnete die Tür, und »I shot the Sheriff, but I swear it was in self-defense. I shot the Sheriff, and they say it is a capital offense« schallte ihr überlaut, da völlig ausgelassen entgegen. Allerdings waren sich die Sänger nicht einig, ob sie den Text von Bob Marley oder den von Eric Clapton singen sollten, was das Ganze noch etwas wilder klingen ließ.

Alex hob die Hände, um wie ein Dirigent die Aufmerksamkeit der Musiker einzufordern – immerhin hatte das heute schon einmal funktioniert –, doch dann fiel ihr Blick auf Peter. Er saß neben Tip auf einem der Holzklappstühle, die jemand wieder aus dem Anbau geholt hatte, hielt seine Bierflasche wie eine Trophäe hoch und sang aus Leibeskräften mit. Alex kniff ein Auge zu. Sie hörte genau hin und stellte fest, dass er derjenige war, der absolut sauber die Töne traf. Offenbar war er nicht nur ein begeisterter, sondern auch ein richtig guter Sänger.

Marc zupfte ein kurzes Nachspiel und wollte gerade zu einem anderen Reggae-Song überwechseln, als er sie entdeckte. Ein paar Klänge folgten noch, dann legte er die rechte Hand über die zwölf Saiten auf dem Schallloch.

»Du siehst aus, als wolltest du ein Solo singen«, sprach er Alex an. Er wirkte so gelöst, wie sie ihn bisher noch nie erlebt hatte.

»Ja genau!«, rief Goofy und klatschte auffordernd in die Hände. Sofort fielen die anderen in den Rhythmus ein. Marc zog eine Grimasse und sagte tonlos in ihre Richtung: »Entschuldige.«

Alex zuckte mit den Schultern. Sie hatte kein Problem damit, vor Publikum zu singen, immerhin hatte sie eine gute Ausbildung genossen.

»Kannst du *When You Believe* spielen?«

Marc zog über ihre Wahl des Whitney-Houston- und Mariah-Carey-Titels die Augenbrauen hoch und blickte dann einige Sekunden lang nachdenklich auf den Gitarrenkopf, ehe er erst zögernd, dann sicherer, ein Intro zupfte. Schließlich zwinkerte er Alex zu, und sie begann mit ihrer leicht rauchigen, vollen Stimme zu singen.

Peter, der noch immer die Flasche in den Händen hielt, lehnte sich genießerisch lächelnd zurück, und Goofy starrte sie mit offenem Mund an. Die anderen nickten anerkennend im Takt, was Alex beinahe aus dem Konzept brachte, weil sie ein bisschen wie eine Ansammlung von Wackeldackeln aussahen.

Marc konzentrierte sich auf die Gitarrenbegleitung, doch als sie geendet hatte, sah auch er sie wieder an. Nachdenklich, wie ihm schien. Jedenfalls so intensiv, dass es in Alex' Innerem etwas auslöste, das sie lieber nicht näher deuten wollte. Also warf sie demonstrativ einen Blick auf ihre Uhr, deren Ziffern sie selbst im Lichtschein der angeknipsten Außenlampe nicht erkennen konnte. »Tut mir leid, aber ich muss euch bitten, ab zweiundzwanzig Uhr dreißig leise zu sein.«

»Klar, Chefin«, erwiderte Tip sofort und machte sich an seiner übergroßen Hightecharmbanduhr zu schaffen. Vermutlich hatte er einen Alarm eingestellt.

»Viel Spaß noch. Gute Nacht.«

Ein mehrstimmiges, dröhnendes »Gute Nacht, Chefin« ließ sie beinahe rückwärts taumeln. Lachend trat sie zurück in den Flur und lehnte die Terrassentür nur an, da sie sonst ebenfalls elektrisch verschließen würde. Kurz darauf kuschelte sie sich in ihr Bett. Draußen diente Marcs Gitarrenspiel jetzt als Hintergrundmusik zu den Gesprächen und dem immer wieder wie Wellen aufbrandenden Gelächter der heiteren Männerrunde. Als Alex schließlich hörte, wie sie die Gartenmöbel zusammenklappten und wegräumten, konnte sie davon ausgehen, dass es zweiundzwanzig Uhr dreißig war. Für ein paar Minuten wurde es im Haus unruhig, dann kehrte Stille ein.

Inzwischen blies ein kräftiger, böiger Wind über die Insel, der ein sanftes Rauschen der immergrünen Büsche durch das gekippte Fenster in Alex' Zimmer trug, untermalt vom unrhythmischen Klappern eines Fensterladens. Sie nahm sich vor, am nächsten Tag sämtliche Räume zu kontrollieren, vor allem wegen der Fensterläden. Bei einigen waren ohnehin das alle drei Tage angekündigte Badputzen und der Handtuchwechsel vorzunehmen. Aktuell hatte niemand eine tägliche Zimmerreinigung mitgebucht. Die Gäste wussten, wo sich in jedem Stock ein Staubsauger und Putzutensilien befanden, und durften diese nutzen. Zudem musste sie ihre Herbstblumen auf dem Holzanbau vor dem Sturm in Sicherheit bringen. Und dann noch …

Ehe Alex einschlief, schob sich Marc in ihre Gedanken. Sie sah ihn vor sich, wie er leicht gebeugt auf dem Gartenstuhl saß, ein Fuß auf die Querstange eines zweiten Stuhls gestützt, und mit weichen, nahezu liebevoll anmutenden Bewegungen seiner Gitarre kräftige und doch zugleich sanft klingende Töne entlockte.

$$\large{\text{𝄞}}$$

»*I Shot The Sheriff*, wirklich, Nachtigall?« Lotti legte den Arm um Alex' Hüfte, drückte sie kurz an sich und ging dann zum Waschbecken, um sich gründlich ihre Hände zu waschen, ehe sie mithelfen würde, das Frühstück für die Pensionsgäste vorzubereiten.

Alex lachte. Sie hatte, wie so oft, überhaupt nicht bemerkt, dass sie vor sich hin gesungen hatte.

»Tausch mal den Sheriff mit *Soldier* aus, dann würde ich sogar mitsingen.« Lotti schaute so grimmig drein, dass Alex nur lachen konnte. Es passte einfach nicht zu ihrer Freundin, einen Groll auf jemanden zu hegen, vor allem, da es dafür nicht mal einen plausiblen Grund gab. Alex empfand Mitleid mit Tip, zumal ihn ja offenbar eine spontane Zuneigung für die heute blauhaarige Lotti ergriffen hatte.

Alex holte die am Vortag vorbereitete Käseplatte aus dem Kühlschrank, nahm den Schutzdeckel herunter und trug sie, zusammen mit der bereitgestellten Wurstplatte, durch die öffentliche Küche in den Frühstücksraum.

Peter saß bereits an seinem Stammplatz und las den *Norderneyer Morgen,* eine täglich kostenlos erhältliche Zeitung mit nicht mehr als vier Seiten. Als er sie hörte, hob er den Kopf und lächelte sie an. Frühmorgens hatte er selten einmal gute Laune gezeigt, ein Lächeln war bei ihm wirklich erstaunlich. »Ah, da kommt ja unsere großartig singende Pensionswirtin. Guten Morgen.«

»Hey, Peter. Ich hoffe, du hast gut geschlafen?«

»Sicher doch. Mit einer wunderbaren Frauenstimme im Ohr.«

»Wie gut für dich«, kommentierte Marc, der noch im Flur stand, sodass Alex ihn nicht sehen konnte. »Das, was Jens' Freunde da abgeliefert haben, war erbärmlich.«

»Aber voller Leidenschaft«, sagte Alex lachend und schob ein weiteres »Hey« hinterher. »Das macht jeden kleinen Fehler wett.«

»Kleine Fehler also?« Marc trat ein, nickte ihr grüßend zu und setzte sich an einen freien Tisch.

Alex, die gehofft hatte, dass er sich zu Peter gesellen würde, damit der nicht immer allein frühstücken musste, spitzte die Lippen.

»Lass ihn«, raunte Lotti ihr von hinten zu. »*Der* braucht seinen Freiraum.«

Nacheinander trafen die anderen Gäste ein, was Alex und Lotti gut beschäftigt hielt. Die Lautstärke nahm zu, was den inzwischen kräftig heulenden und brummend gegen das Gemäuer drückenden Wind übertönte, aber auch Peter und schließlich Marc vertrieb. Als Annette und die Kinder eintrafen, verließ Jens, der längst mit dem Frühstück fertig war, seinen Platz und gesellte sich zu der kleinen Familie, was Alex mit einem freudig hüpfenden Herzen registrierte. Sie füllte eine weitere Kanne Kaffee und strebte damit auf den Tisch beim Klavier zu.

»Hey, Annette, hallo, Tanja, hallo, Tim.«

»Und? Sitzen wir wirklich fest?« Tanjas Stimme klang so hoffnungsvoll, dass es Alex ein bisschen leichter fiel, die schlechte Nachricht zu übermitteln: »Ja, die Fähren verkehren heute nicht. Die Fahrrinne war ohnehin wieder dabei zu versanden, der jetzt schon kräftige Wellengang macht das Übersetzen nicht einfacher.« Die Kinder brachen in lautstarken Jubel aus und schlugen nacheinander in Jens' erhobene Hand ein. Annette warf einen nachdenklichen Blick auf den Mann an ihrem Tisch und senkte dann den Kopf. Offenbar sah auch sie, was Alex bemerkt hatte: Es gab kleinere Anzeichen dafür, dass Annette und die Kinder Jens nicht gleichgültig waren. Innerlich jubilierend kehrte Alex in die Küche zurück und summte dabei laut vor sich hin.

»Aha, jetzt wird nicht mehr geschossen, sondern geliebt«, kommentierte Lotti ihre Interpretation von *Stand By Me*.

»Das ist doch viel schöner.«

»Merk es dir gut.«

Alex, die gerade frische Brötchen in den Weidenkorb legen wollte, drehte sich zu Lotti um, die mit dem Nachfüllen eines Müsliglases beschäftigt war. »Was soll das nun wieder heißen?«

»Ich beobachte dich und Marc. Und ich habe euch gestern Abend gemeinsam musizieren …«

»Das war … von den Männern eingefordert worden. Außerdem spielt er gern und ich singe gern und …«

»Ihr harmoniert wunderbar.« Lotti verließ mit dem aufgefüllten Glas die Küche. Kopfschüttelnd schaute Alex ihr hinterher. Sie fragte lieber nicht nach, ob Lotti nur ihr musikalisches Zusammenspiel oder »mehr« gemeint hatte, was vermutlich der Fall war. Sie würde ohnehin keine erschöpfende Antwort erhalten. Allerdings konnte sie diese verzwickte prickelnde Regung in ihrem Inneren einfach nicht länger ignorieren. Sie nahm es mit Verwunderung wahr, schließlich mit Unwillen.

Ja, sie hatte beschlossen, den Gefühlen für einen Mann Raum zu geben, sie noch einmal zuzulassen. Aber definitiv nicht für Marc! Er war ein Abenteurer, sogar Jens hatte ihn als eine Art Adrenalinjunkie charakterisiert. Damit konnte sie nicht umgehen. Zu groß war ihre Angst, noch einmal einen Mann zu verlieren. Marcs Lebensstil war ihr schlicht zu risikobehaftet. Als sollte dieser Gedanke sofort bestätigt werden, hörte sie, wie Jens quer durch den Frühstücksraum rief: »Du gehst surfen? Viel Spaß!«

Alex warf das letzte Brötchen in den Korb, ließ ihn stehen und eilte in den Frühstücksraum hinüber. Da Marc bereits verschwunden war, hastete sie in den Flur und sah gerade noch, wie die Tür zuschwang und das Tageslicht mit sich nahm. Sie war schon auf dem Weg zur Haustür, als sie sich zur Vernunft rief. Sie hatte alle Gäste auf die Gefahren des nahenden Sturms hingewiesen. Marc war ein erfahrener Surfer. Er wusste um die Kraft von Wind und Wellen und demnach um das Risiko. Und sie war nicht sein Kindermädchen, obwohl sie sich gern um alle kümmerte – und auch mal sorgte.

»Entweder läufst du ihm nach und sperrst ihn im Nebengebäude ein, wenn er sein Board holt, oder du betest um seinen Schutz.«

Diese Lotti wieder! Einmal mehr musste Alex annehmen, dass sie über ein phänomenales Gehör verfügte und durch Wände sehen und gehen konnte.

Alex drehte sich um, ging schulterzuckend, als fürchte sie nicht gerade um das Wohlergehen eines Gastes, an der im Türrahmen lehnenden Frau vorbei. Energisch und *Auf in den Kampf* aus *Carmen* summend, begann sie damit, die Spülmaschine einzuräumen.

𝄞

Marc glitt mit einem der üppig großen, aber nervös wirkenden Brecher über den flachen Sand ans Ufer. Brodelnd und tosend umschlang er seine Beine, der Rückfluss wollte ihn wieder hinaus aufs Meer ziehen. Kräftig stemmte er sich gegen den Sog an. Er hatte einige Mühe, den Drachen kontrolliert einzuholen. Gut zwei Stunden lang war er über die Wellen hinweggefegt, hatte Sprünge und Drehungen genossen und sich dabei unendlich frei gefühlt. Wild, ungebunden, freigekämpft. Losgelöst von dieser Welt, die ihn oft genug niederzudrücken versuchte.

Anfangs hatten ihn drei Surfer flankiert, die jedoch recht schnell zusammengepackt hatten und vom menschenleeren Strand verschwunden waren. Der Sturm nahm beständig an Kraft zu, als ziehe er seine Energie aus einer unbekannten Quelle. Unangenehm waren vor allem die giftigen Böen, die schlagartig den Kite mit Power gefüllt und an Marc gezerrt hatten. Die Wellenkämme waren zusehends in die Höhe gewachsen, brachen spektakulär, hatten ihn umtost, aber auch hoch hinaufgetragen. Die Wogen waren vom Wind inzwischen so stark aufgepeitscht, dass weiße Gischt in Richtung Dünen davontrieb. Es schien, als wollten sie den Strand in ein Tuch hüllen und darin verstecken.

Marc beschwerte den in die Hülle verpackten Drachen mit dem Board, stieg jedoch vorsichtshalber noch mit seinem Neoprenschuh darauf und blickte über die aufgewühlte graue Nordsee mit ihren weißen Schaumkronen und dem vorbeijagenden Sprühwasser. Der vormals blaue Himmel war schwarzgrau, Wolkenungetüme, formlosen Monstern ähnlich, wallten in aberwitziger Geschwindigkeit voran, als lieferten sie sich ein Wettrennen. Einige wenige Möwen wagten es, sich emporzuschwingen, kämpften allerdings vergeblich gegen die Wucht des Sturms an, der sie wie mit unsichtbaren Händen auf einem Fleck festhielt. Schließlich tauchten sie im Sturzflug ab und suchten sich ein geschütztes Plätzchen.

Der Geschmack nach Salz hing schwer in der feuchten Luft, mit erhobenem Kopf war das Atmen nahezu unmöglich. Der Wind verfing sich donnernd in seinen Ohren. Marc liebte diese ungezügelte Wildheit. Oft genug forderte er sie heraus, wollte sich mit ihr messen. Ihr, aber wohl eher sich selbst, beweisen, dass er dem, was anderen den Tod bringen konnte, zu trotzen imstande war. Er wollte gegen das gewinnen, was er nicht ändern konnte; was unvermittelt auftauchte, ihn förmlich angriff, ihn unterzukriegen versuchte.

Hätte er das nur damals während des Autounfalls auch gekonnt! Eigentlich wusste er, dass er keine Chance gehabt hatte, auf irgendeine Weise zu reagieren. Doch seinem Herzen nützte dieses theoretische Wissen nichts. Es litt noch immer. Die Suche nach einem Ausweg aus einer Situation, die längst der Vergangenheit angehörte, marterte ihn. Was wäre gewesen, *wenn* ... der Anruf früher eingegangen wäre? ... er sich nur ein paar Sekunden mehr Zeit dabei gelassen hätte, um seine Schuhe ordentlich zu schnüren? ... wenn er einfach hätte akzeptieren können, dass er etwas später eintreffen würde ... er sich nicht so verdammt sicher gewesen wäre, dass die Straße hinter dem entgegenkommenden Sattelzug frei war.

Sein gequältes Stöhnen ging im Tosen des Sturmwinds unter. Ja, er konnte wieder lachen, was vor allem Jens' Verdienst war. Und nun auch der von Alex. Er mochte ihre entspannte Art, mit der sie seine manchmal brummigen, oft genug aber schweigsamen Phasen schlicht hinzunehmen verstand, ohne ein Anzeichen für Unbehagen zu zeigen. In ihrer Gegenwart fühlte er sich unglaublich wohl. Leicht? Angekommen?

Erstaunt über seine eigenen Gedanken, bückte er sich und nahm seine Kiteausrüstung auf. Inzwischen fror er zu sehr, um noch länger an der windumtosten, brodelnden See zu verweilen. Zwar liebte er den Kampf gegen die Naturgewalten, was jedoch nicht hieß, dass er leichtsinnig oder gar gleichgültig gegenüber einer realen Gefahr war – selbst eine handfeste Erkältung würde er nur ungern in Kauf nehmen.

Er wandte sich um und bewunderte einen Moment lang das Schauspiel des losen Sandes, der vom Wind wie leicht verfärbte Nebelschleier mit hoher Geschwindigkeit den Strand entlanggetrieben wurde. Sobald er den nassen Ufersaum verließ, schlugen ihm die aufgepeitschten Sandkörner, kleinen Geschossen gleich, ins Gesicht, sodass er das Board als Schutzschild benutzte. Mit großen Schritten, vom Wind vorangeschoben, kämpfte er sich über den unter seinem Gewicht nachgebenden Sand, betrat den Pfad zwischen den Dünen und wurde, nun zumindest ein wenig vor den peitschenden Böen geschützt, auch dort nicht langsamer. Er musste nicht lange nachgrübeln, woher seine plötzliche Eile rührte. Er wollte in die Pension zurück. Nicht wegen ihrer schützenden vier Wände, nicht zum Aufwärmen, sondern … um Alex zu sehen. Die Frau mit ihrer fröhlichen Lebendigkeit, die dabei weder unangenehm laut noch aufgedreht war, tat ihm gut.

KAPITEL 9

Alex war erstaunt, als Marc nach der Dusche mit noch feuchten Haaren das Frühstückszimmer aufsuchte. Allerdings war es durch die geschlossenen Läden in seinem Zimmer wirklich unangenehm dunkel. Vielleicht befürchtete er, dass ihm die Decke auf den Kopf fallen könnte. Doch auch hier unten waren die Läden zu den Dünen hin geschlossen. Nur diejenigen an der Wand, an der das Klavier stand, konnten offen bleiben und ein wenig von dem trüben Tageslicht einlassen, das die dahinjagenden Wolkenmassen zuließen. Die Büsche vor den Fenstern schüttelten und drehten sich in alle Richtungen, gelegentlich jagten Fabelwesen aus Sand vorbei. Eine Plastiktüte tanzte vorüber, gefolgt von einer sich überschlagenden Luftmatratze, die ein Tourist vermutlich nicht ordentlich verstaut hatte. Später kullerte ein gelber Plastikeimer über die sandige Wiese.

Tim und Tanja klebten förmlich an je einem Fenster, um nichts von dem spannenden Schauspiel draußen zu verpassen. Bei jedem lauten Schlag, immer dann, wenn etwas die Hauswand traf, zuckten sie jedoch zusammen und blickten sich fragend nach ihrer Mutter um. Die strickte und unterhielt sich dabei mit Jens und Goofy. Marc zögerte einen Moment und setzte sich, sehr zu Alex' Freude, zu Celina und Hanna, die ihn sofort in ihr Kartenspiel einbezogen.

Alex warf einen Blick auf die Uhr und entschied, Kaffee, Tee und heiße Schokolade zuzubereiten. Die erste Tasse mit dampfendem Kaffee stellte sie vor Marc auf den Tisch, der sich mit einem knappen Lächeln dafür bedankte.

»Wie sieht es am Strand aus?«, fragte sie, als sie mit heißer Schokolade für Celina und Hanna an den Tisch zurückkam.

»Wild«, erwiderte Marc gewohnt knapp, lehnte sich dann zurück und beschloss, ein paar mehr Worte zu wagen: »Wenn das Wasser den Höchststand erreicht, könnte es vorn in der Stadt zu Überschwemmungen kommen. Die Dünen auf dieser Seite von Norderney werden wohl ebenfalls zu leiden haben. Der Wind kommt frontal auflandig, die Wellen sind jetzt schon beträchtliche Brecher.«

»Hm«, machte Alex nur. Kleinere und durchaus auch unangenehme Sturmfluten gab es zuletzt immer häufiger. Dank der inzwischen recht präzisen Voraussagen und der im Laufe der letzten Jahrhunderte entwickelten Schutzmaßnahmen – der wellenbrechenden Buhnen aus Holz und Stein entlang der Küste, des regelmäßigen Aufschüttens von Sand und des massiven Walls zur Absicherung der Promenade – blieben die Schäden meist überschaubar. Dieser Herbststurm hatte allerdings etwas überaus Zickiges an sich.

Alex wurde das ungute Gefühl drohenden Unheils nicht los, ohne dass sie benennen konnte, woher es stammte. Sie würde sich darüber auch niemals laut äußern, immerhin lebte sie erst seit wenigen Jahren auf der Insel, während andere ihr ganzes Leben hier verbracht hatten. Ebenso hütete sie sich davor, anzunehmen, dass sie das Meer und seine Interaktion mit dem Wind und den vorgelagerten Ostfriesischen Inseln auch nur ansatzweise verstand.

Marc legte seine Karten mit dem Gesicht nach unten auf den Tisch, drehte sich leicht im Stuhl und stützte dabei den Arm auf die Lehne der nebenan stehenden Sitzgelegenheit.

Aufmerksam sah er sie an, was in Alex dieses perlende Kribbeln hervorrief, das sie schon lange nicht mehr gespürt hatte und das sich anfühlte, als purzelten die Noten eines Liedes wild durcheinander.

»Ich weiß nicht, wie es vorne an der Promenade ausschaut, Alex. Aber hier war der Strand menschenleer. Die Urlauber, die noch hier sind oder zum Ausharren verdonnert wurden, sind vorsichtig und vernünftig, wie mir scheint.«

Alex neigte den Kopf zur Seite. Alle waren vernünftig. Bis auf Marc. Er war nicht nur allein am Strand gewesen, sondern mit dem Board draußen auf dem tobenden Meer. Wenn ihm etwas zugestoßen wäre, hätte das niemand beobachten und die Küstenwache informieren können.

Auf Marcs ernstem Gesicht zeichnete sich dieses absolut einnehmende schiefe Lächeln ab. Offenbar gelang es ihm spielend, sie zu durchschauen. Er nahm den Arm von der Lehne des Nachbarstuhls, drückte ihr kurz die Hand und griff nach seinen Spielkarten. Erneut hüllte er sich in Schweigen, doch seine Botschaft hatte Alex erreicht: *Ja, ich war allein dort draußen, aber ich bin wieder da. Ich habe den Spaß rechtzeitig beendet, bevor er mir über den Kopf gewachsen ist.*

Während lautes Poltern, dröhnendes Gelächter und eine nicht zu verachtende Unruhe aus dem Flur die Ankunft der restlichen Soldaten ankündigte, beobachtete Alex, wie Celina Marc bewundernd ansah. Sie konnte es dem Teenager nicht verdenken. Im Gegensatz zu der besorgten Mutter des Mädchens sah sie darin jedoch eine harmlose Schwärmerei, zumal Marc Celina nicht anders behandelte als ihre jüngere Schwester Hanna oder die Geschwister Tanja und Tim.

Die Soldaten hatten tatsächlich schon wieder Peter, den ältesten Pensionsgast, im Schlepptau, und nun gesellte sich auch Jenni zu ihnen. Stühle und Tische wurden gerückt, und Peter setzte sich zu seinen neu gefundenen Gesprächspartnern.

Goofy ließ Annette und Jens allein und stieß ebenfalls zu der munteren Runde.

Über die Geräuschkulisse der Gäste war das Tosen und Brausen des Sturms nicht mehr zu hören. Als jedoch ein größerer Gegenstand gegen die Hauswand klatschte, begleitet von einem beachtlich lauten Schlag, verstummten alle für einen Moment. Gleichzeitig drückte der Wind erneut mit einem dumpfen Dröhnen gegen die Fassade, irgendwo pfiff es schrill, untermalt von einem seltsamen Heulton.

Alex, an den Durchgang zur Gemeinschaftsküche gelehnt, schloss die Augen und nahm die gewaltige Sinfonie aus ungezügelter Kraft, rauer Wildheit und Zerstörungswut in sich auf. Es war, als setzte sie jede Faser ihres Körpers in Schwingungen. Sturmzeiten waren immer mit einer gewissen inneren Aufregung verbunden, mit pulsierender Lebendigkeit – etwas, das Marc vielleicht verspürte, wenn er sich zu nicht ganz ungefährlichen Höchstleistungen antrieb.

Als ein weiterer dröhnender Schlag, diesmal gegen einen geschlossenen Fensterladen, bewies, wie viele Gegenstände trotz der rechtzeitigen Warnung nachlässig befestigt oder vergessen worden waren – oder einfach fortgerissen wurden, weil die Böen eine bedenkliche Kraft entwickelten –, verließ Alex den Aufenthaltsbereich und griff nach ihrer gefütterten Regenjacke.

Bereits mit der Hand an der Türklinke wurde sie von Tip aufgehalten, der kurz in seinem Zimmer gewesen sein musste: »Uns sperrst du hier ein, während du da draußen bummeln gehen willst?«

Alex lachte. »Ich husche nur mal schnell zu Lotti rüber und sehe nach, ob bei ihr alles in Ordnung ist.« Sie verriet nicht, wie seltsam sie es fand, dass ihre Nachbarin nicht hier bei ihnen war. Bei den letzten stärkeren Stürmen hatte sie sich immer in der Pension eingefunden, um nicht allein zu sein.

»Ah, Lotti«, meinte Tip und trat neben sie. Als Alex ihn fragend ansah, war er es, der die Klinke drückte und sich mit seinem ganzen Körpergewicht gegen die Tür stemmte, die vom Wind boshaft zugedrückt wurde.

»Komm, gehen wir nachschauen, ob bei Lotti alles in Ordnung ist.«

Alex lachte in sich hinein. Vermutlich war bei ihrer Freundin alles in bester Ordnung – bis zu dem Augenblick, in dem dieser Mann ihr Haus betreten würde …

Alex beschlich das unbestimmte Gefühl, dass Tip das genauso sah.

Im Freien senkte sie sofort den Kopf. Nicht nur, weil der Wind ihr den Atem raubte, sondern wegen des Flugsandes, der sich auf ihrer Haut wie Schmirgelpapier anfühlte. Geduckt huschte sie hinter Tip durch das Loch in der Hecke, und gemeinsam wehten sie förmlich in das benachbarte Gebäude. Mehrere Klangspiele drehten sich wie wild, angestoßen durch die unsichtbaren Finger des eindringenden Sturms, klangen jedoch nicht mehr melodisch schön, sondern vielmehr, als schrien sie schrill um Hilfe. Ein paar Zettel trudelten durch den Flur und blieben an den Holzstufen der rückwärtigen Treppe zum oberen Stockwerk kleben.

Tip bemühte sich, die Tür daran zu hindern, mit lautem Getöse zuzufallen, was ihm nur bedingt gelang.

»Reicht es nicht, dass es draußen wütet?«, drang Lottis vorwurfsvolle Stimme zu ihnen, gefolgt von ihrer grün-orangefarbenen Erscheinung mit dem bereits verblassenden blauen Haar. Ihre Augen taxierten Tip und machten ihn prompt als Übeltäter aus. Alex konnte zusehen, wie nach einem ersten Erschrecken eine Art glimmender Zorn in die Augen ihrer Freundin trat. »Das hätte ich mir ja denken können!« Sie ergriff Alex bei der Hand und zog sie hinter sich her in das Chaos ihrer Werkstatt. »Was macht *der* denn hier?«

»Er hat mich begleitet, um bei dir mal nach dem Rechten zu schauen.«

»Brauchst du neuerdings einen … Bodyguard? Dann empfehle ich dir Marc!«

»Wie … warum Marc?« Alex war einigermaßen verwirrt wegen Lottis unverhohlener Abneigung gegen Tip und wegen ihres Vorschlags.

»Denkst du, ich sehe nicht, wie du ihn beobachtest?«

»Na ja, er ist … eine interessante Erscheinung. Sehr still. Manchmal wirkt er fast ein bisschen ungehobelt, obwohl er das wirklich überhaupt nicht ist. Interessant eben«, betonte Alex noch einmal, spürte aber, dass ihre Argumentation ein wenig krankte. An Einsicht?

»Ich habe dich für selbstreflektierter gehalten, du verwirrte Sturmbö«, erwiderte Lotti gewohnt ehrlich und straffte dann die Schultern. Offenbar wollte sie deutlich hervorheben, dass sie Tip, der ihnen gefolgt war, um einen monumentalen Zentimeter überragte.

»Das, was du da abziehst, ist auch nicht gerade das, was ich von dir kenne, liebe Frau Nachbarin«, flüsterte Alex ihr zu, kaum fähig, ein begleitendes Kichern zu unterdrücken.

»Das, was ich da *abziehe*, ist reiner Selbstschutz. Wie du soeben bemerkt hast, bringen Männer uns beide gelegentlich mal aus dem Konzept.«

»Uniformierte Männer?«, witzelte Alex, hauptsächlich, weil damit Marc und sie aus dem Spiel waren. Erstaunt musste sie beobachten, wie sich Lotti auf die Unterlippe biss, etwas, das Alex an ihr noch nie gesehen hatte. Es war eher die Reaktion einer unsicheren, verlegenen jungen Frau.

Alex lehnte sich mit der Hüfte an einen der Arbeitstische, schob die Hände in die Gesäßtaschen ihrer eng sitzenden dunkelblauen Jeans und kniff leicht die Augen zusammen. Hatte sie, eher im Scherz, einen Nerv bei Lotti getroffen? Weil nicht Tip als Person der Grund war, der Lotti so aus der Bahn geworfen hatte, sondern die Tatsache, dass er bei ihrem ersten Zusammentreffen eine Uniform trug?

Nachdenklich sah Alex zu, wie die beiden sich taxierten und dann den Blick vom jeweils anderen abwandten. Alex wusste nicht viel über Lottis Vergangenheit, war sich aber sicher, dass sie nie etwas von einer tragischen Liebe zu einem Soldaten gesagt hatte. Oder dass ihr Vater für sein Land gestorben war, zumal Lotti eigentlich ganz normal von ihrer israelitischen Herkunftsfamilie sprach – wenn sie diese je einmal erwähnte.

»Willst du nicht mit rüberkommen?«, brach Alex schließlich das lang anhaltende Schweigen.

»Zu diesen …«

»Hey!«, begehrte Tip prompt auf. »Auf meine Jungs lass ich nichts kommen!«

»Wer spricht denn von Ihren Jungs?«, gab Lotti sofort zurück und stemmte die Hände in die Seiten. Nun war es an dem Mann, sich hoch aufzurichten, was bei ihm nicht sehr eindrucksvoll wirkte. Allerdings senkte er angriffslustig den Kopf, ohne seine Herausforderin dabei aus dem Blick zu lassen. In Alex' Augen mutete er ein wenig an wie ein Stier, den man mit einem flatternden roten Tuch reizte. Das kräftige Orange zwischen dem Moosgrün auf Lottis fließender Kleidung kam dem aber auch gefährlich nahe.

Alex zog eine Grimasse. Offenbar drohte hier drin ein zweiter Sturm auszubrechen.

»Ihre Freundin hat die Einladung ausgesprochen. Nicht ich. Sie können also getrost mit rüberkommen und mich einfach ignorieren«, schlug Tip erstaunlich freundlich vor. Alex fragte sich, ob seine Gelassenheit daher rührte, weil er ständig von übermütigen, vor Adrenalin strotzenden jungen Männern umgeben war, aber auch von solchen, die gelegentlich angetrieben werden mussten.

»Ich brauche keinen Beschützer. Auch keinen, den ich ignorieren soll.«

Tip sah belustigend ertappt aus. Er war wohl in Sorge um die allein lebende Frau und hätte sie gern in seiner Nähe gewusst. Jetzt war es Alex nicht mehr möglich, ein Schmunzeln zu unterdrücken.

»Fall mir bloß nicht in den Rücken, du irrgastiger Schokoladenhai«, zischte Lotti prompt in ihre Richtung.

Alex hob abwehrend die Hände. »Keinesfalls. Ihr zwei dürft das gern unter euch austragen.« Sie stieß sich ab und ging in den Flur.

»Untersteh dich, mich mit dem … Kerl allein zu lassen. Nimm ihn mit.«

»Ich bin doch kein Schoßhund, den man einfach so …«

»Raus!«, unterbrach Lotti ihn; allerdings gelang es ihr nicht, so unwirsch zu klingen, wie sie aussah. Dies bestätigte Alex' Verdacht, dass Lotti Tip zwar aus dem Weg gehen wollte, ihn jedoch durchaus interessant fand. Natürlich auf eine völlig andere Weise, als sie, Alex, sich für Marc interessierte! *Mangelnde Selbstreflexion.* Alex schaffte es, den Gedanken beiseitezuschieben, dennoch war ihr bewusst, dass sie sich mit dem Thema würde auseinandersetzen müssen. Empfand sie tatsächlich mehr als nur oberflächliche Zuneigung für Marc?

»Kommst du jetzt mit? Ich weiß dich wirklich ungern allein hier.«

»Das Haus hat schon mehreren Stürmen getrotzt!«, klärte Lotti sie auf, schaute dabei jedoch weiterhin den Mann in ihrer Werkstatt an. Dann ging ein erkennbarer Ruck durch sie hindurch, und sie verließ noch vor ihm ihren Arbeitsbereich. Im Flur griff sie nach ihrem Friesennerz und sagte, ohne die Stimme zu senken: »Wir könnten ihn ja hier einschließen.«

Alex schnappte nach Luft. Das fand sie nun doch unhöflich. Allerdings lachte Tip lauthals auf, drückte sich an den

Frauen vorbei und öffnete für sie die vom Sturm belagerte Eingangstür. Während Lotti im Wind schwankend versuchte, mit dem Schlüssel das Schloss zu treffen, verkündete der Soldat, ebenfalls unüberhörbar: »Ich wusste es: Diese Frau ist klasse!«

»Wenn Sie mit derlei Sprüchen nicht unverzüglich …«

Alex verdrehte die Augen, zog den Kopf ein, um den Angriffen der kräftigen Böen wenigstens ein bisschen entgehen zu können, und eilte, ohne auf die beiden zu warten, zu ihrer Pension hinüber.

Mit einiger Erleichterung sah Alex, dass Lotti und Tip sich wenig später an zwei verschiedenen Tischen niederließen. Tip zog es zu seinen »Jungs« und Peter, bei denen mittlerweile auch Jens saß, und Lotti gesellte sich zu der auf der Insel festsitzen-den Annette, die noch immer strickte und dabei zusah, wie ihre Kinder mit den älteren Mädchen Karten spielten. Marc saß inzwischen in der Nähe des Klaviers und las eines der Bücher aus der in einer Nische versteckten, für alle Gäste zugäng-lichen Pensionsbibliothek, die aus einem weißen Regal mit vier Einlegeböden bestand. Seine Beine, die wie meist in einer Jogginghose steckten, hatte er auf einen zweiten Stuhl gelegt, und er wackelte gelegentlich mit den Füßen. Nur Simone fehlte. Sie war seit ihrer kleinen Mittagsmahlzeit nicht wieder heruntergekommen.

🎼

Mit Einbruch der Dämmerung sah sich der Sturm offenbar ge-nötigt, an Intensität zuzulegen. Das ehemalige Bauernhaus ächzte unter seinen Feindseligkeiten. Nicht nur das dumpfe Dröhnen der Böen bildete nun eine wechselnd hohe Geräuschkulisse, sondern auch das Knacken und Knarren des Gebälks. Dem mischten sich ein stetes Sirren bei, das von den Lamellen der Fensterläden stammte, sowie ein giftig anmutendes Zischen unter Türspalten und durch winzige Ritzen zwischen Wand und Fenster hindurch. Der Wind suchte sich mit brachialer Gewalt seinen Weg.

Ein lauter Schlag übertönte plötzlich die bisherigen Sturmgeräusche. Die Kinder an den Fenstern schrien entsetzt auf. Alle Anwesenden fuhren erschrocken herum. Ein seltsam brodelndes Tosen erfüllte die Luft, dann folgte ein dumpfer Aufschlag. Aus dem Augenwinkel sah Marc gerade noch, wie eine der größeren Kiefern im Garten aufschlug und den hölzernen Sandkasten unter sich zermalmte. Andere Kiefern, die von dieser gestreift worden waren, richteten sich hochschnellend wieder auf. Allerdings drückte der Wind sie sofort erneut zur Seite, schüttelte sie förmlich durch. Angeknackste Äste rissen ab und verschwanden innerhalb von Sekundenbruchteilen im Dämmerlicht. Der gefällte Stamm wippte hoch und fiel erneut nach unten, Marc glaubte zu spüren, wie das Haus erbebte.

Alex lief an die Fensterfront, um den Schaden zu überprüfen. Vermutlich fürchtete sie um ihre auf Holzstelzen stehende große Veranda. Marc konnte sehen, wie sich ihre Schultern wieder entspannten. Der vom Sturm umgerissene Baum hatte, einmal abgesehen von der Sandkiste, keine nennenswerte Zerstörung angerichtet.

»Brennholz für den nächsten Winter«, hörte er sie recht gelassen murmeln, ehe sie Tim und Tanja beruhigend über die Köpfe strich. Die beiden schauten noch immer mit weit aufgerissenen Augen in das Unwetter hinaus.

Fast alle Gäste drängten sich nun an die Fenster und ergingen sich in Mutmaßungen über weitere Schäden, die auf Norderney, auf den benachbarten Inseln und den betroffenen Küstenabschnitten des Festlandes zu erwarten seien. Schließlich blieb Marcs Blick an Celina hängen. Das Mädchen war kreidebleich. War ihr Vater nicht auf einer Nachtbaustelle verunglückt? Vielleicht durch ein Unglück, das eine Sturmbö verursacht hatte? Gleich darauf hörte er, wie Celina zu ihrer Schwester sagte: »Ich schau mal nach Mama. Bei so einem Unwetter sollte sie nicht allein dort oben sein, denkst du nicht auch?«

Hanna zuckte erst mit den Schultern, nickte dann aber. Marc bedauerte die Geschwister. Es war schon schwer genug für sie, ihren Vater verloren zu haben. Dass sie immer häufiger das Gefühl beschleichen musste, auch von ihrer Mutter verlassen worden zu sein, konnte er ihnen nicht verdenken. Er hoffte nur, dass die beiden dadurch nicht noch in eine größere Krise getrieben wurden. Und dass Simone bald ihre Verzweiflung überwinden und zur Trauer übergehen durfte, fürchtete er doch, dass das einst gute Verhältnis zwischen Mutter und Töchtern gerade zu zerbrechen drohte.

Allmählich legte sich die Aufregung in der Pension wieder – die draußen blieb jedoch. Donnernd, tosend und mit zerstörerischer Kraft. Marc wünschte sich an den Strand, zu dem Schauspiel aus weiß schäumender See und fliegender salziger Gischt. Allerdings würde, sobald die Nacht hereingebrochen war, nicht viel davon zu sehen sein. Außer vielleicht vorn an der Promenade, wo die wie Wimpel geformten weißen Lampen der Dunkelheit ein Stück weit Einhalt geboten, oder im nach außen dringenden Licht der Häuser …

Marc klappte das Buch zu und nahm die Beine vom Stuhl. Der Gedanke war überaus verlockend, zumal Jens' Freunde zunehmend lauter wurden. Offenbar hatte Alex ihnen etwas zu viel von dem heißen Grog hingestellt. Am unangenehmsten fand er jedoch Jennis gekünsteltes, leicht schrilles Lachen und ihre Zwischenrufe inmitten der Männerrunde. Er taxierte sie einen Augenblick lang und fand, dass sie keineswegs so wirkte, als ob die Trauer um ihre Familie sie unter der Knute hielt. Vielleicht hätte die Stiftung – und damit auch Alex – hier sorgfältiger auswählen müssen, um Jennis Platz für eine tief trauernde andere Person bereitzuhalten.

Marc biss kurz die Zähne zusammen. So durfte er nicht denken. Jeder Mensch ging mit seinem Verlust anders um. Womöglich lenkte Jenni sich nur ab, verdrängte das, was – wie der Sturm über der Insel – in ihrer Seele tobte. Oder sie verarbeitete ihren Schmerz, indem sie sich an so etwas wie Normalität zu klammern versuchte. Er hingegen war damals still geworden. Und sehr ernst. Bis zu Jens' Unfall hatte er das Schicksal durch unüberlegte Aktionen herausgefordert, danach hatte ihn die Erkenntnis ereilt, dass er gebraucht wurde.

Celina taumelte noch blasser als zuvor in den Raum. Marc sprang auf. Irgendetwas war nicht in Ordnung. Das Mädchen rang die Hände, ihre Augen waren weit aufgerissen. Alex schien ebenfalls auf den desolaten Zustand ihres jungen Gastes aufmerksam geworden zu sein. Energisch zwängte sie sich zwischen den kreuz und quer stehenden Stühlen hindurch. Marc schloss sich ihr an, gefolgt von Lotti.

»Was ist los?«, fragte Alex und ergriff Celinas bebende schmale Schultern.

»Mama ist nicht oben.«

»Vielleicht ist sie …«

»Ihre Jacke ist weg. Und ihre neuen Halbschuhe.«

Marc beobachtete, wie Lotti die Hände zu Fäusten ballte. Alex' Schultern hoben und senkten sich, vermutlich hatte sie einmal tief durchgeatmet und zwang sich damit zur Ruhe.

»Sie könnte einfach nur kurz hinausgegangen sein«, versuchte sie erneut, Celina zu beruhigen, die jetzt bebte, als weinte ihre Seele. Ihre weit aufgerissenen Augen waren jedoch trocken, ihr Mund verkniffen.

»Sie mag keinen Wind. Und diesen fliegenden Sand hasst sie«, stieß Celina nahezu provokant hervor und klang dabei sogar vorwurfsvoll.

Alex wandte sich um. Ihr flackernder, ja Hilfe suchender Blick blieb an Marc hängen. Er hob kurz die Augenbrauen, um ihr zu signalisieren, dass er ihre Sorge nachvollziehen konnte, und rief dann in den Raum hinein: »Tip, wir könnten einen Suchtrupp gebrauchen.«

Bis auf Benny erhob sich die Männerrunde beinahe synchron. Jens setzte sich jedoch langsam wieder und sah bemitleidenswert bekümmert aus. Ihm war sofort bewusst geworden, dass er hierbei nichts ausrichten konnte.

»Jens, du bist unsere Zentrale«, wies Marc ihn an. »Bei dir laufen alle Rückmeldungen ein, und du leitest sie weiter.«

»Alles klar«, erwiderte sein Freund und schob unübersehbar eine aufkeimende Frustration über seine körperliche Beeinträchtigung beiseite. »Ich habe von allen die Handynummern. Bis auf die von dir, Peter, und von dir, Benny.«

»Muss ich?«, brummte der Jüngste und verschränkte ablehnend die Arme vor der Brust.

»Nein«, gab Tip zurück und klang dabei wie das Donnergrollen nach einem ganz in der Nähe eingeschlagenen Blitz.

Annette nahm Hanna in den Arm, die jetzt erst realisierte, dass nur ihre Mutter der Grund für die Aufregung sein konnte. Peter diktierte Jens seine Mobilnummer. Die Unruhe im Haus glich plötzlich der draußen.

Lediglich mit Handzeichen teilte Tip Zweiertrupps ein, wobei er selbst mit Peter gehen wollte. Marc runzelte die Stirn, da er übrig blieb. Nur Sekunden später deutete der Soldat auf ihn und jemanden, der hinter ihn getreten war. Er drehte sich um. Alex war bereits fertig zum Aufbruch, angetan mit ihrer gefütterten Regenjacke, stabilen Wanderstiefeln und einer Wollmütze.

»Keine Widerworte«, sagte sie nur, was ihm, trotz seiner Sorge um Simone, ein kurzes Lächeln entlockte. Es würde ihm nicht einfallen, der ortskundigen Alex die Mithilfe zu verweigern. Diese wandte sich an Tip. »Marc gehört das Auto im Hof. Das können diejenigen nutzen, die zum Fähranleger müssen. Zwei könnten von dort am Strand entlang in Richtung Bademuseum und weiter zur Marienhöhe gehen, zwei andere über die Südstrandstraße und dann die Straße am Südstrandpolder entlang. Marc und ich nehmen den Uferweg, beginnend ab dem Weg, der beim Krankenhaus zum Strand führt, über die Promenade bis zum Strandhotel *Georgshöhe* oder zur *Milchbar*, je nachdem, wie bald uns der Suchtrupp entgegenkommt, der am Fähranleger losgegangen ist.«

Tip nickte ihr zu und deutete auf vier Männer, die mit Alex und ihm das Haus verließen. Marc betrachtete mit hochgezogenen Augenbrauen die vielen Äste auf dem Autodach, dann warf er Goofy den Schlüssel zu. Sobald der BMW den geschützten Hof verlassen hatte, bekam der junge Mann offenkundig Probleme dabei, den Wagen auf dem schmalen Weg zu halten und nicht in Lottis Garten abzudriften.

»Hast du eine Ahnung, wo Simone sein könnte?«, rief Marc Alex zu, als sie bereits in Richtung Krankenhaus eilten. Er erhielt keine Antwort, allerdings schüttelte sie so heftig den Kopf, als müsse sie vehement gegen ihre Angst um die Frau – oder eine schreckliche Vermutung – ankämpfen.

KAPITEL 10

Alex führte Marc durch die hier niedrigen Dünen. Sie huschte so schnell voran, dass er unweigerlich an die Kaninchen denken musste, die die Sandhügel und Pfade untertunnelten, jetzt jedoch irgendwo in ihren Verstecken hockten, um dort den Sturm auszusitzen. Ihm blieb diese Möglichkeit nicht mehr, was nicht weiter schlimm war. Er liebte die Rauheit von Wind und Meer. Allerdings trafen die Angriffe einer entfesselten Natur nun auch Alex, was ihn beunruhigte, zumal die Dunkelheit der Nacht drohend ihre Finger nach ihnen ausstreckte. Die Frau gehörte nicht mitten in das Wüten, sondern in ihre Pension und zu ihren Gästen. Diese waren aber größtenteils ebenfalls unterwegs, um nach Simone zu suchen, die wohl ohne nach-zudenken das Bedürfnis gehabt hatte, der Enge der Pension und den vielen Menschen darin zu entkommen. Vielleicht in der Hoffnung, draußen freier atmen zu können. Er jedenfalls kannte derlei Wünsche sehr gut.

Marc verfiel in einen langsamen Laufstil, um von Alex nicht abgehängt zu werden. Normalerweise würde er vorschlagen, Simone zuerst in einem der Cafés zu suchen. Doch bei der trauernden Witwe war nichts normal. Und dass sie nicht einmal ihren Kindern Bescheid gesagt hatte, bevor sie aus dem Haus gegangen war, gab berechtigten Anlass zur Sorge.

Simone befand sich in einem Ausnahmezustand, der sich in den vergangenen Tagen eher verschlimmert denn gebessert hatte. Als realisierte sie erst jetzt, dass ihr Ehemann niemals mehr zu ihr zurückkommen würde. Niemand von ihnen nahm an, dass Simone einen besonderen Gefallen an dem Wüten der Natur und den wuchtig anrollenden Wellen haben könnte … Allerdings war es zu früh, um einen Großalarm auszulösen. Noch war es nur ein Verdacht, dass sich Simone – gedankenlos oder absichtlich – in Gefahr begeben hatte. Sämtliche Einsatzkräfte hatten sicher schon genug zu tun, ein Fehlalarm könnte anderen, die aktuell Hilfe benötigten, diese verwehren.

Alex erreichte vor ihm den Durchlass zum Strand. Geistesgegenwärtig drehte sie sich zur Seite und schützte sich so vor dem fliegenden Sand. Gleichzeitig schob eine kräftige Bö sie vor sich her, sodass sie, um ihr Gleichgewicht kämpfend, taumelnd in Marc prallte. Breitbeinig der steifen Brise trotzend, hielt er sie fest im Arm und verhinderte somit, dass sie stürzte. Vielleicht hielt er sie ein wenig zu fest …

Alex stemmte die Hände gegen seine Brust und drückte sich von ihm weg. Eine weitere Starkbö schob sie wieder auf ihn und raubte ihr zugleich die Mütze. Wirbelnd verschwand das Kleidungsstück über das geduckte Dünengras hinweg. Alex' Zopf peitschte ihm die Wange, sodass er ihn mit einer Hand einfing. Er fühlte angenehm weiches Haar, ehe sie ihm den Zopf entzog und etwas umständlich unter den Kragen ihrer Jacke stopfte.

»Was denkst du, was Simone zu diesem Ausflug bewogen hat?«, versuchte er, sich trotz des brüllenden Windes verständlich zu machen. Wenn jemand mehr über den Seelenzustand der Gesuchten wusste, dann Alex, hatte sie doch viele Stunden gemeinsam mit ihr verbracht.

»Sie ist verzweifelt.« Mehr gab Alex nicht preis. Vielleicht, weil die beiden tatsächlich ausschließlich geschwiegen hatten.

Oder fühlte Alex sich verpflichtet, Simones Privatsphäre zu wahren? Sie wand sich ein zweites Mal aus seinem Arm und kämpfte sich geduckt vorwärts. Grimmig biss Marc die Zähne zusammen. Einerseits war es ja durchaus richtig, dass Alex den Inhalt ihrer Gespräche mit Simone nicht an die große Glocke hängte. Andererseits brachten sich in diesem Augenblick einige Menschen auf der Suche nach der Frau selbst in Gefahr. Also ergriff er Alex am Arm. Sie wirbelte herum, unterstützt vom Wind, gegen den sie ankämpfen musste. Erneut prallte sie auf ihn.

Marc senkte den Kopf an ihr Ohr und rief: »Besteht die Möglichkeit, dass sie versuchen könnte, sich dem Sturm zu überlassen?« Er fing sich einen überaus eigenwilligen Blick ein, den er Alex in solch ausgeprägter Intensität niemals zugetraut hätte. Wäre die Situation nicht so kritisch gewesen, hätte er wohl laut aufgelacht.

»Wir müssen das wissen. Es ist ein großer Unterschied, ob wir eine selbstmordgefährdete oder eine leichtsinnige Person suchen.«

»Ja, ich habe Angst, dass sie sich was antun könnte«, gab Alex daraufhin zu.

»Mehr muss ich nicht wissen!«, erwiderte Marc, ebenfalls schreiend. Er wandte sich ab, ergriff sein Handy und zog sich die Jacke so weit über den Kopf, dass er hoffen konnte, halbwegs verständlich telefonieren zu können.

Jens meldete sich rasch, und Marc gab Alex' Befürchtung durch. Eine Antwort von Jens blieb aus. Marc befürchtete schon, ihn aufgrund der überlauten Geräuschkulisse nicht hören zu können, als er am anderen Ende der Leitung doch noch vernahm: »Davon gehen wir doch vermutlich alle aus, oder nicht?«

»Ich wollte eine Bestätigung von Alex. Es hat meines Erachtens keinen Sinn, die Straßen im Zentrum abzuklappern. Wir könnten die Männer besser entlang des Ufers gebrauchen.«

»Du bist der Fachmann. Ich gebe das durch. Passt auf euch auf.«

Marc steckte das Smartphone vorsichtig weg, um es nicht dem Flugsand und der salzigen Gischt auszusetzen, und drehte sich um. Alex war fort. Sein suchender Blick ging in Richtung Strand, von dem nicht mehr viel geblieben war. Das Meer warf sich förmlich auf die Insel, war zu einer brodelnden weißen Fläche mutiert. Es schien zu kochen, zu dampfen. Der viel zitierte »Blanke Hans« zeigte seine hässliche Fratze.

Marc benötigte nur diesen einen Blick, um sich zu vergegenwärtigen, dass sie es hier mit Windstärken um bis zu zwölf Beaufort zu tun hatten.

Besorgt und auch wütend, weil Alex nicht auf ihn gewartet hatte, sah er sich um. Schließlich entdeckte er eine schwarze Silhouette, mehr eine Bewegung als eine scharf umrissene Gestalt, die sich nahe den Dünen vorwärtsbewegte. Alex hatte bereits einen gehörigen Vorsprung. Also rannte er los, so schnell, wie es ihm gegen den Wind und in dem tiefen Sand möglich war. Vereinzelt rollten die Wellen bis zu ihm herauf, versuchten, an seinen Schuhen zu lecken, und versteckten sich nun bösartig in der allumfassenden Dunkelheit. Eine einzige etwas größere Welle würde genügen …

Obwohl ihm von der Anstrengung heiß war, lief ihm ein eisiger Schauer über den Rücken. Er legte noch einmal an Geschwindigkeit zu, wollte zu Alex. Er musste bei ihr sein, sie notfalls beschützen … Es kam ihm vor, als stecke er in einem Albtraum fest. Das Gefühl, sich körperlich zu verausgaben und doch kaum einen Meter voranzukommen, zerrte an seinen Nerven. Allein die Lichter auf der Promenade wiesen ihm die Richtung.

Entgegen seiner Bemühungen erreichte Alex vor ihm den gepflasterten Platz vor dem Restaurant *Cornelius*. Der verwinkelte Flachdachbau duckte sich unter den Angriffen des Sturms, seine riesigen Panoramascheiben waren salzverkrustet. Zum Glück standen dort keine Strandkörbe mehr, was die Gefahr, von schweren Geschossen getroffen zu werden, zumindest minimierte. Hier begann auch die sorgsam angelegte und gegen das Meer abgesicherte Nordstrandpromenade. Ob Alex dort oben in Sicherheit war?

Marc joggte erneut los, den Anstieg zur Uferpromenade hinauf. Besorgt behielt er Alex im Blick. Diese verlor gerade den Kampf gegen das Anrennen des Sturmwindes. Eine giftige Bö trieb die Frau vor sich her, schob sie förmlich über den freien Platz. Schließlich stürzte Alex, dabei überschlug sie sich. Marc schrie seinen Frust laut hinaus. Inmitten der tosenden gigantischen Brecher, die donnernd auf dem Wall aufschlugen, als wollten sie ihn zertrümmern, war sein Schrei nur ein leises Säuseln, vom Wind ungehört davongetragen.

Endlich erreichte auch er den Beginn der Promenade. Für gewöhnlich genügte wohl die steile Erhöhung, auf der sie erbaut worden war, mitsamt ihren wellenbrechenden Verbauungen. Heute jedoch überwand die Nordsee diesen Schutz spielend. Wellen rollten über die Steinplatten und verbrüderten sich mit dem herbeigewehten Sand. Die wilde Szenerie wurde von den wackelnden Lampen unzureichend beschienen. Wie flüssiges Gold wallte das sandvermengte Wasser dahin. Jedes Mal, wenn es im Begriff stand, sich wieder in die See zurückzuziehen, krachte bereits der nachfolgende Brecher herbei, und das schäumende Weiß fraß das Gold auf.

Marc war inzwischen klatschnass und fühlte den starken Zug hinaus aufs Meer, obwohl ihm das brodelnde Nass nur bis zu den Knien reichte. Er beeilte sich, weiter nach links auszuweichen, wo weißer Schaum wie Zuckerwatte aufquoll und davongeweht wurde. Endlich erreichte er Alex. Sie saß noch immer dort, wo sie gestürzt war. Marc hockte sich vor ihr hin, um ihr ein wenig Windschatten zu gönnen, und stürzte dabei beinahe auf sie. Also kniete er sich nieder und ließ sich vom Wind durchschütteln. Seine Jacke flatterte knatternd, das nasse Haar wehte ihm ins Gesicht, das sich aufgrund des peitschenden Sandes wie entzündet anfühlte.

»Ein Team bleibt zusammen!«, bellte er Alex an.

»Ich dachte, ich hätte jemanden gesehen.«

»Ich habe auch jemanden gesehen. Da vorn sind Schaulustige. Sie bringen sich in Gefahr und sorgen dafür, dass sich Rettungsteams ebenfalls in Gefahr begeben müssen. Völlig unnötig!«

Alex hob kurz den Kopf, wohl, weil sie ihn ansehen wollte, duckte sich dann aber schnell wieder vor den Angriffen des Flugsandes. Dennoch hatte er ihre Tränen entdeckt. In seinem Inneren zog sich etwas bekümmert zusammen.

Sicher konnten Alex' Tränen vom bissigen Wind stammen, allerdings glaubte er vielmehr, dass sie, aus Verzweiflung und Kummer geboren, über ihr hübsches Gesicht liefen.

»Kannst du aufstehen?«, fragte er noch immer brüllend, jetzt jedoch freundlicher.

Alex nickte und ergriff seine beiden Hände, die er ihr hinhielt. Er sah, wie sie kurz den Mund verzog, dann aber wieder jene für sie untypische eigenwillige Maske aufsetzte. Sie hatte Schmerzen, bemerkte er rasch, belastete sie doch das rechte Bein deutlich weniger als das linke.

»Gehen wir!«, rief sie dennoch. Er nickte grimmig und wandte sich um, behielt ihre Hand indes fest in seiner. Erneut umspielten die Ausläufer der Wellen brodelnd und schäumend ihre Füße. Marc sorgte dafür, dass sie sich so weit wie möglich links hielten. Geduckt kämpften sie sich voran, blieben alle paar Meter stehen und blickten sich suchend um. Nach dem vierten Halt schüttelte Marc entmutigt den Kopf. Hier war niemand. Dank des orangefarbenen Lichts durch die stark schwankenden Lampen würden sie eine menschliche Gestalt gut sehen können.

Die einzigen Bewegungen gab es weiter vorn, auf Höhe des in Teilen blau angestrahlten Hotels *Georgshöhe*. Vor diesem boten die etwa mannshohen geschwungenen roten Backsteinmauern, die ein wenig aussahen, als habe man hier ein Labyrinth zu bauen begonnen, den Schaulustigen etwas Schutz vor Sturm und Wasser.

Marc verstand ihre Neugier und Faszination durchaus, prallten doch unmittelbar vor ihnen die Wogen gegen die Befestigungen. Sie stiegen als weiße Fontänen empor und tanzten mehrere Meter weit an der Mauer entlang, ehe sie zusammenfielen, um dem nachfolgenden wandernden Wasserschauspiel Platz zu machen. Die Luft war mit dichtem salzigem Wasserdunst angefüllt und wurde durch die Promenadenlampen und den Lichtschein aus den Fenstern der Hotels und Ferienwohnanlagen orange gefärbt.

Marc zuckte zusammen, als er Alex' Schrei hörte. Gleichzeitig riss sie ihn mit sich nach hinten. Aus dem Gleichgewicht gebracht, hatte er der Kraft des Windes nichts mehr entgegenzusetzen. Er fiel und landete auf Alex. Ein Gegenstand schrammte an seiner Stirn vorbei. Er spürte Schmerz. Dann sah er eine verbeulte Tonne in der auslaufenden Welle trudeln. Sie verharrte kurz und wurde mit dem Rücksog davongeschwemmt.

Eine kalte Hand an seiner Wange ließ ihn den Blick senken. Er lag noch immer halb auf Alex, die ihn besorgt musterte und energisch dafür sorgte, dass er den Kopf drehte.

»Du blutest!«, rief sie ihm zu.

Er nickte nur. Die verrostete Tonne hatte ihn gestreift.

»Es hat keinen Sinn, oder?« Obwohl sie schreien musste, klang ihre Stimme erstickt vor Sorge um Simone.

Sein Herz flog ihr zu. Sie riskierte gerade ihr Leben für diese Frau. Ihre Augen, sehr nahe vor seinen, wirkten dunkel und resigniert glanzlos. Eine Welle schwappte über Alex und ihn hinweg. Sie presste die Lider zu, spuckte gleich darauf

Salzwasser aus. Die Woge, die sie beide leicht angehoben hatte, setzte sie vorsichtig wieder ab.

»Es ist nie sinnlos, bis man … sie gefunden hat.«

Alex schloss erneut die Augen. Vermutlich hatte sie verstanden, was er in seiner Antwort versteckte. Selbst wenn Simone sich freiwillig den Fluten ausgesetzt hatte, was ihrer aller Befürchtung war, sollte sie gefunden werden. Allein, damit ihre Töchter Gewissheit bekamen und sie beerdigen konnten.

»Wir suchen weiter, Alex«, sagte er wider besseres Wissen. Er wollte so gern den Schmerz aus ihren bezaubernden dunkelbraunen Augen vertreiben. »Ich bin auch deshalb dazu übergegangen, den Elementen den Kampf anzusagen, weil mir das das Gefühl zurückgab, noch am Leben zu sein. Ich wollte gegen alles Mögliche ankämpfen, weil ich einmal verloren hatte.« Auf diese Offenbarung hin sah er Alex nicken. Bestimmt hatte sie etwas in der Art bereits vermutet, immerhin besaß sie die Gabe, tief in ihre Mitmenschen hineinzusehen.

Im Augenblick wunderte sich Marc vielmehr über sich selbst. Dermaßen Persönliches hatte er noch nie jemandem erzählt. Abgesehen von dem Notfallseelsorger, der ihn nach dem Autounfall betreut hatte, und von Jens. Bei Alex reagierte er seltsam … irrational. Sie war imstande, die harte Schale seines Herzens aufzubrechen, die er als Selbstschutz hatte wachsen lassen. Sie war etwas Besonderes. Er wollte sie gern beschützen. Ihr helfen. Ihr nahe sein …

Energisch stemmte er sich hoch und zog sie mit sich.

»Gut, dann suchen wir weiter!«, rief sie ihm zu. »Vielleicht ist sie dort vorn bei den Schutzmauern. Zusammen mit den anderen Neugierigen. Manchmal tut es ja gut, sich mal ordentlich den Kopf durchpusten zu lassen.«

Marc hatte nur die Hälfte ihrer Worte verstanden, den Rest musste er sich zusammenreimen. Allerdings fühlte er neue

Energie durch den Körper pulsieren, den er noch immer in den Armen hielt.

So schnell gab Alex nicht auf. Sie wollte kämpfen und sich die Hoffnung bewahren, dass Simone heute zwar eine irrationale Entscheidung getroffen hatte – aber keine selbstmörderische.

Also trotzten sie weiterhin den Orkanböen und den mit weißen Fingern nach ihnen greifenden Wellen, dem beißenden Sand in ihren Gesichtern und der salz- und feuchtigkeitsgeschwängerten Luft, die das Atmen zusätzlich erschwerte.

Geduckt und nur sehr langsam näherten sie sich den Häusern, deren markantestes Gebäude das Luxushotel war. Sehr bald schon konnten sie sehen, dass die Kaiserwiese zwischen der Promenade und der Kaiserstraße nicht nur mit Gischt bedeckt war, sondern sich dort das Meerwasser sammelte. Ein löchriger blauer Kanister tauchte aus dem dunklen Nichts über der Nordsee auf. Er flog direkt auf sie zu, schlug vor ihnen auf dem Wasser auf und änderte dabei die Richtung.

Marc zog Alex näher zu sich. Er wollte nicht, dass sie auch noch von herumfliegenden Gegenständen getroffen wurde. Sie ließ es geschehen, sah ihn nicht einmal fragend an. Ihr Blick, wenngleich mit gesenktem Kopf, war auf die unwirtliche Umgebung gerichtet. Beim nächsten Schritt zappelte ein Fisch neben seinem Fuß, dann nahm das Meer das Tier wieder mit sich. Zweimal verhedderten sie sich in Seetang, gleich darauf schüttelte Alex ärgerlich eine Plastiktüte ab. Es war erschreckend, wie viel Müll die Nordsee beherbergte. Einige mühsame, schwankende Schritte später spürte Marc sein Smartphone vibrieren. Er drückte kurz Alex' Schulter, damit sie stehen blieb, wandte sich ab und zog sich wie zuvor die Jacke über den Kopf.

»Jens?«

»Eine Gruppe hat am Strand, auf Höhe der Weißen Düne, einen angespülten Surfer gefunden. Stark unterkühlt, halb ertrunken. Die beiden bringen ihn ins Krankenhaus. Die zwei fallen also erst mal aus. Seid ihr mit eurem Abschnitt fertig und könnt dorthin?«

»Wir sind noch nicht auf die gestoßen, die sich von der Fähre her über den Weststrand in unsere Richtung vorarbeiten. Man kommt kaum voran, die Sicht ist extrem eingeschränkt.«

»Ich rufe Tip an. Vielleicht sind er und Peter mit dem Abgehen der näheren Umgebung fertig.«

»Alles klar.«

»Wie hält sich Alex?«

»Sehr gut. Sie ist robuster, als man es einer Pensionswirtin und Musikerin zutrauen würde.«

»Dann halt sie fest.« Jens beendete das Telefonat.

Marc packte das elektronische Gerät überaus sorgfältig weg und umgriff Alex fürsorglich um die Taille, wohl wissend, dass sein bester Freund das »halt sie fest« anders gemeint hatte. Doch dies war nicht der richtige Moment, um sich darüber tiefergehende Gedanken zu machen.

$\oint$

Alex presste ihr Gesicht in Marcs Jackenärmel, um einer weiteren hochgewirbelten Sandwelle zu entgehen, die ihre Wangen allmählich blutig zu schlagen drohten. Es war gut, den breitschultrigen Mann an ihrer Seite zu haben. Er schirmte sie vor den kräftigsten Böen ab, wenngleich sie ein paarmal hatten laufen, förmlich vor dem Wind fliehen müssen, um nicht umgeweht zu werden. Wieder wagte sie einen Blick über die von Wellen umtoste Befestigung hinaus. Sie hatte bereits einige Stürme auf der Insel erlebt, aber noch keinen, der sich vergleichbar angriffslustig gegen die Strände geworfen hatte. Das Meer war trotz der Dunkelheit als eine einzige weiße Fläche zu erahnen, die Luft war angefüllt mit gefährlichen Geschossen, zumal die starken Windstöße in der Richtung variierten, aus der sie anrannten.

Erneut schaute sie sich um, suchte nach einem Schatten, einer Bewegung, die verrieten, dass dort ein Mensch kauerte, der zwar das wütende Schauspiel beobachtete, sich aber dennoch einen schützenden Platz gesucht hatte – hatte suchen müssen. Denn dass das, was sie und Marc da gerade taten, nicht eben ungefährlich war, war ihr spätestens seit ihrem kleinen Purzelbaum überaus deutlich geworden. Ihr rechter Knöchel schmerzte, doch sie untersagte es sich, dem zu viel Aufmerksamkeit zu schenken. Später war noch genügend Zeit, um sich die Wunden zu lecken. Später – wenn sie Simone gefunden hatten. Hoffentlich unversehrt.

Bestimmt würde sich Simone dann für die Aufregung entschuldigen, die sie so unüberlegt verursacht hatte, weil sie in Gedanken bei ihrem verstorbenen Ehemann gewesen war; vollkommen gefangen in ihrer Trauer und verheddert in einem Netz aus Schuldgefühlen.

Alex hoffte es so sehr, aber die Zweifel in ihr schrien diese Hoffnung fast ebenso laut nieder, wie der Sturm brauste und die Wogen auf das Land klatschten.

Zum wiederholten Mal schwemmte eine Welle, der es gelang, bis auf den Weg hinaufzuklettern, Unrat herbei. Da Alex wegen eines weiteren kleinen Sandsturms den Blick gesenkt hielt, sah sie einen Schuh, der bereits im Begriff war, wieder davonzutrudeln. Sie sprang nach vorn, doch der graue Halbschuh war schneller. Das zurückfließende Wasser zog ihn hinaus aufs Meer. Erneut setzte Alex nach. Sie landete auf dem Bauch. Direkt an der äußersten Mauerkante. Vor ihr tobte das Meer. Eine Welle umspülte sie, zerrte an ihr. Dennoch behielt sie ihre Beute fest im Griff. Plötzlich wurde sie mit einem kräftigen Ruck hochgehoben. Ebenso ruckartig entwich die Luft aus ihrer Lunge. Marcs warmer Atem strömte über ihren Nacken. Er presste sie rücklings an sich, trug sie von der gefährlichen

Kante fort. Gleich darauf setzte er sie ab. Überaus energisch, wie sie fand.

»Was sollte das denn?«, brüllte er sie an. Jetzt nicht nur, um die Geräuschkulisse des Orkans zu übertönen. Er war böse auf sie.

Gischt hüllte Alex ein, ein erschreckend großer Brecher landete an, umschloss ihre Schuhe, kletterte an ihrer Wade empor bis über ihre Knie. Marc schob sie mit seinem Körper rückwärts. Das Wasser zerrte sie in die entgegengesetzte Richtung. Schließlich prallte sie mit dem Rücken gegen die letzte geschwungene Schutzmauer. Marc hatte sie an den Oberarmen gepackt, nagelte sie förmlich an die Backsteine.

Er überschüttete sie nicht mit Vorwürfen, stellte auch keine Fragen. Aber es genügte, in sein grimmiges Gesicht und die blitzenden Augen zu blicken, um seine Verärgerung zu erkennen, gepaart mit Angst um sie.

Alex hielt mit der linken Hand ihr Beutestück krampfhaft umklammert. Das, was sie da festhielt, raubte ihr ein weiteres Mal den Atem. Ihre Knie drohten einzuknicken. Jetzt hielt Marc sie aufrecht. Seine Stirn furchte sich, und er trat einen Schritt zurück. Allerdings nicht, ohne dafür zu sorgen, dass er weiterhin zwischen ihr und der Nordsee blieb.

Langsam hob Alex den hellgrauen Halbschuh an. Sie betrachtete ihn im unzureichenden Licht der Promenadenbeleuchtung. Das weiche Leder triefte vor Nässe, dennoch sah sie die filigran eingestanzten Blütenblätter, die sie im Flur ihrer Pension einmal ausgiebig bewundert hatte. Es war der linke Schuh. Also drehte sie ihn, besah sich den Teil, der die Ferse umspannen sollte. Dort gab es eine unschöne Schramme. Simone hatte sie sich in der Pension eingehandelt, gleich, als sie diese das erste Mal betreten hatte, obwohl Alex sie auf die hohen Schwellen hingewiesen hatte.

Sie starrte die offenen Schnürsenkel an. Ihr Gehirn wehrte sich gleichzeitig gegen das, was es sich doch selbst zusammenreimte. Verquer. Überfordert. Leidend. Die Melodie des Sturmes, zuvor rau und wild, wandelte sich in düster und bedrückend, anschließend wurde sie unangenehm schrill. Es klang in Alex' Ohren, als hätten die Musiker im Orchestergraben vergessen, ihre Instrumente zu stimmen.

Sie hob den Kopf und sah, dass auch Marc den Schuh anstarrte. Er malmte mit dem Kiefer, was seinem ohnehin kantigen Gesicht eine erschreckende Härte verlieh. Schließlich sah er Alex an, schwankte, vom Wind bedrängt. Er musste sich abstützen, sodass seine Hände, die noch immer ihre Oberarme umgriffen und sie an die Mauer drückten, nun schmerzten und vermutlich blaue Flecken hinterlassen würden.

»Simones Schuh?«

Alex nickte übertrieben deutlich, zum Sprechen war sie nicht imstande.

»Sicher?«

Wieder nickte sie.

»Die Schnürsenkel sind offen.« Er sah es also ebenfalls. Alex schluckte mühsam, fast widerwillig, als habe sie salziges Meerwasser im Mund.

»Sie können sich in den Wellen gelöst haben«, schlug sie vor, gegen das Dröhnen um sie herum anschreiend. »Oder sie hat die Schuhe ausgezogen und hier irgendwo abgestellt, weil sie sie nicht ruinieren wollte. Sie hat vielleicht nicht damit gerechnet, dass manche Wellen bis hier heraufspülen.«

»Wenn je …« Er beugte sich vor und berührte mit den Lippen ihr Ohr. Offenbar wollte er nicht laut hinausschreien, was er zu sagen hatte: »Ich denke, eine deiner Versionen ist die gnädigere für Celina und Hanna. Zumindest vorerst.«

Jetzt gaben Alex' Knie endgültig nach. Sie rutschte mit dem Rücken an der Steinmauer abwärts, Marc folgte ihrer

Bewegung. Dann zog er sie erneut an sich, umschloss sie schützend und tröstend mit kräftigen Armen.

Mussten sie wirklich vom Schlimmsten ausgehen? War Simone so verzweifelt, dass sie ihrem Leben ein Ende gesetzt hatte? Und das, obwohl sie zwei Kinder hatte, die sie dringend brauchten. Hatte sie diese Aufgabe nicht mehr gesehen oder war sie ihr gar zu groß erschienen? Die beiden hatten doch schon den Vater verloren. Und sie würden sich mit Schuldgefühlen herumschlagen, weil sie sich in den vergangenen Tagen fröhlicher gegeben hatten. Sie hatten die Zeit hier auf der Insel und die Gemeinschaft mit anderen Menschen genutzt, um ihrer Mutter mehr Freiraum zu schenken, um selbst einmal wieder durchzuatmen … Hatte es bei Simone keinen Raum für den Gedanken gegeben, was sie den Mädchen antun würde, wenn sie einfach ging?

»Das wäre … so egoistisch!«, brach es aus Alex heraus.

»Verzweifelt, Alex. Höchstens unüberlegt. Vielleicht auch überaus spontan.« Er klang, als wüsste er, wovon er sprach.

»Suchen wir weiter.« Alex rappelte sich hoch. Bisher hatten sie nur einen einzelnen Schuh gefunden. Es bestand noch immer die Möglichkeit, dass Simone sie tatsächlich ausgezogen hatte, um sie nicht im Salzwasser zu ruinieren. *Weshalb auch immer du dich bei diesem Unwetter am Ufer aufgehalten hast.* Alex wusste genau, dass Simone vom Meer nicht halb so begeistert war wie ihre Töchter.

Weitere Varianten schossen ihr durch den Kopf. Eine Starkbö könnte Simone beinahe umgeblasen und das Wasser ihr dabei den Schuh vom Fuß gestohlen haben. Weil sie nicht richtig gebunden gewesen waren, die Schnürsenkel sich unterwegs gelöst hatten … *Nein! Simone muss nicht tot sein. Nicht so. Nicht freiwillig!* Dennoch brannten Entsetzen und Schmerz Feuermale in ihr Innerstes.

Marc stand wieder wie ein Bollwerk zwischen ihr und dem Meer und schaute zu dem hell erleuchteten nahen Strandhotel *Georgshöhe*. Hatte er ebenfalls bemerkt, dass sich inzwischen alle Abenteurer in den Schutz ihrer Unterkünfte zurückgezogen hatten? Es ging auf Mitternacht zu, und der Aufenthalt im Freien war nicht gerade ungefährlich, außerdem war es empfindlich kalt. Die Touristen waren vom Anblick der stürmischen See gesättigt und wollten sich nicht länger wie auch immer gearteten Gefahren aussetzen.

»Wir suchen weiter«, stimmte Marc ihr zu.

»Bis Jens anruft und sagt, dass Simone zurück ist?« Ob er hörte, für wie unwahrscheinlich sie das hielt?

»Bis wir auf die treffen, die von der anderen Seite her die Promenade absuchen«, schränkte Marc ein. »Dann werden wir die hiesige Polizei und die Küstenwache informieren müssen.«

Alex nickte, hin und her gerissen zwischen der Hoffnung, dass das nicht nötig sein würde, und dem flauen Gefühl in ihrem Herzen, das sie von vornherein verspürt hatte und das nun zu einem dumpfen Kummer angewachsen war.

Alexandra

Schmerz im Leid geboren. Was stellt er mit uns an, wenn er kein Ventil findet, wir keinen Trost erfahren? Wenn wir nach einem Sinn hinter all dem suchen und nicht finden?

Noch heute weiß ich nicht, warum Johann sterben musste. Ich akzeptiere es nicht, wenn wohlmeinende Stimmen behaupten, dass unsere Ehe vielleicht katastrophal verlaufen wäre und ich durch seinen Tod davor bewahrt geblieben bin. In meinen Ohren klingt das Johann gegenüber unfair – wie auch seinen Eltern gegenüber. Oder dass ich dann niemals meine Pension und Bestimmung gefunden hätte, Trauernden einen Ort der Heilung zu bieten. Das mag stimmen. Doch wer kann schon wissen, wie mein Lebensweg mit Johann an meiner Seite ausgesehen hätte? Warum hätte ich als seine Ehefrau anderen Menschen nicht Liebe und Aufmerksamkeit schenken sollen?

Ob ich meine lange Reise unternommen hätte und zuletzt auf Bruder Jeremiah in dem winzigen Mississippidorf gestoßen wäre? Warum nicht?

Vielleicht hätte es wirklich nie diese langen, heilsamen und froh machenden Gespräche mit ihm gegeben. Wer weiß das schon? Ich nicht. Ich maße mir nicht an, zu verstehen, was damals passiert ist und weshalb. Aber ich bin gewiss, dass ich Teil eines weltumfassenden Oratoriums bin. Ein paar Töne darf ich beisteuern, ohne hier deren Wert, Sinn oder wahre Schönheit zu erkennen. Erst im Nachhinein, dort, wo alle Stimmen zusammenlaufen, werde ich das perfekte Kunstwerk hören und verstehen.

Ich bin so unendlich froh, dass Johann und ich keine Misstöne zwischen uns zugelassen haben, bevor er nach München zurückgefahren war. Also nicht, dass ihr denkt, dass es die nie gegeben hätte. Wir konnten uns durchaus in die Haare kriegen! Doch so kam ich um etwas Entsetzliches herum: Schuldgefühle – ein grässlicher Begleiter des Schmerzes.

Was tun, wenn sie in uns nagen, uns innerlich aufzufressen drohen? Wer kann sie uns nehmen? Sie stillen? Wie ein brüllender Sturm, der über das Land braust, allmählich an Kraft verliert, schließlich zu einem kräftig murmelnden Wind wird, zuletzt zu einem leisen, kaum wahrnehmbaren Säuseln?

Wir sehnen uns danach, dass die überlaute, von Pauken und Trommeln untermalte wilde Melodie der Schuldgefühle verhaltener wird, die lauten Posaunen und Trompeten irgendwann von den Streichern abgelöst werden, sanfte Töne die Herrschaft übernehmen und unsere gequälte Seele streicheln.

Damals, am Ufer des Mississippi, habe ich Pastor Jeremiah gefragt – nein, angeschrien –, warum Gott Johanns tödlichen Unfall zugelassen habe. Warum musste er sterben, der begnadete Musiker, und ich bin noch am Leben? Weshalb hatte Gott nichts getan? Und ich fragte ihn, weshalb so viel Böses auf dieser Welt passiere? Seine Antworten, bewundernswert fest und überzeugt, klingen heute noch in mir nach.

Zum einen sagte dieser erstaunlich tiefgläubige Mann, dass viele Menschen Gott nicht mehr wollten – also bekämen sie ihren Wunsch erfüllt: eine gottlose Welt. Jede einzelne Tat sei ein Zeichen der Freiheit zur eigenen Entscheidung, die Gott den Menschen lässt.

Das gab mir zu denken. Und dann fügte er leise hinzu, sodass ich es über dem Brodeln des Ol'Man River kaum hatte hören können: »Du fragst mich, warum Gott in dieser Sekunde des Unfalls untätig geblieben ist? Er hat etwas getan, Alex. Damals am Kreuz.«

Ihr dürft mich gern für verrückt erklären, aber ich habe sofort verstanden, wovon Jeremiah sprach, und seine Worte als wohltuend empfunden. Unsere Schuldgefühle können uns genommen werden. Wenn wir Vergebung erfahren.

Leider war Simone dieser Ausweg versperrt gewesen, weil ihr Ehemann, der ihr hätte vergeben können, nicht mehr lebte. Und eine andere Möglichkeit hatte sie wohl nicht gesehen …

KAPITEL 11

Der Wind schlug die Tür hinter den beiden Soldaten, Alex und Marc geräuschvoll ins Schloss. Im *fortissimo possibile* des Sturms war das jedoch nicht mehr als ein weiterer Trommelschlag. Während Jens' Freunde unverzüglich zu ihren Zimmern gingen, blieb Alex unschlüssig im Flur stehen. Die Nachtbeleuchtung flackerte kurz, als überlegte sie, ihren Dienst einzustellen. Alex hätte das durchaus passend gefunden; ihre Verzweiflung widerspiegelnd. Zögernd tastete sie mit der freien Hand nach dem Reißverschluss der tropfnassen Regenjacke. Ob sie nicht wieder hinaussollte? Sie könnte doch einfach noch länger weitersuchen.

Zwei kräftige Hände ergriffen von hinten ihre Schultern, zwangen sie, sich umzudrehen. Marc rann das Wasser aus den Haaren über das Gesicht, salziger Sand glitzerte zwischen seinen Bartstoppeln.

»Es hat keinen Sinn. Und es ist zu gefährlich.«

Alex blinzelte. War der Mann denn in der Lage, ihre Gedanken zu lesen? Sie ließ es zu, dass er ihr die losen Haarsträhnen aus der Stirn strich. Es fühlte sich völlig selbstverständlich an – nach diesem Erlebnis dort draußen, nach dem, was sie in den vergangenen Stunden gemeinsam erlebt hatten.

»Gib mir bitte den Schuh.«

»Weshalb?«

»Bitte, Alex. Und erzähl den anderen nichts davon.«

»Aber ...?«

Sein Blick wurde eindringlicher, und er streckte fordernd die Hand aus.

Alex überließ ihm nur zaudernd den Schuh. Dabei überkam sie ein Unbehagen, als müsse sie sich von dem letzten Stückchen Simone trennen, das ihr noch geblieben war. Sie drehte sich nicht um, als hinter ihnen die Tür zum Frühstückszimmer aufsprang. Jens trat in den Flur, umflossen vom Lichtschein aus dem Raum, und rief: »Dein Vater hat angerufen. Dein zukünftiger Boss hat versucht, dich dort telefonisch zu erreichen. Du sollst ihn zurückrufen. Sie könnten, sobald sich der Sturm gelegt hat, einen weiteren Heli-Piloten gebrauchen. Einer aus ihrem Team fällt wohl aus. Und sie werden sicher eine Menge zu tun haben.«

»Danke, Jens.«

»Okay«, erwiderte Jens zögernd, doch dann hörte Alex, wie er die Tür hinter sich zuzog.

Mit zur Seite geneigtem Kopf musterte sie die durchnässte Gestalt vor sich. Dabei wurde ihr bewusst, dass sie von dem Mann so gut wie nichts wusste. Er war ein Hubschrauberpilot? Und er plante, demnächst hier in der Nähe einen neuen Arbeitsplatz anzutreten? Etwas, das in Verbindung mit dem Sturm stand?

»Ich habe bis zu Jens' Unfall als Pilot beim Flugdienst der Bundespolizei gearbeitet.« Marc lehnte sich seitlich an die Wand, stieß sich aber sofort wieder ab. Vermutlich, weil er sich seiner nassen und schmutzigen Kleidung bewusst geworden war.

Jetzt weiß ich auch, warum die Sänger neulich alle gelacht haben, als du I Shot The Sheriff *gespielt hast.* Alex schwieg. Verwirrt. Verunsichert. Überfordert.

Marc musterte sie, da sie ihn weiter interessiert anschaute, und fuhr dann fort: »Da Jens gute Fortschritte gemacht hat, habe ich mein Okay gegeben, wieder einsatzbereit zu sein. Ich bin künftig nicht mehr in Bayern, sondern hier an der Küste mit dem Einsatz auf seeflugtauglichen Hubschraubern betraut.«

Den Gedanken, wie schön es war, dass er in der Nähe blieb, verdrängte Alex energisch. Er war Hubschrauberpilot. Jemand, der Rettungseinsätze flog, gegen Piraterie vorging, für die Sicherung der Schengengrenze zuständig war – und was sonst noch alles in sein zukünftiges Aufgabengebiet fiel. Das war absolut abschreckend für sie. Sie wollte sich nicht zu einem Mann hingezogen fühlen, der tagtäglich in einen Hubschrauber kletterte. Sie würde sterben vor Angst.

Marc hob Simones Schuh leicht an. »Den werde ich an die Kollegen weitergeben. Ich denke aber, dass wir unseren Fund vor allem gegenüber den Mädchen vorerst verschweigen sollten. Die beiden sind alt genug und intelligent. Sie können sich ebenfalls zusammenreimen, was wir vermuten. Wir sollten sie damit nicht belasten, bevor wir nichts sicher wissen.«

»Das wäre schlimm für sie.«

Marc nickte, zog seine Jacke aus und wickelte sie um den Schuh. »Ich muss telefonieren.«

»Marc?« Diesmal war es Alex, die ihn am Arm ergriff und aufhielt. »Bei diesem Sturm kann niemand etwas erreichen. Auch die Küstenwache nicht. Du könntest dir wirklich die Zeit nehmen, dich erst zu duschen, damit du wieder warm wirst.«

Sie fuhr zusammen, als Marc seinen freien Arm um ihre Mitte legte und sie an sich zog. Nicht zu fest, wohl, weil er sie keinesfalls überfordern wollte, aber doch so, dass ein heißer Schauer durch ihren Körper lief.

»Mir ist kein bisschen kalt«, raunte er ihr zu. Die Hitze, die nun auch in ihr aufstieg, verriet überdeutlich, wovon er sprach. Oder war sie einfach den hochkochenden Emotionen geschuldet, dem, was sie gerade erlebt hatten? Glichen sich ihre Gefühle lediglich dem energiegeladenen Toben der Natur an?

Noch ehe sie sich aus seinem Griff befreien konnte, sagte er wieder gewohnt brummig: »Versprich mir, dass du jetzt im Haus bleibst. Unternimm bitte keine weitere Suchaktion. Das war vorhin schon knapp genug.«

Alex nickte nur, war sie zu mehr doch gar nicht imstande. Ihre Gedanken, Ängste, Wünsche und die Verzweiflung in ihrem Kopf und Herzen verhedderten sich wie nachlässig aufgeschossene Taue, über die jeder Seemann lauthals getobt hätte. Sie war von den Geschehnissen der Nacht maßlos überfordert.

»Sprich mit Lotti. Ich denke, du kannst ihren Rat und Trost gut gebrauchen.« Damit ließ er sie los, drehte sich um und war mit wenigen großen Schritten bei der Treppe.

»Schlauer Kerl. Mit mir zu sprechen, ist immer richtig.« Lotti trat aus dem Durchgang zum anderen Wohnflügel. »Vor allem darüber, was diese … Nähe zu bedeuten hat, Meerjungfrau.«

»Nichts«, gab Alex zurück. *Wir sind alle nur sehr aufgewühlt.* Wo kam Lotti nur wieder her? »Ich werde mich hüten, mich an einen Hubschrauberpiloten zu binden. Ich habe absolut keine Lust, schon wieder … jemanden zu verlieren.«

»Dir ist schon klar, dass Autofahren weitaus gefährlicher ist?«

»Danke, Lotti. Ja, das ist mir bekannt.« Sie klang sarkastischer, als sie das gewollt hatte.

»Entschuldige.« Lotti kam herbei und nahm Alex ungeachtet ihres nassen und sandigen Zustands fest in die Arme. »Das war gedankenlos von mir.«

»Ist schon gut. Im Grunde ist es ja eine richtige Aussage.«

»Dann denk darüber nach.«

»Sicher nicht.«

»Das Thema sprechen wir später wieder an. Was hat Marc da versucht zu verstecken?«

Da Lotti Alex noch immer an sich drückte, war es ein Leichtes, ihr zuzuflüstern, was sie gefunden hatte und welche Rückschlüsse man aus den offenen Schnürsenkeln ziehen konnte. Zuletzt sprach sie aus, was die schlimmste aller Befürchtungen wäre: »Sie könnte sie aus Gewohnheit ausgezogen haben. Weil niemand mit Schuhen ins Wasser geht.«

»Du meinst also, sie hat sich der See überlassen?«

Alex nickte an ihrer Schulter, spürte, wie sie unkontrolliert zu zittern begann. »Deshalb …« Sie schluchzte auf. Tränen liefen ihr über die salzigen kalten Wangen. »Vielleicht gelingt es uns, den Schuh vorerst vor Celina und Hanna zu verschweigen. Es wäre schrecklich für sie, wenn sie fälschlicherweise annehmen würden … Wir müssen uns erst sicher sein.« Ein Schluchzen entrang sich ihrer Kehle, einem Keuchen gleich.

Die Mädchen würden ohnehin unsäglich leiden, falls sie nun auch noch ihre Mutter verloren hätten. Die Trauer würde sie wie eine zweite eiskalte Woge überschwemmen, sie mitreißen, zurück in den Sog des Schmerzes. Das war einfach nicht fair. Nicht richtig. Die Mädchen hatten etwas anderes verdient. Sie sollten allmählich wieder zu leben beginnen und ihrer Zukunft entgegensehen. Lachen. Tanzen. Lieben. Doch der Tod ihrer Mutter könnte sie niederschmettern wie eine tosende meterhohe Welle.

Alex klammerte sich an Lotti, wurde geschüttelt von Kummer, Entsetzen und Trauer. Sie sah Celina und Hanna vor sich. Ihre graublauen Augen, die sich so sehr glichen und zuletzt nicht mehr dumpf in die Welt geschaut, sondern geleuchtet hatten. Hatten Celina und Hanna ihre Mutter wirklich verloren? War es ihr Schicksal, allein zurückzubleiben? Verlassen von beiden Elternteilen – in einem Alter, in dem sie diese doch noch so dringend brauchten?

Tränen rannen Alex über die Wangen. Tief in sich spürte sie die Erinnerung an ihren eigenen Schmerz, den sie damals empfunden hatte. An jenes alles Verzehrende, Furchtbare in ihr, an die sie traktierenden Eiskristalle und die spitzen, schweren Steine, die sie getroffen hatten. Sie hatten ihr Herz bedrängt und versucht, es zu erschlagen. Nur zu gut erinnerte sie sich an den schrecklich dichten, grauen, die Zukunft verdüsternden Nebel, der den Fokus nur auf das erlaubt hatte, was ihr genommen worden war, was sie gequält hatte …

Der Sturm draußen wollte in Alex' Herz eindringen, nötigte es mit Lärm und Zerstörung. Sie fühlte sich unendlich schwach und zugleich seltsam energiegeladen. Ihre Beine zitterten, als könnten diese sie nicht länger tragen, aber die Hände hatte sie kämpferisch zu Fäusten geballt. Alles war … durcheinandergeraten. Verheddert.

Alex drohte es den Magen umzudrehen. Wenn es denn wirklich wahr sein sollte, würde Simone als ein Opfer dieses Herbststurms gelten. Doch Alex wusste eines ganz sicher: Die eigentlichen Opfer waren die, die zurückblieben. Zwei junge Mädchen. Trauernd. Verzweifelt. Fragend. Eventuell auch wütend. In jedem Fall aber verlassen.

Alex schüttelte an Lottis Schulter energisch den Kopf. Das durfte schlicht nicht sein. Simone hatte die Schuhe bestimmt nur ausgezogen, weil sie diese nicht schmutzig machen wollte. Es könnte sein, dass eine starke Bö ihr einen davon aus der Hand gerissen hatte. Überrascht von der ungezähmten Wucht von Wind und Wellen, hatte die Frau vermutlich irgendwo Unterschlupf gesucht. Sie kam sicher bald wieder. Spätestens, sobald das Schlimmste vorbei war, wenn der Sturm an Kraft verloren hatte. Simone hatte doch ihre Kinder nicht einfach im Stich gelassen … Zumindest nicht willentlich.

Marc warf das Smartphone auf den Bettüberwurf. Aufgewühlt ging er in seinem Zimmer auf und ab. Die Böen drückten brummend gegen das Haus, begleitet von einem ständigen Sirren, Klirren, Klappern und Heulen. Das ehemalige Bauernhaus schien zum Leben erwacht zu sein, stemmte sich widerborstig gegen die Angriffe der Natur.

Marc strich sich mit den Händen durch das feuchte Haar. Trotz der ausgiebigen Dusche spürte er noch immer Sand darin. Abrupt wandte er sich um und durchschritt den Raum in die entgegengesetzte Richtung. Er wurde gebraucht. Unzählige Hilferufe waren bei der Küstenwache eingegangen, doch er saß zum einen hier fest, zum anderen würde er die Such- und Rettungsmaßnahmen mit dem Helikopter ohnehin erst unterstützen können, sobald der Sturm nachgelassen hatte. Dennoch musste er die Insel bald verlassen. Und das war genau das, was ihn wie ein eingesperrtes Tier auf und ab gehen ließ: So wie das Haus unter dem Sturm zum Leben zu erwachen schien, war er selbst in der Gegenwart von Alex aus einer Art Lethargie erwacht. Niemals hätte er das vermutet, aber es waren das Lächeln einer Frau, ihr stetes Singen und Summen, ihre selbstlose Hilfsbereitschaft und die Aufmerksamkeit, die spielerisch sein Schweigen aushielten, was er gebraucht hatte, um einen Teil der auf ihm lastenden Schwere zu verlieren. In ihrer Nähe fühlte er sich nicht nur wohl, verstanden und akzeptiert, sondern … geliebt? Ein bisschen so, als hätten sie sich schon viel länger gekannt als nur diese wenigen Tage, als bestehe eine besondere Beziehung zwischen ihnen.

»Seltsam!«, sagte er halblaut vor sich hin, drehte sich ruckartig wieder um und ging an der Segelbootskulptur vorbei auf die Fenster mit den geschlossenen Läden zu. Er war nun wirklich nicht der Typ dafür, der von derlei unergründlichen Eingebungen sonderlich angetan war. Gut, er glaubte an einen Himmel, daran, dass es mehr gab als nur dieses eine Leben.

Dabei blieb er jedoch pragmatisch, war keineswegs schwärmerisch. Deshalb gefiel ihm Lotti auch so sehr. Sie machte keinen Hehl daraus, dass sie an den Gott Israels glaubte, so wie die lange Reihe ihrer jüdischen Vorfahren. Doch sie drängte ihre Überzeugung niemandem auf. Vielmehr ... lebte sie diese einfach. Sie sprach darüber, als sei es etwas völlig Normales. So wie andere sich über das Wetter unterhielten, über die Blumen, die gerade blühten, oder über einen guten Freund. Sie verlor damit weder ihre leicht herbe Fröhlichkeit noch ihre Glaubwürdigkeit. Das einzig Irritierende an Lotti war nicht ihr Glaube oder ihr schrill-buntes Äußeres, sondern ihre Reaktion auf Tip. Sie sah den Mann an, als wolle sie ihn am liebsten packen, schütteln und ins Meer werfen. Weshalb auch immer ...

Marcs düstere Gesichtszüge wurden kurz von einem Lächeln erhellt, dann drehte er erneut um und wandte sich wieder dem eigenen Gefühlschaos zu.

Nein, sein vorgezogener Einsatz kam ihm überhaupt nicht gelegen. Er wünschte sich mehr Zeit mit Alex. Sie näher kennenzulernen, hatte oberste Priorität, denn er fühlte sich überraschend stark zu ihr hingezogen. Als sie vorhin beinahe über die Promenadenbefestigung geschwemmt worden wäre ... Ob ihr eigentlich bewusst war, wie knapp sie dem Tod entgangen war? Die Nordsee verzeiht keine Fehler, keine Unachtsamkeit. Genauso wenig wie der Asphalt einer Straße ...

Er hatte sie der Welle gestohlen und es genossen, ihr so nahe sein zu dürfen, nicht zuletzt durch das Adrenalin, das in hohen Dosen durch seine Adern geflossen war. Dort unten am Meer und später im Flur, als er ihr deutlich hatte sagen wollen, dass sie nun im Haus bleiben musste. Er wollte sie nicht in Gefahr wissen. Immerhin hatte er sie gerade erst gefunden! Er sehnte sich danach, Alex besser kennenzulernen, ihr Wesen noch viel intensiver zu ergründen als bisher.

Marc wollte zu gern wissen, ob sie auch etwas für ihn empfand. Und dennoch würde er gehen, sobald das Wetter es zuließ. Schließlich nahm er seine Arbeit sehr ernst. Helikopter zu fliegen und dabei Teil eines Teams zu sein, das versucht, Menschen zu helfen und Menschenleben zu retten, war das, worin er den Sinn seines Lebens sah. Er wollte Leben retten. Unbedingt! Immerhin hatte er eine Schuld zu begleichen.

Er holte seinen Rucksack hervor, warf ihn auf den Tisch und zog die oberste Kommodenschublade auf. Zögernd blickte er auf die sauber einsortierten kleinen Wäschestapel und entschied, nur das Nötigste mitzunehmen. Ein Unterfangen, das Jens vermutlich hätte auflachen lassen, besaß Marc in dessen Augen ja ohnehin nicht mehr als das Nötigste. Er beschloss, das Zimmer vorerst zu behalten, so wie es ursprünglich vorgesehen gewesen war. Obwohl ihm sein zukünftiger Chef zugesichert hatte, dass sie ihn in einer Pension unterbringen konnten. Er wollte zurückkehren, sobald es ihm möglich war. Zu Alex.

Als er fertig gepackt hatte, blieb ihm eigentlich genug Zeit, um noch ein paar Stunden zu schlafen. Doch der Gedanke an die verschwundene Simone und das Lärmen des Sturms hätten ihn ohnehin am Einschlafen gehindert, also verließ er sein Zimmer und betrat kurz darauf den Frühstücksraum. Dieser hatte sich merklich geleert. Tip und Goofy saßen beieinander und unterhielten sich leise, Lotti saß ungewohnt friedlich am selben Tisch. Ihr Augenmerk galt jedoch jemandem in der Nähe des Klaviers. Marc trat ein paar Schritte vor, um einen freien Blick in diese Richtung zu haben.

Zwischen dem Tisch, an dem meistens Annette mit ihren Kindern saß, und dem Klavier kauerten drei Personen auf dem Boden. Hanna und Celina klammerten sich wie Ertrinkende aneinander. Alex saß bei ihnen, hatte die Arme um sie geschlungen, und schwieg mit ihnen.

Hanna liefen große Tränen aus ängstlich aufgerissenen Augen über die Wangen und tropften auf Alex' Shirt. Ihr verquollenes, gerötetes Gesicht zu sehen, den Schmerz in den feinen, noch kindlichen Zügen, schnitt Marc ins Herz. So viel Leid in einer unschuldigen Kinderseele. Verzweiflung, die jegliche Hoffnung erdrückte. Hilflosigkeit, die keine Stimme fand; ein flehender Seitenblick zu ihrer Schwester in dem Wissen, dass auch sie nichts ändern konnte.

Hanna war sich gewiss: Ihre Mutter war fort. Für immer. Verloren. Weil auch ihr Vater nicht mehr wiedergekommen war. Marc sah die Resignation in ihrer zusammengekauerten Haltung, ihrem leeren Blick. Glanzlose Augen, den Tränen zum Trotz. Er zwang sich zu atmen, obwohl jemand seine Kehle mit beiden Händen zusammenzudrücken schien.

Die Stille im Raum war schreiend laut. Es gab wohl niemanden, der nicht mit den Mädchen mitlitt. Er sah angespannte Muskeln, gesenkte Köpfe, tränennasse Augen. Schwere sättigte die Luft wie draußen die salzige Gischt. Von Hanna kam ein Schluchzen, tief in ihrer Seele geboren, bahnte es sich einen Weg nach außen. Mitten hinein in Marcs Herz. Er wollte ihr so gern helfen, ihr Erleichterung verschaffen, doch er wusste nicht, wie. Wie tröstet man ein Kind, das vor Kurzem den Vater verloren hat und sich sicher ist, dass nun auch die Mutter nicht mehr Teil seines Lebens sein werde?

Alex zog Hanna fester an sich, was ihr Weinen verstärkte, nicht minderte. Aber das Mädchen sog die dargebotene Nähe wie ein Schwamm in sich auf. Sie bettete ihren Kopf in Alex' Schoß. Als hoffte sie, dort Vergessen zu finden.

Alex strich ihr über die Haare, hob dabei aber den Kopf und blickte ihn an. Aus Augen so dunkel wie die Nacht. Schmerz und Trauer pur. In dem Moment, als Marc auf sie zugehen wollte, weil auch Alex sich nach jemandem zum Anlehnen sehnte, hob

Celina den Kopf. Er verharrte auf der Stelle, unfähig, sich zu bewegen. Erschrocken sog er die Luft ein.

Celinas Stirn war gefurcht, die Lippen zusammengepresst, ihre Augen nicht mehr als zwei schmale Schlitze. Sie war unübersehbar wütend, nicht verzweifelt. Als Marc sich vom ersten Schreck über Celinas Reaktion erholt hatte, rieb er sich nachdenklich den Nacken. Womöglich war ihre Wut im Augenblick gar nicht das Schlechteste, pumpte sie doch Energie in Celinas Körper und konnte ihr die Kraft geben, ihrer Schwester zu helfen, nicht aufzugeben … Immerhin war noch völlig unklar, wo Simone war. Vielleicht – und das hoffte Marc noch immer – tauchte sie ja bald wieder auf. Sollte Celina jenen Zustand von Wut allerdings beibehalten, falls ihre Mutter verschwunden blieb, war das bedenklich. Marc strich sich mit der Hand über das Kinn. *Darüber* wusste er leider nur zu gut Bescheid.

Er konzentrierte sich erneut auf Alex. Die Verzweiflung, die sie erfasst haben musste und die sie gewaltsam zu unterdrücken versuchte, schmerzte ihn. Er wollte sie lachend sehen, sie singen hören … und nicht in diesen Abgrund von Schwärze in ihren Augen blicken, in ein Gesicht, das verriet, wie vertraut Schmerz und Leid ihr waren. Sie hatte dahin gehend ein paar Andeutungen gemacht, jedoch nichts, was ihm half, ein genaues Bild davon zu zeichnen, was ihr zugestoßen war. Bislang hatte er einfach nicht nachhaken wollen. Es lag bei Alex, wie viel sie bereit war zu erzählen, und doch wollte er so gern alles über sie erfahren.

Er ließ sie nicht aus den Augen, selbst dann nicht, als sie schließlich den Mädchen etwas zuflüsterte, Hanna in Celinas Umarmung entließ und sich erhob. Sie kam auf ihn zu. Am liebsten hätte er die Arme ausgebreitet und sie an sich gezogen. Er hätte ihr gern versprochen, dass er, sobald es ihm möglich war, nach Simone suchen wollte; sie finden, ja, sie retten würde. Für Hanna und Celina. Und auch für Alex. Allerdings konnte und durfte er das nicht. Es war ihm daran gelegen, seine Versprechen zu halten – und bei diesem könnte das schlicht unmöglich sein.

Alex berührte ihn kurz am Handgelenk, als sie an ihm vorüberging. Er verstand das als Aufforderung und folgte ihr in die Küche. Sie knipste die Deckenlampe nicht an, aber selbst im unzureichenden Lichtschein, der aus dem Frühstückszimmer herüberdrang, sah er, dass ihre Augen in Tränen schwammen, dass sie ihre kleinen Hände zu Fäusten ballte. Die Geschehnisse wühlten ihre Seele auf wie der Sturm das Meer.

»Können wir denn gar nichts tun? Vielleicht noch einmal hinausgehen und sie suchen?«

Er schüttelte den Kopf, wenngleich er ihren Wunsch, nicht untätig zu sein, durchaus verstand.

Begleitet von ungewohnt großer Gestik, die ihren aufgewühlten Gemütszustand verdeutlichte, sagte sie: »Ich habe in allen Häusern entlang der Promenade angerufen. Aber nur ein älterer Herr hat in einem von ihnen Zuflucht gefunden. Er war vom Wind umgeblasen worden und unglücklich gestürzt. Niemand hat Simone gesehen. Soll ich weiter herumtelefonieren, auch in den Privathäusern?«

»Wenn Simone irgendwo Unterschlupf gesucht hätte, würde sie veranlassen, dass man dich und ihre Töchter informiert.«

Alex' Nicken verriet ihm, dass sie sich das ebenfalls gedacht hatte. Sie fühlte sich hilflos, weil sie nichts tun konnte. Dieses Gefühl der Machtlosigkeit war ihm nur zu vertraut.

Zitternd stand sie vor ihm, die Augen weit geöffnet, als bettelte sie ihn wortlos um Hilfe an. Er legte sanft seine Hände an ihre Wangen.

»Wir können nur abwarten«, raunte er ihr zu, woraufhin sie die Lippen zusammenpresste, jedoch nicht zurückwich. Offenbar brauchte sie seine Berührung, die Wärme seiner Hände.

»Die Küstenwache ist informiert.«

»Das … maritime Sicherheitszentrum in Cuxhaven?«

Marc nickte und blickte sie ernst an. Vielleicht auch sehnsüchtig – er wusste es nicht, hatte er sich derlei Gefühle doch viel zu lange nicht erlaubt.

»Ich hoffe, dass ich morgen zum Einsatz kann.«

Eine kleine Falte bildete sich auf ihrer Stirn. War es Sorge um ihn? Natürlich würden er und seine Kollegen nicht unvernünftig starten. Aber da sie Menschenleben retten wollten, war die Einschätzung, wie bald sie abheben konnten, ohne ihr eigenes Leben zu gefährden, immer eine schwerwiegende Entscheidung.

»Ich fliege die Einsätze, für die ich nach diesem Sturm vorübergehend eingeteilt werde. Danach komme ich zurück.« Er musste das sagen. Nicht, damit sie wusste, dass sie sein Zimmer nicht weitervermieten durfte, sondern weil er sich wünschte, dass sie heraushörte, wie sehr er genau das wollte: Zu ihr zurückkehren.

Alex blinzelte. Einmal, dann ein zweites Mal. Inzwischen wusste Marc, dass sie nicht viele Worte benötigte, um ihn zu verstehen, umso frustrierender war es für ihn, als sie plötzlich zurückwich. Seine Hände fielen wie nutzlos herab. Ihr Lächeln wirkte schmerzlich höflich. Sie ging auf Distanz, und Marc ließ sie gehen. Sie entfernte sich nicht weit von ihm, nahm aber dennoch sein Herz mit.

Frustriert lehnte er sich an die Spüle und verschränkte die Arme vor der Brust. Er war zu forsch vorgegangen. Doch ihre Blicke brannten ihm Löcher ins Herz; wenn sie sang, streichelte ihre Stimme diese wieder zu. Sehnsucht und Zuneigung. Schmerz und Freude. Nähe und Trennendes. Irgendwie verbanden sich alle seine Empfindungen zu einem verwirrenden Wirbel, der sich einzig und allein um Alex drehte.

Marc zuckte zusammen, als eine bebende, tränenerstickte Stimme neben ihm sagte: »Sie hat den Mann, den sie liebte, bei einem Autounfall verloren. Ein Kerl wie du, der von Berufs wegen Risiken eingeht – wie sie findet –, wird sich ordentlich ins Zeug legen müssen.«

Marc warf Lotti einen fragenden Blick zu. Er hatte keine Ahnung, wann sie die Küche betreten hatte. Die Frau war leiser als ein Geist. Allerdings blendete er ihre Anwesenheit sofort wieder aus. Was er gerade erfahren hatte, erschütterte ihn zutiefst. Ein Autounfall hatte Alex' Leben aus den Angeln gehoben? Es gab sie viel zu oft. Täglich. Tödlich. Sie rissen Menschen aus dem Leben derjenigen, die sie liebten. Ohne Vorwarnung. Plötzlich. Grausam. So, wie das bei seinem Unfall ebenfalls geschehen war. Er hätte am liebsten laut geschrien; mit dem Sturm um die Wette gebrüllt.

»Wenn du gemeinsam mit ihr surfen willst, musst du ihr die Angst vor den Wellen nehmen. Sonst wird sie nie ins kalte Wasser springen.«

»Du sprichst in Rätseln, Lotti«, knurrte er.

»Ich? Vielleicht. Aber hör du besser hin. Auf die Stimme in dir.« Damit tippte sie mit dem Zeigefinger dorthin, wo sein Herz kräftig schlug, drehte sich um und flatterte förmlich davon. Marc sah zu, wie sie Hanna und Celina dazu überredete, auf ihr Zimmer zu gehen. Die beiden sollten versuchen, etwas Schlaf zu bekommen. Vergessen zu können, und sei es nur im Schlaf, ist gnädig. *Wenn ich doch auch nur vergessen könnte.* Allerdings war da diese Stimme in ihm, die ihn in einem fort schuldig sprach.

Marc sah zu, wie Lotti die Mädchen aus dem Frühstückszimmer schob. Bei der liebevollen Fürsorge, die die Frau gerade an den Tag legte, wurde ihm klar, dass Lotti von einer anderen Stimme gesprochen hatte als der, die in seinem Kopf so schrecklich präsent war. Nicht immer, jedoch viel zu oft. Nur in Jens' Gegenwart – und neuerdings in der von Alex – schien sie still zu werden. Was brachte sie zum Verstummen? Jedenfalls nicht seine bisherigen Versuche, sie mit Arbeit zu übertönen oder mit riskanten Aktionen niederzuknüppeln.

Ein leises Seufzen verließ seine Kehle. Im Grunde ahnte er es, hatte er den Weg doch schon einmal gewählt – und war jämmerlich gescheitert. Er war seine Schuld einfach nicht losgeworden.

Eine Bö schob den Helikopter förmlich seitwärts. Marc hob die Augenbrauen und korrigierte die Flugrichtung, dabei verlor er das aufgewühlte Meer unter sich nicht aus den Augen. Als sein Co-Pilot Christoph den Kopf hob, hatte auch Marc den matt-roten Flecken inmitten grauer Nordseewellen bereits entdeckt. Er passte erneut den Kurs an, und wenig später sahen sie vor sich eine kieloben treibende Segeljacht. An den mit Seetang und Muscheln behängten Flossenkiel klammerte sich eine durch-nässte Gestalt, das Ruderblatt fehlte. Mit einem Kielsegelboot zu kentern, war eine Seltenheit, und dieser Anblick machte deutlich, dass es während des Sturms an Bord der Jacht zu er-heblichen Schwierigkeiten gekommen sein musste.

»Ich sehe nur eine Person«, sagte Christoph zu Marc, ehe er über Funk durchgab, dass sie das vermisste Segelschiff gefunden hatten, und für das nächstgelegene BP-Schiff die Koordinaten übermittelte.

»Vielleicht suchen wir mal die umliegende Wasserfläche ab?«, schlug Marc vor in der Hoffnung, dass sie den zweiten Schiffbrüchigen im Wasser treibend finden könnten.

»Warte!«

Marc nickte und hielt den Helikopter im Schwebeflug. Dabei sah er, wie sich die Person auf dem Unterwasserrumpf bewegte. Christoph war derjenige, der sein Leben lang an der See verbracht hatte und bei der »Bundespolizei See« weitaus mehr Erfahrung aufweisen konnte als Marc. Zwar war Marc der Dienstältere, dennoch vertraute er auf Christophs Gespür und Routine.

Christoph hob das Fernglas an die Augen. Aus dem Augenwinkel wirkte er damit und mit dem Helm wie ein Wesen aus einem Science-Fiction-Film. Er erläuterte: »Bei einer Wassertemperatur von zehn bis fünfzehn Grad rechnen wir mit einer Überlebenschance von weniger als sechs Stunden. Bei noch geringerer Temperatur sind es dann nur noch drei Stunden. Momentan haben wir etwa zwölf Grad. Es wären demnach sechs Stunden, eher weniger. Die zweite Person muss bereits deutlich länger im Wasser sein.« Er schwieg einen Augenblick, ehe er sagte: »Es ist die Frau. Sie wirkt auf mich vollkommen entkräftet.«

Marc wartete ab, zu welchem Ergebnis Christoph kommen würde. Dabei musste er mit ansehen, wie eine größere Woge das Schiff anhob und zur Seite krängen ließ. Wie eine leblose Puppe schwemmte es die Schiffbrüchige auf die andere Kielseite. Offenbar war sie nicht mehr in der Verfassung, sich ordentlich festzuhalten. Wie lange ihre Kräfte wohl noch ausreichten, ehe die überkommenden Wellen sie in die See spülen würden?

Christoph begann eine kurze Unterhaltung per Funk und wandte sich daraufhin über den Bordfunk direkt an Marc.

»Die Bundeswehrhelikopter und die SAR-Kollegen sind alle im Einsatz. Das Schiff wird noch mindestens zwei Stunden brauchen, bis es hier eintrifft«, informierte Christoph ihn.

»Dann holen wir sie hoch.« Das war keine Frage mehr, sondern eine Feststellung.

»Wir bereiten das Rettungsgeschirr vor. Rainer geht runter.« Detlefs Stimme klang über die Kopfhörer im Helm rau wie die eines eingefleischten Seebären. Ohnehin gab der ältere

177

Kollege mit seinem struppigen Vollbart und der wettergegerbten Haut das typische Bild eines solchen ab – sogar dann, wenn er seine Uniform trug.

»Dein erstes Mal über dem Meer statt in den Bergen?«, fragte Christoph.

Marc bejahte.

»Gut, dann mach mal, ich behalte das Ganze im Auge.«

Marc bestätigte und wartete auf das Okay von der Crew, ehe er die *Super Puma* über die schaukelnd dahintreibende Jacht steuerte und dort in den Hover, den Schwebeflug, überging. Konzentriert versuchte er, den böigen Angriffen des Windes zum Trotz, den Helikopter ruhig auf der Stelle zu halten. Er konnte von der Rettungsaktion an sich nicht viel sehen, bekam aber per Funk mit, wie Rainer sich abseilen ließ, die Frau in das Rettungsgeschirr packte und gemeinsam mit ihr wieder nach oben gezogen wurde.

Inzwischen hatte sich Christoph erkundigt, wohin sie die Schiffbrüchige bringen sollten, und klärte ab, ob sie für die entsprechende Flugstrecke noch genug Treibstoff hatten. Schließlich kam auch von dieser Seite eine klare Anweisung, dazu die Rückmeldung der Kollegen, dass die Frau sicher oben war, es für ihren Ehemann aber keine Überlebenschance mehr gab. Er war wohl während des Sturms gestürzt, hatte sich den Hinterkopf angeschlagen und war daraufhin über Bord gespült worden. Das war bereits über zwölf Stunden her.

Christoph kletterte aus der *Super Puma*, legte den Helm auf den Sitz und wandte sich zu der Crew um, die die Frau zusammen mit dem Sanitätsteam auf eine Trage umgebettet hatten. Rainer hielt eine Infusionsflasche hoch, während einer der Sanitäter die Gerettete festschnallte. Sie war stark unterkühlt,

178

dehydriert, hatte schmerzhafte Prellungen und zudem einige Schnittwunden am Körper, die genäht werden mussten. Schlimmer anzusehen waren für Marc jedoch ihre tief liegenden braunen Augen, die einen maßlosen Kummer verrieten. Die Frau begann nun, da sie in Sicherheit war, zu weinen. Ihr anfangs leises Schluchzen klang zunehmend durchdringender, dann kurzzeitig wieder verhaltener, da sie sich zu beherrschen versuchte. Doch dafür fehlte ihr wohl die Kraft. Den Wellen der Nordsee gleich, stieg ihr Gefühlsausbruch an, ebbte ab, nur um kurz darauf wieder lauter zu werden, verzweifelter – vielleicht, weil sie die Endgültigkeit des Todes erkannte.

Marc schrak zusammen, als sich die Frau plötzlich aufbäumte und ihn am Ärmel der Fliegermontur packte. Sie zerrte an ihm, also trat er näher, wünschte sich allerdings sehnlichst Alex herbei. Der Gedanke an sie jagte ihm einen Schauer über den Rücken. Niemals hätte er es für möglich gehalten, dass er sie so sehr vermissen würde.

»Er war weg, ehe ich es ihm sagen konnte!«, schluchzte die Fremde und sah ihn dabei an, als erhoffe sie sich von ihm – ja was? Dass er ihr den Ehemann zurückbrachte? Dass er sie verstand und ihr half?

Marc nickte ihr zu und signalisierte dadurch seine ungeteilte Aufmerksamkeit, so wie Alex es ihm vorgemacht hatte.

»Wir hatten einen ganz fürchterlichen Streit. Weil ich eigentlich gar nicht raussegeln wollte. Ich wollte meine Schwester besuchen. Aber das ist … war keine Jacht, die ein Mann allein … Dann kam der Sturm und ich wusste, ich würde nicht rechtzeitig zu ihrem Geburtstag zurück sein …« Ein Zittern durchlief ihren Körper, das den einen Sanitäter zu weiteren schnellen Handgriffen trieb. Dennoch ließ die Frau Marc nicht los, weigerte sich, sich in den wartenden Rettungswagen schieben zu lassen.

»Ich war so wütend auf ihn. Ich habe ihn das spüren lassen. Irgendwann hat er sich bei mir entschuldigt. Mitten im Sturm. Als ob unser blöder Streit da noch wichtig gewesen wäre!« Die Frau lachte auf, doch es klang, als wollte sie ihren Schmerz am liebsten laut hinausschreien. Ihre Augen blitzten auf. Aus lauter Wut auf sich selbst?

Marc drohte es den Magen umzudrehen. Er wusste um dieses in ihr lodernde Feuer – die flammende Anklage gegen sich selbst. Jene tiefen Schuldgefühle, die sich in eine Seele fraßen wie Flammen ins morsche Holz.

»Jetzt ist er fort. Und ich habe ihm nicht mehr gesagt, dass ich ihm vergebe, dass ich ihm nichts nachtrage. Und dass ich ihn liebe. *Ich kann es ihm nie wieder sagen!*« Den letzten Satz schrie sie nun wirklich, was die Sanitäter endlich reagieren ließ.

Einer von ihnen schob Marc nahezu grob beiseite. Die Gerettete und zugleich doch so Verlorene war gezwungen, seinen Ärmel loszulassen. Sie schluchzte haltlos und behielt Marc, so lange es ihr möglich war, im Blick, selbst dann noch, als sie sich dazu erneut ein Stück weit aufrichten musste.

Marc nickte ihr nochmals zu. Er wollte ihr signalisieren, dass er ihren Schmerz verstand. Er hätte in seinem Leben ebenfalls gern eine Entscheidung rückgängig gemacht.

Aufgewühlt runzelte er die Stirn und rieb sich den Nacken. Langsam wandte er sich von dem jetzt startklaren Rettungswagen ab und betrachtete irritiert die im diffusen Sonnenlicht schimmernde dunkelblaue Farbe des Helikopters. Stand diese Frau nicht genau auf der entgegengesetzten Seite? Er wünschte sich verzweifelt, seine Bitte um Begnadigung möge endlich angehört, ja angenommen werden; sie hatte auf den Wunsch ihres Ehemanns nach Vergebung mit Schweigen und Ablehnung reagiert, sie ihm im Grunde vorenthalten.

Zum ersten Mal wurde Marc bewusst, dass auch die »andere Seite« unter ihrem Entschluss, ihn weder anzuhören noch ihm

Vergebung zu gewähren, leiden konnte. Waren damit auch die Seelen und Herzen von Johanns Eltern von Flammen bedroht? Vielleicht nicht aus Verzweiflung, wie es bei der Schiffbrüchigen der Fall war, aber dafür mit einem flammenden und alles verzehrenden … Hassgefühl? Denn genau jenen Hass hatte er deutlich zu spüren bekommen. Wieder und wieder. Möglicherweise war das, was diese Leute in sich trugen, die ein Treffen mit ihm strikt verweigerten, am Ende sogar zerstörerischer als sein eigener Seelenschmerz? Womöglich war er freier als sie, ketteten sie sich doch freiwillig an ihren Groll auf ihn.

Der Gedanke setzte sich in ihm fest, entrümpelte sein Herz, warf schwere Eisenketten von sich. Er war freier als die Menschen, die ihn an seine Schuldgefühle binden wollten. Das eröffnete ihm völlig andere Perspektiven. Für einen neuen Anfang. Ein neues Leben.

TEIL 3

Drei Tage später …

ALEXANDRA

Regelmäßigkeit ist etwas, das ich durchaus schätze. Ich mag keine Aufregung, kein Durcheinanderwirbeln meines Alltags, meiner Gefühle, meines Lebens. Vielleicht, weil ich das bereits zur Genüge hinter mir habe, und zwar keineswegs im positiven Sinne. Mein Verständnis für diejenigen, die ständig auf der Suche nach einem neuen »Kick« sind, hält sich in Grenzen. Vielmehr frage ich mich manchmal, wonach sie eigentlich genau suchen – und ob sie jemals fündig werden. Womöglich bin ich dafür zu empfindsam, fühle zu tief, sehe viel zu oft das, was unmittelbar hinter der scheinbar erstrebenswerten Oberfläche lauert. Ich weiß es nicht.

Was ich jedoch weiß, ist, dass ein Leben auf der Überholspur, auf der Jagd nach immer neuen Herausforderungen den Blick auf die Sinn und Glück schenkenden kleinen Abenteuer verstellt. Es ist, als hörten wir im Getöse der Welt die feinen, aber wunderschönen Stimmen nicht mehr. Jene Jagd lenkt uns ab, beschäftigt uns, lässt uns um uns selbst drehen und versperrt uns die Sicht auf die direkt vor unseren Füßen liegenden spannenden Ereignisse oder auf völlig neue Lebensabschnitte. Und damit zugleich auch auf die Nöte und Ängste um uns herum.

Hemmt die Jagd nach dem Außergewöhnlichen möglicherweise unsere Bereitschaft zu helfen? Können wir es noch als ein Abenteuer, als eine positive Aufregung ansehen, wenn wir Unterstützung

anbieten, die »uns« etwas kostet? Unsere Zeit? Unsere ungeteilte Aufmerksamkeit? Obwohl uns dadurch, dass wir Zeit und
Aufmerksamkeit verschenken, womöglich etwas anderes entgeht.
Vielleicht kostet es uns den Job oder eine Freundschaft – wobei das
die Frage aufwerfen würde, wie tief diese dann wirklich ging.

Sind wir bereit, auch mal auf Geld zu verzichten und damit
gewisse Sicherheiten aufzugeben? Und dies um eines anderen willen
– um ihm beizustehen, ihn zu retten, ihn durch eine schwere Zeit
hindurchzutragen?

Das *ist ein Abenteuer!*

Marc war so ein Jäger. Ich verstand nicht, nach was er eigentlich suchte. Wie sollte ich auch, immerhin hielt er sich stets bedeckt.
Dennoch fühlte ich mich zu ihm hingezogen. Weil er eben trotzdem
nicht nur auf sich selbst sah. Ein Teil seines Abenteuers war sein
Beruf. Er half gern, er rettete Menschenleben! Er brachte sich – in
meinen Augen – in Gefahr, ja. Aber das tat er für andere.

Innerhalb kürzester Zeit hatte ich ein Lied in ihm vernommen, das mir gefiel. Allerdings schwang darin etwas mit, das mir
unverständlich blieb. Ich konnte es hören, jedoch nicht … mit der
Grundmelodie seines Lebens in Einklang bringen. Diese geheim-
nisvollen Töne rieten mir zur Vorsicht, und das wiederum stand
der von mir so geschätzten Normalität im Wege – ein normaler
Umgang mit Marc war mir nicht möglich. Ganz einfach deshalb,
weil ich mich viel zu sehr zu ihm hingezogen fühlte, als dass ich den
Abenteurer hätte ziehen lassen können. Mit ihm kam eine wunderschöne Melodie in mein Leben zurück, die ich mit Johann verloren
hatte – und die zugleich doch völlig neu klang. Irgendwie wilder.
Leidenschaftlicher?

Ich begann, mich in diese Melodie zu verlieben. Ich wollte sie
ergründen und festhalten. Irgendwann in den Tagen, nachdem
Marc die Insel verlassen hatte, erkannte ich, dass er es war, der das
neue Lied in mir spielte. Es entstammte nicht der grundsätzlichen
Bereitschaft, wieder einem Mann mein Herz zu öffnen, sondern

er war es, der an meine Herzenstür geklopft hatte. Nun musste ich mich nur noch dazu durchringen, ihm den Schlüssel dafür anzuvertrauen. Und das trotz meiner Angst, die sein Lebenswandel, sein Beruf in mir auslöste?!

Lotti, der ich mich anvertraute, war … eben Lotti. Sie sagte zuerst einmal nur drei Sätze: »Du ziehst also jeden x-beliebigen Autofahrer dem Piloten vor? Das entbehrt jeder Logik. Darüber solltest du mal nachdenken.«

KAPITEL 12

Alex winkte Celina und Hanna nach, als sie mit ihren Trolleys in den Bus stiegen, der sie zum Fähranleger bringen würde. Seit drei Tagen gab es kein Lebenszeichen von ihrer Mutter. Lotti hatte in dieser Zeit lange Gespräche mit den Mädchen geführt, ihnen ungeschönt aufgezeigt, was das Verschwinden von Simone zu bedeuten hatte, ihnen zugleich aber auch ihren unvergleichlich tiefen Trost angeboten, den sie wohl aus ihrem Glauben schöpfte. Alex' war die Aufgabe zugefallen, mit den Schwestern die Nächte zu durchschweigen und zu durchweinen.

Hannas und Celinas Halbbruder aus der ersten Ehe ihres Vaters drehte sich langsam zu Alex um. Er hatte sich als Michael vorgestellt, war Mitte zwanzig und ein sehr ruhiger, umgänglicher Typ. Er hatte eine Nacht in der Pension verbracht und nahm an diesem frühen Morgen seine minderjährigen Halbschwestern mit, die, wie man annahm, innerhalb weniger Wochen zu Vollwaisen geworden waren. Der Gedanke trieb Alex erneut die Tränen des Mitgefühls in die Augen. *Es tut mir so weh, so leid. Bitte, verzweifelt nicht. Ihr seid geliebt, auch dann, wenn Menschen euch verlassen. Vergesst das bitte nicht.*

»Danke, dass du dich um die zwei gekümmert hast«, sagte Michael mit fester, angenehm tiefer Stimme.

»Sie sind liebe Mädchen«, erwiderte Alex lahm. Sie hätte gern so viel mehr gesagt, ihre Bewunderung für Michael zum Ausdruck gebracht, der sich um seine Halbschwestern kümmern wollte – gemeinsam mit den Großeltern. Oder ihre Sorge um die empfindsamen Seelen der beiden, doch das hatte Lotti bereits getan. Michael hatte versprochen, dass er sich um eine Therapie kümmern würde.

»Ich denke, wir werden sofort verständigt, falls man Simone … findet.« Michael winkte dem Busfahrer entschuldigend zu, der ihm zurief, dass er endlich seinen Hintern in das Gefährt schwingen sollte. »Ich gebe dir Bescheid, falls wir etwas hören.«

»Danke. Das wäre sehr nett von dir.«

Michael nickte ernst, drückte ihr zum Abschied kurz die Hand und sprang in den Bus. Keine Sekunde später schloss sich die Tür. Das Fahrzeug ruckelte an, und Alex drehte sich weg. Sie wollte nicht noch einmal in die verweinten Gesichter von Celina und Hanna sehen. Sie musste sie loslassen. Doch die Hoffnung, dass sie vielleicht eines Tages bei ihr anrufen und ein Zimmer buchen würden, blieb. So wie sie sich darauf freute, dass Annette und ihre Kinder wiederkommen wollten. Annette hatte bereits gebucht. Allerdings würde Jens dann nicht ebenfalls wieder hier sein. Betrübt schüttelte Alex den Kopf. Sie hätte es gern gesehen, wenn die beiden, nein, diese vier wunderbaren Menschen zusammengekommen wären.

»Alex!«

Marcs Stimme ließ sie herumwirbeln. Auch in ihrem Inneren wirbelte etwas durcheinander. Ihr Herz? War das möglich? Jedenfalls freute sie sich unbändig darüber, dass Marc zurückgekehrt war.

Alex lächelte dem großen Mann entgegen, der seinen Rucksack lässig über der linken Schulter trug. Sie konnte gar nicht anders, als zu lächeln – etwas, das sie in den vergangenen vier Tagen kaum getan hatte. Ja, sie freute sich, ihn zu sehen, vor allem aber war sie glücklich, ihn gesund und an einem Stück vor sich zu haben.

Energisch verdrängte Alex ihre sich wie Möwen jagenden freudigen, ja begeisterten Empfindungen, die ohnehin in Gefahr waren, von bedrückend ängstlichen abgelöst zu werden, die sie wie eine Bugwelle vor sich herschob. Sie fürchtete um ihr Herz. Warum nur rief dieser Mann ein solches Wirrwarr an Gefühlen in ihr hervor? Das wollte sie doch gar nicht.

»Schön, dass du mich abholst.« Er lächelte sie schelmisch an.

»Weil ich auch gewusst habe, wann du ankommst.«

»Ach, Lotti hat dir das sicher verraten.«

»Du hast es Lotti gesagt?«

»Nein.«

»Hm?« Alex stieß Marc spielerisch den Ellenbogen in die Seite. Der lachte kurz auf, ließ den Rucksack zu Boden gleiten und legte die Hände an ihre Taille. »Ich freue mich auch, dich zu sehen.«

Alex sah erschrocken zu ihm auf. Seine blauen Augen waren dem nahezu wolkenlosen Himmel so herrlich ähnlich, der nach dem verheerenden Sturm wieder Farbe auf die Insel gebracht hatte. Das gute Herbstwetter hatte dafür gesorgt, dass recht zügig fast alle Schäden an Hausdächern, im Hafen und in den Außenanlagen beseitigt werden konnten.

Alex versank förmlich in diesem Blau, Wärme und Zuneigung umfingen sie. Erst als Marc lächelte, wurde ihr bewusst, dass sie zu summen begonnen hatte. Sie verstummte abrupt, irritiert über sich selbst. Fühlte sie sich denn so wohl bei ihm, dass sie dazu imstande war?

Er neigte leicht den Kopf und verstärkte dabei den Griff um ihre Taille. Sie presste die Lippen zusammen. Wenn sie jetzt erneut zu singen begonnen hätte, hätte ihre Melodie deutlich mehr Leidenschaft transportiert als das glückliche Liedchen von zuvor. Die Melodie eines Paso doble oder eines Tangos. Mindestens.

Marc zwinkerte ihr zu, ließ sie los und hob sein Gepäck wieder auf.

»Und? Hat Tip Lotti während meiner Abwesenheit für sich gewinnen können?«

Alex atmete zuerst einmal tief durch, ehe sie dem kräftig ausschreitenden Mann folgte. »Sie war einen ganzen Tag lang sehr ... ruhig in seiner Gegenwart. Aber dann hat er seine armen Jungs dazu verdonnert, ihre Uniformen anzuziehen und bei diversen Hilfseinsätzen und Reparaturen zu helfen. Ich habe keine Ahnung, ob er diesen Vorschlag seinen Vorgesetzten unterbreitet hat und die ihm, im Angesicht der erheblichen Sturmschäden auf den Inseln und entlang der Küstenregion, ihr Okay für den Hilfseinsatz gegeben haben, oder ob das lediglich auf seinem Mist gewachsen war. Ich denke, Tip kann selten mal stillhalten.«

»Und was hat das mit Lotti zu tun?«

»Seither verhält sie sich ihm gegenüber wieder frostiger als ein Eisberg.«

»Aha.«

»Aha? Was heißt das? Findest du das nicht auch seltsam?«

»Nein.«

Alex musste fast laufen, um mit Marc schritthalten zu können. Da sie sich so nur bedingt mit ihm unterhalten konnte, ergriff sie ihn schließlich in der Armbeuge. Er wirbelte herum und umfasste sie erneut, diesmal zog er sie sogar an sich.

»Eine kleine Warnung: Wenn du das hier nicht willst, solltest du auf Abstand bedacht sein.«

»Was ist nur in dich gefahren?«, murmelte sie verblüfft und unfähig, zu entscheiden, was sie wollte und was nicht. Von ihm gehalten zu werden, war berauschend. Zu wissen, wer sie da hielt, überaus aufwühlend. In ihr schlummerte nach wie vor die Angst, einen weiteren Verlust erleiden zu müssen. Sie konnte dieses warnende Gefühl schlicht nicht abstellen, obwohl sie vier Tage Zeit gehabt hatte, darüber nachzudenken. Für sie wäre es einfacher und wohl auch besser gewesen, wenn Marc nicht zurückgekommen wäre. Allerdings tat dieser Gedanke weh. Das Gefühlschaos in ihr klang, als würde ein Teil eines Orchesters Beethoven spielen, ein anderer Blues und der letzte Rest lautstarken Hardrock. »Du verwirrst mich.«

»Immer gern.« Der Schalk in seinen Augen war neu, und er gefiel ihr viel zu gut.

»Wo ist der stille, zurückhaltende Marc geblieben? Der ernste Typ mit dem grimmigen Blick, der, ohne sich zu verabschieden, vor ein paar Tagen einfach von der Insel weggeschwommen ist?«

»Geflogen«, korrigierte Marc.

»Wie auch immer ...«

»Der hat einen weiteren Schritt in ein neues Leben gemacht. Irgendwie ist deine Pension ... heilsam. Oder das Meer. Vielleicht auch die Insel. Ich denke aber, es liegt vielmehr an dir.«

»Meine Güte!«, keuchte Alex. *Musst du so direkt sein? Das überfordert mich.* Sie wollte zurücktreten, doch Marc hinderte sie mit festem Griff daran.

»Ich finde, du solltest das wissen.«

»Danke, ja«, gab sie gelassener zurück, als sie sich fühlte. Wesentlich gelassener! Marc machte nicht viele Worte, das war ihr durchaus bekannt. Dass er es allerdings trotzdem verstand, ihre ganze Welt auf den Kopf zu stellen, hätte sie nicht gedacht. Jedenfalls flatterte ihr Herz wie der Flügelschlag eines Kolibris. Die Schallwellen, die dieses Flattern aussandten, klangen nach Aufregung und Glück zugleich.

Konnte es wirklich sein, dass nicht nur sie sich zu dem Mann hingezogen fühlte, sondern er sich auch zu ihr? Was würde dieser Erkenntnis folgen, daraus entstehen? Verlustangst schlich sich rücklings in ihr Herz. Umklammerte es, drohte es zu erdrücken. Sie keuchte und war plötzlich entsetzlich atemlos.

Marc ließ sie los, jedoch nicht, ohne ihr kurz eine der aus dem geflochtenen Zopf gelösten Haarsträhnen aus dem Gesicht hinter das Ohr zu streichen. Sie spürte seine sanfte Berührung bis in die Zehenspitzen. *Was tust du mit mir?* Im gleichen Augenblick hoffte sie, dass sie den Gedanken nicht laut ausgesprochen hatte.

»Ich vermute, das ist nicht einfach für dich. Nach dem, was ich von deinem Verlobten gehört habe. Für mich ist das ebenfalls … schwierig.«

»Wir tragen alle unsere Päckchen mit uns herum«, erwiderte Alex leise.

»Päckchen, Rucksäcke, Seesäcke, Überseekoffer …« Jetzt hatte er den Blick in weite Ferne gerichtet. In die Vergangenheit? Was er wohl gerade sah, vielleicht ein zweites Mal durchlebte? »Wir sollten mal reden, Alex.«

Das geht zu schnell. Das geht nicht. Ich kann nicht. Nicht mit dir. Du bist der Abenteurer. Du liebst das Risiko. Du atmest … Gefahr! »Lass mir Zeit, bitte.«

»Sicher. Ich bin noch einige Wochen hier. Und anschließend nicht weit entfernt.«

Dieses Mal war es Alex, die vor ihm hereilte, als plante sie ihre Flucht. Doch schließlich drehte sie sich um und sagte rückwärtsgehend: »Das ist gut.«

Marc schenkte ihr sein einnehmendes schiefes Lächeln, das bis tief in ihre Seele Glücksgefühle ausstrahlte, ehe er mit einem Fingerzeig andeutete, dass sie sich besser umdrehen sollte. Nur Zentimeter vor einem Laternenpfahl folgte sie seiner nonverbalen Aufforderung.

»Wie meintest du das vorhin mit Lotti?«, nahm sie das zuvor im Sande verlaufene Gespräch wieder auf. Inzwischen hatten sie die nicht befestigte Straße erreicht, an deren Ende ihre Pension lag. Über ihnen kreisten kreischende Silbermöwen und der Wind brachte das Dünengras und die Bibernellrosen zum Rascheln. Eine Melodie, die sie lieben gelernt hatte.

Von Marc kam ein leises Lachen, dann holte er zu ihr auf. »Ich vermute, es liegt an der Uniform.«

»An der Uniform?« Alex blinzelte gegen das helle Sonnenlicht zu ihm auf. »Du meinst, sie hasst Uniformen? Ich glaube, da liegst du falsch. Ich wüsste auch nicht, dass ihr Vater oder sonst jemand aus ihrer Familie im Einsatz gestorben ist.«

»Andersrum wird ein Schuh daraus. Sie *liebt* Uniformen!«, berichtigte Marc.

»Wie bitte?«

»Es gibt Frauen, die unglaublich auf Uniformen … stehen.«

»Meine Lotti? Die selbstbewusste, humorvolle, fröhliche, friedliebende Lotti? Niemals!«

Marc zuckte mit den Schultern, wobei ihm der Träger seines Rucksacks herunterrutschte. Er wechselte ihn auf die andere Seite, sodass er nun zwischen ihm und Alex hing. Das zwang sie, etwas mehr Abstand von ihm einzuhalten. Dass ihr dieser Umstand missfiel, machte sie wiederum stutzig. Offenbar empfand sie weitaus mehr für den Hubschrauberpiloten, als sie bereit war sich einzugestehen. Und Lotti? Fühlte sich ihre Freundin tatsächlich auf ebenso irrationale Weise zu Tip hingezogen? Oder … zu seiner Uniform?

»Das ist … Ich denke nicht, dass Lotti …«

»Warum beendest du deine Sätze nicht?« Marcs Stimme klang nicht nur belustigt, sondern seltsam siegessicher. Demnach war er sich wohl ziemlich sicher, dass er mit seiner Vermutung richtiglag.

»Das passt so gar nicht zu der Lotti, die ich kenne.«

»Jeder hat seine Geheimnisse«, erwiderte Marc ruhig. Dennoch glaubte Alex, eine Spur von Trauer und Schmerz herauszuhören. Es war nicht schwer zu erraten, dass er mit ihr nicht nur über ihre Zurückhaltung sprechen wollte, was ihre Gefühle anbelangte, sondern dass es da noch mehr gab, was ihn beschäftigte. Und dieses Mehr betraf ihn. Etwas trieb diesen Mann um, hatte ihn einerseits zum Verstummen gebracht und andererseits dazu, seine körperlichen und mentalen Grenzen auszuloten.

𝄞

»Du findest Uniformen anziehend?« *Manchmal ist ein Frontalangriff der beste Weg*, dachte sich Alex und füllte noch mehr Kaffeepulver in den silberfarbenen Mengenbrüher.

»Manche ziehen sie an, ja«, gab Lotti brummend von sich und spülte eine leere Milchkanne aus.

»Ach, komm schon.«

»Ja, ich finde Männer in Uniformen überaus … aufregend.«

»Das ist ja interessant.« Alex war einmal mehr verblüfft, wie konfrontativ ehrlich Lotti sein konnte. Vermutlich weil sie ahnte, dass sie damit den meisten Spöttern schlicht den Wind aus den Segeln nahm.

»*Eine* Schwäche musst du mir eben zugestehen!«

»Geschenkt. Aber deshalb muss man sich doch nicht gleich wie eine Kaltwetterfront aufführen.«

»Doch. Und zwar genau dann, wenn ich diese Eigenheit an mir mal wieder absolut albern und unangemessen finde – und gleichzeitig noch ein Kerl in Uniform vor mir steht, der mir auch ohne gefallen würde.«

Die nächste Portion Kaffeepulver ging daneben. Während Lotti seelenruhig dazu überging, Tomaten zu vierteln und den grünen Strunk zu entfernen, starrte Alex sie sprachlos an. Im Augenwinkel sah sie einen Schatten davonhuschen. Ob das Tip gewesen war? Und wenn ja, stellte sich ihr die Frage, ob er ihre Unterhaltung mit angehört hatte. Bewegte er sich womöglich ebenso lautlos wie die Frau, für die er vom ersten Augenblick an geschwärmt hatte? Vielleicht sollte sie Lotti warnen, dass er ihr Geständnis gehört haben könnte. Sie tat es nicht. Zum einen, weil sie sich nicht sicher war, zum anderen, weil sie Tip – und Lotti – nicht die Chance rauben wollte, die Annette und Jens ungenutzt hatten verstreichen lassen.

Und sie selbst? Ihr Herzschlag beschleunigte sich. Offenbar genügte nur ein kleiner Gedanke an Marc, um diese Reaktion heraufzubeschwören. War das nicht verrückt und viel zu übereilt? Und falsch?

Marcs tiefe Stimme drang herein, gleich darauf das fröhliche Lachen von Jens. Unwillkürlich schloss Alex die Augen und spürte der vorfreudigen Aufregung in sich nach, die die bloße Aussicht auf ein neuerliches Zusammentreffen mit Marc hervorrief. Als sie die Lider wieder aufschlug, stand Lotti dicht vor ihr.

»Marc ist ein guter Mann, Alex. Hab keine Angst. Auch er ist auf der Suche nach einem Zuhause für sein Herz. Wenn er es erst gefunden hat, wird er ruhiger werden.«

»Noch ruhiger?«, witzelte Alex, die ahnte, wie die in ihr aufsteigende Hitze ihr Gesicht rot verfärbte. *Diese Lotti!*

»Ich meinte nicht stiller. Das geht wohl kaum noch. Allerdings frage ich mich, was ihn hat verstummen lassen. Ich denke, er ist auf der Suche nach einem Weg, sich mit seiner Vergangenheit zu arrangieren, über dich gestolpert. Irgendetwas treibt ihn um, wühlt ihn auf, lässt ihn nicht zur Ruhe kommen. Es wäre sinnvoll, wenn er diesen Schritt bald abschließen könnte. Ich werde ihm mal auf den Zahn fühlen.«

»Lotti!«, stieß Alex hervor. Sie wusste nicht, ob sie eine Einmischung der resoluten Frau wünschte. Andererseits hatte Lotti sicher recht mit ihrer Vermutung, dass Marc etwas mit sich herumschleppte. Eine Episode aus seiner Vergangenheit, die so schwer auf ihm lastete wie ein Überseekoffer? Marc selbst hatte etwas in die Richtung angedeutet.

»Ach, das mache ich doch gern«, erwiderte ihre Nachbarin und kicherte wie ein Teenager, ehe sie Alex einfach in der Küche stehen ließ.

Nachdenklich schaltete Alex den Mengenbrüher an und starrte auf das orange leuchtende Betriebslicht des Geräts. Wenn nicht nur sie angesichts ihrer Geschichte größte Zweifel hegte, eine Beziehung zu Marc zuzulassen, sondern auch ihn ein einschneidendes Erlebnis zurückhielt, war es bestimmt eine weise Entscheidung, nichts zu überstürzen. Womöglich war sie gut beraten, diesem aufregenden Mann aus dem Weg zu gehen. Ein schmerzliches Ziehen in ihrer Brust, als habe jemand ein Gummiband um ihr Herz gelegt und zöge nun mit aller Kraft daran, ging mit ihrer Überlegung einher. Alex fürchtete den Augenblick, an dem jener imaginäre Jemand das Gummi einfach losließ.

Marc hatte sich so gesetzt, dass er einen perfekten Blick über den Frühstücksraum hatte und einen Teil der beiden hintereinander gelegenen Küchen einsehen konnte. Er beobachtete das Leben, das in der Pension angenehm friedlich und fröhlich daherkam. Urlaubsstimmung am Meer; mehr Stimmung als nur Urlaub. Leichtigkeit, jedoch ohne Leichtsinn, freudige Begeisterung ohne geistige Albernheit.

Jens kam mit nur einer Krücke vom Büfett zurück, da er in der anderen Hand seinen voll beladenen Teller balancierte, und setzte sich zu ihm an den Tisch, an dem bis zu ihrer Abreise Annette und ihre Kinder gesessen hatten.

»Schön, dass du wieder da bist, Kumpel. Und, hast du Menschenleben gerettet?«

»Zumindest dabei geholfen, einige hilflos auf See treibende Segler, Surfer und Fischer aufzuspüren.«

»Das klingt, als könntest du Spaß an dem neuen Job haben.«

Marc biss in sein Brötchen und kaute genüsslich, ehe er fortfuhr: »Doch, diese ersten paar Einsätze haben mir einen guten Einblick ermöglicht. Die See ist etwas völlig anderes als die Bergwelt, die ich gewohnt bin, birgt aber ihren ganz eigenen Reiz.«

»Und ihre eigenen Herausforderungen und Gefahren?«

Marc nickte nur, wobei sein Blick unwillkürlich an Alex hängen blieb. Er ahnte, was sie beschäftigte, seit er ihr vorhin recht unverblümt offenbart hatte, dass er sich zu ihr hingezogen fühlte. Sie hatte vor einigen Jahren einen Mann verloren, den sie sehr geliebt haben musste. Immerhin hatte sie ihn heiraten wollen. Und so, wie er Alex einschätzte, war ihr Anspruch auf ein Gelingen des Versprechens »bis dass der Tod uns scheidet« durchaus ernst gewesen. Dieser Mann war jedoch noch vor der Hochzeit tödlich verunglückt. Ein zweites Mal wollte sie das sicher nicht durchleiden, und er war nun mal, wer er war. Abenteuerlustig und als Hubschrauberpilot der Bundespolizei in einem weitaus risikoreicheren Tätigkeitsfeld unterwegs als ein Kerl, der im Büro saß und sich höchstens beim Bleistiftspitzen verletzen konnte. Und er war jemand, der die Verantwortung für den Tod eines anderen Mannes trug, der ebenfalls im Begriff gewesen war, die Liebe seines Lebens vor den Traualtar zu führen. Die Paradoxie dieser Gemeinsamkeit war etwas, das ihm die Eingeweide zu verknoten drohte. Immer dann, wenn er den Gedanken daran zuließ.

»Wie sind die neuen Kollegen?«, hakte Jens nach, der mit Hingabe Honig auf sein Brot träufelte. Der goldene Nektar floss nicht weniger zäh, als sich jene bedeutsamen und zutiefst unangenehmen Zusammenhänge aus Marcs Gedächtnis vertreiben lassen wollten.

»Wie überall. Manche aufgeschlossen, andere zurückhaltend, manche übermütig, andere vorsichtig. Ich denke, ich komme mit ihnen klar.«

»Das klingt gut. Und ganz nach dir«, grinste Jens und malte mit dem Messer Kringel in die cremige Substanz auf der dicken Brotscheibe. Jens schnitt sich stets extrem breite Scheiben ab. Vielleicht, weil er ebenso viel vom Leben erwartete. Selbst jetzt noch, nach seiner Verletzung und in dem Wissen, dass er wohl immer eine Gehbeeinträchtigung zurückbehalten würde. Marc hatte das nicht gewagt. Er hatte sein zukünftiges Leben so dünn bemessen gehabt, dass es zerbröckelte. Vor allem unter den Fingern derjenigen, die auf der anderen Seite standen und an ihm zerrten. Und nun war Alex in sein Leben getreten. Sie war wie süßer bernsteinfarbener Honig, der es ihm möglich machen würde, die abgebrochenen Teile wieder aneinanderzukleben.

»Wie seid ihr denn verblieben, Annette und du?«

Jens hielt inne, hob die Augenbrauen und taxierte Marc mit einem Blick, den er nicht deuten konnte – was eigentlich nie vorkam. Sie kannten sich bereits so lange, dass es wenig voreinander zu verbergen gab. Was ihm dieser Umstand verriet, gefiel ihm nicht, und er verstand Jens auch nicht – was selten genug vorkam.

»Das heißt wohl, dass du sie einfach hast gehen lassen?«, hakte Marc nach.

»Warum sollte ich sie hier festbinden?«

»Du weißt genau, was ich meine.«

»Hör zu.« Jens legte das Messer beiseite, lehnte sich zurück und faltete die Hände im Schoß. »Sie ist nett, ihre Kinder sind großartig.«

»Aber?«

»Nichts aber. Mehr ist da nicht.«

»Weil?«

»Weil jeder Mensch in seinem Urlaub anders tickt als im Alltag. Ich kann mich nicht in eine Frau verlieben, von der ich nur das Urlaubsgesicht kenne.«

»Sie hatte mit ihren Kindern ein großes Stück ihres Alltags mit hierhergebracht«, widersprach Marc.

»Da hast du recht«, räumte Jens zögernd ein.

Marc nickte und schwieg. Er hatte das Thema angesprochen, und Jens hatte seine Meinung kundgetan. Mehr gab es dazu wohl nicht zu sagen. Dennoch empfand Marc darüber eine nicht geringe Traurigkeit. Sein Freund hätte es verdient gehabt, wieder einmal von einer Frau angehimmelt, geliebt und umsorgt zu werden, während er seinen ausgeprägten Beschützerinstinkt und seinen Charme auf sie hätte fokussieren dürfen. Und auf die Kinder, mit denen er wirklich ausgezeichnet zurechtgekommen war. So wie Marc Annette wahrgenommen hatte, würde er das Gleiche auch von ihr sagen: Ihr gebührte die Liebe eines Mannes und nach den Jahren des Alleinseins, Kämpfens und Überlebens endlich wieder eine Schulter zum Anlehnen. Es gibt Frauen, die das nicht brauchen, Annette gehörte sicher zu denen, die dafür dankbar wären.

»Es liegt nicht an meiner Gehbehinderung«, fühlte sich Jens genötigt hinterherzuschieben.

Marc nickte erneut. Jens hatte unglaublich verbissen darum gekämpft, wieder auf die Beine zu kommen. Trotz dieser nahezu übermenschlichen Bemühungen und der errungenen Erfolge, die die meisten Prognosen vonseiten der Ärzte und Therapeuten Lügen straften, hatte er das nicht aus Verbitterung getan. Jens sah sich selbst nicht als Krüppel. Er war keine dünne und deshalb zerbröckelnde Brotscheibe, er war eine von der robusten Sorte, eine, die ihren Wert kannte, selbst dann noch, wenn ein Teil der Kruste abgebissen worden war.

Jens wusste durchaus, wie viel er noch zu bieten hatte. Sowohl in einem Job bei der Bundeswehr, nun jedoch am Schreibtisch statt im Cockpit, als auch einer Frau, die sich nicht an seinen Gehhilfen und dem bleibenden Hinken stören würde, sondern den großartigen Menschen in ihm sah, der er war. Allerdings fragte sich Marc, ob ihm ebenso klar war, dass es nicht viele Frauen wie Annette auf diesem Erdball gab. Ob ihm bewusst war, dass die meisten Personen eine angebissene Brotscheibe lieber in den Müll werfen, anstatt in ihr eine Kostbarkeit zu sehen?

Was Beziehungen anbelangte, so rutschten die meisten Frauen und Männer zunehmend in eine – in Marcs Augen – gefährliche Oberflächlichkeit ab. Aussehen, Fitness, Erfolg und immerwährende Fröhlichkeit schienen wichtiger zu sein als die Tiefe einer Seele, als Nachdenklichkeit, Besonnenheit oder gar Treue. Und dabei waren die momentan angesagten Attribute weitaus vergänglicher als die inneren Werte, die einen Menschen erst wirklich wertvoll machten.

Eine Bewegung am Büfett ließ Marc den Kopf heben. Im Augenblick waren er und Jens die einzigen Pensionsgäste im Frühstücksraum, sodass Alex nicht viel zu tun hatte. Dennoch überprüfte sie die bereitgestellten Leckereien und kam schließlich mit einer Kanne Kaffee an ihren Tisch.

»Entschuldigt bitte, dass der Nachschub an Kaffee etwas länger gedauert hat.« Sie schenkte Jens nach, der ihr sofort seine Tasse entgegengestreckt hatte. »Ich war durch das Thema Uniformen etwas abgelenkt.« Sie zwinkerte Marc keck zu und goss auch ihm ein.

Er grinste sie an und erntete ein zweites fröhliches Zwinkern. Am liebsten wäre er aufgesprungen und hätte sie umarmt. Und geküsst. *Beherrsch dich, Kumpel,* ermahnte er sich zur Besonnenheit, was ihm jedoch überaus schwerfiel. Diese starken Empfindungen, die in ihm aufstiegen, so wie das Meer einen Sandabschnitt unterspülen kann, und das plötzlich in ihm entfachte Feuer, wo zuvor nur ein heimliches Glimmen gewesen war, überraschten ihn. Er ballte die Hände zu Fäusten, hinter der Tischplatte versteckt, damit Alex sie nicht sehen konnte. Wohl aber Jens, wie er feststellen musste, als Alex wieder in Richtung Küche davonging.

»Ich kann mich täuschen, mein Freund. Aber ich habe nicht den Eindruck, dass du sie gerade niederschlagen wolltest. Das war vielmehr ...«

»Halt den Mund.«

»Ich habe auf deine Anspielung wegen Annette aber freundlicher reagiert.«

»Du bist von Natur aus freundlicher als ich.«

»Im Gegensatz zu dir aber nicht bis über beide Ohren verknallt.«

Marc zwang sich, tief durchzuatmen, und erwiderte: »Zugegeben.«

Das breite Grinsen auf Jens' Gesicht ließ Marc auflachen.

»Das gefällt mir, mein Freund. Jetzt können wir eine Strategie austüfteln, wie wir ...«

»Alex ist keine militärische Operation«, wehrte Marc sofort ab.

»Ich fürchte aber, ich muss meinem schüchternen Flügelmann ein bisschen ... beistehen.«

»Zu spät. Ich habe ihr vorhin unmissverständlich gesagt und gezeigt, dass ich Interesse an ihr habe.«

Jens starrte ihn mit offenem Mund an, was Marc dazu verleitete, sich mit vor der Brust verschränkten Armen zurückzulehnen und seinen kleinen Sieg auszukosten. Es dauerte eine Weile, bis Jens den Mund wieder zuklappte, dann schob er seinen Teller mit dem nur halb verzehrten Honigbrot von sich und stand auf.

»Was hast du vor?« Mit gerunzelter Stirn sah Marc zu, wie sein Freund davoneilte. Auf seine Frage hin drehte er sich noch einmal um und rieb sich nervös das glatt rasierte Kinn. »Ich frage Alex, ob sie Annettes Telefonnummer hat. Oder ihre Mailadresse.«

Jens betrat die Küche, und Marc rief ihm nach: »Vermutlich darf sie diese Daten gar nicht weitergeben!«

»Das werden wir ja sehen!«

»Wenn du sie bedrohst …«

»Darfst du gern den Helden spielen. Aber erst, *nachdem* ich die Nummer habe.«

Kopfschüttelnd griff Marc nach seiner Kaffeetasse, stellte sie allerdings sofort wieder ab. Er fuhr sich verwirrt mit den Händen durchs Haar. Hatte Jens seinen Gefühlen für Annette keinen Raum schenken wollen, weil er, Marc, allein war? Drängte sich diese Schlussfolgerung nicht geradezu auf? *Du bist ein Idiot, Flügelmann. Aber ein toller Freund.*

Tip kam herein, gefolgt von den anderen Männern, was in Marc den Eindruck erweckte, als folge eine Kükenschar der Henne. Sie trugen alle Uniform, vermutlich weil sie gleich wieder bei irgendwelchen Aufräumarbeiten Hand anlegen wollten. Der Trupp versperrte ihm die Sicht auf Jens und Alex, sodass er weder sehen und schon gar nicht hören konnte, was die beiden verhandelten. Dafür rückte Lotti in Marcs Sichtfeld. Sie stand mit in die Seiten gestemmten Händen gleich hinter dem Durchgang zur Gemeinschaftsküche und trug eine eisige Miene zur Schau. Dabei ließ sie den Oberleutnant nicht einen Moment aus den Augen.

Marcs rechter Mundwinkel zuckte nach oben. Diese Pension hatte etwas äußerst Spezielles an sich. Auf jeden Fall für ihn, denn er hatte sich seit dem Unfall nie mehr so frei und leicht gefühlt wie hier. Wobei er das hauptsächlich Alex zuschrieb. Er genoss ihre Gegenwart, ihre unkomplizierte und doch tiefgründige Art. Und er liebte den sanften, aber keineswegs langweiligen Wellengang, der sie immerzu zu umgeben schien. In den er sich fallen lassen konnte wie in ein wertvolles samtenes Tuch; weich umschmeichelnd und unverbrüchlich fest zugleich. Im selben Augenblick wusste er, dass er die Frau für sich gewinnen musste. Sie war es, die er lieben und umsorgen wollte. Er war bereit, es zuzulassen, und damit womöglich endlich so weit, die letzten Reste dieses bedrückenden Gefühls von Schuld und Unzulänglichkeit hinter sich zu lassen. Sein Neuanfang, den er hier gesucht hatte, nun, da Jens ihn nicht mehr brauchte, versprach vollkommener zu werden, als er sich das je hätte erträumen können.

KAPITEL 13

Alex ließ das Telefon noch ein weiteres Mal klingeln, weil sie die angefangene Rechnung fertig schreiben wollte, dann hob sie ab.

»Pension Meeressymphonie, Alex Hagen.« Während sie sich meldete, drückte sie auf das Druckersymbol und rollte mit dem Schreibtischstuhl zurück, da sie den Ausdruck gleich entgegennehmen wollte.

»Ich werde mich nie daran gewöhnen, dass du dich jetzt Alex nennst.«

»Hallo, Marianne. Ich freue mich, dass du anrufst.« Das war nur die halbe Wahrheit. Noch immer zuckte sie zusammen, wenn sie die Stimme ihrer Beinaheschwiegermutter durchs Telefon hörte. Zu präsent war ihr der eine schreckliche Anruf, in dem Marianne ihr mitgeteilt hatte, dass Johann nie wieder zu ihr zurückkehren würde.

»Ich wollte fragen, ob du den Sturm gut überstanden hast. Am Haus ist hoffentlich alles in Ordnung?«

Alex bejahte. Es war überaus großzügig von Marianne, ihr den Bauernhof zu einer mehr als günstigen Pacht zu überlassen. Mit der Lebensversicherungssumme von Johann hatte sie das alte Gemäuer nach ihrem eigenen Geschmack renovieren lassen dürfen. Marianne hatte sich dabei völlig herausgehalten.

Vielleicht hatte sie geahnt, wie dringend Alex jenen Neuanfang gebraucht hatte, ein Heim für sich – wenngleich ohne Johann.

»Und dir geht es ebenfalls gut, meine Liebe?«, erkundigte sich Marianne.

»Alles ist bestens. Danke, dass du nachfragst.« Vermutlich klang ihre Stimme anders als sonst, denn ihr Herz vollführte, als sie antwortete, gerade eine Art Salto. Marc war in die offene Bürotür getreten und lehnte sich nun seitlich an die Zarge. Er trug seinen Neoprenanzug und darüber den Norwegerpullover, den er meist anhatte, wenn er an den Strand hinunterging.

»Einen Moment bitte, Marianne.« Alex ließ den Hörer sinken und schaute Marc fragend an.

»Ich dachte, ich könnte dich hier vielleicht loseisen.«

»Er will nur, dass du meine kläglichen Versuche auf dem Surfbrett beobachten kannst«, erscholl Jens' Stimme aus dem Flur.

»Du gehst mit Jens surfen?« Alex neigte leicht den Kopf. Ob das nicht leichtsinnig war? Zwar schien die Sonne von einem nahezu wolkenlos blauen Himmel herunter, doch die Dünung war an diesem Morgen nicht zu verachten, ganz abgesehen von der vermutlich frostigen Wassertemperatur.

»Es wird Zeit, dass er wieder damit anfängt.«

»Du hast nur keine Lust, allein da draußen zu erfrieren«, erklang erneut Jens' Stimme aus dem Hintergrund, begleitet von einem durchaus fröhlichen Unterton. Wie das Klirren von Muscheln und kleinen Steinchen, wenn eine Welle sich ins Meer zurückzieht, nachdem sie zuvor donnernd und brodelnd auf den Ufersaum aufgeschlagen ist.

»Während Jens sich blamiert, könnte ich dir die Grundlagen beibringen«, schlug Marc vor.

»Heute leider nicht. Ich muss dringend einen Bürotag einschieben.«

»Schade.« Marc bewegte sich keinen Zentimeter von der Tür weg. Offenbar war er nicht gewillt, so schnell aufzugeben. »Dann morgen?«

»Ich weiß nicht …« Alex zog die Schultern hoch. Sie war nicht übermäßig ängstlich, aber auch nicht gerade die Mutigste. Und vor der Nordsee, sosehr sie diese doch liebte, hatte sie einen gehörigen Respekt. Sie war kein harmloser kleiner Binnensee.

»Es reicht auch, wenn du nur am Strand stehst und ihm bewundernd zusiehst«, informierte sie die Stimme aus dem Flur.

Alex lachte leise, Marc verdrehte die Augen. Dann grinste er sie schief an, stieß sich ab und drehte sich um. Alex nahm den Hörer wieder ans Ohr, doch Marc kam noch einmal zurück. »Eigentlich hat der Kerl nicht ganz unrecht.«

»Mal sehen. Wenn ihr während meiner Pause noch am Strand seid, komme ich mal vorbei.«

»Das war unser Todesurteil, meine liebe Alex«, hörte sie Jens brummen. »Er wird nicht eher gehen, bis du kommst. Und bis dahin sind wir Eiszapfen.«

Alex winkte ab, nicht wissend, ob Marc das noch gesehen hatte. Offenbar hatte er mit Jens über das gesprochen, was heute in der Früh zwischen ihnen geschehen war. Es gefiel ihr nicht, dass Jens nun wesentlich mehr in die kleine Episode hineininterpretierte, als sie ihr selbst bedeutete. Ja, sie hatte Marc sehr gern und fand ihn überaus bewundernswert, auch dann, wenn er nicht auf einem Board stand. Sie genoss die Gespräche mit ihm ebenso wie das gemeinsame Schweigen. Dennoch war sie sich nicht sicher, ob sie sich auf eine Beziehung mit ihm einlassen konnte. Sie war ja schon in Sorge, wenn der exzellente Surfer mit seinem Freund, der vor seinem Unfall ebenfalls ein Surfcrack gewesen sein musste, an diesem prächtigen Sonnentag – zugegeben bei sehr hohem Wellengang und im Oktober – aufs Wasser wollte. Für Marc war das vermutlich alles andere als eine Herausforderung, für sie genügte allein der Gedanke, um ein mulmiges Gefühl in sich zu verspüren.

»Wer war das denn bei dir im Büro, Alexandra?« Mariannes Stimme erinnerte sie an das unterbrochene Telefongespräch.

»Einer der Gäste.«

»Ihr klingt sehr vertraut.«

Alex' Gesichtsmuskeln zuckten leicht. Täuschte sie sich, oder hörte sie bei Marianne eine Verstimmung heraus?

»Du weißt doch, dass wir uns hier alle duzen. Ich bevorzuge eine kameradschaftliche Atmosphäre in meiner Pension.« Konnte Marianne am Telefon hören, dass zwischen ihr und Marc mehr mitschwang als nur das Lied einer Freundschaft? Eigentlich war das schwer vorstellbar. Das Thema Johann war bei ihr, Marianne und Max nicht tabu, wenngleich es Alex schwerfiel, es anzuschneiden. Allerdings nicht, weil sie noch immer unsäglich unter seinem Verlust litt. Johann war für sie eine wunderschöne Erinnerung. Eine Melodie, die für ihr Ohr verklungen war, in ihrem Herzen jedoch nachhallte. Er war ein Teil ihres Lebens, das hinter ihr lag. Sie würde ihn immer in ihrem Herzen tragen, aber weder die verlorene Liebe noch die Trauer um ihn füllten dieses ganz aus. Bei Marianne und auch bei Max war das anders. Für sie schien am Tag des Unfalls die Welt stehen geblieben zu sein. Johanns Eltern hatten seinen Tod nie verwunden.

Beim ersten Besuch des Ehepaars in Mariannes neu renoviertem Elternhaus hatte Alex Lotti gebeten, sich ein bisschen um die beiden zu kümmern. Das war gründlich schiefgegangen. Lotti und Johanns Eltern waren wie zwei gleichnamige Magnete. Eigentlich hielt Alex Lotti für den Südpol und Max und Marianne für den Nordpol, doch das ergab keinen Sinn. Nicht mehr, nachdem sie das erste Mal aufeinandergetroffen waren, denn die drei zogen sich nicht an, sondern stießen sich ab. Das Ehepaar war Alex' eigenwilliger Nachbarin entweder aus dem Weg gegangen oder hatte sie verbal angegriffen. Lotti selbst empfand noch heute tiefes Mitgefühl mit den beiden, hatte allerdings klar geäußert, dass sie bei jemandem, der so viel Hass in sich trage, nur habe versagen können. Vielleicht, so hatte sie hinzugefügt, könnte ein geschulter Psychologe, Seelsorger oder ein weiser Rabbi die schrecklich verkrusteten Herzen des Paares aufbrechen. Lotti aber, die ein feines Gespür für Menschen hatte und meist die richtigen Worte für sie fand, hatte sich dazu nicht in der Lage gesehen.

»Nun gut. Ich finde ja, das klang mehr als freundschaftlich. Doch das mache ich dir natürlich nicht zum Vorwurf. Du bist jung. Max und ich rechnen beide damit, dass du dich eines Tages womöglich wieder verlieben könntest.«

»Das kann vielleicht passieren, Marianne. Aber ihr sollt wissen, dass ein Teil meiner Liebe immer Johann gehören wird.«

»Du bist so ein liebes Mädchen. Ach, wenn nur …« Mariannes Stimme versagte, und Alex schloss die Augen. Sie litt mit Johanns Eltern mit und wünschte sich, sie könnten die gleiche Heilung erfahren, wie sie selbst sie hatte finden dürfen. Wenn die beiden doch nur so weise Ratgeber und Begleiter finden würden, wie sie ihn in Jeremiah gefunden hatte. Oder hätte auch er gegen die Bitterkeit keine Chance, die sich in den vergangenen Jahren wie Säure in Mariannes und Max' Herz gefressen hatte?

»Nein ehrlich, meine Liebe«, fügte Marianne nun hinzu und klang nun fröhlicher, obwohl in Alex der Verdacht aufkeimte, dass das ein bisschen geschauspielert war. »Wir würden uns natürlich für dich freuen, wenn es so wäre. Vielleicht könnten wir ihn als eine Art … Schwiegersohn annehmen?« Mariannes tiefe Sehnsucht, dass die schmerzliche Lücke, die Johanns Tod in ihr Leben gerissen hatte, irgendwann wieder aufgefüllt werden könnte, war nicht zu überhören. Prompt erwog Alex, ob es wohl eine Chance gab, dass sich die beiden mit Marc arrangieren könnten. Er war so ganz anders, als Johann es gewesen war. Aber womöglich wäre das gerade gut. Eine Kopie von Johann könnte es ihnen schwer machen … Andererseits hatte Alex enorme Probleme bei der Vorstellung, dass Marc tatsächlich dieses Loch in Max' und Mariannes Herzen und ihrem Leben würde stopfen können. Sie sah eher die Gefahr, dass er es verstopfen, ein Loslassen, ein Akzeptieren verhindern würde.

Alex schüttelte über sich selbst den Kopf. *Bist du noch ganz gescheit. Marc und ich – das ist völlig ausgeschlossen!* Allerdings gab es da eine leise Stimme in ihrem Inneren, die nahezu widerspenstig sang, dass sie genau das eigentlich wollte. Alex ließ es zu, dass ein Orchester, das drei verschiedene Musikrichtungen zugleich zu intonieren versuchte, den zurückhaltenden Gesang übertönte.

»Du summst wieder«, teilte Marianne ihr prompt mit.

»Entschuldige bitte, ich war in Gedanken.«

»Bei diesem … Mann?«

Obwohl es unangebracht und irgendwie auch albern war, fühlte sich Alex plötzlich ertappt und dabei seltsam schuldig.

»Immer wenn du an Johann gedacht hast, hast du eines der klassischen Stücke gesummt, die er gerade einübte. Das eben war Jazz.«

Alex runzelte irritiert die Stirn. Demnach summte sie schwungvoller, ja leidenschaftlicher und vielleicht sogar wildere Melodien, sobald ihre Gedanken zu Marc abwanderten?

»Weshalb ich eigentlich anrufe, Alexandra: Unsere Buchung geht doch klar, nicht?«

Alex zog eine Grimasse. Sie hatte zwar bei einem ihrer letzten Telefonate mit Marianne darüber gesprochen, den Termin jedoch nie in ihrem Buchungskalender eingetragen. Hastig klickte sie in das entsprechende Computermenü und atmete beruhigt auf. Das Zimmer, in dem sie das Ehepaar bei ihren bisherigen Besuchen auf Norderney untergebracht hatte, war belegt, dennoch gab es einen Platz für sie.

»Ich freue mich darauf, euch nächstes Wochenende zu sehen.«

»Fein. Ich bin schon ganz aufgeregt.« Marianne hörte sich nun tatsächlich beschwingt an. Auch sie liebte das Meer und den weiten Sandstrand, und natürlich war für sie ein Urlaub auf Norderney noch immer wie nach Hause zu kommen. »Und ich bin ein bisschen neugierig auf diesen Mann. Aber vielleicht ist er schon gar nicht mehr da, wenn wir kommen?«

»Bitte, Marianne, interpretiere nicht zu viel in das hinein, was du da vorhin gehört hast.«

»Ja, sicher.«

Täuschte sie sich, oder klang Marianne offenkundig erleichtert. Sie konnte aber doch nicht wirklich wollen, dass Alex zeitlebens allein blieb, gefangen in den Erinnerungen an Johann – so wie sie und Max? Sahen die beiden denn nicht, dass sie von einem Stacheldrahtverhau umgeben waren, der längst nicht mehr nur sie einschloss, sondern auch andere ausschloss? Und dass jeder Versuch, ihn zu überwinden, schmerzlich scheitern musste? *Das ist kein Thema für ein Telefongespräch*, beschloss Alex.

»Dann sehen wir uns am Wochenende. Grüß bitte Max von mir.«

»Gerne, du Liebe. Auf Wiederhören.«

»Tschüs.« Alex legte auf. Ihre Gespräche mit der trauernden Marianne waren immer aufwühlend, doch nie zuvor hatte sie eines vergleichbar anstrengend gefunden wie dieses gerade eben. Sie schrak zusammen, als es erneut läutete.

»Pension Meeressymphonie, Alex Hagen.«

»Ich bin es, Max.«

»Oh, servus, Max.«

»Ich wollte dir nur sagen, dass wir uns für dich freuen würden, wenn … Vielleicht hat Marianne das nicht so ganz rübergebracht. Also … du weißt schon.«

»Danke, Max. Es ist sehr lieb, dass du deshalb nochmals anrufst.«

Es blieb still am anderen Ende der Leitung, und Alex wartete auf ein Nachhaken seinerseits, ob da denn bereits etwas im Gange sei mit einem anderen Mann. Doch Max verabschiedete sich schließlich und legte auf.

Aufgewühlt, da sie nun wirklich nicht mehr wusste, was die beiden wohl denken und fühlen würden, falls sie ihnen eines Tages einen neuen Mann an ihrer Seite präsentieren wollte, zog sie die Rechnung aus dem Ausgabefach des Druckers und faltete sie. Dabei vernahm sie, wie die Eingangstür zufiel und die Bodendielen die vertraute knarrende Klangfolge von sich gaben. Gleich darauf verstummten die Schritte des Ankömmlings.

Alex erhob sich. So hörte sich nur jemand an, der sich hier nicht auskannte. Meist blieben diejenigen in Höhe der offen stehenden Tür zum Frühstücksraum stehen und spickten hinein auf der Suche nach jemandem, der ihnen Auskunft über die Pension erteilen konnte. Dies war eine Melodie, die in dem Haus selten erklang, dennoch war sie für Alex spielend einzuordnen. Sie hörte sich suchend an, mit einem leichten Anflug von Unsicherheit, gepaart mit Unbehagen. Immerhin hatte die Person hier eigentlich nichts verloren.

»Einen Moment bitte!«, rief sie, steckte die Rechnung schnell in das bereitgelegte Kuvert und warf dieses, bereits auf dem Weg in den Flur, in den Metallkorb für die ausgehende Post.

Im Dämmerlicht stand ein Mann von stattlicher Statur in feinem Zwirn und hatte einen kleinen Trolley bei sich, wie ihn Geschäftsleute bei kurzen Dienstreisen bevorzugen. Während sie auf ihn zuging, sagte sie mit einem Lächeln: »Hey, Sie sehen aus, als hätten Sie kein Zimmer im Voraus gebucht?«

»Äh, nein, das habe ich nicht getan.«

»Das könnte aber schwierig werden. Bei mir jedenfalls sind alle Betten belegt. Aber ich rufe gern beim zentralen Gästeservice an und frage dort nach, wo es noch ein Zimmer für Sie geben könnte. Wenn Sie mir sagen würden, wie lange Sie bleiben möchten, und vielleicht auch, welche Ansprüche Sie an eine Unterkunft haben?«

»Das ist nett von Ihnen. Aber ich bin nur auf der Suche nach Jana Linowsky.«

Alex hielt inne und musterte den Fremden, von dem sie kaum mehr als seinen Umriss wahrnehmen konnte. Der Mann strahlte etwas aus, das ihr nicht behagte. Keine schönen Klänge, sondern ein unruhiger Missklang. Das Sprichwort *Wo man singt, da lass dich ruhig nieder, denn böse Menschen kennen keine Lieder,* drängte sich in ihr Bewusstsein. Sie schob es energisch beiseite und schalt sich für ihre wenig freundlichen Gedanken über eine Person, die sie gar nicht kannte. Nicht jeder strahlt auf den ersten Blick Vertrauenswürdigkeit aus, was aber nicht heißt, dass das gleich schlechte Menschen sind. Marc war da ein gutes Beispiel.

»Es tut mir leid, aber ich kenne niemanden mit diesem Namen.«

»Hm«, machte ihr Gegenüber und schien sie dabei intensiv zu mustern. Schließlich griff er in seine Weste, zog ein schmales ledergebundenes Etui heraus und entnahm eine Visitenkarte, die er Alex mit einer ruckartigen Bewegung entgegenstreckte.

»Falls Sie etwas von ihr hören, würden Sie mich bitte anrufen?«

»Sicher«, erwiderte Alex, obwohl sie das nicht war. Wieder glaubte sie, seltsame Schwingungen zu spüren, die ihr einen kalten Schauer über den Rücken jagten. Ob das an dem harten

Tonfall lag, den der Mann anschlug? Ihr war nur zu deutlich bewusst, dass weder in ihrem Kopf noch in ihrem Herzen gerade eine Melodie danach drängte, gesummt oder gar gesungen zu werden. Da war nicht viel mehr als ein dumpfer, drückender Ton.

»Vielen Dank für Ihre Zeit. Einen schönen Tag noch.« Boris Lidke, wie Alex auf der Karte lesen konnte, drehte sich um und verließ zügig ihre Pension, wobei die kleinen Rädchen des Trolleys ein unrhythmisches Sirren und Klackern von sich gaben.

Die Tür fiel hinter ihm ins Schloss und ließ Alex im Dämmerlicht des Hausflurs zurück. Sie atmete auf, erleichtert, wie sie feststellen musste, und schüttelte über sich selbst den Kopf. Der Mann war doch freundlich gewesen, vielleicht etwas gehetzt oder möglicherweise in Sorge, immerhin suchte er diese Jana. Sie vertrieb das unliebsame Gefühl in sich und legte das Kärtchen auf die schmale Ablage im Flur, da es an der Tür erneut polterte und gleich darauf die Vorhut einer Familie – in Gestalt eines quirligen Sechsjährigen – hereinstürmte, die Annettes, Tims und Tanjas Zimmer beziehen wollten.

»Hey, Enrico«, begrüßte sie den Jungen, der den Kopf zur Seite neigte und sie prüfend ansah. Ein zaghaftes Lächeln schlich sich auf das kindliche Gesicht. Sicher erinnerte er sich nicht an sie, obwohl er mit seinen Eltern nun schon das dritte Mal zu ihr kam. Das erste Mal war kurz nach dem Tod seiner älteren Schwester gewesen, die unheilbar krank gewesen war. Aber vermutlich hatten seine Eltern Lavinia und Tommaso ihm auf der Fahrt hierher von der Pension und Alex erzählt. Immerhin war ihr der Junge während der letzten beiden Aufenthalte kaum von der Seite gewichen.

»Hallo«, erwiderte er und streckte ihr die Hand entgegen. Alex ergriff sie und schüttelte sie kräftig, was Enrico zum Kichern brachte.

»Ich soll sagen, dass wir eine Überraschung haben.« Enrico blinzelte, als überlege er, ob er das nun korrekt ausgerichtet hatte, und wandte sich dann zur Tür um. Dort erschien gerade Lavinias zierliche Gestalt, und Alex konnte die Überraschung sofort entdecken. Die Frau trug einen Säugling in den Armen.

»Das ist eine wirklich sehr gelungene Überraschung!«, sagte sie zu Enrico, der sie breit angrinste. Alex ließ das Kind stehen, das neugierig in das Frühstückszimmer trat, und eilte Lavinia entgegen. Sie umarmten sich, wobei sie das Baby in ihre Mitte nahmen.

»*Das* haben wir aus dem letzten Urlaub hier bei dir mit nach Hause genommen«, lachte Lavinia glücklich. Sie hatte Alex einmal erzählt, dass ihr die Ärzte nach Enricos Geburt – offenbar fälschlicherweise – gesagt hatten, dass sie keine Kinder mehr bekommen könne.

»Es ist also ein echtes Inselkind?«

»Ja. Und sie heißt Angelina.«

»Hallo, Engelchen. Herzlich willkommen *zu Hause*.« Alex spürte einen winzigen Stich in ihrem Herzen, den sie unschwer als eine Mischung aus Sehnsucht und Trauer bestimmen konnte. Eigentlich hätte sie selbst schon längst Kinder haben sollen …

Lavinia drückte Alex das Baby in die Arme und küsste sie dabei auf die Wange. Vermutlich ahnte sie, was gerade in ihr vorging. Angelina blinzelte und stieß einen Grunzlaut aus, der Enrico erneut zum Kichern brachte. Es war so wundervoll, diesen kleinen Jungen, der vor fast zwei Jahren reichlich verstört und verschlossen hierhergekommen war, so ausgelassen und glücklich zu erleben.

»Papa und ich nennen sie Löwe. Weil sie immer so knurrt.« Er trat näher und griff nach der leichten Sommermütze des Babys. »Und deshalb!« Er zog das Mützchen herunter, und zum Vorschein kam eine nach allen Seiten abstehende schwarze Löwenmähne.

»Herrlich!«, jauchzte Alex und war sofort verliebt in das zarte Geschöpf mit den dunklen Augen und einem Teint, der ein wenig an Karamell erinnerte. Tommaso polterte mit den ersten Gepäckstücken herein. Er war nur wenig größer als Alex, aber doppelt so breit gebaut. Er ließ die Sachen einfach fallen und zog sie so fest an seine Brust, dass sie um das Leben des Kindes fürchtete.

»Geht es dir gut, Alex?«, dröhnte sein Bass durch den Flur. Im Gegensatz zu Lavinia und Enrico schwang in seiner Stimme deutlich ein italienischer Akzent mit, der die Energie, die dieser Mann verströmte, zusätzlich unterstrich.

»Mir geht es gut. Und dir?«

»Ich bin ein glücklicher Mann. Ich habe eine wunderschöne Frau, einen großartigen Sohn und eine bezaubernde kleine Tochter. Und eine zweite wunderbare Tochter, die im Himmel tanzt und dabei fröhlich lacht!«

Alex befreite sich aus den kräftigen Armen und strahlte Tommaso an. Sein tief verwurzelter Glaube war es gewesen, der seine Familie in den Jahren des Kämpfens, des Leidens und des Schmerzes zusammengehalten hatte. Davon war Alex felsenfest überzeugt. Er hatte Bilder von einer gemeinsamen Zukunft im Himmel in die Herzen seiner sterbenskranken Tochter, in das von Lavinia und des kleinen Enrico gemalt, die ihnen Halt und Hoffnung gegeben hatten. Während Lotti eher nüchtern von ihrem »Adonai« sprach, schwärmte Tommaso förmlich von ihm; Lotti klang dabei wie eine Mischung aus Marsch und Bach, Tommaso hingegen kombinierte Latin-Pop mit Gospel.

»Ich freue mich so mit euch. Und ich bin sehr froh, dass ihr auch in diesem Jahr wieder hergekommen seid.«

»Wir sind dankbar, dass wir kommen dürfen. Welches Zimmer hast du für uns vorgesehen?«

»Das Seesternzimmer. Ein Zustellbett steht schon drin, das Kinderbett bringe ich euch gleich. Das wird dann allerdings ein bisschen eng werden.«

»Angelina kann im abnehmbaren Kinderwagenoberteil schlafen«, beschloss Lavinia und winkte ihrem Mann, damit er ihr restliches Gepäck hereinholte, ehe er die Familienkutsche auf einem der drei großen Inselparkplätze abstellen musste.

Alex half der Familie, das Gepäck in ihr Zimmer zu bringen, und als sie es wieder verließ, heftete sich Enrico wie selbstverständlich an ihre Fersen. Offenbar wollte er dort anknüpfen, wo er vergangenes Jahr im Weihnachtsurlaub aufgehört hatte. Er erzählte gerade ausführlich von ihrer reichlich unruhigen Fährfahrt – bei der sich gigantische Wellen gegen das Schiff geworfen hatten –, als sie den vorderen Flur betraten. Dort hatte sich Jenni eingefunden, die die Karte, die Alex' seltsamer Besucher von zuvor dagelassen hatte, eilig auf die Ablage zurücklegte.

»Hallo«, begrüßte sie den Jungen, der sofort auf sie zuging und ihr die Rechte entgegenstreckte. Etwas irritiert ergriff Jenni sie.

»Hey sagt man hier«, wusste der Kleine und stellte sich vor.

Jennis Lächeln wirkte verunsichert, als ob die offenherzige Art des Kindes sie verwirrte. »Ich bin Jenni.«

»Wir sind jetzt das dritte Mal hier«, erklärte Enrico ihr stolz.

»Ich das erste Mal«, erwiderte Jenni und warf Alex einen Hilfe suchenden Blick zu.

»Kann ich dir helfen?«, sprang sie schnell ein.

»Ich wollte dich um die Telefonnummer bitten, über die ich eine Wattwanderung buchen kann. In dem Ordner mit den Ausflugsvorschlägen fehlen die Handzettel dafür.«

Alex bedeutete Jenni, ihr ins Büro zu folgen. Enrico schlüpfte noch vor den Frauen in den kleinen Raum, erkundete neugierig jedes Regal und Ablagefach und wackelte an der Maus, um den Bildschirm aus dem Stand-by-Modus zu wecken. Währenddessen suchte Alex aus dem Stapel mit den Ausflugsflyern diejenigen für die Wattwanderungen hervor. Jenni bedankte sich und ging auf ihr Zimmer.

»Willst du mir ein bisschen helfen?«, fragte Alex Enrico, der strahlend nickte. »Gut, dann füllen wir zuerst einmal den Ordner im Frühstückszimmer wieder mit diesen bunten Papieren auf.«

»Was ist eine Wattwanderung? Und wo ist die Frau mit den bunten Kleidern und den bunten Haaren? Mama sagt, sie heißt Lotti. Ich erinnere mich aber nur an die Kleider, weil sie darin wie mein Drachen zum Fliegenlassen aussieht. Und wann darf ich an den Strand? Kann ich im Meer schwimmen?«

Alex lachte und stellte sich schon mal darauf ein, in den nächsten Tagen unzählig viele Fragen zu beantworten.

Lotti lehnte an der Tür und sah zu, wie Marc Alex mit den Augen verfolgte, obwohl Enrico, der Kugel eines Flipperautomaten ähnlich, eine Frage nach der anderen auf den Mann abschoss. Marc beantwortete sie mit einer bewundernswerten Gemütsruhe, und immer wieder schlich sich dieses schiefe Grinsen auf sein vom Dreitagebart dunkel wirkendes Gesicht.

Lotti gefiel, was sie sah. Der Mann mochte auffällig in sich gekehrt sein, doch er trug anscheinend eine große Zuneigung für neugierige Kinder in sich und eine gehörige Portion Geduld. Dazu eine Vorliebe für nicht ganz schlanke Frauen mit braunroten Haaren und einem Lachen, das wie eine Kindermelodie klang.

Lavinia stillte in der Ecke zwischen Klavier und Bücherregal das Baby, ein zufriedener, ständig vor sich hin glucksender

Wonneproppen, während Tommaso sich angeregt mit Jens unterhielt, bis dessen Handy klingelte.

Lotti beobachtete, wie sich beim Blick auf das Display eine leichte Röte über seine Wangen zog. *Annette!,* mutmaßte Lotti. Sie wollte bis drei zählen, dann, so vermutete sie, würde Jens nach draußen verschwinden. Er entschuldigte sich bereits bei eineinhalb bei seinem Gesprächspartner, stand auf und eilte aus dem Raum. Ohne seine Krücken. Offenbar beflügelte die Anruferin seinen Heilungsprozess. Lotti lachte leise in sich hinein.

In diesem Augenblick betrat Tip das Frühstückszimmer, und das Lachen blieb ihr buchstäblich im Hals stecken. Sie hustete und wandte sich ab. Der Mann trug Jeans, ein kurzärmeliges weißes Hemd und hatte sich seit mehreren Tagen nicht rasiert, sodass ihn ein dunkler Bart mit ersten grauen Einsprenkelungen noch männlicher wirken ließ, als er auf Lotti ohnehin schon wirkte. Seine »Jungs« waren am frühen Abend abgereist, er war geblieben. Und das, obwohl er nun, da Alex neue Gäste erwartete, in dem Zimmer schlafen musste, das sie eigentlich nicht vermietete, weil es zu klein war. Vielmehr nutzte sie es als Lager für Kinder- und Zustellbetten und dergleichen.

Tip sah an diesem Tag auch ohne seine Uniform überaus stattlich aus. Lottis dummes Herz klopfte, als plane es, demnächst wie eine angeschlagene Tasse zu zerspringen, also floh sie in die hintere Küche. Wenn nur die Uniform nicht wäre, hätte sie sich vielleicht an den Gedanken gewöhnen können, sich erneut zu verlieben. Nach so vielen Jahren …

»Du blöde Gans«, schalt sie sich und belegte die Wurstplatte für das Frühstück am nächsten Tag. »Du bist zu alt und warst schon zu lange allein.«

»Sprichst du mit der Wurst?« Alex' Stimme klang beschwingt. Ihr war anzumerken, wie sehr sie sich über die munteren Gäste in ihrer Pension, über den anhaltenden Sonnenschein und

219

vermutlich – ohne dass sie sich dessen bewusst war – über die Aufmerksamkeit eines gewissen Mannes freute. Wenn Alex sich nur nicht so gegen ihn sperren würde. Lotti verdrehte die Augen. *Mache ich denn etwas anderes …?*

»Dann hätte ich besser ›du blöde Kuh‹ gesagt.« Lotti deutete auf die Rindersalami, wohl wissend, dass der Fehler im Detail lag. Wie bei Tip. »Marc verschlingt dich übrigens mit seinen Blicken.«

»Du willst nur von dir ablenken«, vermutete Alex richtig. Sie stellte ein paar Gläser, die sie auf den Tischen eingesammelt hatte, in den Korb für die Industriespülmaschine. Dort würden sie bis morgen nach dem Frühstück stehen. Benutzt und abgestellt – genau so, wie Lotti sich lange gefühlt hatte.

Alex lehnte sich rücklings an die Arbeitsplatte, und Lotti wusste sich unter Beobachtung. Sie konzentrierte sich auf ihre Aufgabe, indem sie die Wurstscheiben akkurat über- und nebeneinander drapierte und die Platte mit dem Schutzdeckel versah. Anschließend ließ sie die Hände in den Schoß sinken, wo eine schwarze Schürze ihr smaragdblaues Kleid schützte.

»Du schwärmst also für Männer in Uniformen«, nahm Alex das Gespräch von zuvor wieder auf.

»Das tun viele Frauen.«

»Davon hab ich gehört.« Ihr verträumtes Lächeln verriet Lotti, woher sie das wusste, und auch, dass Marc und Alex sich über sie und Tip unterhalten hatten. Missmutig runzelte sie die Stirn und ging zum Angriff über: »Du solltest mal dein Gesicht sehen, Süße. Dir steht mit Leuchtschrift auf die Stirn geschrieben: Ich bin verliebt.«

»Ach, und was steht auf deiner Stirn?«

»Wir sprechen gerade über dich.«

»Falsch. Wir sprachen über die blöde Gans.«

»Werd nicht frech.«

»Das hast du gesagt, nicht ich.«

»Wenn ich mich mit mir selbst unterhalte, brauchst du dich ja nicht einzumischen.«

»Ich würde mich aber gern einmischen. Ganz einfach, weil ich dich glücklich sehen will.«

»Wer sagt dir, dass ich es nicht bin?«

»Dein sehnsüchtiger Blick …«

Lotti versuchte, sie mit einer strafenden Variante ihres Blicks zum Schweigen zu bringen.

»Die Tatsache, dass du dich auffällig oft von hier fernhältst …«

»Ich bin doch da.«

»Ja, weil du vorhin gesehen hast, wie Tip die Pension in Richtung Strand verlassen hat. Keine zwei Minuten später warst du hier. Aber du hattest wohl nicht damit gerechnet, dass sein Strandspaziergang so kurz ausfallen könnte.«

»Du interpretierst …« Lotti unterbrach sich, schüttelte den Kopf und drehte sich auf dem Hocker, um Alex direkt ins Gesicht zu sehen.

»Na gut. Ja, ich finde ihn … aufregend. Doch ich werde mich hüten, mich ein zweites Mal in einen Soldaten zu vergucken.«

»Wenn es dafür nicht bereits … ein zweites Mal?« Alex wurde erst nach einer kleinen Verzögerung bewusst, was Lotti ihr gerade gestanden hatte. Und nun tat sie das, worauf sie sich hervorragend verstand: Schweigend abwarten.

»Ich war achtzehn, als er in mein Leben stürmte.« Lotti lächelte wehmütig über die guten Erinnerungen an Ariel, der für einige turbulente Wochen ihr Teenagerleben auf den Kopf gestellt hatte. Bis zum Ende des Sommers, als Lotti klar geworden war, dass sie ein Kind erwartete. Daraufhin hatte Ariel das Weite gesucht. Er hatte sie allein gelassen, geblieben war ihr ein dreifacher Verlustschmerz. Der erste galt der Tatsache, dass Lotti für einen leichtlebigen Hallodri ihren Freund verlassen hatte, der sie auf eine ruhige, verlässliche Art geliebt hatte – und sie ihn. Der zweite galt dem uniformierten Windbeutel selbst. Der dritte schließlich ihrem Sohn, den sie in der achtunddreißigsten Schwangerschaftswoche hatte zur Welt bringen müssen, wohl wissend, dass sein kleines Herz da schon nicht mehr schlug.

All das erzählte sie nun Alex, die ihr schweigend zuhörte und nur durch mehrmaliges Nicken ihre ungeteilte Aufmerksamkeit signalisierte.

»Jetzt weißt du es.«

Alex stieß sich von der Arbeitsplatte ab, hockte sich neben Lotti und umarmte sie. Lotti schloss die Augen, genoss die Zuneigung, die Alex ihr schenkte, und wehrte sich diesmal nicht gegen die warme, weiche Umarmung, die beinahe mütterlich anmutete, obwohl Alex doch die Jüngere von ihnen war. Aber Lotti wusste, dass Alex in ihrem Herzen ein Meer aus Liebe beherbergte, sie, einem wohltuend lauen Wind gleich, unendlich viel Verständnis aufbrachte und für sie das Gefühl – dank ihres eigenen überwundenen Schmerzes – kein Paradox darstellte.

»Weißt du, was vor einiger Zeit eine sehr liebe, sehr weise Person zu mir gesagt hat?«, raunte Alex ihr schließlich zu.

Lotti hob den Kopf von Alex' Schulter und schaute sie erst fragend, dann verstehend an. Sie lächelten sich zu und dennoch sprach Alex es aus: »Ob ich jeden x-beliebigen Autofahrer einem Piloten vorziehen würde. Der Beruf ist irrelevant. Und so ist es auch mit Tip. Es ist irrelevant, dass auch er eine Uniform trägt.«

»Ich fürchte, diese sehr liebe, sehr weise Person hat durchaus recht«, stimmte Lotti ihren eigenen Worten zu, die sie früher einmal an Alex gerichtet hatte.

»Und was stellen wir mit diesem Wissen jetzt an?«

Lotti schob Alex von sich, erhob sich, ging zur Küchentür, stieß sie energisch auf und traf in der Gemeinschaftsküche prompt auf Tip, der dabei war, frisch eingekaufte Lebensmittel in sein Kühlschrankfach zu häufen. Noch während die Schiebetür langsam wieder zurückrollte, sagte Lotti: »Wir beide, Herr Papen, machen jetzt einen Spaziergang. Ich muss Ihnen etwas erzählen.«

Tip sah sie durchdringend an. Ihr Herzschlag stolperte über ihre eigene Courage – und die Angst, gerade einen riesengroßen Fehler zu begehen. Aber wie sollte sie das je erfahren, wenn sie immer nur zurückschaute und keinen Schritt nach vorne wagte? Vorwärts zu gehen und dabei über die Schulter zu schauen, barg nicht weniger Gefahren. Also blieb nur eins: den Schritt *und* den Blick nach vorne zu richten.

»Muss ich die Artillerie verständigen?«

»Nur, wenn Sie sich nicht trauen, mit einer harmlosen Künstlerin einen Strandspaziergang zu unternehmen.«

Tip schloss die Kühlschranktür und wandte sich zu ihr um. Sein Gesicht war ernst, was sie angenehm fand. Er nahm ihren Wunsch nach einem Gespräch nicht auf die leichte Schulter. Im Augenblick hatte der durchaus humorvolle Mann keinerlei Ähnlichkeit mit Ariel, obwohl sie sich äußerlich sogar ähnlich sahen. Vermutlich würde Ariel heute nicht viel anders aussehen als Tip. Heißt es nicht, dass jeder auf der Welt mindestens einen Zwilling hat? Jedenfalls gefiel Lotti Tips im Augenblick an den Tag gelegte Ernsthaftigkeit, und so drehte sie sich um und verließ als Erste die Pension.

KAPITEL 14

Während Alex das menschenleere Frühstückszimmer aufräumte, bekam sie mit, wie Jenni das Haus verließ, kurz darauf Tip zurückkehrte und dabei vergnügt vor sich hin pfiff. Melodisch klang das nicht, aber so fröhlich, dass es nicht störte.

Das Glück war offenbar imstande, aus jeder noch so schrägen Abfolge von Tönen etwas Schönes zu formen. Wie die Liebe, die das Gegenüber in einem wertvollen, wunderschönen Licht erscheinen ließ, selbst dann, wenn andere die Person für unattraktiv, langweilig oder wenig liebenswert hielten.

Johann war ein sehr schlanker, schlaksiger Typ gewesen, rein äußerlich keineswegs ein Frauenschwarm. Doch durch seine Fröhlichkeit, sein ansteckendes Lachen und seine Sanftheit hatten sich seine Mitmenschen zu ihm hingezogen gefühlt. In Alex hatte dies eine tiefe Zuneigung ausgelöst. Marc hingegen war sehr attraktiv, dessen er sich offenbar gar nicht bewusst war. Vielleicht war es ihm aber auch einfach gleichgültig. Hinter seinem nahezu grimmigen Wesen, den stahlharten Muskeln, dem Extremsportler steckte – ja, was? Ein sensibler, gutmütiger Beschützertyp? Ein fürsorglicher Lebensretter? Und eine verletzte Seele?

Alex konnte den weichen Kern in Marc hören, über sein Schweigen hinweg, durch das Brummen seiner manchmal knappen, an Unfreundlichkeit grenzenden Worte hindurch. Er wirkte ruhiger und ausgeglichener als zu Beginn seines Aufenthalts in ihrer Pension. Das Gehetzte in seinem Blick war fast völlig verschwunden, sodass er auch mal still sitzen und lesen oder den anderen zuhören konnte, ohne ständig mit den Füßen zu scharren, weil er sich ein neues Abenteuer herbeisehnte.

Alex seufzte, schob den mit Geschirr bestückten Korb in die Spülmaschine und schloss die Haube. Marc kennenzulernen, hatte in ihr ein leises, fernes Lied geweckt. Die Hoffnung, ja die Bereitschaft auf eine neue Beziehung. Auf Lieben und Geliebtwerden und auf eine Zukunft mit einem Mann an ihrer Seite. Zudem hatte die Melodie einen alten Wunsch in ihr wieder auferstehen lassen. Den Wunsch nach eigenen Kindern.

Eigentlich wollte sie dem Liebeslied in sich Raum geben, es laut hinausträllern. Aber es beinhaltete eine Textzeile, die ihr Schwierigkeiten bereitete. Warum kam darin ausgerechnet Marc vor?

Weshalb hatte es ihrem Herzen nicht genügt, durch ihn erneut jene Sehnsucht zu wecken? Weshalb musste er ein Teil davon sein? Alles in Alex sträubte sich dagegen, die Liebe überdecken zu lassen oder zumindest weich zu zeichnen, was ihr an ihm Angst machte. Angst vor einem neuerlichen Verlust.

Sein Lebenswandel passte einfach nicht zu ihr. Ja, sie freute sich, dass Lotti offenbar bereit war, jahrelange Vorbehalte gegen Männer in Uniformen abzulegen, und dass ihre gute Freundin zwischen dem Soldaten von damals und einem erwachsenen, verantwortungsbewussten Mann zu differenzieren lernte und dem Lied der Liebe erlaubte, auch in ihrem Herzen wieder Einzug zu halten.

Alex drehte sich entschlossen um und verließ die hintere Küche. Für sie kam das nicht infrage. Sie wollte ihr Herz beschützen. So lange, bis sie jemanden kennenlernte, der weder in seiner Freizeit noch im Beruf bereitwillig sein Leben aufs

Spiel setzte. Warum aber fühlte sie keine Erleichterung, nun, da sie diesen Entschluss gefasst hatte? Woher kam nur die schrecklich schrille, hässliche Melodie, die mehr dem Kratzen von Fingernägeln über eine raue Fläche glich als dem glänzenden Klang der Aida-Trompete, die eigens für den Triumphmarsch in Verdis Oper *Aida* gebaut worden war? Wer hatte ihrem Herzen erlaubt, wie wild auf Kesselpauken einzuschlagen, und das nur, weil sie im Flur Marcs Stimme hörte? Der trieb Jens an, sein bereits zwei Stunden andauerndes Telefonat mit Annette zu beenden, weil sie doch an den Strand wollten.

Als die Eingangstür hinter den Freunden zufiel, wühlte ein durchdringender Schmerz sie auf. Und das nur, weil Marc nicht noch einmal kurz bei ihr vorbeigeschaut und sie dieses Mal nicht gefragt hatte, ob sie mitgehen wollte?

Benimm dich gefälligst nicht wie ein verknallter Teenager. Marc hat dazu überhaupt keine Veranlassung. Außerdem wird er mit Jens eine ihrer überaus anspruchsvollen Trainingseinheiten absolvieren wollen. Und du hättest ohnehin abgelehnt. So. Und das nicht nur, weil du neue Gäste erwartest.

Alex straffte die Schultern und ging in ihr Büro hinüber. Sie fuhr den Rechner hoch und schaute dabei die Post durch. Stille herrschte um sie herum. Über ihre Lippen kam keine gesummte Melodie. Sie registrierte es und seufzte erneut. Mit dem Abschotten ihres Herzens vor ihren Gefühlen zu Marc hatte sie offenbar auch ihre Lieder darin eingesperrt.

Lavinia klopfte an die Bürotür, und Alex hob fragend den Kopf. Die Frau hatte sich das Baby in einem bunten Tuch vor den Bauch gebunden, trug Gummistiefel und hatte eine Sonnenbrille in ihr halblanges schwarzes Haar gesteckt. »Ich wollte mich für das wunderbare Frühstück bedanken. Es ist herrlich, sich einfach an einen gedeckten Tisch setzen zu dürfen.«

»Gern. Genießt euren Aufenthalt hier in vollen Zügen.«

»Das machen wir. Jetzt gehen wir erst mal an den Strand.«

»Dann wünsche ich euch viel Spaß.«

Enrico drängte sich durch den Spalt zwischen der Türzarge und seiner Mutter. »Mama sagt, dass ich nicht bei dir bleiben kann, weil du keine Zeit für mich hast.«

»Na ja …« Etwas hilflos blickte Alex Lavinia an, die lachend die Augen verdrehte.

»Du bist die größte Sensation hier, Alex. Größer als das Meer oder der kilometerlange Sandstrand. Finde dich damit ab.«

»Ich fühle mich sehr geehrt.«

»Darf ich nicht bleiben? Ich könnte dir helfen …«

»Rico, was haben wir besprochen?« Lavinia legte ihre Hand auf den schwarzen Haarschopf des Jungen. Der presste die Lippen zusammen und zuckte entschuldigend mit den schmalen Schultern. Gleichzeitig fing Angelina an, sich zu regen und zu greinen.

»Wenn es für dich in Ordnung ist, kann Enrico bleiben und mir helfen. Ich bringe ihn dann, sagen wir in einer Stunde, zu euch runter an den Strand. Oder wolltet ihr einen richtig langen Spaziergang unternehmen?«

»Nein, nur ein bisschen am Wasser entlang. Vielleicht eine Sandburg bauen, Muscheln sammeln …?«

Lavinia warf ihrem Sohn einen auffordernden Blick zu, doch der trat vor Alex' Schreibtisch und fragte: »Womit fang ich an, Chefin?« Er kicherte und fügte hinzu: »Das sagt der Tip immer zu dir.«

»Lotti zeigt mir das Ostende und das Graffitiwrack. Wir haben sogar Farbspraydosen dabei. Also bis heute Abend, Chefin«, drang prompt Tips Stimme quer durch den Flur, wohl, weil er nicht wusste, wo genau Alex sich gerade aufhielt. Sekunden später fiel eine Tür donnernd ins Schloss.

»Er meldet sich bei dir ab wie ein braver Sohn«, sagte Lavinia belustigt. »Oder wie bei seinem ranghöheren Offizier.«

»Ich finde ihn lustig!«, verriet Enrico, der erwartungsvoll mit den Füßen wippte.

»Na gut, du kannst bleiben. Aber du bist absolut brav, Rico. Kann ich mich darauf verlassen?«

»Ja, Mama.« Enrico strahlte erst seine Mutter an, dann die größte Sensation. Diese hegte keine Zweifel über Enricos exzellentes Benehmen. Er war ein Kind, das mit Liebe und Aufmerksamkeit überschüttet wurde und dennoch eine konsequente Erziehung bekam. Aus ihm würde sicherlich einmal ein respektvoller, für die Gesellschaft wertvoller und liebenswerter Mann werden. Als sich hinter dem Ehepaar mit ihrem Neugeborenen die Eingangstür schloss, blieben Enrico und Alex allein in der Pension zurück. Sie übertrug dem Jungen die Aufgabe, mit dem Gartenschlauch die Topfpflanzen rund um das Haus zu wässern, und er schoss unter Begeisterungsjubel davon. Jetzt wieder vor sich hin summend, prüfte Alex ihre eingegangenen Mails und schrak zusammen, als sie plötzlich angesprochen wurde.

»Guten Morgen.«

»Hey.« Ihre Stimme, gerade noch kräftig ein Lied summend, zitterte vor Schreck. Sie hatte weder auf die Tür noch auf die knarrenden Bodendielen geachtet. Im Dämmerlicht des Flurs konnte sie eine männliche Gestalt ausmachen. Als sie näher kam, erkannte sie Boris.

»Sie sind noch auf der Insel? Haben Sie … die Frau nicht gefunden?« Alex erhob sich und trat auf den Mann zu. Weshalb sie das tat? Sie wusste es nicht. Vielleicht, weil sie noch immer erschrocken war und in ihrem Innern schon wieder der seltsam düstere Klang widerhallte, den sie bereits bei ihrem ersten Zusammentreffen vernommen hatte. Dieser verwirrte sie, schlich er sich doch eigentümlich vibrierend in ihren Kopf und schnürte ihr die Kehle zu. Das Gefühl war schlicht unangenehm. Der Mann war ihr nicht geheuer.

»Ich bin mir sicher, dass sie hier ist. In Ihrer Pension.«

Irritiert schaute Alex ihn an. Er hatte seinen Businessanzug gegen Jeans und einen grauen Pullover getauscht und sich am heutigen Morgen keine Zeit für eine Rasur genommen.

»Tut mir leid. Sie ist hier nicht abgestiegen. Und gerade eben habe ich mir ohnehin die Buchungen der nächsten Tage angeschaut. Auch dort taucht der Name Ihrer Bekannten nicht auf.«

»So?«

Alex zog die Bürotür bis auf einen kleinen Spalt hinter sich zu, da der Mann den Eindruck erweckte, als plante er einzutreten und die Buchungen persönlich zu überprüfen, was natürlich nicht ging. Leider wurde es dadurch im Flur noch dunkler. Einzig das Fenster neben der Treppe schickte noch eine tröstliche Lichtspur herein.

»So leid es mir tut, aber ich kann Ihnen nicht weiterhelfen.«

»Ich glaube Ihnen nicht.«

Alex runzelte die Stirn und wich automatisch einen Schritt zurück. Die warnenden Töne in ihrem Inneren wurden lauter, vermischten sich mit ihrem beschleunigten Herzschlag zu einem immer schnelleren Rhythmus.

»Das dürfte Ihr Problem sein, nicht meines. Ich kann Ihnen nicht weiterhelfen und bitte Sie, meine Pension zu verlassen.« Der Gesangsunterricht während ihres Studiums hatte den Vorteil, dass Alex' Stimme durchaus fest und selbstbewusst klang, ganz anders, als es in ihr aussah. Allerdings beeindruckte das Boris nicht weiter. Er baute sich drohend vor ihr auf.

Alex' Herz begann zu rasen. Kalte Schauer der Furcht rieselten ihr über den Rücken. Was wollte der Mann von ihr? Sie hatte ihm die Wahrheit gesagt. Warum ging er nicht einfach wieder?

»Nachbarn in dieser Straße haben eine Frau, auf die Janas Beschreibung passt, hier gesehen. Sie vermuten, dass sie in Ihrer Pension wohnt.«

»Dann täuschen sich die Nachbarn.«

Boris hob den Arm, und Alex zuckte unwillkürlich zurück. Er griff allerdings nur in seine Gesäßtasche, holte ein Portemonnaie hervor und zog ein kleines Foto heraus. Er hielt es Alex viel zu nahe vors Gesicht, sodass sie zwei Schritte zurückwich. Das war ohnehin besser. Instinktiv fühlte sie, dass es von Vorteil war, sich langsam von dem bedrohlich wirkenden, aufgebrachten Eindringling zu entfernen. Sie warf einen Blick auf das Abbild einer blonden Frau. *Jenni.*

Jenni Lenz war Jana Linowsky? Sie war diejenige, die Boris suchte? Alex schluckte hörbar. Die Gedanken tobten in ihrem Kopf wie die vom Wind gepeitschte Nordsee. Warum hatte Jenni ihr und der Stiftung einen falschen Namen angegeben? Versteckte sie sich hier vor diesem Mann? Aber weshalb? *Was soll ich jetzt bloß tun? Und sagen?*

Ihr Zögern hatte sie offenbar verraten. Boris steckte das Foto weg und kam ihr so nahe, dass sie seinen Atem auf ihrem Gesicht spüren konnte. Der Geruch eines schrecklich aufdringlichen Männerparfums hüllte sie ein, als wollte er sie dadurch bewegungsunfähig machen.

»Also, wo ist sie?«

»Ich ... weiß es nicht«, sagte sie wahrheitsgemäß.

Er packte sie derb an den Oberarmen. Sein Gesicht kam nahe vor ihres, beinahe berührten sich ihre Nasen. Panik rollte wie eine vernichtende Flutwelle durch Alex hindurch.

»Wo?«, knurrte er wie ein aufs Kämpfen dressierter Pitbull.

»Ich weiß es nicht«, wiederholte sie lahm. Eingeschüchtert. Verängstigt. Hilflos.

Sie hörte die Eingangstür, sah, wie im Rücken des Mannes ein Lichtschein aufflammte. Hoffnung keimte in ihr auf, wie erste Sonnenstrahlen nach einer Sturmnacht.

Jenni trat in das helle Viereck. Völlig überfordert von der Situation, entrang sich Alex' Kehle ein seltsamer Laut. Wollte sie Jenni damit bitten, ihr beizustehen, die Lage zu klären, oder sie eher zur Flucht animieren?

»Wo ist Jana?«, donnerte Boris' Stimme auf sie herunter. In seiner Wut, gefangen in dem Gewittersturm, der von ihm ausging, hatte er nicht bemerkt, was hinter ihm vor sich ging.

Alex jedoch sah im hereindringenden Lichtschein überdeutlich Jennis schreckgeweitete Augen. Dann drehte sich die Gesuchte um. Sie floh. Die Tür blieb offen. Doch Alex hatte keine Möglichkeit, es der Flüchtenden gleichzutun. Sie saß in der Falle.

Boris schüttelte sie und stieß sie derb gegen die Wand. Dabei schlug sie sich den Kopf. Der Schmerz war nicht schlimm, der Schreck über seine unbeherrschte Handlung umso mehr. Wozu war dieser Mann fähig?

Ein Schlag auf ihre linke Wange gab ihr die Antwort. Ihr Kopf fuhr ruckartig herum. Schmerz flammte wie Feuer auf.

»Bitte …«, brachte sie hervor, ehe er sie erneut packte und an die gegenüberliegende Flurwand schleuderte. Sie taumelte, sackte hilflos zu Boden. Wieder tauchte jemand in dem lichtdurchfluteten Eingangsbereich auf. Eine kleine, zarte Gestalt. Enrico.

Alex schnappte erschrocken nach Luft. Das Kind durfte das hier nicht sehen, ihr auf keinen Fall zu Hilfe kommen. Er könnte verletzt werden … *Lauf weg, Enrico! Bring dich in Sicherheit,* flehte sie in Gedanken. Laut auszusprechen wagte sie es nicht, in der Hoffnung, dass ihrem Angreifer die Anwesenheit des Kindes entging.

In dem Augenblick, als Boris sie an ihrem T-Shirt packte und derb auf die Füße zog, bedeutete sie Enrico mit einer

Handbewegung, dass er verschwinden sollte. Das Kind blieb starr an derselben Stelle stehen. Es duckte sich nur. Wie ein verschrecktes Kaninchen in seine Mulde.

Ein zweiter Schlag traf Alex ins Gesicht. Sie keuchte auf. Pure Angst hielt ihr Herz wie in einem Schraubstock gefangen. Gleich darauf schleuderte Boris sie gegen die Ablage. Der Schmerz in ihrer Seite schien förmlich zu explodieren. Dennoch schaute sie Enrico an, keuchte nun doch: »Lauf weg!«

Boris bekam das nicht mit. Er fluchte laut und schlug erneut zu. Dann zerrte er grob an ihr, bis sie wieder auf ihren zitternden Beinen stand. Als Alex das nächste Mal in Richtung Tür blicken konnte, war da nur noch das von außen einfallende helle Licht. Schmeichelnd, freundlich und friedlich. Aber trügerisch. Es bot ihr keine Sicherheit.

Enrico war fort. *Das ist gut.*

Marc beendete zum wiederholten Mal den selbst gebauten Parcours aus Sandgräben und -haufen, dem Hindernis aus Jens' Gehhilfen und den Balanceakt aus Surfbrett auf Schwemmholz. Was für ihn einer Spielerei gleichkam, bedeutete für seinen Freund harte Arbeit, äußerste Konzentration und den Einsatz der Muskeln, Sehnen und Bänder, die manchmal noch immer nicht das taten, was sie sollten. Jens trat schließlich zu ihm und wischte sich mit dem Ärmel seines langärmligen grünen Shirts den Schweiß vom Gesicht.

»Ich denke, beim letzten Hindernis hast du geschummelt«, frotzelte Marc.

»Und ich denke, dass du den Titel ›Sklaventreiber des Jahres‹ bereits jetzt im Oktober gewonnen hast. Wie übrigens letztes Jahr auch schon.«

»Das will ich meinen.«

Als keine flapsige Erwiderung kam, drehte sich Marc fragend zu Jens um. Dieser beobachtete die italienische Familie, die neu in der Pension war, sich aber völlig harmonisch in die kleine Gemeinschaft eingefügt hatte. Vermutlich, weil sie nicht das erste Mal bei Alex zu Gast waren.

Der Junge, der vorhin noch gar nicht am Strand gewesen war, fuchtelte wild mit den Armen und erzählte seinen Eltern völlig aufgedreht irgendeine Neuigkeit. Seine Mutter presste mit einer Hand das Baby an sich, die andere schlug sie sich entsetzt vor den Mund.

»Was ist denn da los?«, hörte Marc Jens murmeln. Offenbar fand auch er die plötzliche Aufregung seltsam, die diese kleine Familie ergriffen hatte, zumal Tommaso nun Enrico fest an der Schulter packte, auf ihn einsprach und dabei leicht schüttelte. Italienische Wortfetzen drangen bis zu den Freunden durch. Schnell ausgesprochene Silben, von Schluchzern unterbrochen. Tommaso entließ den Jungen in die Umarmung seiner Mutter und winkte Marc und Jens auffordernd zu. Dann kramte er in seinem Rucksack, fand schließlich sein Smartphone und wollte es seiner Frau geben. Es fiel ihr aus den zitternden Händen in den Sand. Enrico, noch immer unübersehbar aufgewühlt, trat versehentlich darauf und vergrub es damit unter einer Sandschicht.

Tommaso hatte das schon nicht mehr mitbekommen. Er rannte inzwischen über den bei Niedrigwasser breiten Sandstrand auf die Dünen zu. Lavinia drückte das jetzt schreiende Baby an sich und wühlte gleichzeitig mit wilden, verzweifelt anmutenden Bewegungen nach dem Telefon.

»Lauf!« Marc war bereits unterwegs, als er den anfeuernden Ruf seines Freundes hörte.

»Was ist passiert?«, rief er Lavinia und Enrico entgegen.

Die Frau hob den Kopf. Tränen glitzerten wie Perlen auf ihren gebräunten Wangen. »Enrico sagt, dass ein Mann Alex schlägt.«

Marc ergriff den Jungen bei den Händen.

»Er schlägt sie ganz fest. Sie hat mir zugerufen, dass ich weglaufen soll. Ich … jemand muss ihr helfen. Papa muss ihr helfen!«

»Bleib mit den Kleinen hier!«, wies Marc Lavinia an, die erneut nach dem Smartphone wühlte. »Jens, schick die Polizei zur Pension. Tätlicher Angriff auf Alex.«

Marc wandte sich um. Tommaso hatte inzwischen den Dünenkamm erreicht und verschwand aus seinem Sichtfeld. Auch er spurtete los. Der unter seinen nackten Füßen wegrutschende Sand sirrte und behinderte ihn am Vorankommen. Es war wie in einem Albtraum. Er wollte schneller rennen, was ihm jedoch nicht gelang. Angst um Alex ließ das Blut durch seine Adern rasen. Wut auf diesen Kerl rieselte ätzend wie Schwefelsäure hinterher. Er schickte Stoßgebete zum Himmel. Alex durfte nichts geschehen. Er musste sie beschützen. Er musste verhindern, dass ihr etwas zustieß. Niemand durfte ihr wehtun. Er … *Ich brauche dich doch!*

Endlich gelangte er auf den festgetretenen Dünenpfad. Innerhalb kürzester Zeit hatte er Tommaso eingeholt. Der sprang keuchend beiseite, ließ ihn durch, feuerte ihn an.

Marc erreichte die sandige Einbahnstraße. Ruckartig bog er nach links ab. Dabei schnitt etwas in seine linke Fußsohle, aber er ignorierte es. Er stürmte an Lottis Haus vorbei. Die Pflastersteine im Hof der Pension waren nass, obwohl es nicht geregnet hatte.

Marc nahm es wahr, tat es aber als unwichtig ab. Er lief durch die offen stehende Tür. Dämmerlicht umfing ihn. Nach dem Sonnenschein draußen konnte er kaum mehr als schwarze Umrisse vor grauem Hintergrund ausmachen. Die schmale

Anrichte war verschoben, alles, was darauf gelegen hatte, lag über den Boden verteilt da. Dann hörte er ein Geräusch aus dem angrenzenden Flur. Seine unbekleideten Füße patschten über die Dielen. Er rannte an der Treppe vorbei in den abknickenden Korridor hinein. Eine stämmige Gestalt stand in einem Türrahmen, hielt mit derber Hand einen gebräunten weiblichen Arm fest umklammert.

»Polizei! Lass sofort die Frau los!« Seine Stimme donnerte drohend durch den schmalen Flur.

Der Mann sah ihn an. Folgte seiner barschen Aufforderung, wich zurück. Marc erwischte ihn am Kragen und schleuderte ihn unsanft an die Wand. Gleich darauf entkam er nur durch eine rasche Bewegung einem Faustschlag, ein zweiter traf zielgerichtet Marcs Magengrube. Täuschung und Treffer. Marc atmete Schmerz ein, stieß einen wütenden Schrei aus. Der Kerl wusste, wie und wohin man schlagen musste. *Er hat Alex geschlagen!*

Ihre Gestalt, am Boden kauernd, schob sich in seinen Augenwinkel, lenkte ihn ab. Der Kerl versetzte ihm einen Tritt gegen das Schienbein, riss sich los und floh. Ehe Marc ihm nachsetzen konnte, war der andere durch die Hintertür hinaus. Im ersten Moment wollte er ihm hinterher, überlegte es sich jedoch anders.

»Alex?« Seine Stimme klang rau. Die Schattengestalt auf dem Parkettboden war verschwunden. Wo war Alex nur? Er unterdrückte sein Keuchen, zwang sich, den in seinen Ohren laut pochenden Herzschlag zu ignorieren.

»Alex, wo bist du?« Was, wenn sie sich nicht meldete? Weil sie dazu nicht mehr in der Lage war. *Melde dich! Leb!*

»Marc?«

Sie klang schmerzgepeinigt und froh zugleich. War das nicht wie die sechs und die eins auf einem Würfel. Zu gegensätzlich? Er vertrieb den Gedanken.

Er wirbelte herum und prallte mit der Schulter gegen die offene Tür, da er zu viel Schwung hatte. Diese knallte an die Wand. Zwischen der Kommode und dem Bett kauerte Alex. Ihr Gesicht war gerötet und verquollen, ihre Lippe blutete. Lose Haarsträhnen hingen ihr in das tränennasse Gesicht, zudem umklammerte sie ihren Leib mit den Armen und holte nur zittrig Luft.

»Alex«, stöhnte er und fiel vor ihr auf die Knie. Er hob die Hände, wagte es jedoch nicht, sie an sich zu ziehen. Ihre Schonhaltung ließ ihn gebrochene Rippen vermuten, und das konnte mit inneren Verletzungen einhergehen.

Tommaso tauchte im Türrahmen auf. Vornübergebeugt japste er nach Luft. Als er Alex sah, sog er sie laut hörbar ein.

»Wo ist der Kerl?«, fragte er mit rollendem, drohendem Timbre und einem stärkeren Akzent als sonst.

»Hinten raus. Kümmere dich bitte um Alex. Ich muss dem Typ nach.«

»Ich …«, Tommaso fiel das Sprechen schwer, so sehr hatte er sich verausgabt, »… folge ihm.«

»Warte, der Kerl ist gefährlich!«, rief Marc Tommaso nach, war der doch bereits auf und davon. Eigentlich mussten sie die Rollen tauschen. Er war der Polizist und zudem mit einer weitaus besseren Kondition ausgestattet als dieser mutige Pensionsgast. Aber vermutlich war es ohnehin unmöglich, den Kerl noch einzuholen. Sein Vorsprung war mittlerweile riesig. Tommaso würde das sicher bald einsehen.

Also blieb Marc bei Alex, die ihn mit ihren dunklen Augen, einem nassen Schwemmholz gleich, flehend ansah. Was sollte er tun?

Er hob erneut die Hände und legte sie überaus behutsam an ihr von kräftigen Schlägen gerötetes, angeschwollenes Gesicht. Zuerst zuckte sie kurz zurück, schmiegte dann aber ihre linke Wange in seine Handfläche. Die Geste rührte etwas in ihm an.

Er rutschte näher, und sie lehnte sich an ihn. Sie suchte Halt, Schutz und Trost, er gab ihr all das gern.

»Woher wusstet ihr …? Enrico?« Ein sanftes Lächeln zog sich über ihre entstellten Gesichtszüge, sobald Marc ihren Verdacht bestätigte, wer für sie Hilfe geholt hatte.

»Kann ich dich einen Augenblick allein lassen? Ich will im Krankenhaus anrufen. Und du brauchst kalte Kompressen.«

Sie nickte, allerdings kaum merklich. Ob sie nicht wollte, dass er wegging, wenngleich nur für kurze Zeit? Oder war es reines Wunschdenken seinerseits, weil er sie eigentlich nicht aus seinem Arm entlassen wollte? *Ich würde dich so gern für immer halten.*

Er zwang sich zum Aufstehen, dazu, all das zu tun, was jetzt richtig war. Die durchdringende Tonfolge der ihm nur zu vertrauten Sirene näherte sich mit hoher Geschwindigkeit. Eine Melodie, die im Allgemeinen nichts Gutes verriet. Er war allerdings dankbar, dass die Kollegen so schnell eintrafen.

Marc beorderte einen Krankenwagen zur Pension und ließ die beiden Beamten hinter sich passieren, wobei er ihnen mit einem Handzeichen die Richtung wies, in die sie gehen mussten. Er holte Kühlpads aus dem Gefrierschrank, schnappte sich mehrere frische Geschirrtücher und eilte zu Alex zurück. Der ältere Polizist warf ihm einen düsteren Blick zu, nickte aber, als er die Kühlelemente in Marcs Hand sah, und ließ ihn eintreten. Der Jüngere kniete vor Alex, hielt ihre Hand und sprach leise mit ihr, sehr vertraut, wie Marc fand. Er drängte sich an dem Uniformierten vorbei, wickelte eines der Kühlpads in ein Geschirrtuch und reichte es Alex, die es an ihre linke Wange hielt, Marc drückte das zweite behutsam an ihre rechte Gesichtshälfte. »Ein Krankenwagen ist unterwegs«, informierte er die Anwesenden. Alex lächelte dankbar und wirkte dabei schrecklich gequält.

»Hast du den Kerl erkannt?«, fragte der jüngere Polizist, ohne Marc zu beachten.

Alex nickte und holte vorsichtig Luft.

Das gefiel Marc überhaupt nicht. Er fürchtete um die Unversehrtheit ihrer Lunge.

Sie wollte gerade anfangen zu erzählen, doch der Mann unterbrach sie, indem er sich an Marc wandte: »Sind Sie ein Verwandter oder ein Gast?«

»Letzteres.«

»Danke für Ihre Hilfe. Wenn Sie bitte draußen warten würden. Wir sprechen später noch mit Ihnen.«

»Ich bin ein Kollege. Bundespolizei.«

Der etwa Gleichaltrige, der noch immer Alex' Hand festhielt, taxierte ihn prüfend. Dann drehte er sich halb um und rief seinem Kollegen zu, der in den Flur hinausgetreten war: »Er sagt, er sei von der Bundespolizei. Kann er bleiben?«

»Sobald ich einen Ausweis gesehen habe.«

Marc kniff ein Auge zu, überließ Alex aber das zweite Kühlelement, sodass sie endlich ihre Hand aus der des Kollegen ziehen musste, und erhob sich. Die beiden wollten Alex nur beschützen und ihre Privatsphäre wahren. Das war gut und richtig, also würde er schnell nach oben laufen und seinen Dienstausweis holen.

Der ältere Polizist ließ sich viel Zeit damit, den Ausweis zu prüfen. Unterdessen hörte Marc, wie Alex von einem Boris Lidke erzählte. Und davon, wie er wiedergekommen war und darauf beharrt hatte, dass die von ihm gesuchte Frau hier untergekommen sei, und wie plötzlich Jenni in der Tür gestanden hatte. Alex beschrieb knapp, wie erschrocken Jenni reagiert hatte und dass sie schließlich geflohen war.

Marc, mittlerweile am Türrahmen lehnend, weil sein Kollege ihm gestattet hatte zu bleiben, biss die Zähne zusammen. Alex hatte Jenni beschützt, indem sie ihrem Angreifer vorenthalten hatte, dass Jenni kurz da gewesen war und dann die Flucht ergriffen hatte. Und diese hatte es nicht einmal für nötig befunden, Hilfe für Alex zu organisieren? Ein einziger Anruf hätte genügt …

Enricos Auftauchen handelte Alex knapp ab. Nichts verriet, dass sie ihn ebenfalls hatte beschützen wollen. Ein nicht geringer Stolz auf die mutige Frau wässerte Marcs Herz und brachte die Teile zum Blühen, wo zuvor nur noch Wüstenklima geherrscht hatte. Verbrannte Erde, die plötzlich zum Leben erwachte.

»Vermutlich wird dieser Boris Lidke versuchen, die Insel schnellstmöglich zu verlassen«, überlegte der junge Polizist laut.

»Wir informieren den Flughafen, den Jachthafen und den Fähranleger. Die sollen die Pässe kontrollieren. Wir schicken ihnen so schnell wie möglich ein paar Kollegen.« Der zweite Uniformierte zückte bereits sein Diensthandy.

Marc räusperte sich. »Er könnte dort auf Jenni treffen.« Sein Einwand war womöglich weit hergeholt, machte aber deutlich, dass man ebenso nach der Frau fahnden sollte. Er fing sich von beiden Kollegen böse Blicke ein. Sie hatten sein Manöver durchschaut, wohl, weil sie selbst daran gedacht hatten, auch die Suche nach der Frau nicht außer Acht zu lassen.

Von Alex kam ein Japsen. Marc hastete zu ihr, warf sich abermals vor ihr auf die Knie, aus lauter Sorge, ihre Lunge könnte kollabieren.

»Was ist los?«, keuchte er, fühlte, wie eiskalte Hände nach seinem Herzen griffen und die neu geöffneten Blüten einzufrieren drohten. Wo blieben nur die Sanitäter? Alex musste dringend untersucht und behandelt werden.

»Ich hatte die Visitenkarte des Kerls auf der Ablage im Flur liegen. Gestern hab ich gesehen, wie Jenni sie in der Hand gehalten hat. Sie wusste also, dass er hier ist.«

»Und weiter? Was beunruhigt dich?« Marc blendete die Stimmen hinter sich aus und konzentrierte sich völlig auf Alex.

Alles, was sie sagte – und sei es nur eine vage Vermutung –, könnte wichtig sein.

»Sie hat sich nach Wattwanderungen erkundigt.«

Fragend neigte Marc den Kopf.

»Sie hat sich bis dahin überhaupt nicht für Norderneys besondere Attraktionen interessiert«, versuchte Alex etwas zu erklären, das sich ihm nicht erschloss. Sie blinzelte und wirkte restlos ausgelaugt. Er hätte sie gern an sich gezogen, doch in Anwesenheit der Polizisten untersagte er es sich. Dafür legte er seine Hände auf ihre, die noch immer vorsichtig die Kühlelemente auf ihrem Gesicht festhielten.

»Du meinst, dass sie das nicht interessierte, weil sie keine gewöhnliche Touristin war?«, hakte er nach und erinnerte sie daran, dass sie ihm etwas mitteilen wollte.

»Ich dachte, es läge an ihrer Trauer. An einer damit verbundenen Antriebslosigkeit …«

»Sie hat sich hier versteckt. Anscheinend hat sie der Organisation Lügen über sich aufgetischt.« Er musste das später überprüfen und nachhaken, wie die Stiftung ihre vergünstigten Urlaubsaufenthalte vergab. Offenbar gab es da zu wenig Kontrolle. »Aber was hat es mit der Wattwanderung auf sich?«

»Man kann die Insel auch zu Fuß verlassen. Durchs Watt.«

Marc sah Sorge in ihren Augen aufflackern. Angst um Jenni. »Aber das sollte man nur mit einem ortskundigen Führer. Mit jemandem, der das Watt perfekt kennt, die Gezeiten, die Wetterverhältnisse … alles!«

Marc nickte verstehend. Falls Jenni je versuchen sollte, zu Fuß von der Insel zu fliehen, begab sie sich in eine von ihr offenbar völlig unterschätzte Gefahr. Oder wusste Jenni darum und war verzweifelt genug, es dennoch zu wagen? Wer war dieser Boris, und was hatten die beiden miteinander zu schaffen? Dass der Kerl aggressiv und gewalttätig war, hatte Alex am eigenen Leib zu spüren bekommen.

Marc zog seine Hände zurück, aus Sorge, dass er zu viel Druck auf ihre Finger und somit auch auf ihr malträtiertes Gesicht ausübte. Er ballte sie zu Fäusten, fing dabei aber ihren bittenden Blick ein.

»Ich gehe mit dir ins Krankenhaus«, versprach er. Er wollte sie jetzt nicht allein lassen. Doch offenbar war das nicht der Grund für den innigen Ausdruck in ihren Augen, der ihn vermutlich extrem aufgewühlt hätte, wäre die Situation eine andere gewesen.

»Du musst das nicht in die Hand nehmen, Marc. Überlass es deinen Kollegen. Und ich möchte nicht, dass du einen Zorn gegen Jenni entwickelst. Oder mehr ...«

Marc zog den rechten Mundwinkel nach oben. Ein schiefes Lächeln, das dieses Mal keines sein sollte, sondern vielmehr ein Ausdruck seiner Verzweiflung. Er wusste nur zu gut, was Zorn und Hass anzurichten imstande sind.

Ein Poltern aus dem vorderen Flur verriet die Ankunft der Sanitäter. *Endlich!* Marc erhob sich, um Platz für sie zu schaffen. Die beiden bullig aussehenden Männer schickten sowohl ihn als auch seine Kollegen aus dem Raum.

Der jüngere Polizist beendete gerade ein Telefongespräch. »Wir haben keinen Boris Lidke im System. Die Anfrage zur Personenüberprüfung an benachbarte Staaten dauert ... Also wäre die Spurensicherung von Vorteil.«

Marc zog eine Grimasse. Die würden bei der Vorstellung, in einer Pension mit ständig wechselnden Gästen nach kriminaltechnischen Spuren suchen zu müssen, sicher in Begeisterungsstürme ausbrechen. Ganz abgesehen davon, dass die Pensionsgäste früher oder später in ihre Zimmer mussten. Die Insel war vermutlich fast ausgebucht, hatten doch, so schätzte er, mindestens acht Bundesländer Herbstferien. Über die Schultern der Sanitäter, die Alex gerade vorsichtig auf ihre fahrbare Trage hoben, fragte er: »Gibt es die Visitenkarte noch?«

»Auf meinem Schreibtisch«, erwiderte Alex schwach und offenkundig von Schmerzen geplagt.

»Gut. Ich denke, darauf und auf den Schlüsseln, die der Kerl benutzt hat, um in die Zimmer zu gelangen, finden wir am leichtesten seine Fingerabdrücke. Und alles, was wir von Jenni brauchen, liefert ihr Zimmer.«

Der ältere Kollege klopfte Marc anerkennend auf die Schulter und eilte davon, wohl um die Karte zu suchen und alle in den Schlüssellöchern verbliebenen Schlüssel abzuziehen und zu sichern.

Marc machte den Sanitätern Platz, indem er in dem engen Flur noch weiter zurückwich.

»Wir bringen Sie jetzt erst einmal ins Krankenhaus. Je nachdem, welchen Befund oder Verdacht die Untersuchungen dort ergeben, müssen Sie aber eventuell aufs Festland geflogen werden.«

Alex antwortete nicht. Ihre Augen glitten zu Marc. Er erwiderte ihren flackernden Blick und versuchte sich in einem aufmunternden Lächeln, doch in ihm wühlte ein neuer Schmerz auf. Er hoffte, dass dieser Flug nicht nötig sein würde. So schwer durfte Alex einfach nicht verletzt sein … Und außerdem … wäre er gern der Pilot bei Alex' erstem Helikopterflug gewesen. Sie auf dem Co-Piloten-Sitz, das glitzernde Meer und das sandbraune, naturgrüne und backsteinrote Mosaik der Nordseeinseln unter ihnen …

Der ältere Beamte trat auf ihn zu. »Die Fahndung ist raus, Zivilbeamte sind bereits unterwegs, um den Flugplatz hier, die Fähranleger und den Jachthafen abzusichern. Zudem alle Flugplätze, die für gewöhnlich von hier aus angeflogen werden, falls er schon in der Luft ist. Jetzt konzentrieren wir uns auf die Frau.«

Marc, der mit seinem Dienstausweis auch sein Smartphone aus dem Zimmer geholt hatte, hob dieses leicht an. »Ich informiere meine Kollegen von der Bundespolizei. Die können die vom Seestreifendienst anweisen, alle Segel- und Motorboote um Norderney herum ein bisschen näher unter die Lupe zu nehmen. Und sie können die hiesige Rettungsleitstelle instruieren, falls Jenni wirklich allein versuchen will, bei Niedrigwasser zu Fuß die Insel zu verlassen.«

»Gut. Danke, Kollege. Dann fungieren Sie als Schnittstelle zwischen uns und der Bundespolizei. Ich erwarte noch einen Anruf von den Kollegen der Kripo.«

Marc folgte den beiden in den Hof und sah zu, wie der Ältere den Dienstwagen mit dem Kennzeichen der Kreisstadt Aurich ausparkte, während der Jüngere bereits wieder telefonierte. Die Hände vor der Brust verschränkt, verharrte Marc im Türrahmen. Vermutlich verlief ihr Dienst auf der Insel meist eher unspektakulär, häufig war wohl lediglich das Polizeikommissariat Norden auf dem Festland erreichbar und zuständig. Die Beamten schlugen sich hier wahrscheinlich vor allem mit Betrunkenen, unbelehrbaren Touristen, die die Dünen zertrampelten, zu lauter Musik, Autofahrern, die sich nicht an die Fahr- und Parkverbote hielten, und Ladendiebstählen herum. Doch die Kollegen arbeiteten auch in Alex' Fall routiniert sicher und angenehm unaufgeregt.

Einen Augenblick zögerte er noch, lauschte dem Kreischen der Möwen am Himmel und dem Flüstern des Windes in den Büschen und Gräsern. Alles wirkte friedlich, ja heimelig. In ihm jedoch tobte ein Sturm, den er kaum zu beruhigen vermochte. Jemand hatte Alex angegriffen und verletzt. Er hatte sie noch nie so hilflos und leidend gesehen wie eben. Und das Schlimmste daran war für ihn, dass er nicht da gewesen war, um sie zu beschützen, obwohl er sich in der Nähe aufgehalten hatte. Doch nun würde er alles daransetzen, dass dieser Kerl geschnappt wurde. Und Jenni. Denn mit ihr hatte er auch noch ein Wörtchen zu reden.

Resigniert betrachtete er seine geballten Fäuste und löste sie ganz bewusst. Er brauchte einen kühlen Kopf, um alles zu arrangieren und sich an der Suchaktion beteiligen zu können. Er hatte sich geschworen, niemals zu hassen … Aber im Moment spürte er da seine Grenzen. Er kannte sich in der Bibel nicht sonderlich aus, eine Stelle war ihm seit Jahren dennoch allzu präsent: *Liebet eure Feinde, tut wohl denen, die euch hassen …* Die vielleicht schwerste Übung überhaupt? Den zu lieben, der sich einem zum Feind gemacht hatte? In seiner Laufbahn bei der Polizei hatte Marc jedoch eines gelernt. Diese Liebe – die ja nicht bedeutet, dass man mit jenen Menschen Umgang pflegen oder sie zum Freund haben muss –, sie bewahrte einen vor dem Dominoeffekt des Hasses, vor einer Gewaltspirale, vor noch mehr Schmerz und Leid im eigenen Herzen und in dem so vieler anderer.

Entschlossen betrat er die Pension, zog den innen steckenden Schlüssel aus der Bürotür und verschloss sie. Den Schlüssel deponierte er oberhalb des Türrahmens. Er musste nicht lange warten, bis Tommaso zurückkehrte und ihm mitteilte, dass seine Suche vergeblich gewesen war. Der Flüchtige hatte sich unter die Einheimischen und Touristen gemischt und sich nicht im Geringsten durch auffälliges Verhalten verraten.

»Das war zu befürchten«, erwiderte Marc und klopfte dem enttäuschten Mann kräftig auf die Schulter.

»Wie geht es Alex?«

»Das wird sich noch herausstellen. Aber sie hält sich tapfer. Würdest du mir bitte einen Gefallen tun?«

Tommaso nickte und schaute fragend zu ihm auf. Sein Atem und auch seine Gesichtsfarbe hatten sich wieder halbwegs normalisiert.

»Ich rufe Jens an und sage ihm, dass er und deine Familie zurückkommen können. Würdest du bitte hier warten? Ich habe keine Ahnung, wie lange es dauert, bis die Spurensicherung eintrifft. Vermutlich werden sie hier ohnehin nichts Brauchbares finden, aber es wäre dennoch sinnvoll, wenn vorher keiner der Pensionsgäste das Haus betritt. Das würde den Leuten die Arbeit erleichtern.«

Tommaso nickte verstehend. »Vorerst darf niemand rein. Ich sorge dafür.«

»Weicht auf die Restaurants und andere öffentliche Einrichtungen aus, falls sich das Wetter ändern sollte und euch kalt wird. Ich denke, dass Lotti ihr Haus ebenfalls öffnet, sobald sie zurück ist.«

Kurz spielte Marc mit dem Gedanken, Lotti und Tip anzurufen, immerhin war Lotti eine gute Freundin von Alex. Er schob die Überlegung beiseite, konnte die Frau im Augenblick doch ohnehin nichts ausrichten. Zudem wollte er einer Annäherung der beiden kein vorzeitiges Ende bereiten.

Er griff nach seinem Smartphone, um Jens zu informieren; im gleichen Moment begann das Telefon zu vibrieren. Sein neuer Vorgesetzter rief ihn an.

»Beide Suchaktionen sind angelaufen. Kati kann dich in etwa einer halben Stunde beim Krankenhaus aufnehmen, als Co-Pilot.«

»Ich werde da sein.«

»Dann gebe ich das an sie weiter.«

Sein Chef beendete das Gespräch, und Marc joggte zum nahe gelegenen Krankenhaus hinüber.

KAPITEL 15

Eine Krankenschwester hatte Alex ausgerichtet, dass Marc vorbeigeschaut hatte. Da war sie jedoch bereits beim Röntgen gewesen. Nun lag sie in einem Krankenhausbett mit weißer und gelber Bettwäsche, weil man sie für eine Nacht zur Beobachtung dabehalten wollte. Den hochdosierten Schmerzmitteln zum Trotz schien sie noch immer jeden einzelnen von Boris' wütenden Schlägen und Tritten zu spüren. Die Blessuren im Gesicht, an den Armen und Beinen waren als harmlos eingestuft worden, nach intensiven Untersuchungen hatte sich herausgestellt, dass sie sich keine Rippenbrüche zugezogen hatte, sondern lediglich Prellungen. Doch auch die beeinträchtigten jeden ihrer Atemzüge, und die zuständige Ärztin hatte ihr verdeutlicht, dass sie zwar, wenn nichts dazwischenkäme, morgen nach Hause dürfe, an die Arbeit in der Pension aber mindestens eine Woche lang nicht zu denken sei.

Grübelnd schloss Alex die Augen, um die sterile, unpersönliche Einrichtung des Zimmers auszublenden. Lotti wäre sicher gern bereit, einen Teil ihrer Aufgaben zu übernehmen. Ein Gros des Papierkrams musste eben liegen bleiben, das Wichtigste davon konnte Alex, sobald sie wieder zu Hause war, mit dem Notebook auf dem Schoß von ihrer Couch aus erledigen. Ob sie Tip fragen sollte, ob er ein wenig mithalf? Vielleicht hatte er ja Freude daran, an Lottis Seite das Frühstück vorzubereiten und zu spülen. Oder Handtücher zu wechseln und Betten zu beziehen. Außerdem reisten Max und Marianne an. Vermutlich würden auch sie es sich nicht nehmen lassen, ihr ein bisschen zur Hand zu gehen. Oder Marc?

Der Gedanke an ihn rief ein wohliges Prickeln in ihr wach. Angenehme Wärme breitete sich in ihr aus, verbunden mit einem aufgeregten Flattern, das, von ihrer Herzgegend ausgehend, bis in ihre Zehen und Finger rieselte. Gleich von der Sonne aufgewärmtem feinem Sand, der die Angewohnheit hat, überallhin vorzudringen.

Zum ersten Mal, seit sie dieses Gefühl für Marc in sich bemerkt hatte, ließ sie zu, dass es von ihr Besitz ergriff. Marc war ihr von Anfang an unter die Haut gegangen. Er schlich sich in ihre Gedanken und Träume; sowohl nachts als auch tagsüber. Er war immer präsent, wie der Sand. Und alle Bemühungen, ihn aus ihrem Herzen zu fegen, ihn von ihrem Leben fernzuhalten, waren sinnlos.

Er war ihr heute zu Hilfe geeilt, beschützend und fürsorglich. Marc war nicht einfach nur mit Abenteuer und Gefahr gleichzusetzen, sondern er war so viel mehr. Allein, dass seine Seele so tief verletzt war, hätte ihr das bereits viel früher verraten können. Sie hatte nur die sprichwörtliche harte Schale sehen wollen. Diese umschloss und beschützte jedoch einen weichen Kern. Marcs Seele atmete Musik wie die ihre. Sie hatte das liebenswerte Lied, das ihn umgab, schon immer gehört, es jedoch gern ignoriert. Es tanzte in ihm mit Melancholie und Feuer zugleich. Damit würde sie doch zurechtkommen, immerhin wünschte sie es sich so sehr. Und Lotti hatte recht: Sie würde es nie herausfinden, wenn sie es nicht versuchte. Ein sanftes Liebeslied floss von ihren Lippen.

Ein kräftiges Klopfen an der Tür ließ Alex hochschrecken. Sie musste eingeschlafen sein. Ihr Herzschlag übernahm einfach dieses Klopfen, als sich die Tür öffnete und Marc eintrat. Er wirkte verschwitzt, allerdings trug er auch eine viel zu warme dunkelblaue Fliegerkombination. Kam er von einem Einsatz zurück?

»Lass dich so ja nicht von Lotti erwischen«, murmelte sie.

Auf seinem Gesicht mit dem Dreitagebart erschien das einseitige Grinsen, das Alex so sehr mochte. Nein, liebte.

»Ich sehe schon, dir geht es besser, als ich befürchtet hatte.«

»Dank deines Eingreifens.« Sie streckte ihm die Hand entgegen. Marc sah diese einige Sekunden lang an, dann hob er den Blick, um ihr in die Augen zu schauen. Ihr gefiel das darin liegende tiefgründige Blau, hatte es doch die gleiche Nuance wie die Nordsee an einem lauen Sommerabend.

Er zog sich mit dem Fuß einen Stuhl herbei, nahm die Hände aus den Taschen und setzte sich nahe zu ihr. Vorsichtig, als sei sie zerbrechlicher als filigraner Perlmuttschmuck, bettete er ihre Hand in seine beiden. Das Streicheln seiner Daumen über ihren Handrücken rieselte erneut wie Sand durch sie hindurch, versetzte ihr Herz in einen Ausnahmezustand.

»Danke, Marc. Für deine Hilfe«, brachte sie fertig zu sagen. Hörte er ebenfalls, wie atemlos sie klang? Doch vielleicht schob er das auf ihre malträtierten Rippen.

»Für dich immer.« Seine Stimme war rau, nahezu heiser. Weil auch er von überwältigenden Emotionen ergriffen war? »Ich wäre nur gern viel früher da gewesen. Ich hätte gern …« Er schüttelte leicht den Kopf. Offenbar war ihm selbst bewusst, dass er keine Schuld an dem trug, was geschehen war. Aber er hatte sie vor Schlimmerem bewahrt, und dafür war sie ihm unendlich dankbar.

»Ich weiß«, flüsterte sie und konnte nur mühsam verhindern, nicht nach Luft zu schnappen, als er ihre Hand an seine Lippen führte und ihre Fingerspitzen einzeln küsste. So sanft, als wolle er sich bei ihr entschuldigen. Oder ihr helfen, den Schmerz besser zu ertragen.

Was tust du da nur? Wie soll ich mich so gegen meine Gefühle für dich zur Wehr setzen?

Marc war überaus erfolgreich darin, genau das Gegenteil zu bewirken. Ihr Herz setzte zu einem Jubel an. In den höchsten Tönen und doch glockenrein. Ja, sie wollte wieder lieben. Sie musste es ihrem Herzen einfach erlauben, diese ganz spezielle Melodie zu singen. Außerdem vibrierte ihr Körper. Er begleitete das Lied mit den ihm eigenen Emotionen bereits kräftig mit.

»Du bist ja dann gekommen …«

»Dank Enrico.«

Sie lächelte, drückte ein paar seiner Finger, die weiterhin ihre Hand umschlossen, und setzte ihren Satz fort: »Und du bist jetzt da.«

Das Blau seiner Augen gewann noch mehr an Tiefe. Kurz zuckte dieses einseitige Grinsen über sein Gesicht, dann war er wieder ernst. »Alex …« Er zögerte.

Ihr gefiel, wie er ihren Namen aussprach. Es klang ein wenig … amerikanisch und schmeckte deshalb so exotisch wie das Jambalaya in Mississippi. Dabei trug es eine ähnlich tröstliche Wirkung in sich wie Jeremiahs Worte damals. »Ich würde auch gern in Zukunft für dich da sein.«

Sie lächelte und holte vorsichtig Luft, um ihm zu antworten.

»Ich werde dir den Kopf abreißen. Eigenhändig!« Lottis Stimme drang wie eine Fanfare durch den Raum, weshalb Alex froh war, dass die beiden anderen Betten nicht belegt waren. Vermutlich hätte sie bei den Patienten ein Trauma ausgelöst. Mit wirbelnden feuerroten Hosenbeinen, die ihrer Haarfarbe glichen, und einer schwarz-gelben Tunika, einer Hummel ähnlich, flog Lotti herein.

Tip blieb im Flur stehen und zog entschuldigend die Schultern hoch.

Die Frau baute sich vor Marc auf und musterte ihn eingehend von oben bis unten. »Schmuck«, meinte sie dann.

»Ich bin schon vergeben«, konstatierte Marc energisch, was in Alex einen wahren Sturm an Gefühlen entfachte. Jetzt peitschte der Sand förmlich durch ihre Adern. Marc machte ihre gerade beginnende Beziehung bereits fest. So stark und widerstandsfähig war diese doch noch gar nicht. Das Bild der Dünenrose erschien vor ihrem inneren Auge. Ihre zarten weißen, roséfarbenen und roten Blüten widerstanden spielend den Angriffen von Stürmen und Salzwassergischt. Wer behauptet, dass etwas Zartes nicht stark sein könne, kennt diese Wildrosen nicht.

»Lenk nicht ab«, blaffte Lotti, obwohl sie es selbst gewesen war, die ihre Tirade unterbrochen hatte. »Warum hast du mich nicht sofort angerufen, als *das da* passiert ist?«

»Weil ich es für nötiger hielt, die Polizei, den Rettungswagen und meine Kollegen zu informieren.«

»Geschenkt. Und danach?«

»Danach saß ich in einem Helikopter auf der Suche nach Jenni.«

»Jenni?« Lotti hob aufgeregt die Arme, sodass die weiten Ärmel ihres Oberteils den Eindruck erweckten, als flatterte die Hummel der Deckenlampe entgegen. Offenbar hatte sie sich bei ihrer Rückkehr nicht die Zeit genommen, sich erst erklären zu lassen, was wirklich passiert war.

Alex dankte es ihr mit einem Lächeln. Lottis Angst um sie hatte die Frau sofort hierhergetrieben und den armen Tip vermutlich wie eine Flutwelle mitgerissen.

Alex ergriff erneut Marcs Hand, der sich rasch zu ihr umdrehte. Ihr von Schmerzmitteln benebelter Geist hatte die Tatsache, dass sich Jenni in großer Gefahr befinden könnte, völlig ausgeblendet.

»Wir haben sie nicht gefunden«, erläuterte Marc leise und ohne die geringste Gefühlsregung. Alex nahm ihm die zur Schau gestellte Gleichgültigkeit nicht mehr ab. Das war wohl eine Art dienstliches Pokerface. Er würde lernen müssen, dass dies ihr gegenüber nicht angebracht war. Der Gedanke versetzte sie erneut in Aufruhr. Plante sie denn bereits ein Leben mit ihm? So weit waren sie doch noch gar nicht. Sie wollte erst einmal nur versuchen, ob sie mit seinen Hobbys und seinem Beruf überhaupt zurechtkam. Mit der Angst um ihn …

Eine leise Stimme in ihrem Inneren flüsterte ihr zu, dass es dafür vielleicht schon zu spät war. Es ging nicht mehr nur darum, etwas Nähe zuzulassen und den Gedanken auf eine gemeinsame Zukunft durchzuspielen und dabei zu prüfen, ob sie mit all dem, was Marc unweigerlich in eine Beziehung mitbringen würde, zurechtkommen konnte und wollte. Das, was da an Gefühlen in ihr tobte, kam einem Sturm gleich, der vom Wetterdienst nicht angekündigt worden war und nun über sie hereinbrach. Jedoch ohne brachiale Gewalt und Zerstörung im Gepäck, sondern lediglich begleitet von dieser Faszination und Begeisterung, die sie für Nordseestürme in sich trug. Das hoffte sie zumindest …

Schließlich sackte die schlimme Nachricht über Jenni in ihr leicht benebeltes Bewusstsein durch. Mit großen Augen schaute sie Marc an. Der beugte sich vor und strich ihr behutsam eine Haarsträhne aus der Stirn. »Das heißt nichts. Vielleicht war sie vernünftig genug, die Insel nicht durch das Watt zu verlassen. Wir suchen weiter. Boris Lidke – er und Jenni sind übrigens in Polen registriert – haben die Kollegen nicht finden können. Er ist untergetaucht.«

Alex schloss die Augen. Sie fühlte sich schrecklich müde.

»Wir gehen, damit du dich ausruhen kannst«, entschied Lotti prompt.

»Die Pension …«

251

»Mach dir mal darüber keine Gedanken. Alle Gäste sind furchtbar entsetzt über das, was dir angetan wurde. Wir helfen alle zusammen. Lavinia und Tommaso haben vorhin die neuen Gäste begrüßt und, als sie wieder in die Räumlichkeiten konnten, ihnen die freien Zimmer zugewiesen und alles gezeigt und erklärt.«

»Ihr braucht mich ja gar nicht«, murmelte Alex, mehr dankbar als aufgebracht.

»So einen Blödsinn will ich nicht hören. Du bist die Seele der Pension. Die Menschen dort brauchen dich. Was wären sie ohne deine Achtsamkeit, dein Lachen, dein ewiges Summen …« Lotti unterdrückte ein Schluchzen. Es kam selten vor, dass sie ihre Gefühle so unverblümt zeigte, doch nun offenbarte sie, wie sehr sie mit Alex mitlitt. Die Frau schwieg einen Moment und fuhr deutlich harscher fort als zuvor: »Sobald du entlassen wirst, kannst du uns dann auf die Finger schauen und uns wie ein Oberfeldwebel herumscheuchen.«

Vom Flur kam ein Räuspern, das Lotti zu einem, wie Alex fand, ziemlich mädchenhaften Kichern animierte. Schließlich gab sie zu: »Na gut, das ist wohl eher meine Begabung. Also schlaf jetzt.«

Alex nickte nur. Sie war zu erschöpft, um die Augen noch einmal aufzuschlagen. Dennoch wusste sie, wer Lottis Befehl, das Zimmer sofort zu räumen, zuwiderhandelte, sich über sie beugte und mit seinen Lippen federleicht ihre Stirn berührte. Im Einschlafen hörte sie ein leise gesummtes Lied voller Glück und Harmonie. Ob es von ihr selbst kam?

Obwohl Lotti und Lavinia sie zu stützen versuchten, empfand Alex jede Bewegung als Tortur und war entsprechend erleichtert, als sie endlich in ihrer Wohnung ankam und sich dort, halbwegs bequem, längs auf ihre sandfarbene Couch setzen konnte.

»Wie läuft es hier?«, lautete Alex' atemlose und gepresst klingende erste Frage.

»Bestens. Also bleib hier sitzen und lass dich verwöhnen«, brummte Lotti sie an. Lavinia richtete sich erschrocken auf, zuckte dann aber mit den Schultern. Sie kannte Lotti von ihren gemeinsamen Strandspaziergängen und den Stunden in ihrem Atelier als einfühlsame Gesprächspartnerin. Diese saloppe Seite an ihr war Lavinia anscheinend fremd. Dass Alex die unfreundlichen Worte allerdings wie selbstverständlich hinnahm, beruhigte die Frau offenbar.

»Ich bin so froh, dass du keine Krankenschwester geworden bist«, gab Alex prompt zurück.

»Warum? Bei mir würden die Patienten keine falsche Bewegung machen, sich nicht vorzeitig selbst entlassen und damit ihre Gesundheit riskieren, und die Ärzte würden …«

»Du würdest im Gesundheitssystem vermutlich Millionen einsparen.«

»Aber sicher.« Lotti grinste, schob den Couchtisch genau neben Alex und legte dort das frisch geladene Smartphone ab. Dann holte sie Tee, Saft und Wasser, Knabberzeug und den Roman von Alex' Nachttisch herbei.

»Ich könnte meinen …«

»Den Laptop gibt es frühestens morgen. Heute ist noch mal Ausruhen angesagt.«

»Wo ist Tip?«, erkundigte sich Alex nicht ganz uneigennützig, was Lotti natürlich sofort durchschaute.

»In der Stadt. Er wird mich also nicht davon abhalten, dich zu pflegen.«

»Du meinst: mich herumzukommandieren?« Alex verdrehte die Augen, was Lavinia zu einem Auflachen ermutigte.

253

Offenbar hatte sie inzwischen bemerkt, dass die beiden keine ernste Auseinandersetzung ausfochten. »Und wo ist Marc?«

»Aha!« Jetzt grinste Lotti breit.

»Nichts aha. Er hat mir gesagt, dass er mich informiert, wenn es etwas Neues über Jenni und diesen …«

»… schrecklichen, grausamen, Frauen prügelnden Idioten gibt. Zu schade, dass ich nicht da war, als er gemeint hat, er könne dir wehtun!« Lottis Gesichtsfarbe biss sich plötzlich mit ihrer pinkfarbenen Bluse.

»Was hättest du getan? Ihn mit der Halacha traktieren?«

»Das Wort Adonais hat Kraft!«, rief Lotti mit ihrer kräftigen, lauten Stimme und fügte dann deutlich leiser hinzu: »Was denkst du, was geschehen wäre, wenn ihn euer christliches Wort des Herrn *getroffen* hätte? Ich habe da eine große, enorm schwere Jahrhundertbibel mit einem extrem dicken, festen Einband. Wenn man die über den Kopf bekommt …«

Alex wunderte sich nicht darüber, dass sich im Eigentum der Jüdin eine christliche Bibel fand. Das passte einfach zu ihr. Vermutlich besaß sie sogar eine Ausgabe des Koran.

»Was geschehen wäre? Totschlag. Du würdest vielleicht mit Nothilfe durchkommen.« Marcs tiefe Stimme löste in Alex eine Flut von Glücksgefühlen aus, die quirlig und sprudelnd wie Champagnerperlen durch sie hindurchflossen.

»Gut, ich denke, wir sind hier vorerst fertig, Lavinia. Gehen wir runter. Und Marc: Ich will nachher auch wissen, was die Polizei inzwischen herausgefunden hat.«

»Warum bleibst du dann nicht gleich hier?«

»Nur, weil du zu bequem bist, das zweimal zu erzählen? Ich will, dass ihr ein bisschen Zeit zu zweit verbringt.«

Lavinia schaute erst Lotti, dann Alex und zuletzt Marc an. Ein verstehendes Lächeln schlich sich auf ihr Gesicht, begleitet von einem leisen Glucksen, das ihre Freude über die Entwicklung verriet, die Lotti ihr da gerade verraten hatte.

Marc zuckte mit den Schultern, doch sein Blick war grimmig auf Lotti gerichtet, die das schlicht ignorierte. Alex hingegen versuchte, sich etwas weiter aufzurichten, was ihr einen derben Schmerz durch den Oberkörper jagte.

»Du bleibst, wo du bist«, kommandierte Lotti prompt und schob Lavinia dann aus der Tür, die sie lautstark hinter sich schloss. Die Hände tief in den Taschen seiner schwarzen Jeans vergraben, drehte sich Marc langsam zu Alex um.

»Gewöhnt man sich irgendwann an … ihre Art?«

»Sich bei Lotti an irgendetwas gewöhnen zu wollen, ist ziemlich unsinnig. Weder, was ihre Kleidung, ihren Schmuck oder ihre Haarfarbe betrifft, noch ihre wechselnden Stimmungen. Mal ist sie überaus besorgt und fürsorglich, eine geniale, intelligente und einfühlsame Seelsorgerin, dann plötzlich wird sie zu einer etwas wirren Künstlerin, und manchmal kann sie, ohne Vorwarnung natürlich, zu einer hartgesottenen Anführerin mutieren. Das Einzige, was bei ihr wirklich von Bestand ist, ist ihr Wohnsitz. Sie liebt die Insel, seit sie vor etwa zwanzig Jahren nach Deutschland gezogen ist.«

»Ich wüsste noch eine zweite Konstante.« Marc verließ seinen Posten neben der Tür, ergriff einen Stuhl und setzte sich zu ihr.

»Und die wäre?« Alex lächelte ihn an, auch wenn ihre Gesichtsmuskeln dabei schmerzten.

Marc, der dies zu ahnen schien, presste kurz die Lippen zusammen, dann beugte er sich vor und legte ihr seine überraschend kalten Hände an die Wangen. »Ihren Beschützerinstinkt und ihre Liebe zu dir.«

»Mhm.« Zu mehr war Alex nicht in der Lage. Seine Nähe verwirrte sie und das Blau seiner Augen lud sie ein, tief in diese einzutauchen. Sie hatte das Gefühl, im samtigen Wasser der Nordsee zu liegen, von sanften Wogen umspült, von wärmenden Sonnenstrahlen gestreichelt. Die Berührung mit seiner

Haut schien die Schmerzen zu vertreiben, zudem duftete er angenehm nach Kokos und etwas Erdigem, das sie nicht definieren konnte. Aufregend männlich.

»Dabei hat sie jetzt allerdings Konkurrenz bekommen«, fügte er noch mit leiser, weicher Stimme hinzu, die sie erneut umschmeichelte. Wie das Nordseewasser in einem sehr heißen Sommer.

»Ich finde das nicht schlimm«, gab Alex zu. Sie freute sich über das Strahlen in seinen Augen und das damit einhergehende Aufhellen des Farbtons.

»Wie geht es dir, jetzt, nach dem Umzug nach Hause?« Er behielt sein Gesicht dicht vor ihrem, seine großen Hände umschlossen noch immer sanft ihre Wangen.

»Es ist schön, wieder in den eigenen vier Wänden zu sein. Aber es war auch anstrengend und schmerzhaft.«

»Das tut mir leid.«

»Ich wollte nicht noch mehr Schmerzmittel schlucken …«

»Tapferes Mädchen.«

»Gibt es etwas Neues …« Sie wollte sich nach Jenni erkundigen, doch er unterbrach sie mit einem leisen »Sch«. Gab es einen schrecklichen Grund, warum er mit ihr nicht über die vermisste Frau reden wollte?

»Wir müssen die ungestörte Zeit nutzen und endlich über uns sprechen, Alex. Es gibt so vieles, das ich von dir nicht weiß, und noch viel mehr, das du von mir nicht weißt.«

Alex nickte. Sie war bereit dafür. Als er allerdings seine Hände von ihr nahm und sich aufrichtete, bedauerte sie das zutiefst. Zudem musste sie beobachten, wie der zärtliche Ausdruck auf seinem Gesicht verschwand und jene Härte zurückkehrte, die sie so oft schon an ihm gesehen hatte. Das war die Seite an ihm, die ihr zwar keine Angst um sie selbst machte, aber um ihn. Er faltete die sehnigen Hände in seinem Schoß und schaute zum Fenster hinaus auf die weißen Wolken, die vor einem kräftigen Wind zu fliehen versuchten. Ob er im Augenblick den Wunsch hegte, mit ihnen davonzufliegen? Was wog in seiner Seele so schwer, dass sich sein Blick in dieser Weise verdüsterte und das Blau in seinen Augen so dunkel wurde wie eine sturmgepeitschte See unter tief hängenden grauen Wolken?

»Alex ...« Er strich sich mit den Händen über das Gesicht. Täuschte sie sich, oder zitterte er? Schmerz lag unübersehbar und so zerstörerisch in seinem Blick, wie es vor Tagen die vom Orkan gefällte Kiefer für die Sandkiste gewesen war.

»Vor einigen Jahren ist etwas Furchtbares passiert. Ich wurde zu einem Einsatz gerufen. Eine Gruppe von alkoholisierten Jugendlichen war nachts auf die Idee gekommen, in die Berge zu kraxeln. Einer von ihnen ist abgestürzt, die anderen drei saßen in ziemlich prekärer Lage fest. Mein Team sollte aus der Luft versuchen, an sie heranzukommen. Meiner Mutter ging es in der Zeit nicht gut, sodass ich die Nacht bei meinen Eltern verbracht hatte. Meine Anfahrt dauerte deutlich länger als üblich. Es war noch ...«

Ein Klopfen an der Tür unterbrach ihn. Er stöhnte auf. Fahrig hob er die Hände und ließ sie wieder fallen, ehe er sich erhob und die Tür öffnete. Dort stand Lotti und neben ihr – Alex blinzelte verwirrt – Celina.

»Schaut mal, wen die Fähre uns gebracht hat.« Lotti schob Celina in den Raum und bedeutete Marc, dass er die beiden allein lassen solle.

Alex warf dem ernst dreinblickenden Mann einen um Verzeihung bittenden Blick zu. Der sah sie lange an, nickte kaum merklich und schloss die Tür hinter sich.

»Hallo, Alex.« Celina trat näher und nahm auf dem Stuhl Platz, auf dem bis eben noch Marc gesessen hatte. »Entschuldige bitte, dass ich einfach so bei dir reinplatze. Lotti hat gesagt, dass du verletzt bist. Ich hoffe, du hast keine schlimmen Schmerzen?«

»Wenn ich mich nicht bewege, nicht lache und möglichst wenig spreche, geht es mir eigentlich ganz gut.«

Celina hob die Augenbrauen und wagte ein verunsichertes Lächeln. Offenbar konnte sie nicht recht einschätzen, ob Alex ihre Worte ernst gemeint oder sich einen Spaß erlaubt hatte.

Alex wusste es selbst nicht. Sie hätte ihr Gespräch mit Marc gern fortgesetzt. Alles in ihr drängte danach, zu erfahren, was ihn beschäftigte und bewegte. Denn dieses Erlebnis – das stand ihr inzwischen klar vor Augen –, das mit ein paar leichtfertigen jungen Leuten zu tun hatte, würde immer Teil seines Lebens bleiben. Und falls sie sich wirklich auf eine Beziehung mit Marc einlassen wollte, würde es auch zu ihrem Leben dazugehören. Andererseits wollte sie natürlich auch unbedingt wissen, warum Celina plötzlich ohne Ankündigung hier auftauchte.

Alex spürte eine Anspannung in sich, als zerre jemand an ihrem Herzen. War Simone gefunden worden? Lebend? Tot? Aber hätte in diesem Fall nicht ein Anruf genügt, um ihr das mitzuteilen?

Alex musterte die junge Frau vor sich. Obwohl sie sich nur kurze Zeit nicht gesehen hatten, wirkte Celina entschieden ruhiger. Irgendwie gereifter. Erwachsen? Das lag sicher nicht nur an ihrem schicken roséfarbenen Zweiteiler und dem neuen modischen Kurzhaarschnitt. Der Tod ihres Vaters mochte bereits Veränderungen in ihr bewirkt haben, das spurlose Verschwinden ihrer Mutter hatte den Prozess ziemlich sicher deutlich verschärft und beschleunigt. Dennoch wirkte Celina bleich, fast durchscheinend. Als habe sie versucht, ein Geist zu werden, um die Grenze zwischen ihr und ihrer Mutter durchdringen zu können.

Alex atmete tief durch, schob alle Gedanken an Marc beiseite und konzentrierte sich auf ihren Gast.

»Lotti sagt, ich könnte hier arbeiten, zumindest so lange, bis du wieder völlig genesen bist. Und sie meinte, ich könnte in der Zeit in ihrem Gästezimmer wohnen. Außerdem sagt Lotti …«

»Wie schön, dass Lotti bereits alles so vortrefflich organisiert hat.«

Celina nickte, kniff dann ein Auge zusammen und lächelte Alex entschuldigend an. »Das war ironisch gemeint, nicht wahr?«

Alex lachte leise, was ihr zusätzliche Schmerzen im Brustkorb verursachte. Sie ignorierte diese jedoch und ergriff Celinas Hand. »Zuerst einmal: Ich freue mich sehr, dich zu sehen, Celina. Allerdings bin ich nicht weniger überrascht. Wo ist Hanna? Wie geht es ihr? Und was führt dich hierher?«

»Hanna lebt ganz gern bei Michael und seiner Frau. Die beiden sind auch wirklich toll. Ich denke aber, dass Hanna sich in ihrer Schule vergräbt. Sie lernt viel zu viel.«

»Du vermutest, dass sie damit ihren Schmerz über den Verlust betäubt?«

Celina nickte, zuckte aber gleichzeitig mit den Schultern.

»Und was ist mit dir?«

»Ich … habe mich von der Schule abgemeldet.«

Alex zwang sich, nichts dazu zu sagen, sondern sich ausschließlich aufs Zuhören zu konzentrieren.

»Ich bin jetzt achtzehn. Ich kann irgendwann später weiterlernen. Oder eine Ausbildung anfangen«, verteidigte sich Celina dennoch prompt. »Lotti sagt auch, dass es besser ist, erst einmal das Herz und die Seele lernen zu lassen als nur den Kopf. Oder so ähnlich.«

Grundsätzlich gab Alex Lotti recht, allerdings wusste sie nur zu gut, wie schnell man in Deutschland durch das System rutscht. Jemand, der nicht strikt die gängige Laufbahn von Schule, Studium oder Ausbildung, Partnerschaft, Karriere und vielleicht ein, zwei Kindern einschlug, war in diesem Land schlicht nicht vorgesehen. Menschen mit leidenden Seelen, die nicht in der Lage waren, jene Schritte zu absolvieren, bekamen früher oder später immense Probleme. Sie wurden von der Gesellschaft verkannt, fielen irgendwann aus der gesetzlichen Krankenversicherung ... Doch darüber wollte sich Alex jetzt keine Sorgen machen. Celina war ja wirklich noch jung. Sie nahm gerade einen holprigen und schwer begehbaren kleinen Umweg, der sie hoffentlich aus dem Tal der Trauer, der Verzweiflung und vielleicht auch der Wut, die unterschwellig in ihr zu brennen schien, hinauf in lichtere, friedlichere Höhen führen würde. Dann blieb noch genug Zeit, wieder auf die von der Gesellschaft vorgegebene Autobahn einzubiegen und zu hoffen, dass sie dort bestand, anstatt unter die Räder zu kommen.

»Bitte, Alex, darf ich dir hier helfen? Ich brauche ... diesen Platz hier. Wo Mama zuletzt war. Ich sehne mich nach dem Meer. Nach der Weite vor mir, weil in mir alles so schrecklich eng ist. Ich brauche dich. Und Lotti. Die Gespräche mit euch ...« Celina beugte sich vornüber und versteckte ihr Gesicht in den Händen. Sie schluchzte und wirkte dabei wieder wie der Teenager, der vor einiger Zeit hier zu Gast gewesen war.

Alex hätte sie so gern in ihre Arme geschlossen, doch die dafür benötigte Bewegung bereitete ihr Schmerzen. Also legte sie einfach nur ihre Hand auf Celinas dunkelbraunes Haar.

Ein Selbstmord mochte dem, der ihn als letzten Ausweg gewählt hat, Erleichterung von seinem Leiden verschaffen. Denen, die übrig blieben, verursachte er Schmerz. Simone hatte nicht nur ihren Töchtern die Mutter weggenommen, sondern auch ein Stück von ihnen mitgenommen. Vermutlich war ihr das damals nicht klar gewesen. Vielleicht hatte Simone angenommen, es sei besser für die Mädchen, wenn sie sich aus ihrem Leben löschte. Sie hatte sich aus dem Lebensgemälde der ohnehin dezimierten Familie ausradiert und mit dem

Radiergummi unweigerlich auch die Zeichnungen von Celina und Hanna getroffen.

Celinas Schluchzen wurde lauter, schließlich stieß sie hervor: »Mama hat uns nicht geliebt!«

»Doch, das hat sie. Simone hat euch beide sehr geliebt.«

»Warum hat sie das dann gemacht?«

»Liebes, wir wissen doch nicht, ob sie absichtlich dort hinausgegangen ist oder ob sie nur den Kopf freibekommen wollte und verunglückt ist …«

»Ach ja!« Eine wilde, abgrundtiefe Wut klang in Celinas Ausruf mit.

Alex schloss gequält die Augen, beließ ihre Hand aber Halt und Trost bietend auf Celinas Kopf. »Deine Mutter war verzweifelt und hat unsäglich gelitten. Und sie war in großer Sorge, ob sie euch beiden überhaupt gerecht werden könnte.«

»Und das löst man, indem man uns allein lässt?« Celina sprang auf, eilte zur Tür und trat mit dem Fuß dagegen. Dann kam sie wieder zurück und ließ sich schwer atmend auf den Stuhl fallen. »Lotti hat mir gesagt, dass es viele verschiedene Arten gibt, wie sich Liebe ausdrücken kann.« Celina klang noch immer aufgewühlt, bemühte sich jedoch, ruhiger zu werden.

Alex kam nicht umhin, sie dafür zu bewundern. Das Mädchen war reifer als gedacht, doch verständlicherweise völlig durcheinander.

»Manche zeigen ihre Liebe, indem sie anderen Geschenke machen, sagt Lotti. Andere dadurch, dass sie für ihre Lieben sehr viel erledigen, oder durch Zärtlichkeit, durch eine enge Zweisamkeit, oder sie verschenken viel Lob und Anerkennung. Aber was für ein Zeichen von Liebe soll es sein, wenn man die, die man liebt, einfach verlässt? Dachte Mama, wir sind ohne sie besser dran? Hat sie das wirklich angenommen?«

»Ich weiß es nicht, Celina. Niemand kann sagen, was in Simone vorgegangen ist, falls sie wirklich …«

»Sag mir ein einziges Beispiel, wo jemand aus Liebe die anderen im Stich lässt!«, begehrte Celina auf. Ihr Gesicht war rot vor Wut, die Augenbrauen über den hübschen graublauen Augen zusammengezogen.

»Celina, es macht …«

»Du weißt auch keines, nicht wahr? Weil es das nicht gibt!«

»Ich könnte dir eine wahre Begebenheit erzählen, aber …«

»Echt?« Celina richtete sich auf. Die Angriffslust in ihrem Blick verschwand und wich einem sehnsüchtigen Flehen. Ihre verletzte, leidende Seele suchte verzweifelt nach Antworten, wohl, um in ihnen Trost zu finden.

Alex seufzte, rutschte auf der Couch etwas weiter nach unten, einfach um ihre Position zu verändern, und sagte: »Der Bruder meines Opas war mit einer Jüdin verheiratet. Du weißt bestimmt aus dem Geschichtsunterricht, dass sich in Deutschland in den Dreißigerjahren und zu Beginn der Vierziger mit jedem Jahr die Gesetze gegen die jüdischen Bürger verschärften.«

Celina nickte nahezu ungeduldig. Natürlich kannte sie die Zusammenhänge, wusste um die Nürnberger Gesetze und all das, was dann geschehen war.

»Eines Tages beschloss diese jüdische Frau, ihren Mann und die beiden kleinen Söhne zu verlassen. Sie wollte sie dadurch vor der Aufmerksamkeit der Nazis beschützen. Ich mag mir kaum vorstellen, wie schrecklich schwer ihr das gefallen sein muss, schließlich konnte sie ja nicht wissen, wie lange sie ihre Familie nicht mehr wiedersehen würde. Ihr gelang damals die Flucht in die Schweiz.«

Celina saß reglos da, die Augen weit aufgerissen, eine Hand auf ihr Herz gepresst.

Alex schenkte ihr einen liebevollen Blick. Das Mädchen empfand so unglaublich tief. Der Verlust ihrer Eltern und die

Sorge um ihre kleine Schwester brannten ihr förmlich Löcher in die Seele. »Was … ich meine …«

Alex holte vorsichtig Luft. Es gab kein Happy End in der Geschichte, doch das ahnte Celina wohl schon. »Viel später hat diese Frau einmal gesagt, dass sie lieber bei ihren Söhnen geblieben wäre, wenn sie gewusst hätte, was passieren würde. Wir handeln in dem Wunsch, das Beste zu tun. Im Rückblick oder von außen betrachtet ist es das aber manchmal nicht. Und einige von uns agieren sehr spontan und unüberlegt, oder es bleibt einfach nicht genug Zeit, um das Für und Wider sinnvoll abzuwägen …«

»Ich bin auch ziemlich … spontan hierhergefahren.«

Alex lächelte. Celina klang jetzt wieder ruhiger, jedoch fast verzagt.

»Wissen dein Bruder, seine Frau und vor allem Hanna, wo du bist?«

Celina nickte, allerdings war ihr das schlechte Gewissen anzusehen. Vermutlich hatte sie erst Bescheid gesagt, als sie bereits unterwegs gewesen war. Womöglich hatte Lotti sie vorhin ermahnt, schnell bei ihrer Familie anzurufen.

»Darf ich bitte bleiben?«

»Ich könnte eine Hilfe tatsächlich gut gebrauchen. Und Lotti hat ja Platz für dich. Meinetwegen können wir ein offizielles Praktikum daraus machen. Aber zuerst möchte ich mit Michael sprechen.« Celina öffnete den Mund, doch Alex hob den Zeigefinger und fügte hinzu: »Auch wenn du inzwischen achtzehn bist.«

»Na ja, seit heute.«

»Komm bitte mal her!«

Celina folgte der Aufforderung, und so konnte Alex das Mädchen doch noch in ihre Arme schließen. »Meine herzlichen Glück- und Segenswünsche, liebe Celina. Für dieses neue Lebensjahr wünsche ich dir wunderschöne, fröhliche, leichte und glückliche Tage. Zugleich auch nachdenkliche, aufreibende, schmerzliche, eben solche, die dir helfen, die Tragödie deines Lebens zu verstehen und zu lernen, mit ihr zu leben. Vor allem aber wünsche ich dir, dass du verinnerlichen darfst, dass all das dich nicht ein Leben lang beeinflussen muss. Weder die Umstände, die zum Tod deines Vaters geführt haben, noch die Fragen um das Verschwinden deiner Mutter sind die Dinge, die dich ausmachen. Du bist wertvoll und geliebt. Das allein ist es, was letztlich zählt.«

Celina schniefte und klammerte sich an Alex fest. »Danke. Für alles«, flüsterte sie.

»Und hab bitte nie Schuldgefühle dabei, wenn du – wie jetzt gerade – Glück empfindest. Oder Freude. Egal, was passiert ist, Celina, deine Mutter hätte nicht gewollt, dass du unglücklich bist. Sie mag ein zutiefst verletzter Mensch gewesen sein, und das vielleicht schon über viele Jahre hinweg. Aber sie wollte für dich und Hanna immer nur das Beste. Weil sie euch geliebt hat.«

Celina drückte ihr Gesicht noch kräftiger an Alex' Hals. Tränen tropften aus ihren Augen wie Tau von Grashalmen. Alex hoffte nur, dass für Celina eines Tages wieder die Sonne aufgehen würde, um jene Tränen zu trocknen, wie sie auch die Tauperlen auf den Gräsern verdunsten ließ.

»Ich vermisse sie so sehr. Und Papa.«

Alex nickte und spürte in sich die altvertraute Sehnsucht nach Johanns Lachen, nach seinen Scherzen und der heiteren Leichtigkeit, die er zu versprühen verstanden hatte. Aber ihr Sehnen wurde nicht mehr im Sturm geboren, sondern lag in einem sanften Windhauch verborgen. So, wie sie ihn über den Feldern in Mississippi gespürt hatte, wenn er ihr in schwülheißen Sommernächten Kühlung gebracht hatte. Seitdem wohnte jedem warmen Windhauch, der Alex' Gesicht streichelte, ein ganz besonderer Zauber inne; eine wunderbar melancholische

Erinnerung an jene Zeit. Und so würde es bleiben, ihr Leben lang.

Für Celina, so hoffte und betete Alex, würde es ebenso kommen. Die junge Frau würde ihre Eltern zeitlebens vermissen. Aber dieses Gewitter, das sich in ihrem Leben zusammengebraut hatte, würde eines Tages nur noch ein harmloses Wetterleuchten sein. Und später, immer dann, wenn sie in der Ferne ein Licht sah, sie in wohltuender Weise an den salzigen Geschmack der Nordsee erinnern, an das Gefühl von Freiheit. Alex wünschte es ihr so sehr.

»Weißt du, Alex, zu Hause und in der Schule haben alle versucht, das *Richtige* zu tun und das *Richtige* zu sagen. Mir kam das alles so furchtbar verkrampft vor. Als ob mein Leben nicht schon genug auf dem Kopf stehen würde, haben sie das, was normal hätte laufen können, ebenfalls zu etwas Fremdem gemacht. Gibt es überhaupt ein *Richtig*, wenn ein Mensch sich umgebracht hat? Kann jemand anderes derjenige sein, der das, was auf dem Kopf steht, wieder umdreht?«

Alex dachte für einen Augenblick an Marc. Er war nicht Teil des Klebstoffs, der die Einzelteile ihres zerborstenen Herzens neu zusammenhielt. Er war auch nicht das Gold, das aus den noch immer sichtbaren Rissen und fehlenden Stücken ein einzigartiges Muster erschuf wie beim Kintsugi, jenem traditionellen japanischen Handwerk, bei dem zerbrochene Porzellan- oder Keramikarbeiten zu ganz eigenen Kunstwerken neu zusammengefügt werden. Das hatten andere getan. Jeremiah, die Lieder des Chores aus der Kleinstadt in den USA, die Kraft der Musik und Lotti mit ihrer Liebe, ihrem Lachen, ihren Wahrheiten. Marc war jedoch derjenige, der ihr zusammengeklebtes Herz behutsam in seine Hände genommen, es eingehend betrachtet und für liebenswert erachtet hatte.

Celina hob den Kopf von ihrer Schulter und sprach weiter. Selbstvergessen, als wäre sie sich Alex' Gegenwart gar nicht mehr bewusst: »Lotti meint, dass Trauern und Loslassen, Erinnern und Weiterleben dieser Leim sein kann. Und Gott. Das hat sie aber nur ganz leise gesagt, wahrscheinlich, weil sie mir nichts aufdrängen will. Doch ich denke fast, dass sie recht hat. Ich müsste wissen – sagt Lotti –, dass wir das Negative, das Menschen tun, nicht Gott in die Schuhe schieben dürften. Schließlich hätten wir Menschen einen freien Willen. Wir entscheiden uns bewusst für böse oder gute Taten. Und darüber, ob wir an eine höhere Macht glauben wollen oder nicht. Lotti meint, dass im freien Willen viel Wagnis liegt. Gott sei dieses Wagnis eingegangen, anstatt aus uns Marionetten zu machen. Wir könnten es auch. Vielleicht, wenn Mama sich für Lottis Gott interessiert hätte ... wäre sie noch am Leben? Lotti kennt so viele schöne ... Geschichten. Voller Trost und ... Hoffnung.«

Alex schwieg weiterhin, hörte zu, ließ Celina ihre eigenen Erkenntnisse auf ihre schwierigen Fragen finden. Sie ließ ihre Fragen unkommentiert stehen. Nicht immer musste alles sofort geklärt werden. Oder überhaupt beantwortet. Manchmal versanken kummervolle und zweifelnde Fragen einfach in der Bedeutungslosigkeit, so wie ein Ast, der von einem Baum in einen See fällt.

»Entscheidungen zu treffen, ist ein Teil des Erwachsenwerdens, nicht wahr?«

Alex nickte Celina beipflichtend zu. Dieses Mädchen erstaunte sie von Minute zu Minute mehr. Ob sie nach ihrem Vater kam? War er derjenige gewesen, der in ihrer Familie die Zügel in der Hand gehalten hatte, und Simone hatte das dankbar akzeptiert? Hatte sie damals im Sturm ebenfalls keinen bewussten Entschluss getroffen, sondern war einfach nur allein im Dunkeln an der wellenumtosten Inselbefestigung entlangspaziert und hatte auf das gewartet, was passieren könnte?

Celina jedenfalls schien ein ähnlicher Gedanke gekommen zu sein. »Ob Mama nie erwachsen geworden ist? Werde ich es je sein?« Sie hob den Kopf und schaute Alex mit verquollenen Augen und tränennassem Gesicht an. »Ich bin hier, nicht wahr?«

»Ja, du bist hier. Du hast in den vergangenen Tagen einige sehr schwerwiegende Entschlüsse gefasst und sie umgesetzt.«

»Ob es gute Entscheidungen waren?«

»Kommt es darauf gerade an?«

Celina lächelte, obwohl ihr noch immer die Tränen über die Wangen liefen.

»Was machen wir jetzt?« Sie klang erstaunlich tatendurstig, was bewies, dass sie ein weiteres Mal einen Beschluss gefasst hatte. Die Zeit des Fragens und des Weinens war für den Moment zu Ende. Nun galt es erst einmal, die nahe Zukunft zu organisieren.

Alex zwinkerte ihr zu. »Während ich mit deinem Bruder telefoniere, wirst du dich drüben bei Lotti einrichten. In einer Stunde kommst du wieder und bereitest mit mir zusammen das Zimmer vor, das morgen meine Beinaheschwiegereltern beziehen.«

»Vielen, vielen Dank. Du wirst sehen, ich mache das alles ganz sauber und ordentlich. Alles wird spiegelblank sein, die Bettwäsche ohne Falten, und ich werde Zweige in eine Vase stellen und …«

Alex sah Celina nach, wie sie eilig die Wohnung verließ. Ihre Hoffnung, dass die Wut im Herzen des Mädchens keine Chance hatte, sich tief in dieses empfindsame Organ hineinzufressen, es zu vergiften und dauerhaft zu schädigen, wurde durch den raschen Umschwung zu dieser fast kindlichen Begeisterung zusätzlich genährt.

KAPITEL 16

Am folgenden Tag ging es Alex erfreulich gut. Sie musste sich zwar sehr behutsam bewegen – im Prinzip überlegte sie sich bei jedem Handgriff, ob sie ihn wirklich wagen sollte –, aber die meisten waren beinahe schmerzfrei möglich – und ohne die betäubende Wirkung von Medikamenten.

Sie bereitete die Rechnung für Jens vor, der am nächsten Morgen mit der ersten Fähre die Insel verlassen und die Heimreise antreten würde – mit einem zweitägigen Zwischenstopp bei Annette, Tanja und Tim, wie Annette ihr per WhatsApp verraten hatte. Anschließend wehrte sie zuerst das nicht ganz ernst gemeinte Angebot von Jens, dann das durchaus ernst gemeinte von Marc ab, sie an den Strand zu tragen. Schließlich erlaubte sie Tip, der offenbar selten einmal untätig sein konnte, ein paar morsche Bretter am Nebengebäude auszutauschen und einige zersprungene Ziegel auf dessen Dach zu ersetzen. Außerdem wollte er die drittunterste Holzstufe zu ihrer Hochterrasse hinauf neu befestigten, da sie seiner Meinung nach gefährlich nachgab.

Als Alex wenig später das Fenster ihres Büros öffnete, um die frische Meeresbrise einzulassen, der sich ein kräftiger Geruch nach feuchter Erde beimischte, hatte Tip auf ebenjener Stufe Platz genommen. Neben ihm saß Lotti. Sie hielten je eine Tasse dampfenden Tees in den Händen, der jedoch, so vermutete Alex, vor dem Genuss bereits kalt sein würde, denn die beiden küssten sich. Zart und vorsichtig, als wäre es der erste Kuss zweier Teenager. Alex grinste bei der Annahme, dass es für Lotti fortan wohl schwierig werden würde, in Tips Anwesenheit die hier obligatorischen drei Tassen Tee – und das mehrmals am Tag – zu schaffen.

Lächelnd trat Alex zurück und gewährte ihnen ihre Privatsphäre. Gegen die Sehnsucht, die dabei als seltsam dumpfes Gefühl in ihrem Inneren daherkam, konnte sie jedoch wenig tun. Es war nicht schwer, diesem einen Namen zu geben. Wie gern wollte auch sie mal wieder so geküsst werden. Von Marc. Allerdings hatten sie noch nicht einmal ihr am Vortag begonnenes und so jäh unterbrochenes Gespräch zu Ende geführt. Und Alex wusste inzwischen, wie viel Marc daran lag, ehe er sich mehr herausnehmen würde als die behutsam gestohlenen Berührungen der vergangenen Tage oder die eine oder andere flüchtige Umarmung, die kaum als solche zu bezeichnen war …

Vielleicht gelang es ihnen, endlich eine längere Zeit allein zu verbringen, wenn Jens erst abgereist war – wobei Alex seinen Weggang bedauerte. Jens war so herrlich unkompliziert und strahlte eine unbändige Lebensfreude aus. Doch selbst jetzt noch, so kurz vor Jens' Abreise, nahm Marc das von ihm entworfene Trainingsprogramm für seinen besten Freund überaus ernst. Und der Erfolg gab ihm recht.

Jens' Aufenthalt am Meer hatte weitere rasante Fortschritte herbeigeführt. Inzwischen benutzte er nur noch eine Unterarmgehhilfe, und er konnte den Weg über die Dünen bis an den Strand ohne fremde Hilfe bewältigen. Nach dem Wochenende bei Annette stand ein Termin mit seinen Vorgesetzten von der Bundeswehr an. Sie würden, so hatte Jens es erzählt, ihm entweder einen Ausbilder- oder einen Administrationsjob anbieten, nun, da er vonseiten der Ärzte und Psychologen wieder als dienstfähig eingestuft wurde.

Alex kehrte gedanklich zu ihrem ausstehenden Gespräch mit Marc zurück. Ob es ihnen heute vielleicht gelingen konnte, endlich Zeit dafür zu finden? Immerhin wollten Max und Marianne gegen Abend anreisen, und sie hatten sicher geplant, viel Zeit mit Alex zu verbringen. Dabei war sich Alex völlig im Unklaren, ob sie ihnen gegenüber erwähnen sollte, dass sie dabei war, sich Hals über Kopf zu verlieben. In einen Mann, der so gar keine Ähnlichkeit mit ihrem Johann hatte – was gut, aber in den Augen von Max und Marianne durchaus auch verkehrt sein konnte. Auf jeden Fall hatte Alex nicht vor, die beiden vor den Kopf zu stoßen oder ihnen das Gefühl zu geben, dieser neue Mann in ihrem Leben könnte Johann vollständig aus ihrem Herzen verdrängen. Hier galt es wohl äußerst behutsam vorzugehen. Vielleicht wäre es sinnvoll, diese Offenbarung einfach etwas hinauszuzögern. Immerhin waren Marc und sie noch weit davon entfernt, wirklich ein Paar zu sein.

𝄞

Der zuvor sattfarbene Himmel verblasste zu einem milchig blauen, zudem zogen sich gelbe Streifen über den Horizont, als habe da oben jemand versehentlich einen Farbeimer umgestoßen. Der Wind trug eine salzige Note mit sich und hatte noch einmal an Kraft zugelegt. Er beugte den Strandhafer, zerzauste die Bäume und Büsche und zerrte an den Blüten der Herbstblumen in den Balkonkästen. Sein Brausen erfüllte die Luft, wurde jedoch spielend leicht von den Schreien der Silbermöwen übertönt. Diese tanzten über den Himmel, indem sie kräftig mit den Flügeln schlugen, sich dann gleiten ließen und plötzlich in Richtung Erde fielen, um sich dort in einem eleganten Bogen zu fangen und wieder in luftigere Höhen hinaufzuschwingen.

Mit der alten Metallgießkanne in den Händen verharrte Alex auf ihrer erhöhten Terrasse, bewunderte die Flugkünstler und stimmte mit ihrem Lied in die ungezähmte Melodie von Wind, raschelnden Blättern und heiserem Geschrei ein.

Endlich riss sie sich von dem Anblick los und goss die Vanilleblumen, die sich mit einer wahren Duftexplosion dafür bedankten. Genießerisch schloss Alex die Augen und nahm den schweren, süßen Duft in sich auf. Schließlich wandte sie sich den Balkonkästen zu.

»He, ich bin gerade wieder trocken!«

Alex kicherte und schaute zwischen den wippenden pinkfarbenen Asterköpfen hinunter. Dort stand Marc und wischte sich das erdige Wasser aus dem Gesicht, das aus den Balkonkästen nach unten rann.

»Ich dachte, du bist wie ein Wal. Die muss man doch, wenn sie an Land gespült werden, auch nass halten.«

Die Holztreppe knarrte und knirschte, als Marc mit großen Sprüngen, mehrere Stufen auf einmal nehmend, zu ihr hinaufstürmte. Das helle Blau seiner Augen verriet ihr seine momentane Gelassenheit. Die Stunden mit Kite und Board auf dem Meer hatten ihn entspannt. Allerdings sollte sie dieses verdächtige Glitzern darin wohl warnen.

»Ein Wal also?« Er wand ihr behutsam und doch energisch die schwere Gießkanne aus den Händen und stellte sie, ohne dabei den Blick von ihr zu lösen, auf den Terrassentisch. Eine Schmutzspur verlief von seinem Haaransatz über die linke Wange und hatte auch das weiße T-Shirt getroffen, unter dem sich die gut definierten Muskeln deutlich abzeichneten. Alex, die sich in seiner unmittelbaren Nähe seltsam aufgedreht und zugleich überfordert fühlte, griff nach einer der Stoffservietten, die sie vorhin im Sitzen gebügelt und gefaltet hatte, und versuchte damit, die Spuren ihres Gießwassers aus seinem Gesicht zu wischen. Er ließ es geschehen, trat aber näher. Als sie mit dem blauen Tuch seinen Hals abtupfte, war ihr bereits schrecklich heiß. *Was tust du hier eigentlich?*

Verunsichert, beinahe eingeschüchtert, hob sie den Kopf. Nun waren seine Augen dunkel, sein Gesicht dem ihren aufregend nahe. Erschreckend nahe. Wunderbar nahe.

Alex verlegte sich darauf, das T-Shirt abzutupfen, doch die Wärme, die von ihm ausging, und der Anblick, wie sich sein breiter Brustkorb hob und senkte, brachten sie endgültig aus dem Konzept. Als habe sie sich an der Serviette verbrannt, ließ sie den quadratischen Stoff fallen.

»Dieses *ich lasse mein Tuch fallen, damit der Gentleman es aufheben und zurückreichen darf, es vielleicht aber auch einsteckt, um ein Souvenir der Angebeteten zu besitzen*, hat womöglich noch im neunzehnten Jahrhundert funktioniert«, raunte er ihr zu und legte seine Hände an ihre Taille.

Diesmal war es Alex, die schwieg. Offenbar konnten sie beide spielend die Rollen tauschen. Marc zog sie behutsam etwas näher zu sich. Hitzewellen durchströmten sie, gefolgt von einem aufwühlenden Kribbeln, als sprudelten Champagnerbläschen durch sie hindurch.

»Ich habe das Kitesurfen heute früher abgebrochen, obwohl Wellen und Wind fantastisch sind. Aber die See hat mir ständig zugeflüstert, dass eine gewisse junge Lady viel zu weit weg ist.« Er grinste und fügte hinzu: »So weit, dass ich sie nicht mal summen hören konnte.«

Erst da wurde Alex gewahr, dass sie tatsächlich summte. Den *Boléro*.

Sehr subtil, Mädchen. Jetzt fehlt nur noch, dass du, wie damals die Tänzerin Ida Rubinstein, erotisch und lasziv zu tanzen beginnst. Doch das war es nun mal, was ihr Herz empfand. Feuer, Leidenschaft …

»Nicht aufhören«, flüsterte Marc. Als wollte er seine Bitte untermalen, küsste er sie sanft auf den linken Mundwinkel. Es funktionierte. Über ihre Lippen flossen erneut leise Töne und verbanden sich mit Marcs Lebensmelodie, wie beim *Boléro*, wenn dort die Tonart von C-Dur zu E-Dur wechselt. Allerdings wünschte sich Alex, dass bei ihnen die Tonart nicht nach acht Takten zurückwechselte. Sie sollte so bleiben …

Er sah sie fragend an und strich ihr dabei eine Strähne von der Wange, die der Wind jedoch sofort wieder zurückblies. Alex' Finger krallten sich in den Shirtstoff vor seiner Brust. Sie wollte so gern, dass er sie küsste, hatte aber auch Angst davor. Angst vor den Folgen, davor, sich an ihn zu binden. Angst vor der Angst um ihn.

»Nicht zu lieben, aus lauter Furcht, dir könnte diese Liebe genommen werden, wird dein Leben sehr traurig und sehr einsam machen«, flüsterte er ihr zu, gleichzeitig zog er sie an sich. »Nicht zu lieben, ist in einem Lebensentwurf nicht vorgesehen. Du stößt Lotti ja auch nicht von dir oder deine Familie, aus lauter Angst, dass sie dir durch einen Unfall genommen werden könnten.«

Die Melodie war verstummt. Die Stille dagegen schreiend laut. Weil sie eine Antwort, eine Reaktion einforderte.

Alex bog vorsichtig den Oberkörper zurück und schaute Marc an. Dieses kantige Gesicht, das, wenn sie es ansah, einen wilden Trommelwirbel in ihr hervorrief, gleichzeitig aber die sanften Töne eines gemütlichen Zuhauses. Es war verwirrend. *Er* war verwirrend. Und aufregend. Und liebenswert. Sie wollte ihm unbedingt vertrauen.

»Wenn ich Angst davor habe, dich zu verlieren, heißt das wohl, dass ich mich in dich verliebt habe, nicht wahr?«, sagte sie leise, dabei fühlten sich ihre Knie an, als wollten sie gleich unter ihr nachgeben. Aus Angst, dass sie einen Fehler beging, oder nur vor Schreck über ihre eigene Courage? Jeder Schmerz aus ihrem Körper war verschwunden, wurde überlagert von einer Vielzahl zugleich schöner und auch ängstlicher Emotionen. Der Rock 'n' Roll *Long Tall Sally* von Little Richard tanzte mit Schuberts *Wasserflut*.

»Das heißt es wohl«, bestätigte Marc völlig unaufgeregt.

Sie musste lachen, als sie sein schiefes Grinsen sah. Glück, gepaart mit neuem Mut, strömte in Wellen durch sie hindurch, erfasste sie, warf sie förmlich auf ihn, schlug über ihr zusammen, sprudelte um sie herum. Sie lag in seinen Armen und genoss diesen ersten Kuss seit Jahren, der so sanft begann wie Mozarts *Wiegenlied*, feurig wie ein Flamenco wurde, dessen Melodie sich allmählich wieder zu einem Klassikstück verwandelte und zum Schluss, bevor sie sich ein wenig atemlos voneinander lösten, ein ausgelassener, heiterer Sommerhit war.

Vertrautes brach in ihr auf, von dem sie geglaubt hatte, dass sie sich für immer davon verabschiedet hatte. Es vermengte sich mit Neuem, Aufregendem, ja mit etwas völlig Fremdem. Als habe sie durch diesen Kuss gelernt, unbekannte asiatische oder afrikanische Melodien und Rhythmen zu intonieren.

Johann hatte mitsamt seiner Lebensfreude Klassik verkörpert, Eleganz und Stil. Der stille, deutlich ernstere Marc vereinte vielmehr Jazz und Soul in sich, verströmte Beschwingtheit, Leichtigkeit – und ja: Abenteuer. Sie liebte beides. Sie liebte beide. Doch jetzt war offenbar die Zeit für … ein Abenteuer.

»Wir müssen reden«, drängte Marc erneut. Seine Fingerspitzen strichen über ihre Wange, die noch immer leicht geschwollen war, unter seiner Berührung jedoch keinen Schmerz aussandte, sondern dieses betörende Champagnerkribbeln. Ihre Hände lagen weiterhin auf seinem Brustkorb. Sie fühlte, wie seine wiederholte Bitte um ein Gespräch seinen Puls beschleunigte. Was er so dringend loswerden wollte, machte ihn nervös.

»Huhu, Alexandra! Servus!«

Alex zuckte zusammen, als habe Marianne nicht fröhlich rufend auf ihr und Max' Eintreffen aufmerksam gemacht, sondern ihr eine Ohrfeige gegeben.

Sie taumelte zurück, sodass Marcs Hand, die ihre Wange gestreichelt hatte, einen Augenblick lang in der Luft hing, ehe er sie senkte und ebenfalls in den Garten hinunterschaute.

Alex schluckte leer. *So viel also dazu, es Johanns Eltern behutsam beizubringen …*

𝄞

Marcs Herz, das gerade noch glückliche Kapriolen geschlagen hatte, schien mehrere Schläge lang einfach auszusetzen. Eine nie gekannte Atemnot ergriff ihn. Er erkannte die beiden Neuankömmlinge sofort. Und sie kannten Alex. Hatte sie nicht gesagt, dass heute die Eltern ihres verstorbenen Verlobten anreisen würden? Die Gedanken in seinem Kopf jagten sich wie die Möwen hoch oben am Himmel; stürzten ebenfalls in die Tiefe, flogen aber nicht wieder empor, sondern knallten auf den Boden der Tatsachen.

Alex war … Johanns Verlobte gewesen? Die Verlobte des Mannes, der beim Zusammenstoß zwischen seinem und Marcs Auto ums Leben gekommen war? *Bitte, nur das nicht!,* flehte er den Himmel an.

Er hatte gewusst, was Alex' Verlobtem zugestoßen war. Allerdings gab es jedes Jahr unzählige tödliche Verkehrsunfälle auf Deutschlands Straßen. Nie, nicht ein einziges Mal, war er auf den Gedanken verfallen, dass ausgerechnet er … sie …

Ruckartig wich die angehaltene Luft aus seiner Lunge. Alex warf ihm einen fragenden Seitenblick zu, dann schaute sie wieder auf das ältere Paar in ihrem Garten hinunter. Verwirrung lag in ihrem Blick. Sie runzelte die Stirn. Offenbar spürte sie sofort, dass hier etwas Merkwürdiges vor sich ging.

Die Frau im Garten, zuvor fröhlich, ja beinahe ausgelassen, war wie zu einer biblischen Salzsäule erstarrt. Sie hatte die Augen aufgerissen, den Mund weit geöffnet, als stoße sie einen lautlosen, dauerhaften Ton des Wiedererkennens – oder vielmehr des Entsetzens – aus. Ihr Ehemann lief knallrot an. Seine fast vollständige Glatze verriet, dass sich diese ungesunde

Gesichtsfarbe nicht nur auf sein Gesicht beschränkte. Marc konnte zusehen, wie seine Miene zur Fratze wurde. Wut spiegelte sich darin wider, steigerte sich zu maßlosem Hass.

Max ballte seine Hände zu Fäusten und keuchte so laut, dass es über das Brausen des Windes und das Rascheln der Blätter bis zum Terrassenhochbau hinauf zu hören war. Johanns Vater glich einem Stier, den man mit einem sich bewegenden roten Tuch reizt. Und Marc war nur zu klar, welche Rolle er in diesem Drama einnahm.

»Was … ich …?« In Alex' Blick überkreuzten sich die Fragen, wie Schwerter beim Kampf, brachten Verwirrung und Hilflosigkeit hervor. Marc hätte sie am liebsten beschützend in seine Arme gezogen. Aber er wagte es nicht einmal, ihre Hand zu ergreifen. Das, was hier gerade geschah, was er völlig überraschend begriff … war eine Katastrophe. Sein Herz hämmerte in seiner Brust. Schmerz wallte durch ihn hindurch, als traktierten die Schwerter nun ihn.

»Was macht der widerliche Kerl hier? Was hat der hier zu suchen? Warum gibst du dich mit einem Ungeheuer ab? Mit diesem Mörder?« Max schien förmlich zu explodieren.

»Er hat sie berührt! Ich habe es genau gesehen!«, keifte Marianne, schwankte und stützte sich schwer auf die Schulter ihres Mannes. Der fegte ihre Hand unwirsch beiseite, als hätte sich ein lästiges Insekt auf ihn gesetzt.

»Ich verstehe nicht«, japste Alex. Marc sah ihr an, dass sie im gleichen Augenblick, als sie die Worte aussprach, sehr wohl verstand. Ihre Augen waren weit aufgerissen, als sie sich ihm zuwandte. Das sonst so samtige Braun ihrer Iris wirkte beinahe schwarz. Schwarz wie der Tod. Der Tod ihrer Liebe, die gerade doch erst geboren worden war.

»Alex …« Ihm versagte die Stimme.

»Du …?« Ihre Hand suchte Halt, fand die Blumenkästen, riss unschuldige Blütenköpfe ab. Vermutlich würde sie das Gleiche am liebsten mit seinem Kopf machen.

»War es das, was du mir so unbedingt erzählen wolltest?«

Was konnte er anderes tun, als beipflichtend zu nicken?

»O mein Gott.« Die Worte waren nicht mehr als ein ton-loser, unmelodischer Hauch, vom Wind davongetragen, ver-klungen, ehe sie ein weiteres Ohr erreichen konnten. Marc hoffte so sehr, dass genau dieser Gott ihr nun Trost schenken würde. Sie würde ihn dringend brauchen. In einer Geste der Entschuldigung streckte er ihr seine Hände entgegen, die Handflächen nach oben. »Das Timing war …«

»Verschwinden Sie! Sofort! Fassen Sie sie ja nicht noch ein-mal an.« Marianne fegte herbei, packte ihn mit beiden Händen am Oberarm und zerrte ihn von Alex fort.

Er ließ es geschehen. Hier konnte er nichts mehr ausrich-ten, nichts mehr erklären. Das hatte er zu oft schon versucht und war jedes Mal auf eine Mauer aus Hass geprallt.

»Wie konntest du nur, Alexandra!«, ergoss sich Mariannes Zorn nun über Alex.

Marc, bereits an der Treppe, wirbelte herum. *Das* konnte er nicht zulassen.

»Ich wusste doch nicht …« Alex klang schmerzgeplagt und verzagt.

»Natürlich, meine Liebe. Du wusstest es nicht. Er hat dir was vorgemacht, um dich zu täuschen. Dieser … *Teufel*!« Marianne umarmte Alex.

Marc sah noch, wie diese sich dabei versteifte, dann trat er über die Holztreppe die Flucht an.

Vor der untersten Stufe baute sich Max auf. Marc sah ihm offen ins Gesicht. Johanns Vater wagte es nicht, ihn körper-lich anzugreifen. Immerhin war Marc um viele Jahre jünger, durchtrainiert und deutlich größer. Aber das, was Max in der Vergangenheit an Verbalattacken, an Anklagen, an Rufmord gegen ihn betrieben hatte, hatte weitaus tiefere Wunden geschla-gen, als Fausthiebe oder Tritte dies je hätten tun können. Und er hatte dabei Stellen getroffen, die weit weniger gut heilten als Haut, Muskeln, Knochen.

»Sie widerlicher Kotzbrocken!«, spuckte der Mann ihm entgegen.

So vieles lag Marc auf der Zunge, doch er schluckte alles hinunter. Es würde nichts einbringen als nur noch mehr Hass.

Max gab die Treppe frei, und Marc verließ bewusst langsam den Garten. Erst als er um die Hausecke gebogen war, ließ er sich gegen die Fassade fallen. Er stützte die Hände auf seine Oberschenkel, stand gebeugt da und atmete, als habe er einen Halbmarathon hinter sich.

Wie hatte das passieren können? Er hatte sich in die Frau verliebt, deren Verlobter kurz vor der Hochzeit bei dem Autounfall gestorben war, der auch ihn beinahe das Leben gekostet hatte. Weil er Leben hatte retten wollen. Weil er sich nicht die Zeit genommen hatte, seine Schuhe zuzuschnüren. Weil er sich sicher gewesen war, dass hinter dem entgegenkommenden Truck die Straße frei war. Weil er überholt hatte.

Die von ihm als überwunden geglaubten Schuldgefühle kehrten zurück. Sie verbissen sich erneut in seine Seele wie ein Hai in seine Beute. Aufgestachelt durch seine Verzweiflung, und weil er sich erlaubt hatte, sich zu verlieben. Und das, obwohl er doch eine junge Liebe zerstört hatte. Viel schlimmer noch! Er liebte ausgerechnet jene Frau, der er einen unsäglichen Schmerz zugefügt hatte. Vermutlich waren nun auch bei ihr sämtliche furchtbaren Erinnerungen und Gefühle wieder zum Leben erwacht. Und jedes Mal, wenn Alex ihn von nun an ansehen würde, würden diese sie wie eine Flutwelle aufs Neue überrollen und mit sich reißen, ihr Herz töten, die Melodien in ihr zum Verstummen bringen. Und genau deshalb blieb ihm nur eines übrig: Er musste hier weg. Sofort.

Alexandra

Mein Herz hatte eine neue, bislang unbekannte Melodie zu singen gelernt. Ein eigenes Lied für Marc, wie es auch für Johann eines reserviert hatte. Sie hatten erstaunlich unterschiedlich geklungen, waren beide jedoch von unvergleichlicher Schönheit gewesen, so wie nur Liebe die wunderbarsten und reinsten Töne hervorbringen kann … Ich hatte geglaubt, sie könnten nebeneinander bestehen; miteinander klingen.

Doch plötzlich wusste ich nicht mehr, wie die Töne angeordnet waren. Welcher kam zuerst, welcher danach, wie ging die Melodie weiter? Das Lied endete abrupt, als habe jemand das Notenblatt zerrissen, dem Musiker das Instrument aus den Händen gefegt, dem Sänger den Mund geknebelt … als habe das Herz aufgehört, seinen steten Takt zu schlagen. Meine kleine Welt verstummte. Erneut.

Haltlose Angst überfiel mich. Nicht die Angst davor, dass mein Lebenslied vom lebensfrohen Dur zurück in trauriges Moll rutschen würde, das geschah im Laufe eines Lebens immer wieder, sondern dass es nie wirklich zu Ende gespielt werden konnte. Weil ihm etwas Entscheidendes fehlte. Die Nuancen, die Marc eigentlich darin hätte spielen sollen? Oder ein anderer Mann, den es jetzt, nach Johann und nach Marc, womöglich nie mehr geben konnte? Weil ich dessen Melodie vermutlich sofort zum Schweigen bringen würde?

Ich verstand die Partitur meines Lebens nicht mehr, konnte mit den schwarzen Punkten und Strichen auf den untereinander angeordneten Notenlinien nichts mehr anfangen. Es gelang mir nicht mehr, sie zu lesen, sie zu verstehen, sie zu singen. Sie waren kryptische Zeichen ohne Sinn. Nichts klang in mir an, wenn ich sie anschaute. Ich begriff einfach nicht, was passiert war. Oder vielmehr: wie das überhaupt hatte geschehen können. Und warum.

Kapitel 17

Der Schmerz, der sich durch ihr Herz wühlte wie ein Maulwurf durch eine gepflegte Grünanlage, war weit schlimmer als der, den ihr malträtierter Körper ausstrahlte. Marc hatte den Balkon und den Garten schweigend verlassen. Nachdem er ihr verraten hatte, dass er *gewusst* hatte, wer sie war.

Nun wusste sie, wer *er* war. Und ja, er hatte recht: Sein Timing war miserabel. Gleich zu Beginn ihrer sich anbahnenden Freundschaft, sofort, als sie ihm sein Zimmer gezeigt hatte, besser noch: gleich bei der Zimmerbuchung durch Jens hätte er ihr mitteilen müssen, *wer* er war. Ob Jens davon gewusst hatte …?

Wie überlaute Paukenschläge hämmerte es in ihrem Kopf: *Marc war Johanns Unfallgegner. Derjenige, der überholt hat. Und Johanns Auto übersehen hat.*

Alex taumelte, hielt sich verkrampft am Türrahmen fest. Sie meinte vor einem Loch zu stehen. Schwarze, kalte Leere. Hinein fielen ihre Fragen und Zweifel. Ihr Schmerz von damals. Und der von heute. Es drohte, auch sie zu verschlingen. Weil sie Marc liebte. *Ich verstehe dich nicht. Warum hast du das gemacht?* Diese Stimme in ihr brüllte lautstark. Wütend. Verletzt. Ihr Herz raste, ihr Brustkorb schmerzte. Sie atmete nur flach. Ihr war schwindelig, Gesicht und Hände kribbelten unangenehm.

Letztere ballte sie zu Fäusten. Hass setzte eine nie gekannte Energie in ihr frei. Und erschreckte sie.

Marianne redete auf sie ein, mal aufgebracht, mal fürsorglich, doch Alex nahm kein einziges Wort von dem wahr, was sie sagte. Die Sätze prallten an ihr ab wie flache Kieselsteine, die über die Wasseroberfläche titschten. Dazwischen vernahm sie Max. Seine Stimme klang wie fernes Meeresrauschen und als spreche er mit sich selbst. Er redete sich in Rage, fluchte, drohte, polterte. Wie bedrohlich nahendes Donnergrollen. Und sie schwankte noch immer am schwarzen Abgrund. In diesem brodelte der Hass wie ein Vulkan. Bot sich ihr als Ventil für dieses wilde Durcheinander von Gefühlen. Alex fiel vornüber.

Zwei Arme umfingen sie. Alex hörte das melodiöse Klirren unzähliger Armreifen, atmete kurz den Duft von Rosen ein. Lotti war wieder einmal wie aus dem Nichts aufgetaucht, dirigierte sie rücklings durch die Balkontür in ihr Wohnzimmer und schloss einfach die Tür. Damit sperrte sie Marianne und Max aus.

»Leg dich auf die Couch, bevor du zusammenklappst«, befahl Lotti.

Alex gehorchte willenlos. Da sie ohnehin nicht wusste, was sie jetzt tun sollte, konnte sie sich genauso gut hinlegen. Sie wollte nur die Augen schließen und sich wegträumen. An einen Ort, an dem niemand wütete und fluchte. Wo Schmerzen nicht präsent waren, niemand bösartige Pläne schmiedete und in die Tat umsetzte und in der Ungerechtigkeit keine Chance hatte. Und wo es das schreckliche, bedrohliche Loch nicht gab.

»Gerechtigkeit, Frieden und endloses Glück werden wir erst im Himmel erleben«, raunte Lotti ihr zu, während sie die leichte Wolldecke über Alex' Füßen ausbreitete. Tatsächlich klapperte sie mit den Zähnen, obwohl ihr nicht einmal kalt war. Und woher kannte Lotti ihre Gedanken? War dieser Wunsch in ihr so offensichtlich oder hatte sie halblaut vor sich hin gemurmelt?

Ein Rumoren ließ sie aufschauen. Max und Marianne verließen den Balkon über die Holztreppe. Sie hatten weder aufgebracht gegen die Glastür geklopft noch lautstark Einlass begehrt. Ob sie bemerkt hatten, wie schlecht es ihr ging?

»Jemand muss ihnen ihr Zimmer zeigen«, flüsterte Alex kraftlos.

»Jemand muss ihnen gehörig den Kopf zurechtrücken«, erwiderte Lotti.

»Sie leiden«, widersprach Alex, hörte jedoch selbst, wie zweifelnd sie klang. Litten die beiden wirklich noch immer unter Johanns Tod oder waren sie jener Stufe bereits entwachsen? Hassten sie nur noch? Und fokussierte sich ihr Hass auf eine einzige Person? *Marc.* Wollte sie es ihnen gleichtun?

Alex vergrub ihr Gesicht in den Händen. Sie weinte leise. Das kräftige Zusammenziehen ihres Oberkörpers unter den lautlosen Schluchzern bereitete ihr zusätzliche Schmerzen.

Wie hatte sie sich ausgerechnet in Marc verlieben können? Wie hatte sie das Gefühl, auf gewisse Weise mit ihm verbunden zu sein, nur derart falsch interpretieren können?

»Das hätte er nie zulassen dürfen, Lotti«, keuchte sie.

Noch ehe sie ihrer Freundin erzählen konnte, was sie damit meinte, sagte diese: »Er wirkte auf mich gerade extrem verstört. Ich denke, dass er den Zusammenhang genauso wenig hatte herstellen können wie du. Bis er die beiden gesehen hat.«

Irritiert hob Alex den Kopf und blickte Lotti mit großen Augen an. Woher wusste sie denn nun schon wieder, was geschehen war?

»Marc hat mich geholt, mich gebeten, nach dir zu sehen. Er meinte, nachdem soeben herausgekommen sei, dass er deinen Verlobten getötet hat, würdest du meine Hilfe brauchen.«

Lieber, fürsorglicher, beschützender Marc. Ihre eigenen Gedanken und die Gefühle, die dabei in ihr aufwallten, stürzten Alex noch tiefer in ein Meer aus Verzweiflung. Einen Augenblick lang wünschte sie sich, laut schreien und etwas kaputt schlagen zu dürfen, doch sie sah nur Lotti an. Schweigend. Verstummt. Sie brauchte Antworten.

Lotti setzte sich auf den Beistelltisch, wobei ihre Armreifen und Ketten sanft klirrten. Sie war wie so oft barfuß, ihre grellrot lackierten Zehennägel hoben die Bräune ihrer Beine deutlich hervor. Alex verstand nicht, weshalb sie derlei Nebensächlichkeiten überhaupt wahrnahm. War das gut? Oder verdrängte sie bereits?

»Was wirst du nun tun?«

Mit dieser Frage hatte Alex nicht gerechnet. Was sollte sie schon tun? »Ich weiß nicht …«

»Gut, dann werde ich es dir sagen. Du beruhigst dich jetzt wieder, während ich Johanns Eltern entweder ihr Zimmer zeige oder sie mit einem Besen auf die nächste Fähre jage. Je nachdem, ob sie mir versprechen können, das Thema Marc und Johann dir gegenüber ruhen zu lassen.«

»Ach, Lotti.«

»Alex, hör endlich damit auf, die beiden in Schutz zu nehmen. Sie brauchen deinen Schutz nicht, und du wirst ihretwegen nicht auf dein Glück verzichten.«

Alex lachte bitter auf. »Auf mein Glück? Mit dem Mann, der Johann …« Alex wusste nicht, ob sie erneut lachen oder lieber wieder in Tränen ausbrechen sollte. Die ganze Situation war einfach zu grotesk. Verfahren. Unmöglich. Schmerzlich!

»Warum habt ihr euch nicht erkannt?«, wollte Lotti wissen.

»Weil ich … gleich nach der Beerdigung abgehauen bin. Ich hatte dir doch von meiner langen, heilsamen Reise erzählt.«

»Das heißt, du warst nie in die juristischen Belange rund um den Unfall involviert?«

»Nein.«

»Das bedeutet im Umkehrschluss aber auch, dass Marc dich nie gesehen hat. Und vielleicht ist in seiner Gegenwart nicht ein einziges Mal dein Name gefallen.«

284

»Zumindest nicht offiziell«, gab Alex zu und begriff sofort, worauf Lotti hinauswollte. Marc hatte womöglich gar nicht gewusst, wer sie war.

»Warum auch immer Marc ausgerechnet in deiner Pension abgestiegen ist, mein Herzchen: Er hatte nie die Absicht, dir wehzutun. Oder sich in die Frau des Mannes zu verlieben, für dessen Tod er sich verantwortlich fühlt. Johanns Tod, so denke ich, ist genau das, was seine Seele martert. Er leidet unter Schuldgefühlen, Trauer und Verzweiflung. Vermutlich kämpft er seit damals dagegen an. Dies alles muss ihn verändert und stark geprägt haben. Und ich habe ihn beobachtet, mein zerbrechlicher kleiner Kolibri. Seit er hier ist, je länger er dich kennt, umso mehr öffnet er sich. Seine Augen leuchten heller, sein Lächeln wird breiter, er bewegt sich … runder. Und er hat aufgehört, wie ein gejagter Hase durch die Gegend zu rennen. Er kommt allmählich zur Ruhe.«

»Das ist das Meer, die Insel …«

»Blödsinn, Krabbe. Er war schon an vielen malerischen Stränden und in exotischen Paradiesen, um zu surfen, zu tauchen, zu klettern und um von irgendwelchen Klippen zu springen oder sich aus Flugzeugen zu stürzen. Es liegt nicht an unserer wunderschönen Insel.«

Alex zog nur die Schultern hoch. Die Bewegung jagte erneut eine Schmerzwelle durch ihren Oberkörper. Alles an und vor allem in ihr schien viel empfindlicher geworden zu sein. Wund gerieben. Beinahe so, als habe jemand Sand in ihr Inneres gestreut, das jetzt wie Schmirgelpapier an ihr scheuerte. Derselbe Sand, den sie vor Kurzem noch als angenehm empfunden hatte, von der Sonne gewärmt. Der sich nicht aus dem Leben hier fegen ließ – was sie bisher ja auch nicht gewollt hatte –, der in ihr Herz gerieselt war und es in einen wunderschönen Ausnahmezustand versetzt hatte …

Lotti ergriff ihre Hand und hielt sie sanft. »Ich habe keine Ahnung, was Adonai dazu bewogen hat, euch beide am Kragen zu packen und hier auf diesem kleinen Fleckchen Erde zu genau derselben Zeit wieder abzusetzen. Aber ich halte seine Pläne für weise. Wir sind nur zu blöd, um sie zu verstehen. Vielleicht will er gerade zwei Herzen heilen. Die zweier großartiger, liebenswürdiger Menschen, die durch einen Unfall miteinander verbunden sind. Dieses Bündnis – nach einem tragischen Ereignis – gedenkt er in etwas Neues und obendrein Gutes zu verwandeln. Er bietet euch ein Geschenk an! So macht er das nun mal. Es sei denn, wir Menschenkinder sträuben uns mit Händen und Füßen dagegen und laufen lieber weiter mit Schmerz, Verletzungen und – was diese *M und Ms* betrifft –, sogar hasserfüllt durchs Leben.«

Bei Lottis Abkürzung für Marianne und Max stahl sich trotz aller Pein ein leichtes Schmunzeln auf Alex' Lippen. Wie sehr liebte sie ihre extravagante Freundin doch.

»Marc wollte zuletzt immer darüber reden«, gestand Alex.

»Das muss ihm extrem schwergefallen sein, obwohl er – und da bin ich mir ziemlich sicher – nicht einmal geahnt hat, wer du wirklich bist. Er kannte nur dein Schicksal, ohne es mit seinem in Verbindung zu bringen. Kannst du das nachvollziehen?«

»Doch, ja. Vor allem, wenn ihn tatsächlich böse Schuldgefühle plagen. Vielleicht befürchtete er, ich könnte ihn abweisen, sobald ich erfahre, dass er Schuld am Tod eines Menschen trägt. Weil er leichtsinnig Auto gefahren ist, zu mutig und abenteuerlustig überholt hat. Er wusste ja, dass ich Johann bei einem Autounfall verloren habe. Und Angst davor, etwas Ähnliches könnte wieder …« Alex versagte die Stimme.

Was machte sie da eigentlich? Eine Entschuldigung für Marcs Verhalten suchen? Für sein Schweigen? Seine Manipulation? Aber hatte Lotti zumindest Letzteres nicht bereits widerlegt? Anscheinend hatte Marc nicht gewusst, wer sie war.

Dennoch hatte er Johanns Eltern sofort wiedererkannt. Nach so vielen Jahren? War das möglich? Seit damals, als eine Richterin offenbar beschlossen hatte, Marc nur eine geringe Mitschuld an dem Unfall zuzuschreiben – weshalb auch immer?

Und war es nicht genau jene Ungerechtigkeit, die Marianne und Max zu dem gemacht hatte, was sie heute waren: Verzweifelte, nahezu verbitterte Menschen, die den Schmerz des Verlustes nicht einmal ansatzweise hatten verarbeiten können? Hatte die Justiz einen Polizeibeamten … geschützt? Weil Marc damals – wie er ihr gegenüber einmal angedeutet hatte – auf dem Weg gewesen war, einige leichtsinnige betrunkene Jugendliche zu retten? War deren Leben gegen das von Johann aufgewogen worden? War das gerecht?

»Was soll ich jetzt nur tun?«, seufzte Alex.

»Das weißt du doch selbst, mein Zuckerherz.«

»Ich muss mit Marc sprechen.«

»Ich bin stolz auf dich. Mach das. Und so lange … rede ich mit den *M und Ms* und hoffe, dass ich sie anschließend aus deiner Pension an den Hafen jagen darf.« Lotti rieb sich erwartungsvoll die Hände.

Alex lächelte nachsichtig, schüttelte aber entschieden den Kopf. »Das wirst du nicht tun. Denn ich denke, ich sollte auch mal ein … etwas anderes Gespräch mit den beiden führen.«

»Versuch es.« Lotti klang nicht überzeugt, stand allerdings sofort auf und half Alex fürsorglich auf die Beine.

Wenig später klopfte Alex an Marcs Zimmertür, erhielt jedoch keine Antwort. Also stieg sie langsam die Stufen hinunter, betrat den abzweigenden Flur und versuchte es bei Jens. Sie war froh, dabei weder Marianne und Max noch einem anderen Pensionsgast in die Arme zu laufen. Ein Brummlaut signalisierte ihr, dass sie eintreten dürfe. Jens stand mit dem Rücken zu ihr vor einem der beiden Fenster und schaute hinaus.

Vor dem Bett entdeckte sie sein für die Abreise vorbereitetes Gepäck.

»Weißt du, wo Marc ist?«

»Er ist weg. Was hat er angestellt?«

Alex presste die Lippen zusammen. Was meinte er mit »weg«? Sie stellte die Frage laut.

Jens atmete tief durch, wobei sich das kurzärmelige karierte Hemd über seine Schultern spannte, ehe er sich zu ihr umdrehte. Sein Blick war ernst, auf seiner Stirn zeichneten sich Querfalten ab.

»Er hat seine zwei Habseligkeiten in den Rucksack geworfen, die Boards aufs Dach gespannt und ist davongefahren.«

In Alex breitete sich Unruhe aus, als wollte eine seltsame Macht in ihr sie antreiben, sofort zum Fähranleger zu hasten. Sie unterdrückte den Wunsch. Schließlich war es Marc, dem dieses Etwas in ihrem Inneren offenbar hinterherzurennen drängte. Das war unlogisch. Immerhin war Marc der Mann, der Johanns Leben ausgelöscht hatte!

»Hat er … was zu dir gesagt?«

»Du kennst ihn ja. Er redet nicht viel, wenn er nicht muss.«

Alex wollte widersprechen. Zuletzt hatte er sich mit ihr völlig normal unterhalten. Er hatte sogar das Gespräch mit ihr gesucht, wobei die Umstände dies mehrmals unterbunden hatten.

»Verrätst du mir, was passiert ist?« Jens klang ebenfalls verwirrt. Offenbar verstand er das Verhalten seines besten Freundes im Augenblick überhaupt nicht.

»Marc war der Unfallverursacher.«

»Ja, er hatte einen schlimmen Unfall. Er war schwer verletzt, der andere ist gestorben. Das hat ihm ziemlich zugesetzt, hat ihn zu einem Ruhelosen gemacht …« Jens legte den Kopf schief und musterte Alex. »Ich weiß, dass er dir davon erzählen wollte. Allerdings hätte ich nicht gedacht, dass dieses Gespräch aus dem Ruder laufen könnte. Dass es nicht leicht für dich sein würde, war ja anzunehmen, aber …«

»Du verstehst nicht … Mein Verlobter war derjenige, der bei Marcs Unfall gestorben ist.«

Jens fiel förmlich die Kinnlade herunter, er hatte sich jedoch schnell wieder im Griff.

»Mist!«, entfuhr es ihm. Er stieß sich vom Fensterbrett ab, kam auf sie zu und schloss sie einfach in seine Arme. Für einen kurzen Moment genoss sie den Trost und das Mitgefühl, die der große, starke Mann ihr anbot, doch dann schälte sie sich entschlossen aus seinem Arm. Er war nicht Marc. *Ich würde viel lieber …*

Energisch verdrängte Alex den irrationalen Wunsch, von Marc umarmt zu werden. Offenbar musste sie damit rechnen, dass dieses Ansinnen in nächster Zeit auf der Lauer liegen würde, um über sie herzufallen. Das kam einer Selbstkasteiung recht nahe. *Ich werde auch über ihn hinwegkommen. Über Marc.*

Ein Schmerz schnitt ihr wie mit einem Messer ins Herz. Er hatte eine erschreckende Ähnlichkeit mit dem, den sie damals neben der Leiter verspürt hatte. In jener Altbauwohnung, die ihre und Johanns gemeinsame Zukunft beherbergt hatte – bis zu dem verhängnisvollen Telefonanruf. Ein schriller, unschöner Ton hallte in ihrem Kopf wider, im Gepäck hatte er neue Tränen, die Alex nur mühsam zurückhalten konnte.

»Marc wusste von einer Verlobten. Aber er hat sie nie aufspüren können.«

»Aufspüren? Er hat mich gesucht?«

»Es hieß immer, du seist weg. Irgendwo in der weiten Welt unterwegs. Johanns Eltern müssen es geschafft haben, allen, mit denen Marc gesprochen hat, einzureden, dass sie ihm ja nichts über dich erzählen durften.«

»Wie bitte? Ich verstehe nicht.«

»Setz dich, bitte.« Jens Worte waren mehr ein Seufzen. Vermutlich rang er mit der Loyalität, die er seinem besten Freund gegenüber empfand.

Alex nahm eine Jacke und einige Papiere von der Sitzfläche des einzigen Stuhls und ließ sich darauf nieder. Jens setzte sich auf das nur nachlässig gemachte Bett.

»Obwohl Marc am Unfallhergang keine Schuld trug …«

»Das … sagte zwar die Richterin, aber …«

»Behauptet irgendwer etwas anderes?« Jetzt klang Jens nahezu aggressiv. Zum ersten Mal überhaupt sah Alex den Soldaten in ihm, den strukturiert denkenden und entschlossen handelnden Piloten.

»Er hat überholt, ohne auf den Gegenverkehr zu achten. Blindlings ist er hinter einem Lastwagen hervorgeschossen. Rücksichtslos! Übermütig! Der Adrenalinjunkie eben!« Sie schrie fast, ballte die Hände zu Fäusten und spürte erneut diese Qual in sich, die sie früher dazu getrieben hatte, immer weiter davonzulaufen. Als könnte sie ihre Gedanken so daran hindern, den Unfall ein ums andere Mal durchzuspielen, sich Johanns Schrecksekunde vorzustellen. Seinen Schmerz, sein Leiden, sein Sterben. Im Augenblick fühlte sie sich wie ein Dokument, das einen Fehler enthalten hatte. Zerrissen. Und durch den Riss sickerten nun doch die Tränen. Ungehindert liefen sie über ihre Wangen, tropften auf ihre Hose. Sie zeugten von dem schmerzlichen Ziehen in ihrer Brust und dem dumpfen Druck in ihrem Kopf.

»Alex.« Jens' Stimme klang nun wieder sanft, nahezu bittend. Er wollte, dass sie ihm gut zuhörte.

Sie wischte die Tränenperlen fort und versuchte, sich zu beruhigen.

»Marc war ein fröhlicher, kontaktfreudiger Kerl. Ein Sportass und ein hervorragender, ja mutiger, aber sehr verlässlicher Polizist und Pilot. So still und in sich gekehrt, wie du ihn kennst, wurde er erst nach dem Unfall. Und dabei geht es ihm jetzt schon viel besser als noch vor rund einem Jahr. Er wurde so, weil die Schuldgefühle ihn zerfressen haben. Er suchte Vergebung, aber die wurde ihm verwehrt. Mehrmals! Auch weil er dich nicht finden konnte – oder es ihm vielmehr unmöglich gemacht wurde, mit dir zu sprechen.

Marc wurde zum Einzelkämpfer. Er suchte die Gefahr, um auszuloten, wie weit er gehen konnte. Er brauchte sie, um sich wenigstens ein bisschen lebendig zu fühlen. Doch immer, vor dem Unfall und auch danach, hätte er nie – wirklich nie – das Leben anderer in Gefahr gebracht. Er war umsichtig, wenn es abzuwägen galt, ob ein Flug möglich war, ob eine Rettungsaktion gestartet werden konnte oder ob sie noch mehr Menschen – meist seine Crew – gefährden würde.«

Alex reagiert nicht. Sie hörte einfach nur zu.

»Die Eltern von Johann – Alex, ich spreche nicht gern über andere, wenn sie nicht anwesend sind, um ihre Sicht auf die Geschehnisse darlegen zu können. Aber heute mache ich eine Ausnahme.«

Alex presste die Lippen zusammen. Wollte sie überhaupt hören, was Jens ihr mitzuteilen hatte? War nicht die ganze Situation schlicht zu verzwickt, jedes weitere Wort unnötig? Ihren Bedenken zum Trotz nickte sie ihm schließlich auffordernd zu.

»Johanns Eltern haben ihn als Nebenkläger verklagt. Als die Richterin ihm nur eine unbedeutende Teilschuld zusprach, gaben die beiden dennoch keine Ruhe. Sie riefen höhere Instanzen an. Sie betrieben eine Hetzjagd, obwohl Marcs voller Name eigentlich nicht öffentlich gemacht werden durfte. Sein Vorgesetzter musste ihn suspendieren, um Schaden von der Polizei abzuwenden und um ihn zu schützen. Nur so konnte er untertauchen, sodass es gelang, ihn allmählich wieder aus den Schlagzeilen zu bekommen.«

»Das ... wusste ich nicht. Ich war damals schon nicht mehr im Land.«

»Das wiederum wusste ich nicht. Und Marc auch nicht.«

»Er wollte die ganzen Jahre über mit mir über den Unfall sprechen?«

»Marc suchte das Gespräch mit Johanns Eltern. Sie wiesen ihn ab. Beschimpften ihn, bedrohten ihn. Er hat mehrere Versuche unternommen. Privat, über mich, über einen Anwalt ... nichts. Sie gaben ihm keine Chance. Auf seine Fragen nach dir hieß es von allen Seiten, du seist nicht da – was, wie ich jetzt weiß, ja stimmte. Außerdem müssen Johanns Eltern es fertiggebracht haben, jedem, der mit Johann in Verbindung gestanden hatte, einen Maulkorb zu verpassen«, wiederholte Jens eindrücklich, wohl, um ihr aufzuzeigen, wie unmöglich es Marc gemacht worden war, sie zu finden. »Sicher mit der Begründung, dass man dich schützen müsse.«

»Sogar meinen Eltern?«

Jens schüttelte den Kopf. »Marc hatte ja nicht einmal ihre Namen. Er tauchte nirgends auf. Er wusste nur, dass es eine Verlobte gegeben hatte. Du warst da nicht direkt beteiligt, wie ein ... Geist.«

Alex verstand, was Jens ihr sagte, nicht jedoch, wie das alles hatte passieren können. Warum hatten Max und Marianne so sehr auf die Klärung der Schuldfrage *gegen* Marc bestanden? Das hätte ihnen Johann auch nicht zurückgebracht. Weshalb hatten sie jede Kontaktaufnahme durch Marc verhindert – sogar zu ihr? Das war nicht richtig. Und Marc gegenüber nicht fair.

»Ich möchte dir keine Schuldgefühle einreden und dich nicht gegen die Eltern deines früheren Verlobten aufbringen, Alex. Bitte, versteh das nicht falsch. Doch ich denke, es ist an der Zeit, das zu sagen: Für Marc war der Unfall eine Katastrophe. Seine Verletzungen waren verheerend, heilten aber Gott sei Dank gut. Die Treibjagd durch dieses Ehepaar und durch die

Presse war ätzend. Am schlimmsten jedoch – und das ist es, was heute noch in seiner Seele wie eine offene Wunde schwärt – sind seine erfolglosen Versuche, Vergebung zu erfahren. Sie ist ihm nie gewährt worden.«

»Das ist auch schwierig«, wandte Alex leise ein.

Jens atmete erneut tief durch, beugte sich vor und ergriff ihre Hände. Sie spürte deutlich, wie viel wärmer die seinen waren. Ihr ganzer Körper schien aus Eis zu bestehen.

Ich will das Eis nicht in meinem Herzen haben! Dieser Gedanke half ihr, die nächste Frage auszusprechen, die ihr durch den Kopf geisterte: »Warum hat die Richterin ein derart mildes Urteil gefällt? Immerhin gab es bei dem Unfall ein Todesopfer. Was ist damals passiert?«

»Du stellst eine sehr gute Frage.« Jens lächelte ihr zu und drückte ihr dankbar die Hände. »Dir das zu erklären, halte ich nämlich für äußerst wichtig. Das hättest du schon längst erfahren sollen.«

»Okay …« Sie neigte leicht den Kopf. Eigentlich wollte sie den Unfall nicht noch einmal »erleben« müssen. Viel zu oft hatten ihre Gedanken ihn in der Vergangenheit zu rekapitulieren versucht und sie gequält.

»Marc war über Nacht bei seinen Eltern, als ihn in den frühen Morgenstunden, es war noch dunkel, ein Anruf erreichte. Es gab einige Jugendliche, die an einer gefährlichen Stelle in den Bergen festsaßen. Einer von ihnen war bereits abgestürzt. Sobald es halbwegs hell war, sollte der Hubschrauber starten. Marc fuhr los, um beim ersten Morgengrauen abheben zu können.«

»Er hatte es sehr, sehr eilig.«

»Die Untersuchungen und Messungen durch Fachleute ergaben, dass er die erlaubte Höchstgeschwindigkeit nicht überschritten hatte. Aber das ist nicht der Punkt, auf den es ankommt.« Jens sah sie durchdringend an, als wollte er sich vergewissern, dass er ihre ungeteilte Aufmerksamkeit hatte.

»Entschuldige bitte. Erzähl weiter.«

»Es tut mir leid, dass ich dir das jetzt antun muss.«

Alex schenkte Jens ein schmerzverzerrtes Lächeln.

»Der Unfall wurde von Experten rekonstruiert und durch einen Zeugen bestätigt. Er war frühmorgens mit seinem Hund draußen, Johann ist, nur kurze Zeit vor dem Unfall, an ihm vorbeigefahren. Das Ergebnis war demnach eindeutig: Johann hatte ausgeparkt und fuhr hinter einem Lastwagen her. Deshalb bemerkte er wohl nicht einmal, als er die Straßenbeleuchtungen der Stadt hinter sich ließ, dass er vergessen hatte, das Abblendlicht einzuschalten.«

Alex entzog Jens ihre Hände und presste sie auf ihre schmerzende Seite. Sie hatte zu tief, zu ruckartig nach Luft geschnappt. Johann hatte gedanklich oft in einer anderen Welt gelebt. In seiner Musik. Das hatte ihn gelegentlich reichlich zerstreut wirken lassen und zu kuriosen, ja lustigen Begebenheiten geführt …

»Er fuhr ohne Licht und war – das ist aber nie wirklich hundertprozentig belegt worden und für das Urteil unerheblich – vielleicht auch mit seinem Handy beschäftigt. Jedenfalls kamen die Gutachter zu dem Schluss, dass Marc in der Dunkelheit das unbeleuchtete Auto nicht hatte sehen *können*.«

Schweigen senkte sich über sie. Schwer hing es in der Luft, drohte Alex zu erschlagen. Sie hatte den Atem angehalten, wagte schließlich einen vorsichtigen, zittrigen Atemzug. Marc hatte keine Schuld an dem Unfall gehabt. Vielmehr … Johann.

Die Gedanken in ihrem Kopf drohten zu explodieren, so schnell rotierten sie, stießen zusammen, kreischten schrill und unschön in ihren Ohren.

»Warum plagen ihn dann seine Schuldgefühle?«, fragte sie leise.

»Du hast Marc näher kennengelernt als all die anderen Menschen in den vergangenen Jahren.«

Sie konnte Jens nur zustimmen, selbst wenn sich alles in ihr dagegen sträuben wollte. Dennoch war ihr bewusst, dass das nur geschehen war, weil Marc es zugelassen hatte. Er hatte in ihr etwas gesehen, das ihm gutgetan hatte. Sie hatte ihm gutgetan. *Ausgerechnet ich!*

»Er hat einen sensiblen Kern«, flüsterte sie, restlos mitgenommen durch das Gefühlschaos, das wie harmlos wirkende kleine Wellen in ihr anlandete, jedoch in einem so schnellen Rhythmus, dass sie eine innere Unruhe in ihr hervorriefen.

»Er fühlt sich sehr wohl mitverantwortlich an Johanns Tod. Er weiß, dass dieser Unfall den Eltern ihren einzigen Sohn und einer liebenden Frau den Verlobten weggenommen hat. Er leidet mit dir. Um deine verlorene Zukunft mit Johann.«

»Was ihm geholfen hätte, wäre ein Gespräch mit Max und Marianne und mir gewesen?« Sie sagte es vorsichtig, formulierte es bewusst als Frage, obwohl sie die Antwort durchaus ahnte, ja im Grunde kannte.

»Sich entschuldigen zu dürfen, nicht als Schuldiger, sondern als Unfallbeteiligter, hätte ihm dabei geholfen, den Schmerz zu ertragen. Ein paar freundliche, verständnisvolle Worte hätten seiner Seele gereicht, um das Erlebte zu verarbeiten. Vergebung hätte die Wunden in seinem Herzen erst vernarben, dann heilen lassen.«

»Es … es tut mir so leid.«

Jens ergriff erneut ihre Hände und wartete, bis sie ihn ansah. »Sag das Marc.«

Sie nickte, schüttelte den Kopf, nickte wieder und zog schließlich die Schultern hoch.

»Ich sage es ihm. Aber mehr …« Sie brachte den Satz nicht zu Ende, konnte es nicht. Ihre widersprüchlichen Gefühle für Marc tobten wie ein Unwetter in ihr. Die Trauer in Jens' Augen verriet ihr nur zu deutlich, dass er sie sehr wohl verstanden hatte. Mehr als ein letztes Gespräch zwischen Marc und ihr war einfach nicht möglich. Das, was ein Anfang hätte werden sollen, würde das Ende markieren.

$$\textbf{\textit{\&}}$$

»Ich sage Marc, dass er sich bei dir melden soll.« Jens wirkte ungewohnt grimmig, untermalt wurde dies von einer kräftigen Windbö, die Sand vor sich hertrieb und das Dünengras niederdrückte. Fantasievolle Wolkengebilde eilten über den stahlgrauen Himmel, getrieben vom ersten wirklich kalten Wind dieses Herbstes.

Jens hatte, ebenso wie Alex, mehrfach versucht, seinen Freund anzurufen, war aber ebenfalls nicht durchgekommen. Nicht einmal die Mailbox sprang an. Marcs Telefon war wie tot. Deshalb wollte Jens einen Umweg über Cuxhaven in Kauf nehmen, um Marc entweder bei seiner Dienststelle abzupassen oder zu versuchen, dort seine aktuelle Adresse zu erfahren. Da Marcs neue Wohnung noch immer nicht fertig renoviert war, bestand jedoch die Gefahr, dass er wieder in einer Pension oder einer Jugendherberge untergekommen war und niemand die Adresse wusste – oder befugt war, sie an ihn weiterzugeben. Immerhin gab es nicht umsonst Datenschutzbestimmungen, die bei Polizisten sicher strikt eingehalten wurden.

»Ich möchte ihn so gern um Verzeihung bitten für das, was Max und Marianne getan haben. Meine Güte …« Sie spielte nervös an ihrem geflochtenen Zopf herum, aus dem der Wind einzelne Strähnen gezupft hatte. »All die Jahre wollte er doch nur ein Gespräch. Nur einmal die Chance, in Ruhe sagen zu dürfen, was ihm auf dem Herzen brennt, und um Vergebung zu bitten. Wie kann man einem Menschen das verwehren? Wie Max und Marianne damit umgegangen wären, wäre ja noch immer ihre Sache gewesen. Aber anhören muss man jemanden

doch. Ihm die Möglichkeit geben, dass dieses Feuer einge-
dämmt werden kann.«

Jens sah sie nur an, traurig und liebevoll zugleich. Alex
wusste, was auch immer geschehen würde – vorrangig in
Bezug auf Marc und sie –, sie hatte in Jens einen guten Freund
gefunden.

Leise fügte sie hinzu: »Einmal ganz abgesehen davon, dass
es vielleicht auch ihnen geholfen hätte.« Mehr wollte sie dazu
nicht sagen, aber Jens verstand sicher, wovon sie sprach. »Du
musst los. Soll ich dich wirklich nicht bis zur Bushaltestelle
begleiten?«

»Nein, vielen Dank. Du hast hier genug zu tun. Und ich
kann ja jetzt sogar über Dünen klettern.« Jens lächelte, zog sie
kurz an sich, ergriff seinen Trolley und die eine Krücke. Die
zweite Gehhilfe blieb in Alex' Abstellraum. Jens hatte geplant,
bald wiederzukommen, und dann hätte er bereits einen Stock
hier, hatte er ihr augenzwinkernd erklärt.

»Grüß bitte Annette und die Kinder von mir. Und untersteh dich, da einen Fehler zu machen, nur weil Marc ...«

Jens drehte sich noch einmal um. »Du hast das bemerkt?«

Sie nickte und schaute ihn vorwurfsvoll und warnend an,
was ein Grinsen auf sein gebräuntes Gesicht brachte.

»Es war einfach, die Mädchen von mir fernzuhalten,
solange Marc das ebenfalls getan hat. Aus Solidarität, die ich
ihm, so finde ich, schuldig war. Aber jetzt bin ich einen Schritt
weiter und werde, gleichgültig was Marc anstellt, nicht mehr
rückwärtsgehen.«

»Das ist gut.« Alex seufzte und freute sich unbändig für
Jens, Annette und ihre beiden wunderbaren Kinder. »Sogar
sehr, sehr gut.«

»Ich melde mich bei dir, sobald ich etwas von Marc weiß.«

»Vielen Dank.«

»Denn ich möchte das Gleiche auch von dir und ihm sagen können.«

Fragend neigte Alex den Kopf.

»Dass es sehr, sehr gut ist.«

»Das … Ich weiß nicht. Ich kann es mir einfach nicht vorstellen. Marc war in den Unfall verwickelt. Ich trage ihm nichts nach, denn er konnte nichts dafür. Unfälle geschehen. Einen Moment der Unachtsamkeit, ein kleines Detail nur … Aber trotzdem war er daran *beteiligt*.« Die Wahrheit auszusprechen, drohte ihr den Magen umzudrehen, und dennoch war da diese leise Stimme, die ihr zuflüstern wollte, dass es *immer* einen Weg gab. Sie brachte sie energisch zum Schweigen. Sie war schon froh, den Kampf gegen das schwarze Loch aus Hass gewonnen zu haben, und bezweifelte, dass sie zu mehr fähig sein würde.

»Ich bin kein sehr gefühlsduseliger Mensch, Alex. Und ich habe viel gesehen, das ich liebend gern vergessen würde. Aber eines habe ich gelernt: Unterschätze nie die Kraft der Liebe.«

»Ich denke, so weit waren wir noch nicht.« Warum nur sagte ihr Herz genau das Gegenteil? Es benahm sich wie ein Kleinkind an der Hand seiner Mutter, plapperte die Wahrheit heraus, obwohl die Mutter diese hatte verschweigen wollen.

»Alex …«

»Wenn du nicht endlich gehst, wirst du den Bus und die Fähre verpassen.«

Jens vollführte eine abweisende Handbewegung, als sei ihm das egal, hinkte dann aber doch davon. Über ihm segelten zwei Möwen, als wollten sie ihm Geleitschutz anbieten.

»Ich finde Marc!«, rief er erneut, und Alex kam um den Verdacht nicht herum, dass er jetzt nur ging, weil er genau das dringend wollte: Marc finden. Damit dieser und sie noch einmal miteinander sprechen könnten. *Ein letztes Gespräch.*

Alex ging mit langsamen Bewegungen ins Haus zurück, wo Tip und weitere Gäste beim Frühstück saßen. Von Max und Marianne war nichts zu sehen. Alex vermutete, dass sie die Pension zu einem ersten morgendlichen Spaziergang in Richtung Meer verlassen hatten. Vielleicht gingen sie ihr aber auch einfach nur aus dem Weg. Allerdings wusste Alex nicht einzuschätzen, ob sie das aufgrund ihres schlechten Gewissens oder wegen irgendwelcher Vorwürfe gegen sie taten.

Sie schlüpfte in ihre Küchenschuhe und betrat die hintere Küche, in der Celina und Lotti werkelten. Erstaunt sah Alex sich um. »Ihr macht mich ja arbeitslos«, stieß sie hervor.

»Diese junge Dame hier kann vielleicht zupacken. Sie ist organisiert, fleißig und arbeitet sehr sauber. Du solltest sie behalten.« Lotti schnipste der Gelobten ein paar Spritzer Wasser ins Gesicht.

Celina strahlte über das Lob von einem Ohr zum anderen, was kleine Tropfen des Glücks auf Alex' aufgewühltes Herz fallen ließ. Celina fühlte sich bei ihr und Lotti unübersehbar wohl. Die Schatten, die in ihren Augen gelegen hatten, waren innerhalb kürzester Zeit fast völlig verschwunden gewesen. Dennoch wollte Alex sich nichts vormachen: Auf der Seele des Mädchens waren diese Schemen durchaus noch vorhanden. Aber sie bestimmten nicht jede Stunde ihres Tages, und das war wirklich erfreulich.

»Setz dich hin, du gerupftes Hühnchen«, wies Lotti Alex an. »Du sollst dich schonen.«

»Mir geht es gut.«

»Schwindel mich nicht an.«

Alex zwinkerte Celina zu und setzte sich brav auf das runde schwarze Polster des Barhockers, der selten einmal benutzt wurde. Sie löste ihren Zopf und flocht ihn neu. *Gerupftes Hühnchen.* Manchmal waren Lottis Koseworte für sie nur schwer als solche zu verstehen.

»Na komm, sing uns was vor. Mit Musik geht die Arbeit noch viel leichter von der Hand.« Lotti warf ihr einen auffordernden Blick über die Schulter zu, widmete sich aber sofort wieder ihrer Tätigkeit.

Alex zögerte. Nach Gesang war ihr nun wirklich nicht zumute, doch das wusste Lotti sicher. Wollte sie ihr sagen, dass sie nicht in Trübsal versinken durfte, sie ihr Leben weiterführen musste – auch ohne Marc und mit dem Wissen um den Unfallhergang, selbst wenn das alles unglaublich schwer zu verkraften war?

Durch das mit einem Fliegennetz geschützte gekippte Fenster drang der Gesang einer Amsel herein, nun, da die Möwen mal eine Pause einlegten. Alex zwang sich, eine Melodie zu summen, spürte, wie Leichtigkeit sich in ihr den Weg bahnte. Dann sang sie. »I like the flowers …«

»Ich weiß nicht, wie du so fröhlich sein kannst. Bei allem, was du uns angetan hast.« Mariannes kalte Stimme sprengte die ruhige, arbeitsame Stimmung wie ein Hieb mit einem Eispickel einen Eisblock.

Alex verstummte abrupt. Die leichte, friedlich schwebende Kindermelodie, die sie soeben gesummt hatte, schien zu gefrieren, zu Boden zu fallen und dort zu zerbersten.

»Was hat sie euch denn angetan?«, fragte Lotti sofort. Nicht unfreundlich, aber auch nicht gerade in einem herzlichen Tonfall.

»Sie hat sich mit diesem … Kerl eingelassen.«

»Dieser Kerl heißt Marc, und er ist ein sehr netter Mann.«

»Halt dich da raus.« Max trat ebenfalls in den Türrahmen.

»Das mache ich. Wenn ihr euch auch raushaltet.«

»Uns verbindet viel mit Alexandra.«

»Mich auch. Und Celina hier. Und Marc erst recht!«

»Lotti …« Alex hob beschwichtigend die Hand, doch Lotti übte sich sofort darin, sie mit einem Eispickelblick zu erdolchen.

»Es ist dein Leben, Kätzchen. Nicht ihres.«

Alex seufzte, hauptsächlich deshalb, weil Lotti wieder einmal recht hatte. Max und Marianne beeinflussten ihr Leben seit Jahren deutlich mehr als ihre eigenen Eltern, und dabei gab es zwischen ihnen eigentlich keine Verbindung mehr. Diese war mit dem Tod von Johann, spätestens jedoch nach seiner Beerdigung, gebrochen wie ein dürrer Zweig. Und doch klammerte sich das Ehepaar noch an die letzten Fasern, versuchte krampfhaft, *sie* festzuhalten. Weil sie sonst endgültig abstürzen würden?

»Du kannst nicht immer der Kitt zwischen Max und Marianne und dem Tod sein. Oder vielmehr ihre Entschuldigung dafür, sich an Leid, Schuldzuweisungen und Hass zu klammern.« Lotti hatte die Hände in die Seiten gestemmt und schaute nicht Alex, sondern Max und Marianne an.

»Du impertinente Person. Was erlaubst du dir!?« Max' Gesichtsfarbe näherte sich bedenklich der einer reifen Tomate.

»Erfüllt es euer Leben, dass ihr euch an Schuldzuweisungen und an Hass klammert? Wollt ihr damit für den Rest eures Daseins euren Alltag füllen? Indem ihr immer neue Wege sucht, um einem Mann zu schaden, dem ihr nicht ein einziges Mal die Möglichkeit gegeben habt, mit euch zu sprechen, um euch sein Mitgefühl und sogar eine Entschuldigung anzubieten? Macht euch all das glücklich?«

»Das hat mit Glück nichts zu tun. Sondern mit Gerechtigkeit!«

»Ja?« Lotti klang durch und durch zweifelnd, hielt sich nun aber doch zurück.

Alex, die dem Schlagabtausch schweigend beigewohnt hatte, rutschte vom Hocker. Vermutlich war es besser, das Gespräch vorerst zu beenden und irgendwo weiterzuführen, wo sie mit

Max und Marianne allein war. Sie wollte nicht, dass Lotti in ihrer herausfordernd direkten Art den beiden vor Augen führte, dass im Grunde ihr Sohn die Schuld an dem Unfall trug. Wenn Johann überlebt hätte, hätte er vom Gericht zumindest eine Teilschuld, wenn nicht sogar den größten Anteil zugesprochen bekommen. Allerdings, gestand Alex sich zugleich ein, müssten Max und Marianne das durchaus wissen. Immerhin hatten sie als Nebenkläger der Verhandlung beigewohnt und somit die Aussagen der Gutachter und das Urteil aus erster Hand gehört.

Alex seufzte laut auf. Max und Marianne taten ihr unendlich leid. Sie vergeudeten jeden vom Blütenduft geschwängerten Frühling, die sonnengeküssten Sommer, den farbenprächtigsten Herbst und die weiß verschneiten Winter. Sie verschwendeten ihre Energien in einem Kampf, den sie schon vor Jahren verloren hatten, und verschlossen sich vor ihrem Glück, indem sie einen Mann verfolgten, ihn bestraften und leiden sehen wollten. Und dabei übersahen sie völlig, was sie verloren; an Lachen, Lieben und Leben.

Zu verzeihen und damit das Geschehene hinzunehmen, war nicht einfach. Aber war es nicht einen Versuch wert, wenn dadurch wieder Frieden in die Herzen von Johanns Eltern einziehen könnte? Alex jedenfalls war dazu bereit. Um Marcs willen. Und um des Seelenfriedens ihrer selbst willen. Sie wusste, dass Marc ihre Entschuldigung annehmen und ihr verzeihen würde. Denn er hatte selbst erleben müssen, welche Auswirkungen es nach sich zog, dies nicht zu tun.

Sie war kaum im Flur, als das Telefon läutete. Da Marianne und Max ihr nicht sofort gefolgt waren, nahm sie das Gespräch entgegen.

»Ich bin es, Jens.«

Alex schloss für einen Moment die Augen. Vermutlich war er bereits bei Marc gewesen …

»Ich konnte Marc nicht finden.«

Er brach den Satz seltsam abrupt ab, als sei ihm eingefallen, dass er nicht jede Einzelheit zu erzählen brauchte; wo er es überall probiert und mit wem er alles gesprochen hatte. Oder gab es dafür einen anderen Grund? Etwas, das er zu verschweigen versuchte? Alex biss sich auf die Unterlippe. Warum nur schien sich in ihrem Magen etwas zu verknoten? »Ja?«, fragte sie deshalb leise.

»Alex …« Er unterbrach sich, und sie hörte, wie er zwischen geschlossenen Lippen die Luft ausstieß. Seine Stimme klang gepresst, als er fortfuhr: »Ich habe mit seinem Vater telefoniert. Er ist unterwegs nach Portugal.«

»Nach Portugal?«

»Um genauer zu sein, nach Peniche.«

»Ich … verstehe nicht.«

»Vor Peniche gibt es die größten Wellen weltweit. Vor allem im Winterhalbjahr. Es gibt Surfspots an der Nordküste, da sind – je nach Wetter – die Wellen für neunundneunzig Prozent der Surfer nicht mehr surfbar.«

»Aber …?« Alex ließ sich an die Wand sinken. Sie zitterte, brauchte Halt. Sie erinnerte sich an einen Bericht über eine Welle von dreißig Metern Höhe. Vor Portugal. Ein Hawaiianer hatte sie gesurft. Einer, der vermutlich mit einem Surfboard in der Hand auf die Welt gekommen war.

»Marc hat immer davon gesprochen, dass er das gern mal ausprobieren würde. Aber er hat es bisher nie in die Tat umgesetzt. Ich glaube, dass er dafür eigentlich viel zu vernünftig ist.«

»Jetzt ist er …?«

»Verzweifelt genug?«

»Jens! Das … darf er nicht machen! Bitte, du musst ihn aufhalten.«

»Wie denn?« Jens knurrte förmlich. »Er hat einen Last-Minute-Flug bekommen. Ein Handy hat er nicht mit. Ich habe keine Ahnung, wo er wohnen wird.«

»Kannst du nicht hinfliegen?«

»Das hätte keinen Sinn, Alex. Er ist bereits dort. Viele Surfer kennen sich. Vielleicht hat er einen Kumpel getroffen, den er von einem anderen Spot her kennt, und wohnt bei ihm im Wohnmobil oder campiert sonst wo. Es könnte Tage dauern, bis ich ihn finde. Er hat seinen eigenen Kopf. Und er ist erwachsen.«

»Das … nein … Jens.« Alex konnte keinen klaren Gedanken fassen. Sie kannte die Wucht und Zerstörungsgewalt von gigantischen Nordseewellen, die im Vergleich zu denen des Atlantiks vermutlich wie Ameisen gegenüber einem Pony daherkamen. Und Marc war da mittendrin? Weil er nur noch Schmerz verspürte? Schuldgefühle? Und das Gefühl, verstoßen worden zu sein? Missverstanden? *Von mir!?*

Panik schnürte ihr die Kehle zu. Ihre Knie gaben nach. Sie rutschte an der Wand hinab. Der Fußboden war kalt. Ihr Körper schien die Kälte aufzusaugen. Sie zitterte noch schlimmer, rang um Atem. Verzweiflung fiel über sie her, begrub sie unter sich. Mit ungeheurer Wucht. Wie eine gigantische Woge einen Surfer mit sich reißen kann. Wirbelnd, ihr die Orientierung raubend, sie immer tiefer ziehend.

Alex schnappte nach Luft wie eine Ertrinkende. Der Hörer glitt ihr aus der Hand, traf ihr Bein, dann fiel er auf den Boden. Ein zutiefst grausames Déjà-vu. Sie vergrub ihr Gesicht in den Händen, Tränen quollen zwischen ihren Fingern hervor. Sie weinte um einen Mann, den ihr Herz zu lieben gelernt hatte, obwohl es das eigentlich gar nicht durfte. Sie weinte, weil das, was zwischen ihnen stand, ihn erneut zu einem Gehetzten gemacht hatte. Zu einem Mann, der seine Grenzen mit immer gefährlicheren Aktionen auszuloten versuchte. Weil nur das

304

ihm das Gefühl gab, lebendig zu sein? Als ob seine schmerzende Seele nur Trost finden konnte, wenn der Körper mehr litt als sie. Wollte er den Tod herausfordern?

Verzweiflung nahm von Alex Besitz. Auch weil längst nicht alles gesagt worden war, was sie ihm gern mitgeteilt hätte. Ungesagtes ballte sich viel zu schmerzhaft in ihr zusammen. Ihr Hinterkopf knallte derb gegen die Wand. Sie schrie ihre Pein in die Welt hinaus.

TEIL 4

Vier Wochen später ...

KAPITEL 18

Alex schüttelte das frische gelbe Betttuch auf, sah zu, wie es sich entfaltete und sich sanft über die Matratze legte. Sie hörte das Telefon ein Stockwerk tiefer läuten, doch da sie Celina dort wusste, die ein anderes heute frei gewordenes Zimmer für die nächsten Gäste vorbereitete, reagierte sie nicht. Celina war gelehrig, arbeitete zügig und ordentlich und konnte gut mit den Gästen umgehen. Inzwischen nahm sie sogar Buchungen entgegen oder gab Auskünfte am Telefon. Zwei Tage zuvor hatte sie einen Ausbildungsvertrag bei einem renommierten Hotel auf dem Festland unterzeichnet. Und sie hatte ihr ausgerichtet, dass die Polizei weder Jenni noch diesen Boris hatte finden können. Offenbar hatten sie etwas mit einem Prostituiertenring in Polen zu tun, waren aber untergetaucht. Alex hoffte, dass das für Jenni wirklich zutraf … Sie selbst hatte das Erlebnis mittlerweile erfolgreich hinter sich gelassen und war froh, dass es ihr so weit gut ging.

Am meisten freute sich Alex jedoch über die Ruhe, die in Celinas Herzen Einzug gehalten hatte. Zwar wartete sie noch immer darauf, eine Nachricht über ihre Mutter zu erhalten, doch die Frage, ob Simone tatsächlich ein Opfer des Sturms geworden war oder sie sich bewusst dem wütenden Gebaren von Wind und Wellen ausgesetzt hatte, flammte nur noch hin und wieder auf. Meist nach einem Telefongespräch mit Hanna. Vermutlich, weil sie mit der jüngeren Schwester mitlitt und weil sie in dem Zwiespalt steckte, dass sie sich einerseits für sie verantwortlich fühlte, sie diese Verantwortung andererseits jedoch gern an den wesentlich älteren Halbbruder abgegeben hatte, um ihr eigenes Leben anzupacken. So, wie es ohnehin abgelaufen wäre – bevor ihre Mutter verschwunden war.

Celina erschien im Türrahmen, das Telefon in der Hand. »Für dich.«

Alex, die gerade das Kissen in den Bezug hatte gleiten lassen, drehte sich um und wunderte sich über die Mischung aus Besorgnis und Freude, die sie im Gesicht ihrer Praktikantin lesen konnte.

»Marc«, flüsterte Celina und streckte den Arm noch weiter aus, als wollte sie, dass Alex das Telefon unbedingt und möglichst schnell übernahm. Allerdings war genau das Gegenteil der Fall. Eher zögernd hob Alex ihren Arm, und selbst als sie das schwarze Gerät schließlich festhielt, dauerte es noch einige Sekunden, bis sie es tatsächlich ans Ohr drückte. Jens hatte sie vor ein paar Tagen angerufen und ihr gesagt, dass Marc aus Portugal zurück sei. Unversehrt. Seither hatte sich der Nebel in ihr wieder gelichtet. Tag für Tag ein wenig mehr. Was geblieben war, war ein eigenartiger dumpfer Verlustschmerz. Als sei Marc dort in den Wellen zu Tode gekommen. Doch immerhin war er für sie ja verloren. Irgendwie.

Ein buntes Potpourri an Gefühlen wirbelte ihr Innerstes durcheinander. Angst mischte sich mit einer leise schwelenden Wut, weil Marc sich jetzt erst bei ihr meldete, ja weil er förmlich von der Bildfläche verschwunden gewesen war, sodass nicht einmal Jens ihn hatte finden können. Sorge drängte sich dazwischen, zog aber eine Spur von Freude hinter sich her, gepaart mit Aufregung, die Alex am liebsten gepackt und von sich geworfen hätte. Ihr Herz schlug schneller, das aufsteigende Kribbeln in ihrer Herzgegend verwirrte und ärgerte sie.

»Hey«, brachte sie zu sagen fertig, doch es klang erschreckend wie das Maunzen einer verlassenen Katze. Sie drehte sich dem offenen Fenster zu und schaute über die Windlooper, die vom Wind schief gewachsenen Kiefern, zum Leuchtturm in den Dünen. Der stand stoisch gelassen da, ganz anders, als sie sich fühlte. Sie wünschte, sie könnte mit ihm tauschen.

»Jens sagte, du wolltest mich sprechen.« Marc hörte sich kurz angebunden an wie so oft. Rau, fast abweisend.

»Wo warst du?« *Na super, Alex. Genau die Frage hast du doch nicht stellen wollen. Jetzt klingst du völlig verzweifelt. Oder wie eine betrogene Ehefrau.*

»Ich war zwei Wochen in Portugal und eine Woche bei meinen Eltern in Bayern«, gab er erstaunlich bereitwillig Auskunft. Nun klang seine Stimme auch eine Spur zugänglicher. »Ich habe nicht viel Zeit, mein Dienst beginnt in ein paar Minuten.«

»Das heißt, du hast die Stelle doch angetreten?«

»Sicher.«

Er war ganz in der Nähe. Vielleicht flog er ab und zu über ihre Pension hinweg … Heiße Schauer der Erregung jagten ihr über den Rücken, ließen sie flach atmen, schlangen aber auch dornige Stacheln um ihr Herz. Wie die Bibernellrosen die Dünen, nahm Marc sie noch immer für sich ein, brachte in ihr wunderschöne Blüten hervor und zugleich spitze, unangenehme Dornen.

»Alex, die Zeit drängt.«

Sie schloss die Augen, liebte sie es doch, wie er die Kurzform ihres Vornamens aussprach.

»Okay«, sagte sie, um sich selbst Mut zu machen. »Zum einen möchte ich mich bei dir entschuldigen. Für das, was Max und Marianne gesagt haben, als sie da waren. Und für all das, was sie nicht gesagt haben – all die Jahre über. Es tut mir leid, dass sie dir nie die Chance auf eine Begegnung gewährt haben. Weder mit ihnen noch mit mir. Es …«

»Alex, du musst dich nicht für das entschuldigen, was Johanns Eltern …«

»Ich will es aber! Ich möchte, dass du weißt, dass ich dir nichts nachtrage. Ich kenne jetzt den Unfallhergang. Wobei du wissen musst, dass der für mich eigentlich nie eine Rolle gespielt hat. Johann war tot. Das habe ich zu verarbeiten versucht. Und ich habe gelernt, dafür niemandem die Schuld zu geben. Du hast keine Schuld, und ich habe dir auch nie eine Schuld zugeschrieben. Ich möchte, dass du das weißt.«

»Das … ist gut. Danke.« Nun klang seine Stimme weich, fast zärtlich. Und dankbar.

Sie atmete tief durch. »Ich wünsche mir so sehr, dass du diesen Unfall und all das, was seither geschehen ist, loslassen kannst. Indem du mir und auch Johanns Eltern vergibst.«

Von ihm kam ein zustimmender Brummlaut, den sie nur zu gut kannte. Und den sie schmerzlich vermisste. Aber selbst darüber würde sie hinwegkommen.

»Lebe, Marc. Sei frei.« *Und ab sofort brauchst du deine Grenzen nicht mehr bis zum Äußersten auszutesten. Pass gut auf dich auf.*

»Ich vergebe, Alex.« Sie hatte den Eindruck, dass er eigentlich noch etwas hatte hinzufügen wollen, doch er unterließ es.

»Danke.« Obwohl sie Erleichterung verspürte, glaubte sie, wie eine an Land gespülte Qualle vertrocknen zu müssen. Sie wollte gern so viel mehr sagen. Ihn außerdem fragen, wie es in Portugal gewesen war und was er jetzt vorhabe – außer wieder zu arbeiten.

»Ich muss los. Pass auf dich auf.« Er hatte aufgelegt, ehe sie ein Wort erwidern konnte. Vielleicht war es auch besser so. Womöglich hätte sie ihn sonst um ein Treffen gebeten.

Alex ließ die Hand mit dem Telefon sinken, registrierte, dass die Nummer unterdrückt worden war, und schaute weiterhin aus dem Fenster. Das Dünengras schimmerte silbern auf, sobald der Wind durch dieses hindurchstrich; sanft, nahezu liebkosend. Sie wollte so gern durch Marcs Haare streichen. Ebenso sanft und liebkosend. Aber das war einfach nicht möglich. Es konnte nicht gut gehen. Sie durfte doch nicht den Mann lieben, der … Sie brachte den Gedanken nicht zu Ende.

Als sie sich umdrehte, zuckte sie zusammen. Celina stand mitten im Raum. Alex hatte ihre Anwesenheit vollkommen ausgeblendet, entsprechend verlegen fiel ihr Lächeln aus.

Celina stemmte die Hände in ihre Seiten. Mit ihrer Schürze über dem weiten T-Shirt und der langen, extrem weiten Hose wirkte sie ein bisschen wie Lotti. Ob sie ihr jetzt auch einen Ratschlag zu geben gedachte?

»Weißt du eigentlich, warum es mir seit einigen Wochen so viel besser geht?«

Alex zog die Schultern hoch. Celina sprach viel mit Lotti, das Wenigste davon bekam Alex mit. Immerhin hatte sie sich erfolgreich in ihrer Arbeit vergraben, um den neuerlichen Verlustschmerz darin zu verbuddeln. So wie man gern mal die Beine im Sand vergräbt. Damit waren sie aber nicht weg, sondern nur kurzzeitig überdeckt.

»Weil ich jetzt glaube, dass es das, was du mir gesagt hast, wirklich gibt.«

»Ich weiß nicht, wovon du sprichst.«

»Wirklich nicht?«

Alex blies die Wangen auf. Gerade klang Celina auch noch wie Lotti – herausfordernd und vorwurfsvoll zugleich.

»Du hast mir gesagt, dass manche Menschen andere verlassen, weil sie es – zumindest in dem Augenblick – für das Beste halten. Sie handeln aus Liebe, obwohl sie sich dabei selbst wehtun. So wie damals in der NS-Zeit diese Frau ihren Mann und die Söhne verlassen hat, weil sie gehofft hatte, damit ihre Familie vor dem Leid bewahren zu können. Und so«, Celina holte tief Luft und sprach es dann mit fester Stimme aus, »wie Mama vielleicht an diesem einen Tag keinen anderen Ausweg gesehen hat, um uns zu beschützen. Vielleicht vor sich selbst.«

Alex zuckte mit den Schultern. Im Gegensatz zu Celina wusste Alex, welch große Last Simone mit sich herumgetragen hatte. Sie hatte sich völlig unzulänglich gefühlt, ihre Kinder richtig zu erziehen, sie genug zu lieben und überhaupt eine gute Mutter zu sein. Simone hatte Angst gehabt, an ihren beiden Töchtern genauso zu versagen, wie sie es ihrer Meinung nach in ihrer Ehe getan hatte. Womöglich ahnte Celina etwas in die Richtung, schwieg sich – zumindest Alex gegenüber – jedoch darüber aus.

Alex tastete nach dem Fenstersims hinter sich und krallte sich mit den Fingern daran fest. Schweigend wartete sie auf Celinas weitere Worte, obwohl sie mittlerweile ahnte, was das Mädchen ihr beibringen wollte.

»Marc wollte nicht, dass die Beziehung zwischen Johanns Eltern und dir leidet oder zerbricht. Er beschützt dich vor ihrem Zorn und zugleich davor, dass sie deinen Pachtvertrag für die Pension aufkündigen. Wir wissen nämlich von Lotti, dass dieses Haus eigentlich Marianne gehört. Und er bewahrt dich davor, Kämpfe mit dir selbst auszufechten, die du vielleicht weder gewinnen noch verlieren kannst, in denen du dich aber selbst verlieren könntest. Nämlich darüber, ob du ihn nun lieben darfst oder nicht. Er ist aus deinem Leben verschwunden, weil er dich liebt.« Celina schaute sie einen Moment lang prüfend an, dann drehte sie sich um und verließ das Zimmer.

Alex blieb allein mit sich und ihren Gedanken zurück. Sie war verwirrt und fühlte sich hilflos, zugleich war da aber auch ein seltsam quirliges Gefühl in ihr, ähnlich den Wellen, die sich über Sand und Muschelstückchen hinweg ins Meer

zurückzogen; perlend, springend und dabei sanft glucksend …
weil er dich liebt.

Da bemerkte sie, wie ein Lied in ihr aufstieg und die Töne über ihre Lippen perlten. Leise gesummt drängte es an die Oberfläche, wollte sich Gehör verschaffen, drängelte danach, lauthals und fröhlich geträllert zu werden. Alex kehrte dem unfertigen Zimmer ebenfalls den Rücken zu, nahm das Telefon mit und betrat ihre Privatwohnung. Dort wählte sie Jens' Nummer und wartete, indem sie unruhig auf und ab ging, bis er das Gespräch entgegennahm.

»Hey, Jens.«

»*Hey* bedeutet, Alex ruft mich an. Wie geht es dir?«

Alex hörte im Hintergrund ein Kind kichern. Es war Freitag, offenbar war Jens über das Wochenende bei Annette. Alex' Herz füllte sich mit Wärme, so sehr freute sie sich darüber, dass aus diesen beiden wunderbaren Menschen ein Paar geworden war.

»Was kann ich für meine Lieblingspensionswirtin tun?«

»Du könntest mir Marcs Telefonnummer geben.«

Auf der anderen Seite herrschte eine unangenehm lange Zeit des Schweigens. Alex ahnte, dass sich ihr Vorhaben, mit Marc zu sprechen, schwieriger gestalten könnte als angenommen. In die warme Melodie ihres Herzens fielen kalte Tropfen. Jens würde doch ebenfalls wollen, dass …

»Es tut mir leid, Kleine. Ich finde es ja auch ziemlich … daneben. Aber ich musste Marc versprechen, dass ich dir keine Kontaktdaten von ihm zukommen lasse. Ich vermute, er will dich damit beschützen. Dieser Idiot. Als ob du das nötig hättest. Und offenbar weiß er überhaupt nicht, was ihm entgeht. Er quält sich gern selbst ein bisschen, dieser …«

»Ist gut, Jens, ich habe verstanden. Du hast ihm ein Versprechen gegeben, das du halten willst, obwohl dir das eigentlich nicht passt.«

»Danke für dein Verständnis.«

»Es wird wohl wenig Sinn haben, wenn ich seine … Dienststelle anrufe?«

»Das kannst du vergessen.«

»Und was mache ich jetzt?«

»Warten, bis ich ihm Vernunft in den Dickschädel geprügelt habe?«

»Vermutlich hält er das, was er da tut, für überaus vernünftig.«

»Ist es das?«

»Nein. Ich brauche seinen Schutz nicht. Weder vor Marianne und Max noch, was die Pension betrifft, oder vor mir selbst oder vor ihm. Ich brauche … *ihn*.« Das letzte Wort war nur ein Flüstern. Ein Eingeständnis vor Jens und vor sich selbst, das zugleich schmerzte und glücklich machte.

»Kannst du das bitte wiederholen, während ich es aufnehme?«

»Sicher nicht.«

»Du findest einen Weg, Alex. Liebe findet immer einen Weg.«

»Marcs Liebe nimmt den Weg, der ihn vollständig aus meinem Leben verschwinden lässt.«

»Es tut mir sehr leid, Alex. Ich wünschte, das zwischen euch wäre anders gelaufen.«

»Das Leben wäre langweilig, wenn immer alles nur glattgehen würde«, murmelte Alex. Sie wusste, dass dies die Wahrheit war, gefallen musste sie ihr aber nicht.

»Dennoch hoffe ich auf ein glückliches Ende für dich und Marc.«

»Das ist lieb von dir.«

»Magst du noch mit Annette sprechen?«

»Ich rufe sie später an, sobald ich meine Aufgaben für heute erledigt habe. Richte ihr, Tanja und Tim liebe Grüße aus.«

»Das mache ich gern. Bis dann.«

»Ja, bis dann.«

Alex blieb noch lange in ihrem Wohnzimmer stehen, schaute auf die Terrasse hinaus und fragte sich, ob sie nicht doch einfach alles so belassen sollte, wie es jetzt war. Vielleicht würde sie es Marc damit leichter machen, denn es lag nicht in ihrem Bestreben, sein Leben noch mehr durcheinanderzuwirbeln, als der Unfall und die nachfolgenden Jahre es ohnehin schon getan hatten. Es dauerte geraume Zeit, bis ihr bewusst wurde, dass sie damit das Gleiche versuchte wie Marc. Sie wollte ihn beschützen, indem sie mit dem Gedanken spielte, ihn nicht zu kontaktieren. Über sich selbst und die verzwickte Situation den Kopf schüttelnd, verließ sie ihr Refugium und machte sich wieder an die anstehenden Aufgaben.

Alex zuckte zusammen, als das Telefon, das sie auf den Fenstersims ihres Büros gelegt hatte, lautstark zu klingeln begann. Sie gab erst noch die letzte Zahl in die Eingabemaske auf dem Bildschirm ein, ehe sie mit dem Schreibtischstuhl nach hinten rollte. Das Display verriet ihr, dass Annette anrief. Lächelnd nahm Alex das Gespräch entgegen.

Ohne ein Wort zur Begrüßung ratterte Annette eine Telefonnummer herunter und schob dann die Frage hinterher: »Hast du sie?«

»Ebenfalls hallo!«, grüßte Alex amüsiert.

»Ich wiederhole die Nummer noch mal. Hast du einen Stift?«

Alex sprang auf, lief zum Schreibtisch und kritzelte die Zahlen, die Annette diktierte, auf das oberste Blatt der Schreibtischunterlage. Zuletzt sagte die Anruferin in nahezu angriffslustigem Tonfall: »*Ich* habe ihm schließlich kein Versprechen gegeben.«

»So funktioniert das nicht, Annette, so lieb ich es auch finde, dass du mir Marcs Nummer zukommen lassen willst. Ich werde mich ganz sicher nicht wie ein Stalker benehmen.«

»Holzköpfe, alle beide«, murrte Annette. »Ich will doch, dass du glücklich wirst. Und Marc ebenfalls.«

»Ich finde es wunderbar, dass du, Jens und die Kids offenbar glücklich seid.«

»O ja!« Annette klang so schwärmerisch-seufzend, dass Alex einfach nur lachen konnte. Eine frohe, leichte Melodie, die ihre Begeisterung für dieses Happy End verdeutlichte.

»Dann rufe ich Marc an«, erbot Annette sich plötzlich.

»Ich weiß nicht …«

»Na, mal sehen. Ich wollte übrigens noch etwas anderes mit dir besprechen.«

»Und das wäre?«

»Ich bin nächsten Mittwoch in der Nähe von Emden. Mein Betrieb schickt mich zu einer Fortbildung dorthin. Jetzt dachte ich, ich könnte ja einen kleinen Abstecher auf die Norderney machen.«

»Oh, das wäre schön. Soll ich dich am Fähranleger abholen? Wann kannst du da sein?«

»Meine Ankunftszeit gebe ich dir per WhatsApp durch, sobald ich die weiß. Aber dann ist das ausgemacht, ja? Zwei oder drei Stunden werde ich sicher bleiben können, bevor ich zurückmuss.«

»Wie schön, da freue ich mich drauf.«

»Ich mich auch!« Annette kicherte. »Und ich werde Marc anrufen.«

»Ich weiß nicht, ob das so gut ist.«

»Das war keine Frage.«

Alex nickte, obwohl ihr klar war, dass Annette das nicht sehen konnte. Zweifel an ihrem kürzlich beschlossenen, aber nicht durchführbaren Vorhaben, doch noch ein Gespräch mit Marc zu suchen und damit die Tür zu einer Beziehung einen Spalt weit offen zu halten, umschlichen ihr Herz wie ein Rudel Wölfe die Beute. Sie hatte nicht vor, sich aufzudrängen. Marc hatte eine Entscheidung getroffen, und er war nicht der Typ Mann, der einen gefassten Entschluss einfach über den Haufen warf. Diese Einsicht, die eine grausame Endgültigkeit ausstrahlte, piesackte ihr Herz jedoch noch mehr, als ihre Wünsche und Sehnsüchte das ohnehin bereits taten. Und nun leuchtete angesichts von Annettes Angebot erneut ein kleiner Funke Hoffnung auf und funkelte wie ein einsamer Stern am Himmel über der nachtschwarzen Nordsee. Immerhin hatte Marc sie schon einmal angerufen …

»Tim würde gern noch mit dir sprechen. Hast du ein bisschen Zeit?«

»Für Tim doch immer!«

»Du bist ein Goldstück. Nur, damit du vorgewarnt bist. Er wird dich fragen, ob es im Sand auf Norderney Gold zu finden gibt. Er hat eine Goldsucherschüttelsiebbegeisterung entwickelt.«

»Natürlich gibt es hier Gold zu finden.«

»Wie bitte?«

Alex lachte über Annettes verblüffte Antwort. Sie freute sich schon, dem Jungen vom Bernstein zu erzählen – und ihn darauf hinzuweisen, dass seine Schwester so ein Goldstück sogar um den Hals trug. Sie nahm sich vor, Annette bei ihrem Besuch auf der Insel ein kleines Überraschungsgeschenk für Tim mitzugeben …

Alex bemerkte erst, dass sie fröhlich vor sich hin summte, als Tim sie fragte, was für ein Lied das sei.

Während Tim sie mit Fragen löcherte, ohne ihr allzu viel Zeit für eine Antwort einzuräumen, freute sie sich darüber, dass sie trotz ihres Getrenntseins von Marc – immerhin ein neuerlicher Verlustschmerz – die Musik in ihrem Herzen nicht noch einmal verloren hatte.

Das lag sicher nicht daran, dass der endgültige Verlust ihres Traums von einem gemeinsamen Leben mit einem anderen Mann – mit Marc – »nur« aufgrund ihrer verzwickten Beziehung zueinander entstanden war. Vielmehr hatte sie nun Strategien an der Hand, die sie zwar weder vor den Flutwellen aus Schmerz und Trauer noch vor denen der Verzweiflung bewahren konnten, die ihr aber helfen würden, nicht in diesen Gefühlswogen zu versinken. Sie zogen sie nicht erneut in jene Tiefe, in der feindliche Stille herrschte.

Das Leben ging weiter. Mit Höhen und Tiefen, so stetig, wie die Gezeiten die Nordsee bewegten. Und nicht nur diese. Das Phänomen gab es überall auf der Welt, selbst das Festland hob und senkte sich. Köln, mitsamt seinen Häusern, Menschen und dem Dom, so hatte Alex es mal gelesen, hob und senkte sich angeblich zwischen fünfunddreißig und fünfzig Zentimeter. Alle sechs Stunden und dreizehn Minuten. Überall auf der Welt kannten die Menschen die Höhen und Tiefen von Liebe und Hass. Von Schmerz, Trauer und Verzweiflung, die von Glück, Fröhlichkeit und Hoffnung abgelöst wurden. Bis die Tide wieder kippte.

Der Novemberhimmel schmückte sich mit einem lichtblauen Kleid. Über dieses legten sich schnell ziehende Wolken wie Ballen aus weißem Samt und Tüll, die eine Schneiderin probeweise davorhielt und dann rasch wieder wegzog.

Gewaltige Wogen mit weiß schäumenden Wellenkämmen rollten über das Meer und trafen spritzend und donnernd auf die künstlichen Hindernisse des Fähranlegers. Die Fähre kam später als erwartet, was vermutlich am Wind und den kräftigen Wellen lag.

Alex, die an diesem Tag einen langen hellblauen Wollrock, stabiles Schuhwerk und eine weiße Softshelljacke trug, reckte sich, um die Passagiere zu mustern, die nach einer nicht eben angenehmen Überfahrt Norderney betraten. Viele von ihnen schienen sich an ihren Gepäckstücken festhalten zu müssen, hatten die Schultern nach oben gezogen oder gingen gar ein bisschen gebeugt. Einige Gesichter wirkten bleich, andere sogar leicht grünlich. Und dann mischte sich eine gelassene, hoch aufgerichtete Gestalt mit einem belustigten schiefen Grinsen darunter. *Marc.*

Alex konnte den Blick nicht von seinem Gesicht abwenden, das dringend eine Rasur hätte gebrauchen können. Er sah kaum weniger wild aus als die Nordsee, über die Wolkenschatten flohen, Gischt brodelte und spektakulär brechende Wellen meterweit Tropfen hochschleuderten, die von den Sonnenstrahlen in silbernes Licht getaucht wurden.

In Alex erhob sich plötzlich ein Schwarm Möwen. Sie flatterten kräftig, genossen ihren Flug. Zugleich musste es da aber auch einige Strandläufer geben, die mit langen, dünnen Beinen eilig die Flucht antreten wollten.

Alex verharrte eisern. Ihre Blicke begegneten sich. Marc, in Jeans und einem dunkelblauen Langarmshirt, die gleichfarbige Daunenjacke lässig in der Hand, blieb ruckartig stehen. Er führte kein Gepäck mit sich, was Alex verriet, dass er nur ein paar Stunden bleiben wollte. Das schiefe Grinsen, seine mitfühlende Belustigung über die Mitreisenden, denen der Wellengang zugesetzt hatte, fiel wie ein Zelt zusammen, dem man die Befestigungsschnüre gekappt hat. Er drehte den Kopf, als überlege er ernsthaft, auf die Fähre zurückzufliehen. Dann sah er sich suchend um, offenbar hatte auch er jemanden erwartet. Und da begriff Alex. Annette hatte, wie sie ihr am Telefon gesagt hatte, tatsächlich Marc angerufen. Aber nicht, um ihm zu sagen, dass sie, Alex, gern mit ihm sprechen wollte, sondern um ein Treffen zu arrangieren. Zwischen ihr und Marc. Annette war zwar beruflich in der Nähe, hatte jedoch nie vorgehabt, Norderney zu betreten.

»Du bist nicht Jens!«, sprach Marc sie an, als er zu ihr trat.

»Wenn du dich als Annette ausgeben willst, hättest du dich wenigstens rasieren können.«

»Jens hat heute Geburtstag. Annette hat es arrangiert, dass ich mich hier mit ihm treffe. Für einen, ich zitiere: Überraschungsmännertag.«

»Überraschung kann ich bieten, das mit den Männern wird schwierig. Vielleicht …« Alex sah sich um und deutete auf eine Handvoll Fischer, die unweit von ihnen lautstark miteinander diskutierten.

»Okay!« Marc grinste und wollte an ihr vorbei auf die Gruppe zugehen. Sofort ergriff Alex ihn beim Arm, zog ihre Hand jedoch schnell zurück. Pure Elektrizität schien in Wellen von ihren Fingerspitzen ausgehend durch sie hindurchzurasen. Marc drehte sich hingegen wie in Zeitlupe zu ihr um. Über seinen zusammengezogenen Augenbrauen waren zwei Querfalten entstanden, sein Blick ruhte mit einer nahezu bedrohlichen Intensität auf ihr.

»Das solltest du nicht tun.«

»Und genau das ist der Grund, weshalb wir dringend miteinander reden müssen. Ein Gespräch fortsetzen, erinnerst du dich?«

»Was genau ist dieser *Grund*?«

Alex senkte den Kopf. *Das ist unfair. Du machst es mir absichtlich schwer. Andererseits … ich sollte wirklich sagen, was ich denke. Und fühle.*

»Der Grund ist der, dass wir uns aus dem Weg gehen, obwohl wir das doch eigentlich gar nicht wollen. Weil es da etwas zwischen uns gibt …«

»Ich bin mir ziemlich sicher, dass wir diesen Gefühlen nicht nachgeben sollten, Alex.«

»Warum nicht? Hältst du sie für oberflächlich? Hältst du *mich* für oberflächlich?«

»Du weißt, dass ich dich nicht für … Können wir ein Stück gehen?« Marc deutete in Richtung Inselmitte. Alex nickte und ging, als habe sie es extrem eilig, erst am Hafen entlang und anschließend auf das Surfbecken zu. Marc hielt schweigend mit ihr Schritt, bis sie auf den alten Postweg einbogen und zwischen den Dünen und dem Vogelschutzgebiet Südstrandpolder eintauchten.

»Ich hätte bei Annette nicht so viel intrigantes Blut vermutet«, sagte Marc schließlich.

»Sie meint es gut.«

»Ich frage mich, ob ihr klar ist, womit wir beide zu kämpfen haben.«

»Müssen wir denn wirklich kämpfen, Marc?«

Sie hörte ihn tief durchatmen. Als sie zu ihm aufschaute, war sein Blick auf das Grün der Dünen gerichtet.

»Nur, um das verstehen zu können, Alex: Du weißt, dass ich bei dem Unfall, bei dem dein Verlobter ums Leben kam, im anderen Auto saß?«

»Ja.«

»Und du weißt, dass seine Eltern mich hassen?«

»Ja.«

»Und dir ist bewusst, dass Johanns Mutter dir die Pacht für deine geliebte Pension aufkündigen könnte, wenn du und ich …« Er brach ab und seufzte laut. Alex sah, wie er die linke Hand zur Faust ballte und sich mit der rechten über das Gesicht strich. In seiner Gestik lag so viel Verzweiflung, gepaart mit Schmerz. Oder doch vielmehr ein tiefes Sehnen, eine Hoffnung auf Liebe und Glück, dem unüberbrückbare Hindernisse entgegenstanden? Wie den Segelbooten die steife Brise? Den Wellen die künstliche Uferbefestigung?

»Die Möglichkeit hätte sie wohl. Aber ich bin nicht bereit, den Hoffnungsschimmer zu begraben, dass die zwei eines Tages ihren Hass loslassen können. Bald schon vielleicht, wenn sie sehen könnten, dass wir beide …«

»Ähm, ich bin nicht bereit, für eine Therapie dieser Menschen herzuhalten.«

»Wenn du mich bitte mal ausreden lassen könntest.«

»Entschuldige bitte.«

Jetzt war es an Alex, tief durchzuatmen. »Entschuldigung angenommen. Von Herzen gern. Und ich verzeihe dir.« *Bitte hör heraus, dass ich damit mehr meine als nur diese kleine Verwirrung eben, die beinahe zu einem Missverständnis geführt hätte.*

Marc blieb stehen und drehte sich zu ihr um.

Um sie herum pfiffen, trällerten und zwitscherten die verschiedensten Vogelstimmen, obwohl die Brutzeit längst vorüber war. Auch die Vögel hatten ihre Lebensgezeiten. In Alex stieg ebenfalls eine leise Melodie auf, die es jedoch nicht wagte, an die Oberfläche zu gelangen.

Täuschte sie sich, oder standen diesem wild aussehenden Abenteurer gerade Tränen in den Augen?

»Du verzeihst mir wirklich?«, hakte er mit rauer Stimme nach, die deutlich machte, wie wichtig ihre Antwort für ihn sein würde – und dass er sehr wohl verstanden hatte, dass sie weit mehr meinte als das Missverständnis eben.

»Ich verzeihe dir. Und ich entschuldige mich hiermit noch einmal bei dir. Für mein Desinteresse an deiner Person – nach dem Unfall …«

»Du warst selbst …«

»Dennoch! Und dafür, dass ich nicht bemerkt habe, was Max und Marianne dir antun, dafür, dass ich nicht eingeschritten bin, dir niemals die Möglichkeit gegeben habe, mit mir über den Unfall zu sprechen, und ich dir deshalb nie versichern konnte, dass ich dir keine Schuld gebe, dir nichts nachtrage!«

»Es lag nicht an dir …«

»Nicht direkt. Aber indirekt. Ich habe mich nie gefragt, was aus der Person oder den Personen geworden ist, die in den Unfall involviert waren. Hätte ich es getan, hättest du dich womöglich nicht über mehrere Jahre hinweg so quälen müssen.«

»Ich finde deine Argumentation leicht schräg, Krabbe, doch ich verzeihe dir.«

»Das ist gut«, seufzte Alex. Erst jetzt, da ihr dieser Gedanke so wichtig geworden war, konnte sie halbwegs nachvollziehen, wie sehr die Last nicht vergebener Schuld Marc belastet haben musste.

Ohne ein weiteres Wort wandten sie sich wieder um und gingen, nun etwas langsamer, den Weg entlang, fast so, als hätten sie eine Flucht hinter sich gebracht und ihren Verfolger erfolgreich abgeschüttelt.

Irgendwann bogen sie ab und erreichten den Leuchtturm, ließen das Gebäude und die sich dort trotz der Kälte tummelnden Touristen schnell hinter sich und nutzten die sandigen Dünenpfade, die sie meist nur mit den Kaninchen teilen mussten. Das Schweigen zwischen ihnen war wohltuend, hingen sie doch ihren Gedanken nach, die bei Alex zuerst in der Vergangenheit verweilten, dann jedoch auf ihre Zukunft umschwenkten. Eine Zukunft, von der sie sich wünschte, dass sie sie mit Marc verbringen durfte. Allerdings wusste sie nicht, ob er jemals in der Lage sein würde, diesen Schritt zu gehen.

Alex lotste Marc vorbei am Kiwiitleeghd, dem Dünental, in dem im Frühjahr die Kiebitze nisteten, bis sie östlich des verwaisten FKK-Strandes aufs Meer trafen. Noch immer schlugen sie nicht den Rückweg ein, sondern wandten sich in Richtung Ostende. Sie suchten die Einsamkeit. Zeit für ihre Gedanken – und für sich. *Vielleicht auch für eine Entscheidung*, fragte sich Alex und begann zu summen. Dieses Mal wurde ihr das schnell bewusst, da Marc sie gehört haben musste. Selbst über das Brausen der Meereswellen und das Dröhnen des Windes hinweg, der sich in den Ohrmuscheln verfing. Denn er schenkte ihr ein Zwinkern und ein schiefes Grinsen.

𝄞

Der Wind hatte noch einmal aufgefrischt und trieb die Wolken jetzt förmlich vor sich her, die sich am östlichen Horizont zu einer Wand zusammenschoben. Bis auf ein paar wenige Unerschrockene war der Strand menschenleer, und auch diese beeilten sich inzwischen, einem drohenden Herbststurm zuvorzukommen und rechtzeitig ihre Unterkünfte zu erreichen. Die Sonne schien noch immer, wurde aber häufiger als zuvor von graublauen Ungetümen bedrängt.

Alex und Marc schwiegen seit geraumer Zeit wieder, und Marcs Aufmerksamkeit galt den gewaltigen Wellen mit ihren schaumgeschmückten Kronen, ohne jedoch Alex' aufregende Gegenwart ausblenden zu können. Der Wind spielte mit den Strähnen, die er ihr aus dem geflochtenen Zopf gestohlen hatte, und zerrte an ihrem hellblauen Rock. Sie wirkte ein bisschen wie eine an Land gespülte Meerjungfrau. Alles in ihm sehnte sich danach, sie zu berühren, sie in den Armen zu halten und zu küssen. Er hätte sie gern vergessen lassen, was zwischen ihnen stand, und ihr zugleich die Angst genommen, die noch immer in ihr steckte. Die Angst davor, dass ihnen ihre Vergangenheit irgendwann schmerzhaft auf die Füße fallen oder ihm etwas zustoßen konnte. Nicht umsonst summte sie gerade ein Lied, von dem er wusste, dass es darin Textzeilen gab, die von Angst handelten. Ob ihr das überhaupt bewusst war?

Alex zuckte zusammen, als er sie leicht mit dem Ellenbogen anstieß. Ihr Summen verklang, als habe der Wind die Melodie von ihren Lippen geraubt.

Er wollte sie fragen, was sie denn nun tun sollten, und ihr sagen, wie sehr er sie liebte, dass aber auch er Angst in sich trug. Unter anderem darüber, was aus ihrer Pension werden könnte und damit aus Alex' Berufung. Sie blieb stehen, drehte sich um und blickte zu ihm auf. Unter ihrem offenen Blick aus den betörend schönen schokoladenbraunen Augen verflüchtigten sich seine Fragen, verloren sich in der Bedeutungslosigkeit. Eine starke Windbö musste sie mit sich gerissen haben, wie zuvor Alex' Lied.

Ich will dich einfach nur küssen. Und dich mein Leben lang beschützen. Vor all den Stürmen dieser Welt.

Nein, er wünschte sich nicht mehr, von ihr wegzukommen, um sie zu beschützen, er wollte bei ihr bleiben, um ihr seinen Schutz, seine Fürsorge und seine Liebe anzubieten. Er wollte derjenige sein, der von nun an gemeinsam mit ihr über das Meer blickte. Und das mit dem Wissen, dass dieses nicht immer nur sanft und fröhlich daherkam, sondern auch mal mit brachialer Gewalt, tosend und bedrohlich. Das Leben war da nicht anders und ging manchmal nicht unbedingt behutsamer mit den Menschen um. Aber miteinander, dessen war er sich jetzt sicher, könnten sie den Stürmen widerstehen und in ihnen wachsen. Sie mussten es nur wagen.

»Weißt du, was ich gern mal tun würde?« Alex unterbrach seine Gedanken mit einer leise gestellten Frage. Er schüttelte verneinend den Kopf. »Selbst wenn ich jetzt schon weiß, dass ich dabei wahnsinnige Ängste durchleiden werde?«

»Hm?«

»Mit dir in einem Hubschrauber über die Inseln fliegen.«

Deine Liebeserklärung ist so ungewöhnlich, wie du es bist. Marc lachte auf, ergriff sie an den Oberarmen und zog sie an sich.

»Wir setzen es auf die Agenda.«

»Wow, es gibt bereits eine Agenda, die wir abarbeiten müssen?« Alex strahlte, als habe jemand in ihr ein Licht angeknipst. Nach wie vor verstand sie ihn ohne große Worte, so wie auch er den Hinweis mit dem Helikopter sofort durchschaut hatte.

»Und *dürfen*.«

»Und womit fangen wir an?«

»Hiermit.« Er beugte sich zu ihr hinab und küsste sie sanft auf den linken Mundwinkel. Noch ehe er sich dem rechten widmen konnte, schmiegte sie sich an ihn. Er konnte kaum verhindern, nicht kräftig nach Luft zu schnappen, so plötzlich überrollte ihn eine Welle aus Glück und Sehnsucht. Seine Arme schlossen sich fest um sie, und er presste sie so kräftig an sich, dass sie einen kleinen Schmerzenslaut ausstieß. Er murmelte eine Entschuldigung, die jedoch in ihrem Kuss unterging wie ein ins Wasser fallender Stein.

Marc schob Alex vor sich her, der äußersten Düne entgegen, der Wind half dabei mit. Schließlich sanken sie am Fuße der Sanderhebung zu Boden. Er lag halb auf ihr, achtete allerdings darauf, nicht zu viel Gewicht auf ihren Oberkörper zu legen, hatte sie doch offenbar noch immer Probleme mit den Rippen.

»Ein guter Anfang«, flüsterte sie, als er gerade ihren Hals mit Küssen bedeckte und den Duft ihrer Haut genoss, der nach Sonne, Sand und Meer roch, dem sich aber auch etwas ganz Eigenes beimischte. Eine Art ... lebensfrohe, süße Duftmelodie?

»Das ist einer der Punkte, die nie von der Liste gestrichen werden und mehrmals täglich zu erledigen sind«, raunte er.

»Wie eine Note, die in einer Partitur immer wieder vorkommt?«

»Richtig. Und lässt man sie weg, klingt das Musikstück … fehlerhaft.«

Etwas traf seinen Nacken, dann seine Beine, schließlich seinen Rücken. Es begann zu regnen. Er hob den Kopf und prompt klatschte ein großer Regentropfen auf Alex' Wange. Ihr melodisches Lachen klang glockenhell, umhüllte sein Herz mit Wärme, vertrieb den letzten Rest düsterer Lautlosigkeit aus seiner Seele und setzte sich in ihm fest, als wollte es jeden Winkel seines Seins ausfüllen. Alex' Leidenschaft verwandelte sich in pure, nahezu kindliche Heiterkeit und offenbarte Marc, welch ein abwechslungsreiches, abenteuerliches Leben ihm an der Seite dieser Frau bevorstand.

KAPITEL 19

Je mehr sie sich der Haustür näherten, umso mulmiger war Alex zumute. Sie hatte sich durchaus für den Gedanken erwärmen können, Marianne und Max einen Besuch abzustatten, um noch einmal einen Gesprächsversuch zu wagen. Aber nun, da Marc und sie vor der milchigen Glasscheibe standen und sich entschließen mussten, den Klingelknopf zu drücken, kamen ihr doch erhebliche Zweifel an dem Vorhaben.

»Denkst du wirklich, sie werden uns willkommen heißen? Uns hereinbitten und ein ruhiges, vernünftiges Gespräch mit uns führen, verstehen, dass wir sie nicht ärgern wollen, sondern dass ich sie gern weiter in mein Leben einbeziehen möchte. Und dass sie merken, dass sie Vergebung ebenso zwingend brauchen wie du …?«, flüsterte sie.

»Ich habe die Hoffnung noch nicht aufgegeben, Krabbe. Und du ebenfalls nicht, auch wenn du sie gerade unter einer Schicht von Sand, den du vermutlich in den Schuhen mitgebracht hast, zu vergraben versuchst.«

Alex lächelte, liebte sie es doch, dass Marc den von Lotti am häufigsten für sie gebrauchten Spitznamen einfach übernommen hatte. Aus seinem Mund klang er weder spöttisch noch herausfordernd, sondern wie die größte Liebeserklärung, in ein einziges Wort verpackt. Weich und warm, ein bisschen wie

Honig mit seiner zarten Konsistenz, natürlichen Süße und der goldenen Farbe.

Es war Marc, der auf die Klingel drückte. Tief und melodiös, ein wenig an eine Oboe erinnernd, hallte der Klingelton durch das Haus, das eines der Ersten in diesem Neubaugebiet unweit von München gewesen war.

Marc hatte ihr auf der Fahrt verraten, dass er ganz in der Nähe in einer kleinen Dachgeschosswohnung zur Miete gewohnt hatte. Johann und er waren beinahe Nachbarn gewesen. Es war nicht schwer für Alex, sich vorzustellen, dass sie sich prima verstanden hätten. Sie malte sich aus, wie Johann eines Tages Marc auf seiner Gitarre spielen hörte. Spontan, wie er nun mal war, würde er einfach seine Geige holen und Marc – unten auf der Straße stehend – begleiten. Johann liebte die klassische Musik, war aber mit Leichtigkeit in der Lage, Marcs rhythmische Songs mitzuspielen. Vielleicht hätte es nicht lange gedauert, und die beiden hätten nebeneinander im Vorgarten gesessen, um gemeinsam durch ein großes Repertoire von Soul und Jazz zu grooven …

Max öffnete die Tür und blickte mit offenem Mund von Alex zu Marc und wieder zurück. Unter seinen Augen lagen dunkle Ringe, seine Gesichtsfarbe war bleich. Er sah alt aus, fand Alex. Kummervoll und verbraucht.

»Wie geht es dir?«, fragte sie leise und mitfühlend.

»Nicht gut, Alexandra. Die Pumpe.«

»Denkst du, wir können Marianne und dir trotzdem einen kleinen Besuch abstatten?«

»Na ja … Ja.«

»Du sagst einfach Bescheid, wenn wir gehen sollen. Das musst du dann nicht für unhöflich halten, einverstanden!?«

»Du warst schon immer ein Mädchen mit einem riesengroßen Herzen. Deshalb wohl …« Seine wässrigen Augen wanderten erneut zu Marc, der ihm nun seine Rechte anbot.

Max hob die Hand, um einzuschlagen, in diesem Augenblick wirbelte Marianne herbei.

»Was soll das? Was will *der* hier? Und dass du dich getraust, mit *dem da* bei uns aufzutauchen!«

Gift und Galle, kam es Alex in den Sinn. Wenn Letzteres nur auch Mariannes Hass aufspalten könnte und dabei helfen würde, all das, was sie nicht mehr aus ihrem Kopf und Herzen bekam, zu eliminieren.

»Lass doch, Marianne. Ich finde, es ist Zeit, die beiden anzuhören.«

»Nie im Leben rede ich mit dem da! Dass der es überhaupt wagt, einen Fuß auf unser Grundstück zu setzen. Und da wir gerade von Grundbesitz sprechen …« Marianne schob sich an Max vorbei, der prompt ins Taumeln geriet. Reaktionsschnell ergriff Marc den Mann am Ellenbogen, um seinen Sturz zu verhindern. Der dankte es ihm mit einem Nicken, entzog ihm aber den Arm sehr schnell wieder.

»Wenn du wirklich mit dem zusammen sein willst, nehme ich dir die Pension weg. Ich werde die Pacht aufkündigen, das ist dir doch hoffentlich klar, Alexandra?«

»Wenn es das ist, was du willst? Wenn du denkst, dass dich das glücklich macht?«

»Es bestraft dich!«

»Und dich nicht? Denkst du nicht, du bestrafst dich in deinem Hass auf Marc nicht einfach nur selbst?« Alex, erschrocken über ihre eigenen Worte, war in Versuchung, die Hände vor den Mund zu schlagen, doch Marcs starker Arm in ihrem Rücken half ihr, es zu unterlassen. Schließlich meinte sie durchaus, was sie gesagt hatte.

Marianne schnappte nach Luft und funkelte sie mit wütenden Augen an. Augen, die denen von Johann immer sehr ähnlich gewesen waren. Aber während Johanns gütig, vergnügt und ein klein wenig leichtlebig in die Welt geblickt hatten, vielleicht, weil er über die Maßen verwöhnt worden war, waren die von Marianne inzwischen Eiskristallen gleich, die Alex traktieren wollten.

»Gehen wir doch erst mal rein«, schlug Max vor, wobei er einen Blick auf das gegenüberliegende Gebäude warf.

Alex nahm an, dass dort einige neugierige Köpfe am Fenster erschienen waren. Immerhin war Mariannes durchdringende Stimme nicht gerade leise.

»Der Kerl kommt mir nicht ins Haus!«

»Marianne, bitte.« Max klang resigniert.

»Verschwindet! Alle beide. Und lasst euch hier nie wieder sehen. Und du, Alexandra, kannst gleich packen und Norderney verlassen.«

»Alex, vielleicht …« Marcs Einwand war nicht mehr als ein Flüstern. Rau und brüchig. Sie wirbelte zu ihm herum.

»Wenn du glaubst, dass mir die Pension wichtiger ist als du, dann …! Marc, ich liebe dich. Mein Zuhause wird da sein, wo du bist. Nicht in einem Gemäuer, nicht auf einer Insel, ganz egal, wie sehr ich beides vermissen werde. Mein Herz hat sich für dich entschieden, gleichgültig, was mir dafür genommen wird.« *Du kannst bei einem Lied nicht die herausragenden, tragenden Töne auslassen und annehmen, dass es noch irgendeinen Sinn, eine schöne Melodie hat oder überhaupt spielenswert ist.*

Alex holte tief Luft und schaute Marc nahezu flehend an. *Bitte sag mir, dass es nicht dein Ernst ist. Dass du mich nicht aufgeben würdest, nur, damit ich Frieden mit Johanns Eltern habe? Nur, um meine Pension behalten zu dürfen? Sag das nicht!* Sie stellte sich auf Zehenspitzen und flüsterte Marc zu: »Du gibst meinem Liebeslied eine Heimat. Du bist Heimat und Bleibe für die Lieder meiner Gegenwart und meiner Zukunft, die, die in meinem Herzen geboren werden und gesungen werden wollen – nicht unterdrückt!«

»Kitschiger Schmarrn!«, zischte Marianne und wollte die Tür zuschieben. Max, der sich an die Milchglasscheibe lehnte, hinderte sie daran, indem er schlicht nicht aus dem Weg ging.

»Verstehst du nicht, Marianne? Die beiden sind bereit, auf so viel zu verzichten. Weil sie sich lieben. Wie viel tiefer kann eine Liebe gehen? Wir dürfen Alexandras Glück nicht im Weg stehen. Das hätte Johann nie gewollt.« Max atmete inzwischen heftig und sprach nur noch gepresst. Alex sah ihn besorgt an, doch er winkte ab, wenngleich mit einer erschreckend schwachen Bewegung.

»Siehst du, was du angerichtet hast, Alexandra? Wollt ihr nach Johann auch noch Max umbringen?«

Marc hob den Kopf und straffte die Schultern, was bei ihm durchaus bedrohlich aussah. »So etwas von Alex zu denken …«

»Ist schon gut«, sagte Max leise, aber fest. Offenbar wollte er klarstellen, dass das nicht wirklich ihr Anliegen war.

Zumindest deines nicht, Max? Danke dafür. Alex schenkte dem Mann ein liebevolles Lächeln und hoffte, dass er verstand, wie gern sie ihn jetzt umarmen würde. Sie umarmte ihn mit ihrem Blick.

»Bevor wir gehen, möchte ich noch einmal sagen, dass mir der Unfall unendlich leidtut. Es tut mir leid, dass Sie Ihren Sohn verloren haben und Alex ihren Verlobten. Und ich möchte, dass Sie wissen, dass ich Ihnen verzeihe. All die Angriffe auf mich, die Verleumdung, die Jahre, in denen ich mich gequält habe, weil mir Ihre Vergebung vorenthalten wurde.«

Max nickte. Erst einmal, dann nochmals. Alex stiegen Tränen in die Augen, als sie verstand. Dies war mehr als eine wortlose Anerkennung von Marcs Mut und dem Inhalt seiner Worte. Es war Max' Zusage, Marcs Entschuldigung endlich anzunehmen – und ein Stück weit sein Segen für ihn und sie.

»Verschwindet!« Marianne drängte Max beiseite und knallte die Tür so heftig zu, dass sich am nebenan gelegenen Fenster ein

Balkonkasten aus der Verankerung löste und auf den Vorplatz fiel. Mit lautem Krachen splitterte er entzwei. Blumenerde und die braunen Reste von Geranien spritzten durch die Gegend.

Alex besah sich den Schaden. Hass zog immer nur Zerstörung nach sich. Sie konnte nur hoffen und beten, dass Max nicht unter Mariannes Unversöhnlichkeit stürzte, zerbarst und verwelkte, sondern dass seine neu gefundene Vergebungsbereitschaft dem Gift und der Galle, die Mariannes Herz und ihre Seele zu beherrschen schienen, standhalten würde – und dass wenigstens er Frieden fand.

Marc und Alex verließen das Grundstück. Am Auto angekommen, blieben sie auf dem Gehweg stehen. Sie waren umgeben vom zurückgeschnittenen Grün gepflegter Vorgärten, von Kinderlachen und der ersten Weihnachtsdekoration und von den Klängen eines Klaviers, das von noch ungeübten Fingern bespielt wurde.

»Danke, dass du mich nicht gegen ein Haus eingetauscht hast.«

»Hattest du ernsthaft in Erwägung gezogen …«

»Alex.« Marc schob mit seinen Händen ihren offenen Mantel auseinander und umfasste ihre Taille. Dabei zog er sie ein kleines Stückchen näher zu sich heran. »Ich wollte dir diese letzte Tür offen halten. Jetzt hast du sie zugeschlagen. Endgültig.«

»Ich habe mich für die Liebe entschieden, Marc. Nicht für oder gegen ein Haus. Und gleichgültig, was die beiden jetzt denken, wir haben das Richtige getan. Nun ist es ihre Angelegenheit, wie sie mit deinen Worten umgehen wollen, nicht mehr deine.«

Marc schaute lange über sie hinweg. Er wirkte ernst, nahezu verbissen, doch allmählich verschwanden die Linien auf seiner Stirn, sein Gesichtsausdruck wurde weicher.

»Du hast recht. Ich kann niemanden zwingen, meine Entschuldigung anzunehmen oder mir zu vergeben. Aber diesen Schuh muss ich mir nicht länger anziehen.«

Alex lächelte beipflichtend. Marc hatte den »Schuh« ausgezogen und vor Max' und Mariannes Tür gestellt. Er würde ihn nicht mehr drücken, seine Zehen nicht länger einengen.

»Alex, ich bin *frei*!« Beim letzten Wort trat ein Strahlen auf Marcs Gesicht, das ihn unglaublich jung wirken ließ.

Sie stellte sich auf die Zehenspitzen und küsste ihn mitten auf den Mund.

»Wir finden ein anderes Aufgabenfeld für dich«, versprach er ihr.

»Ganz sicher. Wir Menschen sind dazu da, um unsere Befähigungen zu entdecken, sie anzunehmen und mit ihnen Gutes zu tun. Nur das macht ein Leben sinnvoll. Gemeinsam mit verschenkter Liebe und der Fähigkeit, immer wieder aufs Neue zu vergeben.«

»Habe ich dir eigentlich schon gesagt, wie sehr ich dich liebe?«

»Heute war es erst das zweite Mal.«

»Dann habe ich dich wohl sträflich vernachlässigt.« Sein schiefes Grinsen weckte dieses wohlige Sprudeln in ihr, ähnlich jenen in einer Welle gefangenen winzigen Luftbläschen.

»Dann gehen wir jetzt also deine Eltern besuchen?« Alex neigte fragend den Kopf. Ihr erstes Zusammentreffen mit Marcs Eltern gebar eine andere Art von Aufregung in ihr.

»Wir haben noch zwei Stunden Zeit, und für die Fahrt brauchen wir nicht länger als eine.«

»Und was machen wir so lange?«

»Ist der Friedhof, auf dem Johann liegt, in der Nähe?«

»Ja, er ist nur etwa eineinhalb Kilometer von hier entfernt.«

Marc steckte den Autoschlüssel zurück in die Gesäßtasche seiner Jeans und bot ihr seine Hand an.

»Du willst Johanns Grab aufsuchen?«

»Vielleicht findest du es albern, und vermutlich ist es das auch. Aber ich würde es prima finden, wenn du mich ihm vorstellen könntest.«

Alex ergriff seine Hand, und gemeinsam schlenderten sie in Richtung Friedhof. Kurz vor dem schmiedeeisernen Tor, das sie in eine baumbeschattete, stille Welt einlassen wollte, reckte sich Alex, und indem sie sich auf Marcs Schulter abstützte, raunte sie ihm zu: »Ich liebe dich!«

ALEXANDRA

Ich weiß bis heute nicht, was nach unserem Besuch bei Marianne und Max vorgefallen ist, jedenfalls wurde von juristischer oder pressetechnischer Seite nie wieder etwas an Marc herangetragen. Und meine Pacht für die Meeressymphonie *ist nie aufgekündigt worden. Ich habe seit damals keinen Kontakt mehr zu den beiden, von Max' Tod vor fast zwei Jahren erfuhr ich über meine Eltern und das erst Wochen später.*

Inzwischen hat die Stiftung die Meeressymphonie *gekauft, geleitet wird sie von Celina, die ihre Ausbildung erfolgreich abgeschlossen hat. Ich wage zu behaupten, dass dieser Ort nicht nur seinen besonderen Gästen zum Segen geworden ist und noch immer wird, sondern auch mir und Celina.*

Marc hingegen ist der festen Überzeugung, dass die Seele der Pension, das, was sie ausstrahlt, von den Menschen abhängig ist, die darin leben und lieben, von dem, was seine Bewohner in ihren Herzen tragen.

Lotti und Tip haben bis heute nicht zusammengefunden, pflegen aber eine gute Freundschaft. Manche Wunden heilen eben schneller, andere langsamer. Lotti wohnt noch immer in ihrem Haus neben der Pension und hilft Celina. Tip ist eben da, wenn er gerade mal da ist. Und wenn das der Fall ist, sorgt er nicht nur dafür, dass an beiden Häusern alles repariert wird, was an

Reparaturen ansteht – oder was er so finden kann –, sondern auch dafür, dass Lotti noch mehr und dabei viel ausgelassener lacht. Tip hat – ebenso wie ich – nicht aufgegeben, auf ein weiteres Wunder der Liebe zu hoffen.

Jens und Annette hatten eine wunderschöne Hochzeit. Ich hätte niemals gedacht, dass in dem kantigen Kämpfertypen ein solcher Romantiker steckt, wie er das an ihrem großen Tag gezeigt hat. Inzwischen haben Tim und Tanja einen kleinen Bruder, den sie innig lieben.

Marc und ich leben jetzt auf einem etwas abseits gelegenen Hof, der zu einer winzigen Gemeinde in der Nähe von Cuxhaven gehört. Er fliegt seinen Helikopter und rettet hin und wieder Menschenleben, ich unterrichte Kinder in meinem kleinen Musikzimmer – mit Blick auf das Meer. Und bald sicher auch das Kind, das gerade in mir heranwächst.

In den Seelen meiner Musikkinder liegt eine ganze Welt verborgen, stammen sie doch aus verschiedenen Ländern und aus völlig unterschiedlichen Familienkonstellationen oder finanziellen Verhältnissen. Ich bringe ihnen das Klavierspielen bei und auch, dass manche Lieder kürzer sind als andere. Und dass das Leben einer Klaviatur gleicht. Es besteht immer aus weißen und schwarzen Tasten, hellen und dunklen Tagen.

Ein jedes Leben, wie auch jede Melodie, erlangt nur Tiefgang und einen sinnvollen Klang, wenn die schwarzen Tasten nicht ausgelassen werden …

Ich lehre sie nebenbei, das eine oder andere Lied zu singen, denn nicht immer hat man ein Klavier dabei. Beim Abschied nach einer jeden Musikstunde flüstere ich ihnen zu, dass sie doch einfach immer und überall singen sollen. Lieder von Hoffnung und Liebe. Von dem Glück, verzeihen zu können und Vergebung zu erfahren. Seelenfutter für sie, in der Hoffnung, dass sie später einmal Horizonterweiterer werden; Weltveränderer. Denn jede Veränderung beginnt im Kleinen.

Schließlich brauchen wir irgendwann alle einen oder auch mehrere Menschen an unserer Seite, die eine Zeit lang das Musizieren für uns übernehmen, falls wir selbst dazu nicht in der Lage sind. Die uns dabei helfen, dass wir die Melodien unseres Lebens nicht überhören. Denn selbst dann, wenn wir verstummt sind, rollen die Wellen noch immer an und donnern mit Wucht auf die Küste oder glucksen lieblich vor sich hin. Auch die Muscheln klirren munter weiter, sobald das Wasser sich ins Meer zurückzieht. Die Möwen stellen ihre heiseren Schreie nicht ein, die Blätter versagen uns ihr Rauschen im Wind nicht, das Dünengras lässt sein Flüstern nicht ungehört vergehen, der Sand hört nicht einfach zu zischen auf … Melodien gibt es immer und überall. Wir müssen nur ganz neu lernen, genau hinzuhören, so, wie man auch die Spielweisen der Liebe seiner Mitmenschen erkennen lernen muss.

Es gilt, die kleinen Glücksmomente und Schönheiten am Wegesrand zu entdecken und die Tatsache, dass auf einen garstigen Winter ein vor Farbenpracht und explodierenden Düften überquellender Frühling folgt. Immer. So wie nach jeder Ebbe wieder die Flut kommt.

Zu trauern ist von essentieller Bedeutung. Ebenso unentbehrlich ist es jedoch, die Hoffnung und das Wissen darauf in sich zu tragen, dass die schwere, schmerzliche Stille, die auf unserem Herzen lastet, eines Tages lichter und leichter wird – wenn wir es zulassen. Und dies ist nicht gleichbedeutend damit, den geliebten Menschen zu verraten, den wir, auf welche Weise auch immer, verloren haben.

Ich habe diesen Prozess nach Johanns Tod erlernt und zugelassen, obwohl ich Jahre dafür gebraucht habe. Marc hatte es ebenfalls versucht – und war in Teilen gescheitert. Weil Max und Marianne ihm jedes freundliche Wort, ein wenig Verständnis und vor allem ihre Vergebung verwehrt hatten.

Vielleicht ist Hass und damit das Unvermögen, jemandem oder sich selbst vergeben zu können, die einzige Macht auf dieser Welt, die die Herzen für immer in bösartiger Stille gefangen halten kann. Das der gehassten Person und das eigene. Um Vergebung zu bitten, ist manchmal unendlich schwer. Verzeihen zu können, meist noch schwerer. Und doch lohnt es sich, für beides zu kämpfen, denn erst wenn Vergeben und Verzeihen gelingt, hellt ein schwarzes, erkaltetes und verstummtes Herz auf und wird mit neuen Farben und einem befreienden Lied erfüllt. Dem Lied der Liebe.

DANK

Einige Lieder klingen schöner, wenn sie mehrstimmig gesungen und womöglich von Instrumenten begleitet sind, also mehrere Personen mit verschiedenen Begabungen daran teilhaben. So ist es auch mit einem Roman. Über die Idee, die Recherche und die erste Fassung eines Manuskripts hinaus brauche ich als Autorin viele Menschen an meiner Seite, damit aus einem Rohtext ein voll klingendes, gelungenes Ganzes entsteht.

Beim vorliegenden Buch waren das wieder einmal mein Ehemann Christoph (daher übrigens das C. in meinem Pseudonym), der mir eine entscheidende Plotänderung vorgeschlagen hat (danke, dass du Motivator und Ruhepol zugleich bist; ich liebe dich), meine Töchter, die mich fleißig mit Liedgut versorgt haben (ich liebe es, mit euch in unserer winzigen Küche – beginnend von den 1950ern bis hin zu Ed Sheeran (Miki!!!) – zu grooven und mir beim Tanzen blaue Flecken an den Küchenmöbeln zu holen, oder zu beobachten, wie ihr mit dem Knirps tanzt), der Musiker Andreas Reif, der mir an einer Stelle bei der Recherche geholfen hat. (Und ja, ich halte es wie Michael Landon in *Unsere kleine Farm*. Für mich sehen Noten ebenfalls wie »Hühnerdreck auf Stacheldraht« aus, was aber nicht bedeutet, dass ich Musik nicht lieben, fühlen … kann!)

Nicht zu vergessen Diana Itterheim von der Literaturagentur litmedia.agency, die mich immer wieder »auf Linie bringt«, wenn ein paar meiner Töne, sprich meiner Figuren oder Szenen, von den Notenzeilen zu rutschen drohen, und die all das, was für mich schrecklich disharmonisch klingt (Vertragsrecht etc.), für mich übernimmt.

In der Band tinte&feder (ja, ich weiß, das Bild hinkt ebenso wie die vorigen) spielen viele begabte Leute und diejenigen, die von ihnen für weiterführende Aufgaben (Grafik, Lektorat, Korrektorat, Herstellung, Vertrieb, Marketing …) beauftragt werden (darf ich euch »Roadies« nennen?). Stellvertretend für sie alle möchte ich mich bei »meiner« Leadgitarristin Lena Woitkowiak bedanken. Ach, und bei Laura, Katharina, Friederike, Bastian …

Am Steuer vom Tourbus (dieses Bild ist einfach herrlich!) saß meine wunderbare Autorenkollegin Jana Lukaschek (Jana Lukas; Jane Luc), die mir bei der rechtlichen Frage rund um Marcs Unfall geholfen hat (danke dafür, auch wenn das nicht ganz in dein Aufgabenfeld bei der Kriminalpolizei gehört).

Ein herzliches Dankeschön geht natürlich auch an euch, die Leser und Leserinnen. Ich hoffe, ich konnte mit der kleinen Geschichte ein Lied auf eure Lippen zaubern. Vielleicht sogar einen Wohlklang in die Seele, eine heitere Melodie ins Herz.

Zeitfracht Medien GmbH
Ferdinand-Jühlke-Straße 7
99095 Erfurt, Deutschland
produktsicherheit@kolibri360.de

Druck:
CPI Druckdienstleistungen GmbH
im Auftrag der
Zeitfracht Medien GmbH
Ein Unternehmen der Zeitfracht - Gruppe
Ferdinand-Jühlke-Str. 7
99095 Erfurt